パリのグルメ捜査官

美食家たちが消えていく

アレクサンダー・キャンピオン　小川敏子 訳

Killer Critique

by Alexander Campion

コージーブックス

KILLER CRITIQUE
by
Alexander Campion

Japanese translation published by arrangement with
Kensington Publishing Corp.
through The English Agency (Japan) Ltd.

挿画／コージー・トマト

もちろん、ふたたびTに。すべては彼女がいてくれたおかげである。

謝辞

架空の哲学者ジャン＝バティスト・ボチュルをでっちあげて『イマヌエル・カントの性生活』を執筆し、それをボチュルの著作としたフレデリック・パジェに感謝申し上げる。これを引き継いだのがクリストフ・クレールとベルトラン・ローテであり、彼らは『フェミニズムの先駆者ランドリュー：アンリ＝デジレ・ランドリューとジャン＝バティスト・ボチュルとの未公開往復書簡』という題名の本を出版した。むろん、多数の女性の命を奪った大量殺人犯ランドリューを指していると思われる。

このでっちあげは大成功し、メディアにしばしば登場するカリスマ性に富んだ哲学者ベルナール＝アンリ・レヴィは、二〇一〇年に出版した著書『De La Guerre en Philosophie（「哲学の戦争」未訳）』でボチュルの哲学をひじょうに熱心に擁護している。

ボチュルの存在は本書に登場するカイヨ教授とカイヨー教授の博識ぶりにも色を添えている。

エージェントのシャロン・バウアーズに心より感謝申し上げたい。超人的な能力を発揮し、この不可能とも思われた仕事を実現にこぎつけてくださった。まさにエージェントの鑑(かがみ)である。彼女がいなければカプシーヌは存在しなかっただろう。いうまでもなくアレクサンダー・キャンピオンもいなかったにちがいない。

そして最大の感謝を、義理の娘シドニーに贈りたい。本書に登場するシビルが主張している年齢と同い年にあたるシドニーは、シビルの言葉遣いを自然なものにするためのセリフの微調整に辛抱強くつきあってくれた。シドニーがスペシャルKについてほんとうのところどこまでくわしく知っているのかは、いまだに謎だ。

最後に、日がな一日わたしのデスクの下に陣取り、わたしが原稿を音読するのに耳を傾け、問題ありと感じた時にかすかにうなり声を発するバセットハウンドのミコーバーに感謝を。前巻で彼は特別出演している――フランスの「もうひとつ」のノートルダム大聖堂の前でビールを飲んだシーンに――が、今回の本に出番がないので憤慨しているようだ。この謝辞でなんとか機嫌を直してくれるといいのだが。

美食家たちが消えていく

主要登場人物

カプシーヌ・ル・テリエ……パリ警視庁の警視
アレクサンドル……カプシーヌの夫。著名なレストラン評論家
イザベル……主任巡査部長。カプシーヌの部下
ダヴィッド……巡査部長。カプシーヌの部下
モモ……巡査部長。北アフリカ出身の肉体派。カプシーヌの部下
ジャック……カプシーヌのいとこ。対外治安総局（DGSE）勤務
ベアトリス・メナジエ……〈シェ・ベアトリス〉のオーナーシェフ。本名ベアトリス・ルノー。大手飲料メーカーのオーナーの一人娘
シビル・シャルボニエ……十六歳の女優
ギー・ヴォアザン……シビルのパトロン。一流ワインメーカーの会長
セシル・ド・ルージュモン……経営コンサルタント会社の重役。カプシーヌの幼なじみ
ゴーティエ・ドゥ・フェズナイ……レストラン評論家
ガエル・タンギー……作家
ジャン・モンテイユ……レストラン評論家
アルセーヌ・ペロシェ……レストラン評論家
マルティニエール……予審判事
ヴァヴァスール……哲学者。精神科医。元諜報員

01

「彼、もう死んでますか？」

「いいえ、厳密にはまだ。このあとよ」

ダヴィッド・マルティノー巡査部長の問いかけにカプシーヌ・ル・テリエ警視（コミセール）がこたえる。その場にいる刑事たちは押し黙っている。人の肉体から命が抜けていく瞬間を目の当たりにして内心動揺しているが、無表情を装う。

カプシーヌにとってこの光景は決して他人事とは思えないだけに心がざわつく。ビデオ映像に映っているゴーティエ・デュ・フェズナイはカプシーヌの夫アレクサンドルの友人で、ともにレストラン評論家。さらにフェズナイは《ル・フィガロ》紙で、アレクサンドルは《ル・モンド》紙でグルメ欄の主筆を務めている。フェズナイは自慢のブログにたいへんに力を入れていた——いまとなっては過去形だ。レストランのレビューをする際に小型のビデオカメラを持参し、テーブルに置いて録画しながら一つひとつの料理に辛辣なコメントする、というスタイルが得意だった。録画したものを自宅で編集し、ＢＧＭを加え、自分の顔にぼかしをかけ、かならず勘定書のショットを挟む。どれほど内容に満足しても、辛口の言葉をひとつかふたつ添えるのが彼の流儀だった。

《ル・フィガロ》紙に掲載される洗練されたレビューはレストラン評論の大傑作だとアレクサンドルは絶賛しているが、フェズナイにとってやり甲斐があるのは断然ビデオによるレビューなのだ。それはカプシーヌも知っていた。

このビデオクリップもいつもと同じように始まっている。ヴァレンヌ通りをフェズナイが撮影しながら歩いていく。夏のたそがれ時でまだ明るい通りの様子が小刻みに揺れながら映し出される。立ち並ぶ官公庁の簡素な建物について意地の悪いコメントがあり、やがて通り沿いにしゃれたブティックが増えていくとともにバック通りに到達する。〈シェ・ベアトリス〉を偶然発見したかのようにフェズナイが小さく歓喜の声をあげる。

ビデオカメラをウエストの位置におろして入店し、テーブルへと案内される。いったん腰かけるとフェズナイはテーブルにカメラを置きワイドズームに切り替えた。フェズナイの顔が鮮明に映し出される。後でぼかしをかけるのだ。メニューとワインリストをざっと眺め、ウェイターと会話し、注文する際の取り澄ました表情がつぶさに映る。それからゆっくりとカメラをパンさせて店内を撮影する。エリート銀行員とその妻といったタイプのおしゃれなカップルでいっぱいだ。いかにも上流階級（B.C.B.G）的といった感じの上品なファッションで、ゆくゆくはオーダーメイドやジバンシーの顧客になるのだろう。

ウェイターがパテを盛りつけた皿を運んでくる。「おお、これか。トリュフ入りのランド産のフォアグラだ」フェズナイはそうつぶやいてから、添えられたトーストに小さく切ったフォアグラをのせて少しかじり、くちびるをすぼめて満足そうにうなずく。

十五分の間を置いてウェイターが平たいスープ皿を運んできてフェズナイの前に置く。カメラが持ち上げられズームからクローズアップに切り替わり、丹念に料理が映し出される。フェズナイが小声で説明を加える。「ラビオル・ドマールつまりロブスターのラビオリ。添えられているのはタンドーリのスパイスをきかせたニンジンのソース、柑橘類の砂糖漬け(シトロンコンフィ)のムスリーヌソース(サバイヨンや生クリームを加えてつくったきめの細かいクリーム状の軽いソース)」皿には特大サイズのラビオリが三、四個盛りつけられ、濃厚なソースがかかっている。フェズナイは左手にフォーク、右手に大きなスプーンを持ち、慎重にラビオリを四分の一ほどに切り分け、ソースをたっぷりからめてすくいあげる。

「パ・マル、パ・マル・ドゥ・トゥ――なかなかいける」もったいぶった口調で小声のコメントをもらす。

ラビオリを飲み込む際、しゃっくりをこらえるようにフェズナイの身体が小さく揺れた。ビデオカメラはなおも淡々と彼の姿をとらえ続ける。フェズナイは微動だにしない。フォークとスプーンを握りしめた手はスープ皿の脇に置かれたままだ。数秒間がいやに長く感じられる。と、彼が前のめりになる。最初はごくわずかに角度がつき、しだいに加速していく様子は、ローマ時代の大理石の像が台座の上から倒れていくような荘厳さが漂う。フェズナイはそのままスープ皿に顔から突っ込み、深紅色のソースのしぶきが飛び散った。

激突の瞬間から延々と待った末にダヴィッドの質問が出た。カプシーヌが死亡を宣告した後も果てしなく時間が過ぎていき、ようやく画面に手が一本あらわれ、フェズナイの頭を持ち上げて横を向かせ、そのままスープ皿に戻す。じっとカメラを見つめる彼の目は人形のガラス玉の目のようだ。鼻先にラビオリがひとかけらひっかかっている。

「鑑識の人間が考えたようにこれが南アメリカで狩猟に使われる毒(クラーレ)によるものだとしたら、この時点で彼はまだ生きている可能性がありますね。身体の自由を奪われ、口がきけない苦しみを訴えようにも声を張り上げることができない状態で」ダヴィッドは指に巻き毛をきゅっと巻きつけながら画面に目を凝らす。

「いいえ、まちがいなく彼は死んでいるわ」イザベル主任巡査部長が鼻を鳴らす。「ソースで溺れ死んだのよ。鑑識に確認するまでもないわ。そう思うでしょ、モモ?」

モモと呼ばれたのはムハマド・ブナルーシュ巡査部長。北アフリカ系の巨体の人物だ。機嫌がいい時でも無口な彼は直属の上司にあたるイザベルをにらみつけている。

四人は身の毛がよだつ思いを押し殺しながら映像を見つめる。相変わらずなにも起きない。静止画像のような状態だ。不意に、フェズナイの鼻からラビオリのかけらが落ちる。それを待っていたかのように画面が真っ黒になった。

02

その五時間前、カプシーヌは自宅のキッチンで食卓――キッチンを占領しているプロヴァンスの大きなテーブル――の横の長いベンチに仰向けになり、至福のひとときを味わっていた。アレクサンドルに足をマッサージをしてもらいながら、うとうとした心地で料理の話をきいていたのだ。彼の手料理でお腹も満たされていた。今夜のメニューは鮮やかな黄色のリゾット・アッラ・ミラネーゼにラム肉のラグーソースをたっぷりかけたもの。ラグーソースのおいしさの秘密は、野菜をフードプロセッサーでピューレ状にしてから濃いキツネ色になるまで炒め、そこにほかの材料を加えること。リゾットに糸状のサフランを加えるタイミングは完成する直前の最後の最後の瞬間である。そんなアレクサンドルの説明も、彼女には右の耳から左の耳だ。

甘美な波が果てしなく打ち寄せるように続くアレクサンドルの話が、けたたましい電話の音で中断された。留守番電話にまかせておけばいいとアレクサンドルが止めるのもきかず、カプシーヌはコードレスの受話器をつかんだ。呼び出し音の重々しい響きから、仕事上の重要な電話であると直感したのだ。

カプシーヌの上司の上司にあたるタロン警視監からの電話だった。司法警察のヒエラルキーの成層圏ともいうべき地位についている彼は短気で知られている。

「警視（コミセール）、きみが早寝をしようなどと予定していないことを期待している。レストラン業界にくわしいところを見込んで、担当してもらいたい事件がある。七区のヴァレンヌ通りの〈シエ・ベアトリス〉というレストランで男性がひとり殺害された。通報者はオーナーシェフであるベアトリス・メナジエという人物だ。担当してくれるね」

「レストラン業界」という言葉をきいてカプシーヌはアレクサンドルを手招きした。彼はカプシーヌといっしょに受話器に耳をあてる。

「きみの管轄の範囲外であることはわかっているが、あきらかにきみの専門的知識の範囲内である。少なくともきみの夫の守備範囲内だ。こんばんは、ムッシュ・ド・ユゲール」

窓から誰かにのぞかれているのだろうか。カプシーヌは確かめたい衝動をこらえた。自分自身気づいていないことまでタロンには見通されているような気がして、いつもながら狼狽してしまう。

アレクサンドルがにっこりする。「こんばんは、警視監」彼とタロンはこれまでに二回だけ会ったことがあるが、酢と油がたがいを補い合うように相性は悪くなさそうだ。

「悪い知らせもある」タロンが続ける。「被害者はきみたち夫婦の知人である可能性が高い。ゴーティエ・デュ・フェズナイ。友人であるなら、心からお悔やみ申し上げたい。ともかく警視、署の部下を連れてただちに現場に向かってもらいたい。すでに所轄の警察官が到着している。きみも知っての通り、彼らが土足で犯罪現場に踏み込めばたちまちすべてが台無しになりかねない。明日の朝、報告を待っている」

カプシーヌは茫然とした。つい一週間前にアレクサンドルと出席したディナーでゴーティエと会ったばかりだ。個人的に親しいというよりは友人の家やレストランのオープニングでしばしば顔を合わせ、カプシーヌたちが自宅で催す夕食会にも年に一度や二度は参加するというつきあいだった。社交の場では当たり前のように出会う存在だったのだ。

カプシーヌは着替えのために寝室に向かいながら署に電話を入れた。イザベル、ダヴィッド、モモには現場に直行させて合流すればいい。三人にそう伝えるように受付担当者に指示した。視線はクロゼットのなかの服に向いているが、じっさいにはなにも目に入っていない。機械的な動作でなんとかベージュの麻の夏用スーツを選んだ。クリストフ・ジョセのパンツスーツだ。去年の夏は自慢のワードローブだったが、すでに仕事着におろしている。後ろからアレクサンドルが入ってきて、ふさぎこんだ様子で窓の外を見つめている。

「ゴーティエに対しては少々思うところもあっただけに、なんだか気がとがめるよ」アレクサンドルが口をひらく。「評論家としての才能はすばらしかったが、どうにも鼻持ちならないところがあった。レビューで絶賛する時でも、かならず嫌なことを書くんだ。それが高じてブログに力を入れていたんだろうな。新聞の仕事よりもそちらに時間をかけていた。あんなビデオで自分らしさを表現しようとしたんだろう」

「彼は自分のイメージに満足していなかったということ？　だからわざわざそれを壊すよう

なことをしていたのかしら」カプシーヌはシグ・ザウエルの拳銃をパンツの背中側に装着する。

「そうかもしれないな。新聞社とも揉めていた。彼のブログがとてつもない数のファンを獲得したものだから、新聞社側は読者を奪われると危惧したんだ。といっても、そんなことはもう問題ではないな。まったくなんてことだ。惜しい人物を亡くしたよ。ともあれ、明日の朝ほっと胸をなでおろすシェフがこの街にはおおぜいいるだろう」

「ベアトリス・メナジエについてはどう？　知り合いなの？」

「メナジエというのは本名ではない。彼女は大手飲料メーカーのオーナー、ポール・ルノーの一粒種だ。ルノーはつぎつぎに競合相手を買収して、アルコール飲料のメーカーとしてはいまや世界第二位か第三位になっているはずだ。まさしく帝国だな。彼女には会社を継ぐ意志はなく、銀行から融資を受けてレストランをオープンしたんだ。メナジエという名前で」

「中世の時代を思わせる名前ね」

「ちょっとした遊び心だろう。料理本の草分けで『パリの主婦（ル・メナジエ・ド・パリ）』という本がある。確か一三九三年に、ブルジョワ階級の人物が自分の妻の自覚を促そうとして出版したとされている。ベアトリスがあえてその名前を選んだのは、親の会社に入って幹部になるよりエプロンをつけて紐をコンロにくくりつけるほうを選ぶという父親への意思表示だろう」

「つまり彼女はルノー家の巨万の富を相続する立場にあるということね。なのに毎晩、厨房で汗みどろになって働いている。そういうことでしょう？　なんとまあ驚きだわ」

「そう意地悪をいうな。きみだって生の社会の手応えを感じたいからという理由で警察に入って両親を激怒させた。どうもベアトリスときみが重なってならない。彼女の場合は警察ではなく、プロがしのぎを削る手荒な厨房を選んだということだ」

カプシーヌはわざとらしく仏頂面をしてみせる。

「それなら彼女はきっと満足しているにちがいないわね。肝心の料理の腕前はどうなのかしら」

「ベアトリスの料理の腕前か？　それは太鼓判を捺せるね。初めてオープンしたレストランで彼女がメニューの軸としたのは、幼い頃から暮らした南仏（ミディ）の料理だった。オープニングではまず多彩な材料が入ったタプナード（プロヴァンス地方の伝統的なオリーブペースト）を混ぜ込んだ南仏のパン、フーガスで始まり、メインディッシュは牛テールのフォアグラ添えだった。伝統的なレシピに絶妙なアレンジを加えていた。商業的な成功を収めたいまでは、さらに料理は洗練され純粋なオートキュイジーヌに進出している。まちがいなく、注目株だ」

03

指紋採取用の黒い粉で汚れた小型ビデオカメラをカプシーヌが持ち上げ、コンピューターとの接続を切る。手のひらにすっぽり収まるほどのサイズのカメラだ。コンピューターの黒い画面にじっと見入っていたイザベル、ダヴィッド、モモがはっと我に返る。カプシーヌは大昔の官給品の椅子に座ったままふんぞり返り、デスクに両脚をのせた。椅子の回転台がキーキーと耳障りな音を立てる。いつもならここでイザベルがうっとりとカプシーヌの脚に見惚れ、ダヴィッドはカプシーヌの靴について的を射たコメントをする。しかし今回、まっさきに感想を述べたのはモモだった。

「たまげましたよ、警視（コミセール）、スナッフ映画（実際の殺人を撮影したもの）を見るのは初めてだ。こういうたぐいの映画はごめんですね」

「モモ」イザベルはいらだった口調だ。「スナッフ映画はこんなもんじゃなくて、徹底的に女性を抑圧しようとする最低の表現手段よ。屈辱的なセックスシーンがあって、あげくの果てに——」

「その辺でいいでしょう、主任巡査部長。いま手元にある情報を報告してちょうだい」カプシーヌがうながす。

イザベルが堅苦しい口調で自分のノートを読み上げる。警察独特のいいまわしをちりばめた文章がだらだらと続く。「ゴーティエ・フェズナイ——ジャーナリスト、未婚、現住所は十七区カルディネ通り三十二番地——は七区のレストラン〈シェ・ベアトリス〉であきらかに何者かによって殺害されたと思われる状態で発見された。身元の確認は被害者の身元証明証によっておこなわれ、さらに彼と知り合いであるル・テリエ警視によって裏付けがなされた」

「現場に駆けつけた国立科学捜査研究所鑑識班のドシェリ主任によれば、この犯行には神経を麻痺させる毒物あるいはクラーレが使用された可能性がひじょうに濃厚であるという。その理由として挙げられるのは、（a）被害者の右耳の真下にちいさな穴がある、（b）被害者は液体状の料理を盛った皿に顔から崩れ落ちており、鼻孔と喉のなかに確認された食べ物の量から、倒れた後も彼は呼吸を継続していたと判断できる。つまり被害者は自分で動くことができなかった。死因は毒物ではなくソースによる溺死である可能性はきわめて高い。そのように急激な筋肉の活動停止をもたらす原因としては、一般的に神経ガスとクラーレが考えられる」

イザベルは顔をあげ、ふだんの声にもどる。「むろん、検死解剖や組織培養などを含め彼らがすべての作業を終えるまで、わたしたちには全貌をつかむことはできませんが、ドシェリ主任としては、何者かが被害者の傍らを通り過ぎる時に筋肉弛緩剤のような物質を直接あるいは注射といった方法で体内に注入したと確信しているようです」

「死亡時刻は?」カプシーヌがたずねる。

「九時から数分経ったころです。その根拠はビデオの画面の時刻表示、それからレストランに居合わせたほぼ全員が九時少し過ぎに被害者が突っ伏したのを見ていること。といってもじっさいにそれを見たと認めたのはわずかにふたりですが」

「そういえば」カプシーヌはジュゼッペ・ザノッティのフラットシューズを履いた足をぶらぶら揺らす。靴のサイズは三十六。ハイヒールがトレンドではないのはありがたい。守護天使に感謝しながら口をひらく。「ドシェリ主任と話したわ。ちょうど彼が遺体を現場から運び出す際に。被害者の傷の一センチほど内側に金属みたいなものがキラリと光るのを見たそうよ。銃弾でないのは確かだけれど、何であるのかわからないといっていたわ」

「空気銃の弾では?」ダヴィッドだ。

「そうね、そうかもしれない。その可能性はあるわね。思いつかなかったわ。何者かが通り過ぎる時に彼の首に撃ち込んだのかもしれない」

「この事件は楽勝ですね」イザベルがいう。「あの場所で食事をしていた客のうちの誰か、もしくは働いていた給仕スタッフの誰かの犯行にちがいないわ。外から店内に突入してきた人物はいないようだし、料理人はダイニングルームをうろうろしたりしませんからね」

「シェフ以外はね。もてなしの一環として短時間お客さんの前に姿を見せるのはよくあることだから。夫の話ではベアトリス・メナジエは厨房から出てきて店のお客様と握手するのが大好きらしいわ」

「確かに、ホールに出てきています」ダヴィッドだ。「しかし、それは被害者がぶっ倒れる三十分前です。ウェイターからききました。神経に作用する物質はおそらく即効性があるでしょうね。となると、シェフは容疑をまぬがれるということになりますか？」

「そうとは限らないわね」カプシーヌがこたえる。「おおぜいの証言がどれほど当てにならないものか、あなたもよく知っているでしょう。彼女がその後もう一度厨房から出てきた可能性はいくらでもあるわ。そこのところを慎重に調べなくては」

イザベルがうるさい音をたててノートのページをめくる。「現場にいた人数は合わせて九十二人、客とホールのスタッフです。それにシェフを加えて九十三人。そのなかの誰かが犯人ですね。ということはこの小さなノートにはすでに加害者の名前があるということだわ。これはもう、かつてないほどスピーディーな事件解決まちがいなしです！」

「すごいな。密室ミステリか。一度でいいからそういう事件を担当したいと思っていた」ダヴィッドが相づちを打つ。

イザベルが彼をじろりとにらむ。

「九十一人に変更だな。シェフはボスの旦那さんの友だちで、客のひとりはボスの親友だから」モモの説明には説得力がある。

「九十三人のままでいきましょう。ベアトリス・メナジエがアレクサンドルの友人であったとしても——そうではないとは思うけれど——彼女はまちがいなく容疑者のひとりよ。よりによってセシル・ド・ルージュモンが現場に居合わせたのは驚きだったわ。確かにわたしは彼女と親しいつきあいがあるけれど、特別扱いはしないで徹底的に調べてちょうだい」

カプシーヌの言葉に対し三人の巡査部長たちは小さくうなずいたが、正論を吐く相手に対してフランス流の皮肉を込めた表情がちらりとよぎった。

「レストランの店内にいた人たちのうち、あなたたち三人でこれまでに何人から話をきいたの？」

イザベルがノートで確認する。「給仕係の二十一人全員、客のうち十一人と手短に話をしました。指示された通り、被害者のテーブルにいちばんちかい席にいた人に絞りました」

「なにか収穫は？」

「ありません。いつものことです。客は皆、なにも見ていないの一点張りです。フェズナイが突っ伏すところを見たという女性がふたりだけいましたが。そのうちのひとりは席を立って彼に手を貸したいと思ったものの、夫に制止されました。ウェイターは忠実に職務を果たしています。聖職者みたいにまじめぶって、担当するテーブルで起きたことは教会の告解の内容と同じ重みを持つ秘密だとばかりに口を割ろうとしない」

「ともかく全員の名前と住所は記録したのね。そして許可なくパリを出てはならないと説明もしたんでしょう？」

「はい。身分証を二重チェックして誰も嘘をついていないと確認済みです。で、つぎの指示をお願いします」イザベルがいう。

「朝いちばんに手をつけてもらいたいのは、九十三人全員の正式な事情聴取。ひとりずつ警察署に呼びなさい。安全ななわばりの外に引きずり出せば、ちがう反応を示すでしょう。くれぐれも容赦しないように。いつもの要領でね。殺人が起きる直前にあなたが席を立ったのを隣のテーブルにいた人が見たと断言している、といってやりなさい。そうやって恐怖を煽るの。取調室から出たいと本気になった時に、ようやく彼らは口をひらくわ。なにかを目撃しているのであれば、話す気になるでしょう。

つぎに彼らの背景を徹底的に洗うのよ。たとえどんなに取るに足らないものでも、被害者との接点があるかどうかを調べなさい。同郷、共通の勤務先といったことをね。手順はわかっているわね。室内にいた人たちのなかにほんとうに殺人犯がいるにしても、動機をあきらかにしなくてはならないわ」

「秋にはどんな仕事が待っているのかしら」イザベルが皮肉っぽくたずねる。

「いいたいことはわかるわ。あなたたち三人の手に負える仕事量ではないわね。バックアップの人数はどれくらい必要？」

「できるかぎり多く」イザベルはにやりとする。

カプシーヌは業務票のファイルをぱらぱらめくっていく。「五人の援軍を一週間投入できそうよ。それでなんとか着手できるでしょう。後のことはその時に考えましょう。そうそう、セシル・ド・ルージュモンとは前々から明日のランチの約束をしていたの。でもあなたたちは気にしないで他の人たちと同じようにここで彼女の事情聴取をしてちょうだい。いやにうれしそうね、イザベル？」

「だって、犯人逮捕はスラムダンクみたいに百パーセント確実ってことですから。捜査第一日目から一枚の紙のどこかに容疑者の名前が確実に書いてあるとわかっているなんて、めったにないですよ。後は単調で苦痛な作業を辛抱強くこなせば、あっという間に犯人に手錠がかかるというわけですよね」

「そんなふうに簡単にいくことを期待したいわ。上からの指示で明日はこの事件を担当する予審判事に会う予定よ」

「たいへんですね。でも、単なる形式じゃないんですか？」ダヴィッドがたずねる。

「ふつうなら、そうなんだけど。でも、相手はあのラ・マルティニエール予審判事。あなたたちもおぼえているでしょう？」

「オーギュスト＝マリー・パルモンティエ・ド・ラ・マルティニエール？　あのいばりくさったやつのことを忘れるものですか。あいつのせいで人生真っ暗になったわ。まったく、警察を辞めたくなる」イザベルだ。

「尼さんになることを本気で考えてみたら？」

ダヴィッドがそういったかいわないかのうちに、イザベルは目にも留まらぬすばやさで彼の二の腕に鋭い右のジャブを浴びせる。痛みのあまりダヴィッドは息をすることができない。

04

〈ラ・ダーシャ〉はパリのゴールデントライアングルのまんなかに位置するキャビア・バーだ。一流企業のオフィスが集まる場所柄を反映してランチタイムには投資銀行、経営コンサルタント会社、広告会社の幹部たちの食堂かと思うような状態になる。ふんだんに経費を使えると自負する彼らは、わずかな量に法外な値段がつけられていてもまったく意に介さない。夜の時間帯にはさらに客層が広がり、テレビのニュース番組のキャスター、官公庁の上級職員らが加わる。セシル・ド・ルージュモンは昼も夜も訪れる常連だ。

カプシーヌとセシルのつきあいはごく幼いころにまで遡る。長年の親友同士という濃いつながりは、男性の目から見ると性的な愛着と見分けがつかないらしく、いつも誤解される。異性との親密さを深める年頃を迎えると女性同士の友情は危うくなるものだが、その転換点も無事に乗り越え、おとなの女性同士の友情へとさらに進化した。

カプシーヌが店に入っていくと、先に到着してミニテーブルについていたセシルが立ち上がって迎え、ふたりはしっかりと見つめ合い、抱擁し、左右の頬にキスする。

「昨夜はあなたが仕事をする姿を見てわくわくしたわ。まるで映画のワンシーンみたいだった。タフな指揮官としてきぱきと指示を出して、みごとに仕切っていたわ！」そこでふたりそろって笑い声をあげた。「それに引き換えわたしの仕事ときたら、クライアントにささやかな意見をおずおずと差し出すだけですもの」

「おずおず、ですか。その割には一日に三千ユーロもの金額を請求し、同僚たちを顎でこきつかっているじゃないの。わたしがあなたみたいな調子で部下に命令したら、きっと片方の足を撃たれてしまうわ」

セシルは超一流の経営コンサルタント会社〈ベースチャン・アンド・カンパニー〉のアソシエイト・パートナー――フル・パートナーになる目前のポジションだ。難解なつづりの同社の社名を正しく発音できれば欧米のビジネス界の勝ち組といわれるほどの、選ばれた超エリート集団の一員なのである。

ウェイターがメニューを持ってやってきた。ウエストまでの丈の白いメスジャケットにはよく糊（のり）がきいていて、光沢のある真鍮のボタンと金のブロケードの肩章は帝政ロシアの雰囲気を意識したフォーマルなスタイルを演出している。セシルとカプシーヌにはメニューは必要ない。何年も通ううちにすっかり暗記してしまっている。

セシルはウェイターにやさしく微笑みかけた。「エルヴェ、ウォッカを一クォーターお願いね。それを飲んでひとまず落ち着くわ」

すぐにウォッカが運ばれてきた。銀めっきのクーラーに入った一クォーター入りの小さなデカンタは丸ごと冷やし固められている。あらかじめ熱い湯にクーラーを短時間浸しているので、デカンタを持ち上げると周囲の氷の塊がかんたんにはずれる。脚のついた小さなクリスタルのグラスにウェイターがウォッカを満たす。ドールハウスのグラスのようなサイズに注がれた液体は限りなく氷点にちかいので、濃厚でとろりとした質感だ。

ふたりはグラスを掲げ、楽しげにクスクス笑う。カプシーヌがひとくちウォッカを口にふくむ。とても冷たいので味は感じられず、舌がしびれるような感覚だ。けれどもお腹に到達したとたん酸性の炎となって広がり、カプシーヌをおびやかす果てしない不安の縁が溶けていく。両肩から力が抜けていくのを感じる。

「あなたに会うといつも効果てきめんよ」カプシーヌがセシルの片手をぎゅっとつかんだ。

セシルは返事をする代わりに自分の手をその上に重ね、にこっとしてぎゅっと力を込める。それから人さし指でカプシーヌの手の甲をじれったそうにトントンと叩き、さっそく本題に入った。

「さあ、きかせてちょうだい。昨日のできごとの真相をね。あの男性の死因は？　食中毒なの？　彼はどういう人？　わたしたちの知り合い？」

ちょうどそこに、さきほどのウェイターがやってきて会話が中断した。たったいまレストランにベルーガ・キャビアが大量に届いたと知らせてきたのだ。この数カ月間でダントツに上等なキャビアだと彼は断言する。カプシーヌとしては聞き捨てならない発言だ。ベルーガといえば三大キャビアのなかで粒がもっとも大きく、いまは絶滅危惧種のリストに入っているので客に出すこと自体が違法行為だ。カプシーヌが司法警察の警視であることは百も承知であるはずのウェイターがそれを悪びれることもなく推してくる。このレストランに来る行政とビジネスのエリートたちも、それだけ無頓着ということだ。

「じゃあ、そのベルーガを五十グラムずついただくわ。トーストをたっぷり添えてね。後はそれを食べてから考えるわ」セシルはさっさとウェイターを追い払おうとする口調だ。

「ねぇ、早いところ昨夜の事件について話してもらわないと、苦しくてたまらないわ」

「被害者はゴーティエ・デュ・フェズナイ。《ル・フィガロ》紙に執筆しているレストラン評論家よ。彼のことは知っているわね」

「顔だけぼかしを入れて気取って食事する動画満載のブログの人？　いったい誰がああいう尊大な人物を殺そうなんて思うのかしら」

「それをつきとめるためにわたしは給料をもらっているのよ。彼は何者かになんらかの薬物を注入されたらしいわ。神経系に作用する物質をね。それで前に倒れ、自分が食べていた料理で溺死した。濃厚で絶妙な味わいのタンドーリソースにロブスターのラビオリが浮かぶなかでね」

「わたしもそれを食べたわ。絶品だった。それにしても、自分のディナーで溺れるとはね。あっという間に死んでしまうなんて、なにを注射されたのかしら？」

「鑑識は、神経系に作用する毒物、クラーレ、あるいは軍で使われる薬物の線で考えているらしいわ。空気銃の弾にクラーレを塗った可能性もある。吹き矢でも使ったのではないかと期待している刑事もいるのよ」

これをきいてセシルがいっしょになって笑うだろうとカプシーヌは予想していた。

ところが彼女は無表情のままカプシーヌを見つめ、口をひらいた。

「そういう吹き矢に金属が使われることはないわ。使われるのはアマゾンの熱帯雨林で育つイナユガというヤシの葉肋(ようろく)。それをクラーレに浸してから乾燥させる。毒の効き目は何年も保たれるわ」真面目な口調は〈ベースチャン・アンド・カンパニー〉の経営コンサルタントにふさわしい重みを感じさせる。

「それはあなたの『ベースチャン版コンサルタントのためのハンドブック』で仕入れた知識なのかしら。ほろ酔いの時でも毎晩欠かさず寝る前に読んで勉強しているのね」

セシルは余裕のある微笑みを浮かべる。「いいえ。先週、たまたまメゾン・ド・アメリク・ラティヌでのレセプションに出席したのよ。会場はフォブール・サンジェルマンの古いオテル・パルティキュリエ。たしかアメリカ先住民の保護に関する基金の呼びかけでね。そこにブラジル先住民の狩猟用の武器が展示されていたの。吹き矢筒、吹き矢、弓矢がたくさんあったわ。展示品についてブラジル大使館の職員がちょっとした講義をしたというわけ」

「パーティーはおもしろかった?」

「その逆(オ・コントレール)よ。とにかく退屈で、おまけにゲストの一部が騒ぎを起こしたわ。上流階級の若者たちが酔っ払ったいきおいで展示品の吹き矢を勝手に手に取って、わが国の大統領の肖像画めがけて矢を飛ばしたのよ、除幕されたばかりの肖像画にね」

「まあ」

「でもね、吹き矢を飛ばすのは意外にむずかしいものなのよね。わたしはティーンエイジャーのころにタバコを吸いすぎたからだめなの」

「あなたも大統領の肖像画に吹き矢を飛ばしたの？　まさか！」カプシーヌが甲高い声を出す。

「ちがうわよ！　変なことといいださないで」

「そこにあった矢にはクラーレがついていたの？」

「じつはそれでレセプションのことを思い出したのよ。大部分はついていなかったけれど、一部の吹き矢にはついていた。展示品は化粧ボードに釘で固定されていた。矢は小さな矢筒のなかに納められていたわ。その隣に毒の原料に使われたウリが飾ってあった。一部の矢はガラス張りの額縁みたいなケースに入っていた。クラーレの溶液に浸した矢の先端が真っ黒になっているのを見せるためにね。そのケースを裏からいじってふたりの若者が毒のついた矢をごそっと手に取ってしまったの。大使館の職員は激怒して彼らから矢をひったくって取り戻したんだけど、すでに三本は肖像画に撃ち込まれてしまっていた」

「その後はどうなったのかしら？」

「さあね。パーティーはすっかり雰囲気が悪くなってしまったから、騒動の直後にわたしは会場を出たの」

「調べてみる必要がありそう。明日、ブラジル大使館に立ち寄ってみるわ」

ウェイターがやってきた。空になったウォッカのデカンタを片付け、追加の注文をたずねた。ふたりはブリニ（ロシア料理で、そば粉のパンケーキ）にスモークサーモンをのせてクレーム・フレッシュを添えたものとシャブリのハーフボトルを頼んだ。

カプシーヌは気まずい思いがじわじわと押し寄せてくるのを感じていた。それを押し隠すために、店内のガラス張りの厨房でサーモンをスライスしている女性を見つめた。ナイフの刃渡りは約六十センチ。鉛筆のように細いナイフだ。熟練の技で脂ののったサーモンから透き通るほど薄いピンク色のスライスが切り分けられていく。つぎの質問に移らなくてはならない。警察の事情聴取ではありふれた質問なのに、なぜか友人に対しては妙な問いかけに感じられる——たとえ相手がひじょうに親しい友人であっても。

「立ち入るつもりはないのだけど、ファイルの記録として残すためにこたえてもらいたいの。昨夜の会食の相手、オノリーヌ・ルカニュについてきかせて」

ほんの一瞬、セシルはむっとした表情を浮かべたものの、すぐに笑顔に切り替えた。職業柄身につけた自己防衛術としての笑顔だ。

「オノリーヌは会社のアソシエイトのひとりよ。若くてひじょうに優秀な社員。うちの会社がこれまで採用したなかでも彼女はトップクラスの人材ね」

あきらかにそれだけではないはずだ。

「つまり仕事を成功させたご褒美として彼女に高いディナーをご馳走した、ということね？わたしも見習うわ。部下の刑事たちが事件を解決したら、そのたびにご馳走しなくちゃ。司法警察がそれを経費として認めてくれるかどうかが問題だけど」

「正確にいうと、そうではないの。オノリーヌとは……その……なんていうか……特別な仲なの」

「というと？」

「カプシーヌったら、どうしてそんなに鈍感なの？　テオフィルとうまくいっていないって知っているくせに。あなたにちゃんと話したわよね。だから気晴らしのためにオノリーヌとの関係を始めたの。内緒だけど、テオフィルより彼女のほうがずっと満足できると気づいてしまったのよ」

　カプシーヌは驚きのあまり言葉が出てこない。セシルとは四歳からのつきあいだ。幼稚園（エコール・マテルネル）時代からの親友なのだ。その彼女の性的指向についていまのいままで気づいていなかったとは。

「じゃあ、どうするの？　テオフィルとは離婚するの？」口ごもりながらカプシーヌがたずねる。

「バカなことといわないで。時々あなたって子どもみたいになるのね。要するにいま、わたしはあれこれ難しい状況にいるの。キャリア上では重要なターニングポイントに差しかかっている。結婚生活もそう。おでぶのテオフィルはわたしのことよりもワインのテイスティングとワインセラーの中身のほうによほど関心があるの。だから友だちをつくったのよ。彼女と過ごすとガチガチに緊張していたものがすっかりほぐれて元気で生産的でいられる。そうやって前に進んでいくのがわたしのやり方なの。あなたなら絶対に理解できると思うけど」

カプシーヌは茫然として彼女をみつめている。

「やあねえ、なんてことないんだから。タバコやお酒と変わらないわよ。その程度なんだからおおげさに受け止めないで。そろそろオフィスに戻るわ。またすぐに会いましょうね。いろいろときかせたいおもしろい話がたくさんあるから」

セシルが立ち上がり、サインするジェスチャーをする。請求書を持ってこいというクラシックな合図だが、今回は自分につけておいてくれという意思表示だ。彼女はそのままレストランから飛び出していった。

カプシーヌは頭のなかが真っ白だ。決して不快なのではない。ただただ驚いている。

カプシーヌは座ったまま、一心にスモークサーモンをスライスする女性の姿に見入っていたが、予審判事との面会の約束を思い出してはっとした。いつもの十五分よりもはるかに大幅な遅刻だ。たいした用件ではないのだからと自分にいいきかせても、人に対して無礼なふるまいをしていると思うと嫌になる。

05

真新しい愛車ルノー・トゥインゴのエンジン音を轟かせてパリの街を突っ切りながら、カプシーヌは毒のついた吹き矢の直撃を受けた肖像画について考えていた。別に大統領のファンではないが、カプシーヌはひとつだけ高く評価していることがある。彼はさいきん、予審判事という役職を段階的に廃止することを決断した。フランスの司法制度を徹底的に見直す一環として、予審判事という職務がもはや時代遅れで現代社会には無用の長物であると判断したのだ。

警察の目線でとらえると、予審判事という存在はなかなか厄介である。たいていの捜査において彼らは名目上の担当者となり、張り込み、盗聴、逮捕に関する権限を独占する。大部分の判事は良識を備えており、本来の役割をわきまえている。検察官が確実に有罪に持ち込むには警察の徹底的な捜査が欠かせない。そのために法的に細かな点まで保証することこそ、彼らの任務だ。が、ごく一握りの予審判事は自分がすべてを取り仕切っていると信じ込んでいるらしい。

その一握りのうち、オーギュスト＝マリー・パルモンティエ・ド・ラ・マルティニエール予審判事ほど甚だしく勘違いしている人物をカプシーヌは知らない。彼はおそろしく残酷で底知れない野心を抱いている。警察の論理からすれば、警察官の立場に立って考えようとするのがよい判事であり、判事の立場でしか考えないのは悪い判事だ。マルティニエールは自分の立場しか考えていない。

カプシーヌは息を切らし、小走りでマルティニエールの執務室に駆け込んだ。遅刻したことを平謝りしたが、彼は怒りで顔色が変わっている。腕時計をにらみつけ、骨張った長い人さし指で椅子を指し示して座らせる。判事のヒエラルキーではまだ下っ端のマルティニエールに割り当てられた部屋はクロゼット程度の広さしかない。カプシーヌが前回訪れた時には、ごてごてとした装飾の帝政様式のデスクがスペースの大部分を占めていた。どうやら模様替えをしたらしく、今は完璧なディレクトワール様式で統一されている。壁には金箔張りの仰々しい額に入った肖像がかかり、威嚇するように見下ろしている。壁との角度がありすぎて危険を感じるほどだ。現代的なテクノロジーは一切排除されている。広々としたデスクにコンピューターのモニターがないのが却って目立つ。電話はデスクから少し離れた小さなテーブルに追いやられ、使われることはほとんどなさそうだ。

全体的な印象としては、ナポレオン政権下の警察大臣フーシェの時代へのあこがれが感じられる。少数の退廃的な貴族が多数の警察官を支配し、手紙を盗ませたり使用人として入り込ませたりして膨大な情報を収集させ、事件の解決は裏通りでげんこつと警棒によっておこなわれた時代だ。

マルティニエールは自分がかもし出す緊張を味わうように、無言で革製のデスクブロッター のふたを持ち上げる。金箔の凝った装飾があしらわれたアンティークのブロッターだ。ちょうど小さな男の子が石を持ち上げて気味悪い虫がずるずると出てくるのを期待するような表情で、青みがかった灰褐色の薄いファイルを取り出す。それを膝にそっと置き、ジャケットのポケットに入っていた金の万年筆を手に持ちファイルの表紙をトントンと叩く。

「これはたいへんに価値のある事件です。まったくもって有益だ。名のあるジャーナリストがレストランで死亡した。そのレストランのオーナーはフランスで指折りの資産家の跡継ぎである。マスコミは多大なる関心を払うでしょう」くちびるを閉じて左右の口角をぎゅっと上げ、彼は満足そうな笑みを見せる。

「わたしは迅速な逮捕を計画しています、遅くとも金曜日までに。今週は毎日会見をして捜査の進捗状況を発表します。来週は各方面からのインタビューを受け付けて、捜査の成功について惜しみなく話すつもりです。

迅速な逮捕は必須であり、すみやかに実行されると信じています。なにしろ容疑者の候補はわずかに九十三名だ。あなたは部下とともに全員をふるいにかけて動機を持つ可能性のある者のリストを作成し、すみやかに提出してもらいたい。いっさいの容赦はいりません。盗聴あるいは行動の監視が必要だということであれば、わたしがただちに許可します」異存はないだろうなとばかりにカプシーヌをにらみつける。

「そのリストのなかからもっとも疑わしい容疑者を呼んでここで取り調べをします。二、三日のうちには開始するつもりですから、それまでに絞り込みをおこなってもらいます。不明な点はありますか？　後はわたしが今週中に犯人の特定をおこないます」彼はぐっと身を乗り出し、念を押すようにカプシーヌをじっと見つめる。

「警視（コミセール）、設定した時間内に業務が円滑におこなわれるように、人員は配置しているんでしょうな」女性家庭教師がきかん気の生徒に学習予定を確かめるような口調だ。

「はい。この事件には合計八名の刑事を担当させています。リストに載っている全員の事情聴取を今週中におこなう予定です」

マルティニエールは椅子に座ったまま姿勢を正し、武器で威嚇するようにペンをカプシーヌに向ける。「気をつけなさい（アトンシオン）、警視（コミセール）！　警察の業務は容疑者の事情聴取ではなく、彼らの背景を調べることに限定されます。事情聴取はわたしがおこなう。ひじょうに重要な事件ですから、人まかせにはできない。なにがなんでも自分のこの手で今週中に逮捕にこぎつけます。まさに絶好の事件だ。話題性があり、初歩的といっていいほどわかりやすい。予審判事という制度の有効性を示すにはこれほど理想的な事件はない」

「容疑者の候補には誰ひとり接触してもらいたくない。わたしにはそうきこえるのですが、まちがいありませんか」一応確認してみた。

「警視、『接触してもらいたくない』という表現は妥当ではない。わたしははっきりとそれを禁じているのです。事情聴取はわたしがします。警察に横暴な事情聴取をされてしまった後では容疑者と面接する意味がなくなる。彼らは事件に精通してこたえを用意している。だからこそ最初にわたしが会う必要があるのです。この点に関して誤解のないようにしておきたい」

「では警察にはどういう業務が期待されているのでしょうか？」

「やるべきことを実行すればいいでしょう。必要と思われる銀行口座を調べたり、コンシェルジュたちと雑談して情報を収集するといったことです」そこで言葉がとぎれる。これぞという業務を思いつかないのだ。少し間を置いて、なにかを思いついたらしく、ぱっと顔が輝いた。「そうだ、もちろん指紋採取だ。指紋は絶対に必要です。それからＤＮＡも忘れないように。最新の技術を駆使しなくてはなりません。ＤＮＡのためにあらゆる標本をとりなさい。ひじょうに有益な証拠となるかもしれません。まあそんなところです。調査報告書はすみずみまで行き届いたものを作成するように。裁判所は正確な情報の詰まった分厚い調査書類を要求しますからね。それさえあれば容易に有罪判決にこぎつけられる。よろしいですね？」

こたえに詰まるのは、今日の午後だけで二度目だった。

06

翌朝、カプシーヌは不快な気分とともに目覚めた。コーヒーを飲みながら不快さの源をたどると、自分の意志とは裏腹に予審判事からの制約を受け入れてしまったからだと気づいた。ブラジル大使館を訪ねていくのはまるで彼の指示に従うようで腹立たしい。

大使館の前は外交官以外駐車禁止ゾーンとなっている。そのまんなかにカプシーヌは小さなトゥインゴを滑り込ませた。鉄で成功した大富豪シュナイダー家がかつて屋敷として使用していた堂々たる建物の厳粛なファサードを目にして、カプシーヌは自然と心に余裕を取り戻していた。

マホガニー張りの暗いレセプションルームに大使館の文化担当職員ウィルソン・ド・メロが入ってきたとたん、あたりはカリオカの日の出のように明るくなった。カプシーヌをひと目見て、彼のなかで二種類の反応が起きているのがよくわかる。まず彼女の容姿に対する反応。これはたいていの異性が示すもので、カプシーヌは注目されるのは慣れている。もうひとつの反応を見極めるのは、少しだけ時間がかかった。どうやら彼は怖れおののいているらしい。結果的に、後者の反応が彼のなかでは優勢を占めたようだ。

メロはイパネマビーチがぴったりのリッチなプレイボーイというタイプで、いまの役職は身内のコネを使って就いているにちがいない。いつでもサーフィンに出かけられるように、仕立てのいいサマースーツの下に水泳パンツをはいていても不思議ではない。サーフィンの後はビーチで娘とビールを飲んで楽しむような暮らしがお似合いだ。アルベール一世公園の向こう側をゆっくりと流れる灰色のセーヌ川を見て彼が重いホームシックになっていないといいのだが。

メロは内心の動揺を隠せないまま、カプシーヌを案内してレセプションルームを歩いていく。ブラジルのバロック様式のアンティーク家具が所狭しと置かれている。ジャカランダの木でつくられた家具はどれもみごとな光沢だ。彼は洗練された身のこなしで椅子を勧め、八角形のエレガントなテーブルを挟んで向き合うように自分も腰かけた。フランスの基準に照らしても彼のマナーは完璧といっていい。

「セニョール・ド・メロ。クラーレと吹き矢についてうかがいにきました」

「やはりそうでしたか、警視。たいへんに遺憾な一件で、許されるべきことではありません。大使館として深く陳謝する所存です。悪意による侮蔑的な行為では決してないということを、ぜひともフランス政府にはご理解いただけるよう深く希望しています。そのような意図は露ほどもなかったわけでして」

「大統領の肖像画に若者たちが吹き矢を飛ばしたことについておっしゃっているんですね。それはきいています。でも今日うかがった目的はその件についてお話しするためではありません。矢が大統領本人に向けられてはいない以上、警察は介入しません。だいいち」カプシーヌはにっこりして、さらに続ける。「矢が大統領の頭に命中したら、愉快に感じる人たちもおおぜいいるでしょうから」

メロの表情が一変して、にこやかになった。

「いやあ、ほっとしましたよ。わが国で同じことが起きれば反逆行為あるいは不敬罪の一種と見なされるでしょう。大使の更迭はやむを得ない、自分自身のキャリアもあきらめるしかない」彼はテーブルに身を乗り出し、馴れ馴れしいしぐさでやさしくカプシーヌの片手をとる。「では、どんなふうにお役に立てばいいのでしょうか、マダム？　司法警察の警視が面会を求めていると秘書からきいた時には、パイプをくわえた大柄でずんぐりした体型の年配男性を想像していましたよ」

「想像を裏切ってしまったかもしれませんが、メグレ警視はいまでもわたしたちのお手本です。じつは、いま扱っている事件にクラーレが関係している可能性があります。なにか有益な情報を得られるのではないかと思ってこうしてうかがったというわけです」最上級の笑顔を浮かべながらカプシーヌは相手の手からそっと手を抜いた。

「そういうことでしたら、ぜひわたしの執務室においでいただかなくては」おおげさに流し目をしてメロがウィンクしてみせる。「銅版画のたぐいは持っていませんが、先住民のすばらしい工芸品を各種とりそろえています」

メロの執務室は、どちらかというと博物館の学芸員かファッション誌の編集者の部屋のような様相だった。壁一面を鮮やかな色彩の熱帯地方の絵画が埋め尽くし、あちこちの隅にもたくさん立てかけてある。本棚にはブラジルについての写真集が各種、それも同じものが何冊もぎっしり詰まっている。贈り物として使うのだろう。ソファと椅子にはどれもカーニバルの仮面と衣装が山と積まれている。大きな革張りの椅子はセルジオ・ロドリゲスの有名な『ポルトローナ・モール』。そこにうずたかく積まれているのは先住民たちの手工芸品だ。装身具、宝飾品、ヒョウタン類などが山積みされたてっぺんに、長い弓と二・五メートルほどの長さの矢、吹き矢筒が大量にのっている。よくバランスを保っているものだ。

「まずは一杯いかがです。ひと心地ついた時には、わたしたちは必ず〝カフェジーニョ〟を飲むんです」

「ありがとう。お気持ちだけいただきます。昼食の後でコーヒーを二杯飲んでいますので」

「そんなわけにはいきません（パ・クエティヨン）」メロは少年のような魅力的な笑顔を浮かべる。フランス語の発音は完璧だ。「わたしたちのコーヒーを味わっていただかずにお帰ししたと大使に知れたら、わたしが叱られます。更迭の危機が回避できたのですから、なおのことです」

メロは電話をとりあげて手早く指示をした。あっという間に銀の小さなトレーが運ばれてきた。給仕係は高い襟つきで糊のよくきいた白いジャケット姿だ。トレーにはデミタスカップが二客、銀のコーヒーピッチャー、銀の小さな卓上砂糖入れ。給仕係はカップとソーサーをカプシーヌにわたし、砂糖入れを差し出し、カップにコーヒーを注ぐ。メロのカップには半分ほど砂糖を入れてからコーヒーを少量注いだ。砂糖たっぷりのどろどろとした液体をメロはいせいよく混ぜて一息に飲み干す。カプシーヌは彼の動作を真似た。コーヒーそのものはフランスの〝エクスプレス（濃いエスプレッソコーヒー）〟の何倍も強いが、口当たりははるかにまろやかだ。メロのいう通りだ、これを味わわないで帰るという法はない。

「レセプションについてきかせてもらいましょう」カプシーヌが切り出した。

「ブラジルの先住民を保護する活動への資金調達を後援するレセプションでした。先住民が生み出すアートが今回の目玉でした。これはコレクションのごく一部です」彼が片手を揺らしてカオス状態の執務室を示す。「前史時代から現在までのものを展示しました。仮面、羽毛を使った装飾品、宝飾品、武器、小さな彫像、陶器、楽器などを。そのなかで特にクラーレ・ダーツについて知りたい、ということでしたね」メロが誘いかけるような笑顔を向ける。

カプシーヌがうなずく。

「ごらんにいれましょう」

革張りの美しい椅子に積まれた山のなかから、メロが木製の平らなケースを取り出した。縦九十センチ、横六十センチほどの大きさで前面はガラス張りだ。絵画用の額縁のようなケースには製造の工程を示すためにおよそ五十本の矢が納められている。最初はでこぼこだらけの棒切れに過ぎないが、最後の六本はまっすぐな姿となり、バイエルン人の組み立てラインで加工されたといっても通用しそうだ。

「これだけのものをつくるのですから、先住民たちの技には舌を巻きますよ。こういう矢には〈イナユガ〉と呼ばれるヤシの葉肋が使われます。ピラニアの歯で滑らかにして尖らせ、それから火で焼いて固くします。つくり方は部族ごとに独自の方法があり、あらゆる植物を使います。葉を丸めて矢にする部族もありますね。クラーレに関しても部族ごとにちがいます。クラーレに使われる植物は軽く七十五種類を超えます」

「クラーレを矢につけるタイミングは？」

大使館員は椅子の上の山をあさって二十センチほどの長さの矢筒を取り出した。なかには約三十本の矢が納められている。矢筒に紐でぶら下がっているのはカミソリのような長い薄い歯のついた黒みがかった魚の下顎――ピラニアにちがいない――と、繊維質の栓がついたオレンジ色のヒョウタンだ。ヒョウタンの長さは十五センチほどある。

「矢を最後に尖らせるためにピラニアの歯を使います。クラーレはこんなふうにヒョウタンに入れておきます。狩人は矢をそこに浸してまわしながら念入りにつけて準備を整えます。それがこんな状態です」

メロが別のディスプレイケースを取り出す。裏の端にはがされた跡がある。ケースのなかの矢の先端はどれも真っ黒だ。あきらかに三本なくなっているのがわかる。

「ここに入っていた矢が大統領の肖像画に？」

「ええ、悔しくてなりません。給仕係ふたりとわたしとであの悪党どもを戸口までひっぱっていきました。われながら頭に血がのぼっていましたよ」

「会場にもどってから矢を回収したんですね？」

「肖像画から矢を七本引き抜きました。どれも矢筒に入っていたもので、先端にはなにもついていませんでした。しかしクラーレがついていた三本の矢はみつかりませんでした。まずいことに、三本はどれもまだじゅうぶんに殺傷能力があったのです。クラーレに浸されたのははるか昔であるにもかかわらず」

「こわいもの知らずの金持ちの道楽息子たちが羽目をはずすと厄介なものね」カプシーヌは鷹揚な調子でこたえる。

メロは自分へのあてこすりだと気づかず、感謝のまなざしでカプシーヌに微笑みかける。

「セニョール・ド・メロ、お願いがあります。レセプションの招待客リストがあるかどうか教えてもらえますか」

「もちろんありますとも。接客担当者が出席者をチェックしています。同伴者がいる場合は名前を記録してあります」

メロはデスクに積まれた山のなかから大判の紙を取り出してたたみ、大使館印と住所をエンボス加工した大きな白い封筒に入れてカプシーヌにわたした。

「セニョール・ド・メロ、ご協力いただいたおかげでとても助かりました。あつかましいお願いなのですが、ディスプレイ用の矢を一週間から十日のあいだ拝借できますか？」

「もちろんですとも。ご用がすみましたら、わたしが引き取りにいきます。執務室までうかがいますので、ぜひとも昼食におつきあいください。リオと変わらないほどおいしいカイピリーニャ（ブラジルのカクテル）を出すブラジルレストランがあります」

「まあ、すてきね。夫を紹介するのにまたとない機会になりそう。彼はレストラン評論家で、とりわけブラジル料理に目がないんです。きっとあなたと気が合うわ」

メロはまぶしいほどの笑顔を崩さない。ただ、鋭い目の持主であれば彼の表情がかすかに引きつっているのに気づいただろう。

07

カプシーヌが〈ル・フロリアン〉に足を踏み入れるのは十歳の時以来だ。シャンゼリゼのレストランなので何度となく前を通り過ぎているが、見るたびに店は幽霊屋敷のような陰鬱なムードが濃くなっていった。幼いころは両親に連れられて何回も行ったことがある。母親の服を仕立てる女性がつくってくれた、ひだ飾りのあるすてきなスモックドレスはごわごわした感触でかゆくてたまらなかった。それを着せられて、大人向けの味つけの料理を必死で飲み込み、頭越しに両親が会話するのをきいていた。両親は娘のことなど無関心で、たまに思い出しておおげさにいってきかせる。あなたはとても幸運なのよ、こうしてガラス張りのテラス席に座れるのは経営者に顔がきく人の特権なのだから。田舎者が通されるのは金ぴか張りの薄暗い煉獄みたいな奥の部屋よ、と。カプシーヌが徹底的に拒絶するブルジョワ・ライフの縮図は、いまも〈ル・フロリアン〉に歴然と残っている。

「編集者にうまいこといいくるめられた」アレクサンドルは憤りを隠せない。「やたらに血統ばかりよくて敬遠されるオールドミスみたいな辛気くさい店が延々とここで生き延びたあげく、流行の発信源を気取るチェーン店に身売りした。上階は凝った装飾のホテルに、レストランはファッショナブルな人気スポットにしようというもくろみだ。そうでもなければ、こんなところをわざわざレビューしに来たりはしない。きみがつきあってくれて助かった。ひとりだったら、もうここでは食べたくない」

アレクサンドルはいらだちをぶつけるように革製のメニューをぴしゃりと音を立てて閉じる。「すっかり暗記してしまったよ。これで三度目だからな。このチェーンはシェフではなくマーケティング部門の連中が仕切っている。シャンゼリゼが往年のフランス映画の中心だったことをアピールしようと思いついて、天才的なひらめきだと勘違いしている。それでくたびれきった古い料理に映画スターの名前がついているんだ」

彼はメニューをひらいてカプシーヌに向かって読み上げた。

「『リゾット・ロベール・オッセン、ホワイティングのフライ・コルベール、タイのシャルル・アズナブール』最低の人選だ。オッセンはイタリアではなくイラン生まれだし、あとのふたりは人生の大半を海から遠く離れた土地で過ごしている。注文はきみにまかせるよ。このメニューを三度も検討するのはごめんだ」

アレクサンドルはレストランをこきおろすとなると容赦ない。

「それから氷はいらない、入れないでくれ!」アレクサンドルは去っていくウェイターの背中に向かって鋭い言葉を浴びせる。「アメリカ流の商売のやり方にすっかり毒されてしまっている」アレクサンドルは哲学者のような憂い顔で頭を左右にふる。

「かわいそうに、まだまだ飲み足りないのね」

「まったく情けないよ。格式の高さを誇った店が、生き残りをかけてマスコミをペテンにかけるような真似までするとは」

「その気持ち、よくわかるわ」カプシーヌがくちびるを噛む。「予審判事もそっくりだったから。もはや過去の遺物でしかない存在が、なぜマスコミに関しては強気なのかさっぱりわからないわ。あなたはこの店をひどく嫌っているのに、彼らはあなたが何度も訪れるといっておおよろこびしている。いっぽうこちらの予審判事はマスコミに対してまるで無防備なのよ。ある朝いきなり《ル・フィガロ》紙の記事で、正義を妨害する人物として自分が名指しされるなんてことはいっさい考えていないみたい」

注文した飲み物が運ばれてきた。アレクサンドルは一息で飲み干す。どうやらそれで彼の機嫌は少し持ち直したらしい。

「そこのところがむずかしい。このレストランはメディアの利用の仕方を心得ている。その点がきみの判事とはちがう。レストランにとって都合の悪い報道は存在しないんだ。忘れられてしまうことは、店にとっては死を意味する。きみのほうの判事の立場はもっと危うい。仮に明日、『著名なジャーナリストが殺害された事件は、予審判事の干渉のせいで解決の見通し立たず』という見出しでわれわれが記事を掲載すれば、大統領は一発で予審判事という役職を永遠に地下牢に封じ込めることができる。新聞社のこれぞという人物に情報を流せばかんたんだ」

「そうしたいのは山々よ」カプシーヌが微笑む。「ほかにこれといった案も思いつかないし。

それでもこれからの数日間はやるべきことが目白押し。もちろん容疑者の事情聴取以外の業務だけど」

　料理が運ばれてきたので、そこで話は中断した。

ウェイターは滑稽なほど取り澄ました態度で皿を置く。「ブレス産鶏のトリュフ詰めブリジット・バルドーでございます」抑揚をつけながらカプシーヌの前にローストチキンを出す。「トゥルヌド・フランソワ・トリュフォーでございます」アレクサンドルの牛のヒレ肉だ。

　アレクサンドルは試しにナイフで少し切り目を入れる。「フランソワ・トリュフォーか。ケツ（モン・キュ）を食らえ」めずらしく乱暴な言葉遣いだ。「ただの牛ヒレ肉のロッシーニ風ステーキじゃないか。厚切りのフォアグラをのせてトリュフのスライスで覆った昔ながらのものだ。料理そのものは完璧でソースは絶品だが」

　彼はカプシーヌのチキンにフォークを伸ばしてひとくち味見する。「これも悪くないな。きみを連れてきたのはまちがいだった。このいまわしいレストランへの刑の執行を土壇場で猶予する気にさせられるとは、きみの美の魔力は大変なものだ。捜査のめざましい進捗状況についてきかせてくれ。そうやって注意をそらしている限り、このおぞましい空間に目をつむっていられる」

「鑑識からの仮報告書は昨日の朝届いたわ。これといった手がかりはなにもなかった。指紋もなかったし、ふけなどの浮遊粒子状物質もなかった。アンデスの特定の山の頂上にしか生息していないアルパカの繊維の一片でもあればよかったのだけど。ゴーティエの命を奪ったのは、〇・一七七口径のキャリバー式空気銃のペレット弾。ありふれたものよ。右耳の真下を撃たれていた。よくあるホローポイント弾なのだけど、先端の窪みにペースト状の物質が詰まっていた。その大部分はクラーレと思われる合成物」

「大部分？　クラーレ以外の物質もあったのか？」

カプシーヌは背筋を伸ばし、テーブルに身を乗り出した。「じつに興味深いのよ。植物を削ったものだったの」

「その未知の植物の微小な一片からマダム・メグレは正体をつきとめた、そうだろ（ネスパ）？」

「そういう意地悪ないい方しないで。これはようやくつかんだ手がかりの糸口。昨日たまたまセシルとランチをしたの。彼女は吹き矢筒とクラーレに浸した矢についての知識が豊富だったわ。いかにも彼女らしいでしょ。矢の材料はたいていイナユガという木なんですって。アマゾンのジャングルに育つ木なのだそうよ。先週、先住民の保護を謳（うた）ったブラジル大使館のレセプションに出席して、こうした知識を仕入れたらしいわ。会場では工芸品の展示もおこなわれていた。とちゅうでゲストの一部が騒ぎ始めてクラーレつきの矢を大統領の肖像画に向かって飛ばして――」

そこでアレクサンドルがバカ笑いをした。

「実物に向かって飛ばすための練習だったと思いたいね！」

「ちゃんときいて。あなたみたいなアルコール漬けの皮肉屋さんには理解しにくいでしょうからね。わたしはすぐに鑑識とは別の方面に当たってみたの。国立自然史博物館に。彼らはイナユガを知っているばかりか、ランブイエのちかくの温室にまさにその木があるのよ。そしてペレットの先端に詰まっていた物質は、それと同種の木の一部であると彼らが断定したの。これが最新のニュースよ」

アレクサンドルは牛ヒレ肉の最後のひとくちを食べ終えた。

「何者かがレセプションの会場から矢を盗み出し、その矢の先端を削って粉状にしたものを空気銃のダムダム弾に詰め込み、ゴーティエの首めがけて撃った。そう考えているんだね？」身振り手振りをまじえ、頭の回転の鈍い人物がようやく理解したという芝居をしてみせる。

「その通りよ、シャーロック。そうやって眉を上げる芝居は勘弁してちょうだい。殺人犯がクラーレを手に入れる手段はほかにないでしょう？」

アレクサンドルが両手をあげて、わざとらしく降参の真似をした。

「今朝いちばんでブラジル大使館に行ってみたの。小麦色に日焼けした若いギリシャ神みたいな人物がいたわ。文化担当の大使館員よ。思った通り、大統領の肖像画に刺さったクラーレつきの矢はなくなっていた。吹き矢とクラーレを先端につけた矢について彼がくわしく説明してくれた。矢にはいろいろな植物が使われるし、毒のつくり方もそれぞれちがうんですって。ということは空気銃のペレット弾についていた毒と盗まれた矢の毒が同一のものであると特定できるかもしれない」

「予審判事はきみのことを誇りに思うだろう」

「そういう嫌みないい方をしないでもらいたいわ。さいわいブラジル大使館ではレセプションの出席者の詳細なリストを保管していたの。そのコピーを一部もらって今朝イザベルにわたしてきた。犯行現場のレストランにいた人たちの名前と照合するように指示したの。これで九十三人のリストをひとりに絞れるかもしれない。あるいは、ふたりというべきかしら。セシルが両方の場所にいたのはすでにわかっているから」

アレクサンドルが皮肉たっぷりのコメントを口にする前に、カプシーヌの携帯電話がけたたましく鳴った。電話をぱっとひらいて耳に当て、イザベルからだと声に出さずにアレクサンドルに知らせる。電話での会話はしばらく続いた。

アレクサンドルは大皿からチーズを選び、シャトー・ベイシュヴェルのボトルの残りをふたりのグラスに注ぐ。カプシーヌはエルメスの革の手帳をバッグから取り出し、銀色の小さな鉛筆で猛然とメモをとっていく。

数分後、カプシーヌは電話をパチンと閉じてバッグに戻した。

「じゅうぶんすぎるほどの収穫があったわ。セシルのほかに四名の名前が増えた」

「パリは小さな村なのか。多すぎるような気がするな」

「四人の名前をきいたら驚くわよ。その最たる人物は、ベアトリス・メナジエ。彼女がいたとは思いもよらなかったわ」

「考えてみれば、おかしくはないな。家族と距離を置いているといっても彼女は裕福な一族の一員なのだし、虐げられた先住民に強く共感する心情は理解できる。それにレセプションの時間帯は彼女の店のディナータイムと重なっていなかったのだろう。たいていのシェフはほんのわずかな時間でも厨房から離れたがるものだ」

「つぎに、シビル・シャルボニエ。彼女は十六歳。品行に問題のあることで知られている女優よ。同伴者はギー・ヴォアザンというパトロン」

アレクサンドルが噴き出す。

「なにがそんなにおかしいの？」

「シビル・シャルボニエをはたして女優と呼んでいいものかどうか、迷うところだ。映画のなかで彼女はひとこともしゃべらないからな。ちょっとふくれっ面をしてそれからセックスシーンを演じるだけだ。それもリアリティに欠けていて、カンフーとプロレスを足して二で割ったような印象だ」彼はそこで物思いにふけるような表情を浮かべ、さらに続ける。「みごとな胸の持主ではあるのは確かだな。わが国のファーストレディも彼女の前では形無しだ。それにギー・ヴォアザンをパトロン呼ばわりするのはあんまりだな。いま六十代で、フランスで最高のロゼをつくっている。シャトー・ド・ラ・モットだ。絶妙にバランスがとれていてハチミツの顕著な香りとパッションフルーツとピーチの淡い香り、そしてほんのかすかにバラの香りが心地よいハーモニーを奏で――」

「ありがとう。もうひとりはガエル・タンギー。驚いたわ」

「それはあのガエル・タンギーか。世界が巨大な泥の水たまりのなかで汚らしくも無惨な最期を迎えるという内容で千二百ページの本を出してゴンクール賞（フランスでもっとも権威ある文学賞のひとつ）をとったばかりの作家か?」

「本人にまちがいないでしょうね。〈シェ・ベアトリス〉の客のリストで名前を見た時にはピンとこなかったけれど、ブラジル大使館のレセプションの招待客に含まれていたとなると、まちがいないと思うわ」

アレクサンドルが眉をあげて口をすぼめ、おおげさに驚く表情をする。

「そして、あのいまいましい予審判事のせいで彼らへの事情聴取はいっさいできないの。なんてすてきなのかしら」

「ウ・ラ・ラ。動揺している時のきみときたら、まるで幼いガールスカウトの女の子みたいだ。まずベアトリス・メナジエだが、わたしはこれまでに何回も会っている。だからきみにとっても知人であるといえるだろう。いわば親しい知り合いだ。いっそのこと仲のいい友人と呼ぶことにしよう。そしてギー・ヴォアザンはまちがいなくきみの友人だ。わたしはシャトー・ド・ラ・モットには二度も泊まったことがある。彼と食事を共にしたようなものだ。むろん当時きみはよちよち歩きの幼児だった。が、夫の友人はきみの友人に決まっている。この国では妻が夫の親しい友人を訪問することを妨げる法律はない。ちがうか?」

「そしてあなたはシビル・シャルボニエと一夜を共にしたことがある。彼女もすばらしい親しい友人だというつもりでしょう」

「はずれだ。しかしきみのキャリアのためになるのなら、よろこんで実行するよ。きみがうなずいてさえくれれば」

「あまり無茶をするつもりはないわ。でもあなたの名前を出してベアトリスのレストランに行ってみる」

08

殺人事件が起きた夜のヴァレンヌ通りは警察のヴァンとパトカーがひしめき合い、青いライトが脈を打つように点滅していた。しかし初夏のやさしい光を浴びた通りはなごやかでほっとする空気が流れている。カプシーヌのトゥインゴは鼻先を角の歩道に乗り上げた。運転免許を取得して以来ずっとこのやり方で駐車している。警察官になる前の大学時代でも、駐車違反の切符を切られることには無頓着だった。

日中の太陽の光のなかではレストランも、またちがうたたずまいを見せている。濃い茶色の日よけと窓の曇りガラスがとても洗練された雰囲気だ。カプシーヌがガラスの扉を押してあけると、受付にほっそりした女性がいる。口をぽかんとあけて窓を見ていた彼女はロボットのスイッチが入ったようにしゃきしゃきと応対をする。「お待たせしないようにとシェフからすでに二回連絡が入っています」とってつけたような明るい口調だ。

ベアトリス・メナジエがいそいで出てきてカプシーヌを迎えた。事件があった際の混乱状況とおおぜいの警察官に取り囲まれたなかで取り乱していた彼女とはまるで別人だ。

いま目の前にいるのが本来のベアトリスにちがいない。元気いっぱいで自信に満ちあふれている。がっしりした体格で肉付きがよく、にこにこして無邪気な表情だ。丸顔をふちどる栗色の髪は肩まで届き、よくブラッシングされている。髪型といい、農場が似合う少女のような風情だが、筋肉質の両手には傷や格子模様の火傷の痕がある。長年プロの厨房で過酷な仕事に明け暮れていた証だ。

まだ客が誰もいない店内をベアトリスが活き活きとした様子で案内する。落ち着いた色合いのベージュの布張りの壁、ふかふかの褐色のカーペット、天井から小さなスポットライトでくっきりと明るい光が照らしている現代的なレストランだ。

厨房はもちろん彼女の聖域だ。ドーム形の加熱ランプが下がり、深い傷がたくさんついた木製の長いテーブルに美しい明暗をつくりだしている。十人余り(ミーザンプラス)のシェフは全員若い男性で、ゆったりとした白いTシャツと黒いエプロンを身につけ、下ごしらえのさなかだ。ランチの混雑を控えて作業のピッチをあげている。

厨房を歩きながらベアトリスは部下のシェフたちを厳しいまなざしでチェックする。

ベアトリス専用のスペースで話をきくことにした。木製のデスクを挟んでやっとのことで椅子が一脚ずつ置けるほどの狭い空間だ。デスクには書類とノートが高く積み上げられている。腰の高さから上はガラス張りで、座ったままでも厨房全体が見わたせる。

「ランチはディナーよりもずっときついのよ。十二時半から一時四十五分のあいだにお客様が集中するから。厨房でひとつでもミスがあると大混乱につながってしまう。ディナーの場合はお客様が到着する時間帯は午後七時半から九時と幅広いし、食前酒(アペロ)で少々ほろ酔い加減でいらっしゃる。夜のエンターテインメントとして楽しんでくださるから、料理が出るのが少々遅いくらいでちょうどいいのよ。ほんとうの意味で料理と呼べるのはやはりディナーね」

「ランチタイムとディナータイムの間にうかがったほうがよかったのではないかしら？」

「いいえ、大丈夫。部門シェフ（シェフ・ド・パルティ）と細かい所まで打ち合わせしてあるし、彼らの下準備も二重チェックしているの。すべて整っている状態。あとは誰かが大失敗するまでここに座っていられる。少なくともあと十五分はそういうことにはならないわ。なにか飲み物はいかが」

ベアトリスは暇そうにしていた料理を運ぶ係（ランナー）を手招きして、カプシーヌにキールロワイヤルを持ってくるように指示した。

「キールは時代遅れといわれているけれど、これは特別よ。ロゼのシャンパンとプロヴァンスの小さな農園でつくっているラズベリーシロップを軽く発酵させたもの、そしてラズベリー酒。これでかなりのパンチのきいたものになっているわ。ランチタイムにいらしてもらったのは、じつは下心があってのことなの。アレクサンドル・ド・ユゲールの奥様とは、いわれるまで気づかなかったわ。ぜひ店を褒めて伝えてくださいね。いまのわたしはどんなひとことでもありがたいの」

キールが運ばれてきた。泡がいきおいよくはじけ、アルコールのとろみがかすかに感じられて段違いの味わいだ。

「それで、なにをお話しすればいいのかしら。おそろしいことがあった晩にあなたの部下のチャーミングな女性警察官にきかれた以外のこと？」

イザベルをチャーミングと表現する人に初めて遭遇した。もしや皮肉ではないかと注意してみたが、そういう気配はまったくなさそうだ。

「あの晩のできごとについて見直してみようと思って。なにひとつ見過ごしていないように確かめておきたいの。あの晩は一度ダイニングルームに出てきた以外はずっと厨房にいた、厨房を出たのは殺人があったおよそ三十分前。これで合っていますか」

「いいえ、ちがうわ。わたしは店内の様子から目を離すことはないの。できる限り何度でもお客様のところに出ていくことにしているわ。それができない時にはサービスドアののぞき窓からつねにチェックしています。シェフは自分の店の空気というものを、女優が観客の雰囲気を感じ取るのと同じように感じるものなの。それがなくてはわたしの料理は成り立たないわ。わかっていただけるかしら？」

カプシーヌがうなずく。

「あの晩は悪夢のようだった。厨房は悲惨な状況だったわ。つぎからつぎへ突発事態が起きてしまって。フェズナイの来店で誰も彼もが冷静さを失っていた。彼の三度目の来店、つまりレビューを書くための最後のディナーだったのよ。わたしは厨房を離れるわけにはいかなかったから、あの小さな窓に張りついて彼が料理にどう反応するのかを見ていた。一瞬も見逃すまいと思って」

「なにか通常と変わったことは？」

「いいえ、なにも。サービスは完璧だったわ。さいわい有能な給仕長（メートル・ドテル）がいるもので。フェズナイは一皿目を気に入ったようだった。ランド産のフォアグラにトリュフ、セロリの根のフォンダンとキンカンのコンフィを添えたもの。それからソムリエが彼に二杯目のワインを注いだ。シャトー・ラ・ムトンヌをね。そして完璧なタイミングで給仕主任（シェフ・ド・ラン）がラビオリを運んだ。ひとくち味わった彼の目にはセックスを上回る快感が浮かんでいた。そうしたら厨房でなにかが焦げだしたようなにおいがしたの。コックにやり直しを命じて、また窓のところに行った時にはすでにフェズナイは皿のなかに突っ伏していたわ。ウェイターが駆け寄って彼を助けようとした。わたしも厨房から飛び出したわ」

「その時に、なにか気になったことはありませんでした？　たとえばトイレからもどってきた男性がいたとか」

「気になったこと？」ベアトリスが鼻を鳴らす。「どういう意味かしら。男性がばったりテーブルに突っ伏したところなのよ。ウェイターたちはおろおろして右往左往するばかり。おおぜいのお客様がなにごとかと立ち上がった。数分後には救急車、それから警察も到着したわ。そして司法警察も。とにかく大騒ぎだった」

「わたしがいいたいのは、席を離れていた人物がいたかという意味。どう？　洗面所に行ったり、外で一服していた可能性のある人物はいたと思う？」

「ダイニングルームにいたお客様の半数が立ち上がって、もっとそばで見ようとじりじりちかづいていた。混乱状態のなかでおおぜいのお客様の出入りがあったの。現場は大騒ぎで、勘定書を出すことすらできなかったほど。できるわけないわよね」

彼女が話している間、厨房には給仕長がひんぱんにやってくるようになった。そのたびに作業カウンターに置かれた円形のラックに小さな紙を刺す。ウェイターが記入した注文書の控えだ。数分のうちにラックは小さな紙がひらひらしたクリスマスツリーのような状態になった。ベアトリスはダイニングルームに通じるドアのところに行き、小さな丸い窓から熱心にのぞく。彼女は椅子にもどったが、カプシーヌのことなどすでに眼中にない。しきりに頭をふりながら、厨房内に厳しいまなざしを向ける。彼女の呼吸が速くなり、頬が紅潮する。その様子を見てカプシーヌが連想したのは、真正面の丘の頂上にあらわれた敵を前にして、自分が率いる騎馬兵たちをじっと見渡す指揮官の姿だ。

「じつはね、あまりにも皮肉なことがあるの。いいましょうか？」

カプシーヌがうなずく。

「フェズナイはきっとレビューでうんと褒めてくれたはずだとわたしは思っている。彼はレストラン評論家にしてはめずらしく、やさしさがあったわ。最初に訪れた時にラビオリを食べて、帰り際にやんわりと指摘してくれたのよ。すばらしいソースだったけれど少しばかり〝重すぎる〟。もっと〝ゆるく〟したらさらによくなるだろう、とね。つまり水分を増やすということ。彼は二度目に同じものを食べて、わたしが彼の意向を取り入れたかどうかを確認した。もしもわたしがそのまま変えずにいたら、彼はあのソースで溺れずにすんだかもしれない」

「メニューから外したの？」

「いいえ。とんでもない。いまや大人気ですもの。誰も彼もがあれをオーダーして、彼が座っていたテーブルを見ながら、彼を溺れさせた料理を食べたがるわ。つくるのがかんたんで大助かり。ブルターニュ産のブルーロブスターを入れた特大のラビオリに、ロブスターのフュメでつくったソースを添えるだけですもの。フュメにタンドーリスパイス、ニンジン、プリザーブレモンのムースリーヌ、野生のソレル（スイバ）、スプリングオニオンとフレッシュのコリアンダーを煮詰めたものを加える。ラビオリをあらかじめつくっておいて一時間から二時間冷凍して、注文を受けるたびに沸騰したお湯に凍ったラビオリを落とし、四分間茹でる。ソースはランプウォーマーで保温しておいて、注文を受けたら一人前ずつブール・ノワゼット（火を加えゆっくりと茶褐色にし、酢かレモン汁とケーパーで調味した透明バター）を加えて泡立てる。これで豊かな風味が増してクリーミーになる。フェズナイの提案はバターの使用を減らしてパスタの茹で汁をスプーン一杯か二杯加えるというものだったわ。じつに適切なアドバイスで、料理は完璧なものとなった。情けないことに、この料理を食べる人たちにはまるでそれがわかっていない」

　ずらりと並ぶコンロの前にシェフが立ち、身体を折り曲げるようにして銅鍋をのぞきこんでいる。見るからに料理に没頭しているといった様子だ。少し前には清潔で汚れひとつなかったTシャツは汗で透け、肌にぴったりはりついている。汗だくの顔から大きな滴が鍋のなかに落ちていく。

「彼はなにを担当しているのかしら？」

「うちの特製の料理よ。南仏で手に入れたハトをコーヒーバターで焼いて、キノアとマジュール・デーツ（ナツメヤシの果実のなかでも、まろやかで奥深い味わいをもつ品種）、アラビカ種のコーヒーで風味をつけたシチリア産のピスタチオを敷いた上に盛りつけるのよ。ソースは少々手が込んでいて、彼が心配しているのは――」

そこでベアトリスがドアをあけて厨房に飛び出し、怒鳴りつけた。

「くそったれ、いったいなにやっているの？」

てっきりソースに汗の滴が垂れていることを叱責しているのだろうとカプシーヌは思った。ベアトリスは彼を荒々しく肩で押しのけ、ステンレス製のオーブンのドアをいきおいよくあける。肩にかけていたタオルをつかんでオーブントレーを引き出すと、おいしそうに焼けた小さな鳥があらわれた。彼女はそのトレーをコンロに叩きつけるように置く。ガチャンと音がした。

「だめ。これを捨ててもう一度やり直し！」そばで怯えているシェフに厳しい口調で命じる。

肩をいからせたまま彼女は大股で小部屋に戻ってきた。

「すっかりあわててしまって、目の前のことしか見えなくなっているの。ソースに集中するあまりオーブンのなかの小さなハトのことをすっかり忘れていたのよ。おかげでカラカラにひからびてしまったわ。ああいう小さなサイズの鳥はタイミングが命だというのに。わずか数秒でも早すぎたら生焼けだし、数秒遅すぎたら紙粘土みたいな味になる。彼には才能があるのだけど」彼女はタオルを丁寧にたたんで左肩から垂らした。「ただ、オートキュイジーヌには全然慣れていなくてあたふたしている。段取りを誤ったというよりも、それ以前の段階ね。なんの話をしていたのかしら？」

「皮肉について」

「そう、そうだったのよ。フェズナイの死はいろいろな意味で悲劇だった。ご存じでしょうけれど、メナジエはわたしの本名ではないの。家族のこともなにもかも、すっかり知られているんでしょうけれど」

「もちろん」

「レストラン業界に入るのに、悪戦苦闘したのよ。父からは頑として反対されていたから。自分の事業を継がせることしか考えていなかった。わたしがビジネススクールにはいかない、エコル・オテリエールに行って料理を学ぶと宣言した時には、それはもう大騒ぎ。進学をゆるされたのは、きっとわたしが断念するだろうと考えたからよ。〈トロワグロ〉のインターンシップに採用された時には、父はがっかりしたわ。でもプロの厨房の荒っぽさのなかでやっていけるわけがないと思って、やらせてくれた。教訓を学ばせようという思惑があったんでしょうね。パリでレストランをオープンさせると決めた時も反対された。それでも、きっと失敗するだろう、会社を継がせてそれなりの地位に就く際にその経験を活かせばいいと割り切ったの」

「わたしもよく似た経験をしたわ」

ベアトリスは意外だといった表情でカプシーヌを見る。もっとエネルギッシュなタイプだと思われていたのか、それとも個人的なコメントをしたことに驚かれたのかはわからない。

一瞬、間を置いてから彼女が話を再開した。

「だからなにがなんでもレストランを大成功させることにしたの。アドレス帳に載っている全員を招待して、ゴシップのコラムにわたしのことが取り上げられるようにして、料理はわかりやすくて食べやすいものにしたわ。パリの上流階級の若い人たちの社交場になるのに時間はかからなかった。ほんとうにめざしていたレストランの姿とはちがっていたけれど、父の口を封じる効果はあったわ。いまは少しずつ階段をのぼっているところ。料理はほんもののオートキュイジーヌへとちかづいている。ミシュランの星を獲得するのも夢ではないと思っているわ。それを実現するためにフェズナイのレビューはターニングポイントになると確信していたの」

「店が成功してお父様からの口出しはなくなったの？」

「成功は諸刃(もろは)の剣ね。父はわたしが失敗すると確信している限り放っておいてくれた。こうして成功してしまうと、自分のもとに取り返そうとして横槍を入れようとするはず。父の財力と権力を使えば、わたしがこいでいる小さな自転車の車輪に棒を突っ込むことなどわけないもの」彼女はそこでカプシーヌを鋭く見つめた。「そういうところもわかってもらえるかしら？」

「なにからなにまでね。警察に入るといったら家族は愕然としていたわ。入ってからもずっと、家族が裏から手を回してクビにされるんじゃないかとビクビクしていた。いまだに心配し始めると眠れなくなるわ」

「いまや警視という地位にあるというのに？」

「あなたこそ、ミシュランの星をつかもうとしている。そこまでたどりつくのは生半可なことではないでしょう」

ふたりそろって笑い声をあげた。しかし次の瞬間、

「なにしているの、ダメダメ。ああ、もう！　なにやってるの！」ベアトリスが厨房に向かって怒鳴りつけた。

「また彼がやらかしたわ！」カプシーヌにいい残して厨房に駆け込む。カプシーヌは引きあげるタイミングだと判断してベアトリスに手をふり、外に向かった。ベアトリスはそれには目もくれず、おどおどしているコックを肘で押しのけてコンロの前に立った。

09

翌朝、カプシーヌが署に入っていくと受付の制服警察官が呼び止めた。

「警視(コミセール)、パリ市の職員が今朝、警視への書状を届けにきました。公文書を届ける専門の職員です。記章をつけていない黒い制服姿で異様な感じでしたよ。でも公式書類というより、見たところは結婚式の招待状みたいでした。デスクに置いてあります」

カプシーヌの祖母がその書状を見たら、きっと感激したにちがいない。いまは天国で日がな一日、天上の神々の紳士録を熟読しているにちがいない祖母は、いまどきの書状は正しい形式を踏まえていないといっていつも文句をつけていた。

厚地のクリーム色の封筒はフォーブル・サントノレ通りの有名な文具店のものだが、店名は封をすると隠れてしまう折り目の部分に目立たないように入っているだけ。表書きは十八世紀の小説家コデルロス・ド・ラクロとともに忘れられたような堅苦しい形式に則(のっと)っている。

マダムへ
マダム・ル・コミセール・カプシーヌ・ル・テリエ様

じっさいの名前より先にマダム宛てであると記さなくてはならないと祖母は繰り返しカプシーヌにいってきかせたものだ。理由はわからないけれど、とにかくそうすべきものであるらしい。「E／V」とはこの手紙が〝アン・ヴィーユ〟つまり直接届けられたものであって、郵便局を経由していないという意味だ。住所として通りの名称だけが記載されている。そして厚地の便せんは細工の細かい美しいレターヘッドつきだ。

パリ、二〇〇六年六月十日

前略、

マダムにおかれましては今月十日午前十一時、ムッシュ・ル・オーギュスト＝マリー・パルモンティエ・ド・ラ・マルティニエール予審判事の執務室にてマドモワゼル・シビル・シャルボニエの面接をおこないますので、その補佐として同席を依頼するものであります。なお同伴者の必要はありません。

敬具

署名はまったく判読できない。

カプシーヌはキッチンに行ってカップにコーヒーを淹れて戻ってくるまでのあいだ、クスクス笑いが止まらなかった。


いつものように十五分遅刻してマルティニエール予審判事の執務室に到着したが、シビルの姿はない。マルティニエールはぴりぴりした様子でデスクの上の小物をあれこれいじっている。カプシーヌが座るように指定されたのは、部屋のいちばん隅の小さな腰かけだ。平和維持に徹していろという意味らしい。なんらかの事態が生じて身体的に接触する必要が生じた場合にそなえて女性が待機する必要があるという判断なのだろう。

落ち着かない気分で待っていると、電話が鳴った。マルティニエールがすばやく受話器をとる。「おお——やっとか」

シビルが部屋に飛び込んできた。目は血走り、メイクはくずれ、いつもはコルクスクリューのようにカールしているはずの髪は濡れた牧羊犬の毛のようにほつれてからまっている。映画のスクリーンに映し出されたり、ぜいたくなグラビア満載の雑誌に登場したりする姿とは似ても似つかない。身体の震え、赤くなった鼻梁、拡張した瞳孔から判断して、規制物質を使って一晩じゅう盛り上がった後、まだ一睡もしていないようだ。それなのにこの美しさはどうだろう。こんな乱れた状態であっても、若い娘がかもしだす独特の官能的な魅力は女性の目から見ても眩しいほどだ。

マルティニエールは当惑しているようにしか見えない。クリスマスに期待していたものとはちがうビデオが届いてしまった十歳の少年のような表情だ。

「マドモワゼル、わざわざ執務室までご足労いただき感謝します」力なくいってから握手を求めて片手を差し出す。カプシーヌの祖母に教わるまでもなく、こういう場合には女性側から差し出すのが礼儀であることは彼だってわかっているはずなのに。

シビルは床に視線を落としたままだ。手を差し出されていることには気づいていない。彼女はおおげさな音をたててにおいを嗅ぐジェスチャーをする。袖で鼻を拭き、自分の服の襟をつまんでそのまま腕をあげ、不快なにおいの発生源である脇の下をかいだ。つかのま自分の世界に没頭した後、うつむいたまま悲しげな声を出す。自分が履いているハイトップのスニーカーに向かって「ファ」とつぶやいたようにきこえた。そして木製のアームチェアに座り、だらりと手足を伸ばす。太陽の下で溶けるバターのようだ。

マルティニエールは目を白黒させていたが、なんとか気を取り直したらしい。

「コーヒーかな？　コーヒーはいかがですか？　いいですか？」

シビルはぼうっとした表情でうなずく。相変わらず自分の思いに浸っているようだ。マルティニエールは立ち上がり、サイドテーブルの電話でせっかちに指示を出している。

カプシーヌは愉快になってきた。この光景を前にして、強いデジャヴの感覚を味わっている。シビルが別人になり切って演じているのはあきらかだ。この調子でどこまでやるつもりなのだろう。

コーヒーを待つあいだ、マルティニエールは雑談を試みた。田舎からパリに出てきた不器用な少年が初めてファッショナブルなバーに行って女の子をくどこうとしているみたいに、なんともぎこちない。シビルは床を見つめたまま視線をあげようとしない。

シビルがコーヒーを飲んだところで、マルティニエールが唐突に質問を始めた。

「マドモワゼル、あなたは被害者の隣のテーブルに居合わせています。つまり、殺害の瞬間を目撃した可能性がきわめて高いということです。あなた自身がそうと意識していなかったとしても、です」わざとらしいオーバーなセリフ回しでシビルを挑発しようという魂胆だ。

シビルはやはり物思いにふける様子でじっとスニーカーを見つめる。

「被害者が亡くなる直前、彼の背後を通った人物はいましたか？　よく考えて思い出してみてください」

シビルは目を大きくあけてスニーカーを凝視する。マルティニエールが彼女の演技にまったく気づいていないのがカプシーヌには驚きだ。

こちらが待ちくたびれたころ、ようやく彼女がつぶやいた。「セ・パ――知らない」マーロン・ブランドばりのメソッド演技だ。

マルティニエールは困惑している。「マドモワゼル、これは殺人事件の捜査です、ひじょうに深刻な事柄であると認識していただきたい。法的にもあなたは積極的に協力することが求められています」

シビルが顔をあげて彼にあざけりのまなざしを向ける。生意気ざかりの思春期の若者にありがちの傲慢な表情で目玉をぐるりとまわしたかと思うと、ふたたび床を見つめた。

カプシーヌは黙っていられない。

「あの男性が顔からまともに料理につっこんで盛大にしぶきをあげたのを見ていないの？　わたしはぜひ見てみたかったわ」

シビルは笑いを漏らし、なにかいおうとしたが、マルティニエールがカプシーヌに抗議したのでそれを遮るかたちになった。

「警視（コミセール）、どうか邪魔をしないでいただきたい。これはひじょうに厳粛な事情聴取なのです」

そしてシビルに顔を向ける。

「この事件の犯人は死刑に値するのです。人がひとり殺されているのですよ。あなたはその目撃者である可能性がひじょうに高いと自覚してもらわなくては」

シビルは飽き飽きしたらしく、戦術を変えた。椅子をぐぐっとひっぱってマルティニエールのデスクの真ん前に寄せる。座ったまま身を乗り出して両肘をデスクに突き、左右の手のひらで顎を支えて彼を凝視する。あきらかにマルティニエールは動揺している。

「マドモワゼル、ちゃんと話をきいてもらわなくては困ります」声が甲高くなっていく。

「予審判事への協力義務について『刑法典』を読んできかせましょう」

マルティニエールが立ち上がり、隅の書棚のところに行って法律書をさがすが、見つかるはずがない。赤い表紙の『刑法典』は彼のデスクの上にあり、シビルはそれを見てにやにやしている。いくら素っ頓狂を装ってみせても、中身はそうでないことがわかる。

マルティニエールが書棚をひっかきまわしているのを尻目に、シビルは彼が大事にしている金の万年筆を取り上げ、ブロッターの革製のカバーをこっそりとあけてフェルトのような感触の紙にいたずら書きを始めた。気難しそうなシラサギが怒鳴り散らしているコミカルな絵だ。なかなか絵の才能があるらしく、マルティニエールを題材にした見事な風刺画になっている。愛用の万年筆に触れられるだけで彼が激怒するとお見通しなのだ。

書棚をさがすのをあきらめたマルティニエールがくるりとこちらを向いた。シビルがいたずら書きしているのに気づいて悲鳴をあげる。

「ペンを置きなさい。いったいなにをしている？　あ、ああ！　わたしのブロッターになんてことを」

彼は万年筆をつかんでペン先を丹念に調べ、異常がないかどうか確かめる。試し書きをして確認したくてたまらないにちがいない。でもそんなことをしたら軽蔑されるとわかっているからできない。カプシーヌには彼の気持ちが手に取るようにわかる。

「マドモワゼル、わたしはもうお手上げだ。あなたが話そうとしない以上、警察に引き渡す以外選択肢がない」これ以上悲惨な脅し文句はないかのような口調だ。「彼らはわたしとはちがって見識というものを持ち合わせていない。それを思い知ることになりますよ。場合によっては彼らは大変に強引な手段をとる。嘘じゃありません」

シビルはマルティニエールの脅しに屈するどころか、カプシーヌにウィンクするではないか。カプシーヌはにっこり微笑み返した。

マルティニエールは血相を変える。「マドモワゼル――バカげたことはもうたくさんだ。これで事情聴取は終了です」ぴしゃりとした口調には、どうなっても知らないぞという脅しが込められている。

シビルが立ち上がり、さっそうとした足取りで戸口に向かう。腰をふって歩きながら、カプシーヌの前で勝ち誇ったように笑顔を見せた。どうかマルティニエールにはこの表情が見えていませんようにとカプシーヌは祈った。

ドアがカチャリと閉まる。カプシーヌはマルティニエールの癇癪が爆発するのを覚悟した。しかし彼は座ったまま当惑の表情でデスクを見つめている。

「なんということだ、あの不良娘にリモージュのペン立てを盗まれた。母親から譲られた大切なものを。いや、待て。引き出しにしまってあったかもしれない」

彼はデスクの引き出しを順繰りにあけていく。パニックを起こさないように必死にこらえながらあさっているのがわかる。

カプシーヌはこっそり執務室を抜け出し、廊下を歩いていくシビルに追いついた。にっこり笑いかけて手招きするように人さし指を動かす。出しなさい、というジェスチャーだ。シビルはパーカーの前面のマフポケットに手を入れて、悪びれた様子もなく青と黄色の磁器製のペン立てを手渡す。

「あなたのパフォーマンスを楽しませてもらったわ。やはり大女優というのはたいしたものね。悪いけど、近日中に同じ質問をするためにうかがわせてもらうわ」

「あら、大歓迎よ。楽しみだわ」さきほどまでとは別人だ。無愛想で気難しい少女から、人生を謳歌（おうか）するはねっかえりの娘になっている。

ペン立てをカプシーヌから渡されたマルティニエールは、まるで彼女が盗みをはたらいた張本人であるかのように訝（いぶか）しげな表情だ。手のひらにペン立てをのせ、慎重に裏返して欠けたり傷がついたりしていないかを確認し、うやうやしくデスクに置く。

「これでわかったでしょう、警視（コミセール）。どうやらあなたは誤解しているようだが、このわたしこそ警察の役割をもっとも高く評価しているといっていい」

10

ラ・クリムつまり司法警察刑事部はカプシーヌが警視(コミセール)に昇格する前に働いていた場所だ。警視の試験に通り、研修を受けていまの警察署に配属された。ひさしぶりに訪れた懐かしさで、エレベーターではなく階段で三階までのぼってみたくなった。有名なA階段で、数々の映画と推理小説の舞台となった捜査本部まで。

彼女が勤務していたころには上司のタロンは警視正(コミセール・プリンシパル)で、中庭を見下ろせる執務室にいた。中庭にはいつも警察車輛が何台も待機し、おおぜいの警察官が動き回っていた。そのきびきびとした動きをタロンは窓からよく見ていたものだ。打ち合わせの時間の半分は外を見ていた印象がある。熟考していたためなのか、それともカプシーヌの話よりも中庭の動きのほうがおもしろかったからなのかはわからないままだった。

タロンの新しい執務室は以前よりも倍ほどの広さになり、ちょうどノートルダム大聖堂と面していてゴージャスな眺めが堪能できる。両開きの大きな窓があけはなたれて、フランスで観光の目玉となっている建物のファサードが額縁のなかの絵のように見える。大聖堂の前の広場でおおぜいの旅行者がおしゃべりに興じる声が、部屋のなかにまで押し寄せる。タロンは一心不乱にファイルの資料を読んでいる。まったく気づかないようなので、カプシーヌはコホンと咳をした。

彼がはっと驚いて頭をあげる。「ああ、警視。来たのか。こううるさくてはろくろく考え事もできやしない。奥の部屋に移してくれとずっと依頼を出しているんだが、聞き入れてもらえない」いらだたしそうなそぶりで彼が窓を閉める。

カプシーヌはあえて無言を通す。タロンが雑談を好まないのを知っているのだ。

「例の事件に関して、深刻な問題が起きています」

「予審判事か？」

カプシーヌがうなずく。

「どうした」

「シビル・シャルボニエの前で失態を演じました」

一瞬のうちにタロンは一連の表情を浮かべた。うれしさの入り混じった驚き、まさかという思い、そして好奇心。

彼がにっこりする。「彼女をくどこうとした、といいだすのかと思ったよ。どういうことかね？」

「予審判事は執務室にシビルを出頭させたんです。わたしも呼ばれました。おそらく、権威をふりかざして彼女を圧倒するつもりだったのでしょう。でも彼は自滅したんです。シビルは一貫してある役柄を演じていました。わたしの想像では、あれはリュック・ベッソンの映画のアンヌ・パリローですね」

タロンはなにがなんだかさっぱりだという表情だ。

「『ニキータ』ですよ。美しい不良少女が刑事の手に鉛筆を突き刺す映画です」

「で、彼の手に鉛筆を突き刺したのか？」

「いいえ。予審判事の神聖な金の万年筆でブロッターにふざけた似顔絵を描いた上に、彼が宝物にしているリモージュのペン立てを盗みました」

タロンが噴き出して大笑いする。「それだけ愉快な思いをしたというのに、なんの不足があってここにやってきたのかな」

カプシーヌもつられて笑ってしまう。確かにこうして説明すると、深刻に思い詰めるのがばからしくなってくる。

ふたりで大笑いして一息つくと、カプシーヌが切り出した。

「予審判事からはシビルの事情聴取をまかされました。が、これは例外です。残り者の事情聴取には同席すらさせないでしょう。どうにかしてください。手を打っていただかなくては事件の解決にこぎつけることができません」

タロンがあははと笑う。「彼の手の甲に鉛筆を突き刺してこいというのか？」それだけいうと、また笑い始める。

カプシーヌは腕組みをして顔をしかめた。ふくれっ面のようにも見える表情だ。初めてタロンのもとで事件の捜査を担当した時にはしじゅうからかわれ、むきになったこともある。

「目を通していただいたと思いますが、報告書に書いた通り、ベアトリス・メナジエからはすでに話をきいています。彼女は夫と知り合いなので、容疑者としてではなく知り合いとして会うぶんには問題はないはずです」いつしかタロンがまじめな表情になって耳を傾けている。「ギー・ヴォアザンにも話をきくつもりです。やはり夫の知り合いなので」

「それはできないぞ、警視。きみもわたし程度には法律の知識があるだろう。あの予審判事は正当に与えられた権限によって職務を実行している。予審判事という機能が設けられたのは一七九〇年、革命のさなかだ。警察の職権乱用から市民を守るという目的のために」

「それが結論ということですか？　わたしたちになす術はないとおっしゃるんですか？　この事件を予審判事の手に委ねるしかないんですか？」

「それが法律だ。予審判事を排除できるのはわが国の最高裁判所である破毀院だけだ。それは彼の公平性に問題があると何者かが糾弾した場合に限られる。申し立てできるのは警察官ではなく、糾弾された側だ。それともきみは、シビル・シャルボニエの性的魅力に不適切な反応をしたとして糾弾しようと持ちかけているのか。仮にそう訴えたとして、破毀院がまともに取り合ってくれるといいのだが」

カプシーヌは、彼の揶揄するような口調はあえて無視する。

「破毀院以外に方法はないんですか？」

「警視、きみにいちいち説明するまでもないはずだ。理屈からいえば、共和国検事は予審判事の捜査の範囲を制限できる。が、そういうケースはきわめて稀である。まして、話題の事件に関してとなれば、まず実現の見込みはないだろうな」

殺人犯を野放しにしてもいいのかと反論しようかと思ったが、やめておいた。

タロンは顎をさすり、なにげない動作で両開きの窓をひらく。腕組みをして身を乗り出し、鉄製の柵にもたれる。カプシーヌは立ち上がって彼の肩越しに外をのぞいてみる。ノートルダム大聖堂前の広場は短パンとサンダルと色鮮やかなTシャツ姿の観光客でいっぱいだ。子どもたちが大声を出し、妻は夫に小言をいい。皆が押し合いへし合いして写真を撮ってもらおうとしている。勇壮なファサードの前で歯を見せて笑顔をつくる人々にタロンは不快そうな表情を向け、身震いでわずかに肩が動く。彼の機嫌は夏のスコールのようにたちまちのうちに変化する。くるりとカプシーヌのほうを向いたかと思うと、きっぱりといい放った。

「警視、われわれはプリマドンナではない。あくまでも公務員だ。予審判事は一年もたたないうちにおとなしくなる。それを待って殺人犯をつかまえればいい。それまでそいつは身を隠しているはずだ。きみが手錠をかけるまで、ぴんぴんして待っているさ。制度に抗って時間を無駄にするな。ほかの業務に打ち込んで、この事件は待たしておけばいい」

正論を吐く声というのは、なぜこうも耳障りに感じられるのだろう。カプシーヌはおもしろくはなかったが、タロンの言葉を受け入れることにした。年の功や権威だけをよりどころにして彼がいっているのではなく、あくまでも正しいと認めざるを得なかったからだ。じつはこの一件に関して警視監タロンは完全に判断を誤っていたのだが、それを彼女が知るのはもっと後のことだった。

11

その日の午後、カプシーヌは猛然と署の仕事に没頭した。業務表を手直しし、大量の人事考課の書類に目を通して一つひとつを慎重に検討し、余白にコメントを書いた。つぎは研修プログラムだ。署の警察官全員に今年じゅうに最低ひとつのコースに出席させることを決めた。それでもまだ時刻は午後三時。頭のなかはレストランの殺人事件のことでいっぱいだ。恋人から無理矢理引き離されるつらさのほうがまだ増しかもしれない。心のなかから事件のことを追い出すために厳しく自分を律したが、事件について考えていないと十分に一回は自分にいいきかせている状態だ。署のリストに載っている捜査中の事件をすべて見直し、刑事たちを呼んだ。働きぶりに問題はなかったが、詳細な点に至るまで徹底的に詰めた。刑事たちが我慢の限界に達する寸前、カプシーヌは時計が九時を指していることに気づき、腹ぺこでディナーを待っているアレクサンドルの姿が頭に浮かんだ。

土砂降りの雨のなかを延々と運転して帰宅すると、アレクサンドルは書斎にいた。赤い革製の古びた肘かけ椅子に座って膝にのせたノートパソコンをエネルギッシュに叩いている。椅子のアーム部分にはほぼ空になったウィスキーのグラスが危ういバランスで置かれている。

彼は手を止めて文章を読み返し、吸いかけの葉巻を指に挟んだままオーケストラの指揮をするみたいに拍子をとっている。満足気にふうっとため息をつくとともにいきおいよくリターンキーを叩いた。

「完成だ！」葉巻の吸いさしを暖炉に放り入れる。「陰惨なレストラン評論の歴史にまたひとつ傑作が加わった。ぎりぎり間に合ってよかった。あと少しで空腹のあまり気絶するところだった」

アレクサンドルがキッチンでディナーの仕上げに取りかかる間、カプシーヌは車からアパルトマンへ入るまでにずぶ濡れになった服を脱いで、タオルで髪をごしごし拭き、ジーンズとTシャツを着てキッチンに入っていった。

アレクサンドルが自分のキッチンでゆったりと動き回る姿を見ていると、カプシーヌはやすらぎと安心感で自然と心が満たされる。愛用の巨大なコンロで愛用の銅の鍋を使い、多種多様な広口瓶やボトルの中身をつっつき、適切なスパイスをさがしている彼の姿を見るだけで心が和んでくる。中世の城の天守閣にいるみたいに、安全な砦で守られている気分だ。

「なにをつくっているの？」

「牛ヒレ肉風カモのアイヤードソースがけだ」

「牛ヒレ肉ではないの？　たしかにカモみたいなにおいね」

「カモのささみだ。のし棒の先を使って牛ヒレ肉の塊みたいな形にした。これから表面に焼き目をつけて、両面を三分間ずつ加熱するといい感じにレアに仕上がる。このスキレットのリンゴ二個はカモの脂で焼いてある。残りの脂で肉を焼くんだ」

アレクサンドルがいちばん火力の強い中央のバーナーに使い込んだ鉄製のフライパンを置く。じゅうぶんに熱くなったところで「牛ヒレ肉」をふたつそっと置くと、カモの脂がいきおいよく弾けるようにジューッとすさまじい音をたてる。

「リンゴはオーブンで熱々になっている。あとはソースを仕上げるだけだ。ぬるい温度で湯煎した状態できみの帰りを辛抱強く待っている」

湯煎した鍋をバーナーの熱い中心部に移動させると中身が沸騰し始める。そこに黒っぽい液体をスプーンに二杯、慎重に加えていきおいよく混ぜて全体になじませる。作業に没頭するアレクサンドルの鼻にしわができて、両方の眉が寄っている。

「それは？」カプシーヌがたずね、ボトルからワインをグラスに注ぐ。サイドボードで空気に触れさせておいたボルドーだ。プロヴァンスのテーブルの前のベンチに腰かけて足を組み、両手を突いて上体を後ろにそらす。なまめかしいしぐさで背中のストレッチをすると、一日抱えていたイライラがすっと消えていく。

「カモの血だ。田舎だとかんたんに手に入るが、ここではそうはいかない。わずかにスプーン二杯でソースがぐっと濃厚になってこくが増す」

「ニンニクのにおいがするわ」

アレクサンドルが笑いながらディナーをテーブルに運ぶ。

「にんにくを使ったアイヤードソースだからな」

濃い茶色のソースはこくとピリッとした辛みがあり、ステーキにぴったりだ。厚切りのカモの表面はカリッと香ばしい茶色、中心部はあかるいピンク色だ。カモの風味のリンゴは果実らしいまろやかさを豊かに留めている。カプシーヌはアレクサンドルの手料理で現実から逃避しているのを自覚していた。だからせっかくの料理の真価をじゅうぶんに味わっているとはいえなかった。

食事が終わるとアレクサンドルはうるんだまなざしで彼女を見つめた。

「帰った時、元気がなかったようだ。事件のことで落ち込んでいるのかな？」

「もう大丈夫。過ぎたことよ。もう終わったの。過去のこと」

「せめてあとひとことかふたこと説明が欲しいところだ」

「今朝タロン警視監と会議をしたわ。話の趣旨は、いまの執務室から見えるノートルダムの眺めが気に入らないということ。裏側の部屋が好きなのね。逮捕された人たちが警察官に車から降ろされているところが見える部屋が。そのほかには、予審判事という役職は革命期に設けられて、それ以来無慈悲な警察によって虐げられた市民を守ってきたという講釈もされたわ」

アレクサンドルが妻のグラスにお代わりを注ぐ。「それで？」

「マルティニエール予審判事には警察に取り調べをさせない正当な権利があるのよ。それはどうにもならない。タロン警視監は達観していたわ。じっと待っていればいい。いずれ予審判事は手を引く。その時を待って事件を解決する」

「それまでは指をくわえて見ているだけか？」

「いいえ。わたしたちは身元調査を担当するの。むろん、動機らしいものなんてなにひとつ見つからないはず。それを詳細にまとめてわれらが予審判事殿に送るわ。きっと彼は二、三週間無駄に動いて、結果を出せないままで終わる。それ以上はなにもできないはずよ。それでようやく未解決事件のできあがり」

「なんとじれったいことだ」アレクサンドルがカプシーヌの首筋にそっとキスしながら、もごもごとつぶやく。

ちょうどそこでカプシーヌの携帯電話が鳴った。発信者を画面で確かめ、腕時計に目を走らせ、電話をぱっとひらいた。夜の十時半にかかってくる用件の内容はだいたい察しがつくので、アレクサンドルは立ち上がって食卓の皿を流しに運び始めた。

「カプか、ブルーノ・ラコンブだ。警視の研修で同級生だったブルーノだ。いまは四区東署を指揮しているきみの友人だ――」

「ブルーノ、もう夜の十一時ちかいのよ」大嫌いなニックネームで呼ばれたせいで、どうしてもとげとげしい口調になる。

「ああそうだ、そうだとも。いまカンカンポア通りの〈ダン・ル・ノワール〉というレストランからかけている。ボーブール通りのちょうど西側の細い通りだ。気味悪い場所だが、いまは一段と薄気味悪い。なぜなら店の真んなかに男の死体が横たわっているからだ。それでまず、きみが適任なのではないかと感じた。レストランのなかで男がひとり殺されているんだからな。きみが担当するのがいちばんいいはずだ。しかも殺されたのがレストラン評論家となれば、きみ以外考えられない。いまから来ないか。ちょっとした見ものだ。わざわざ着替えるには及ばない。いまの格好でじゅうぶんだ」

こんな時刻にこんな姿で登場すれば、ごく普通のグランジファッションの女性刑事に見えるかもしれない。いま着ているTシャツはジャン＝ポール・ゴルティエのオリジナルで、口が裂けてもほんとうの値段をアレクサンドルに打ち明けられない。でも、Tシャツであるのはまちがいない。これにザノッティのローヒールを合わせるのも、ほんとうは止めたほうがいいのかもしれない。かまうものか。どうせいくら頑張っても、ふつうの女性警察官らしくはなれないのだ。

「カンカンポア通りの〈ダン・ル・ノワール〉というレストランについて、知っている？」

彼女はアレクサンドルにたずねた。

「〈ダン・ル・ノワール〉？　闇のなか(ダン・ル・ノワール)。ああ、例の暗闇レストランだな。目が不自由と思われる給仕長の案内で真っ暗闇のダイニングルームに案内される。出される料理は凡庸だが、客はそれをシャツの胸もと、もしくはデコルテのあたりに盛大にこぼしながら食べる。皆が長いテーブルに着いて食べるので、知らない人間同士のおしゃべりが弾む。そこが最大のポイントらしい。店を出て明るいところでたがいを見れば、美しさとはうわべだけのものではないと学ぶという塩梅(あんばい)だそうだが、こじつけにちかいな」

「そこでレストラン評論家が殺されたわ」

「なんてことだ。きっとジャン・モンテイユだ。彼は《ル・フィガロ》紙に執筆していた。その暗闇レストランは世界各地で展開するレストランチェーンに買収され、彼がレビューすることになっていた。じつは、いっしょに行かないかと誘われていた。でも暗闇のなかで料理をこぼしまくるよりも、きみと食事するほうがはるかに楽しいに決まっている。まったくついてないな。彼といっしょに行っていたなら、これから一晩中きみといっしょに過ごせたのか」

アレクサンドルがキスしようと身を乗り出してきたが、カプシーヌは乱暴に押し返す。

「趣味の悪い冗談はやめて。少しもおもしろいと思えない」

カプシーヌはジーンズの背中側にシグ・ザウエルのピストルを押し込みながら、足を踏み鳴らすようにしてアパルトマンを飛び出した。アレクサンドルのひとことが、なぜこうも自分を動揺させるのか、わからないまま。

12

愛車のトゥインゴをレストランの真ん前に二重駐車したものの、雨のいきおいはあまりに激しく、レストランのドアの真上に出ている黒いキャンバス地のオーニングの下に入った時には、カプシーヌはずぶ濡れだった。ひと晩で二度も濡れ鼠になるなんて、と彼女は雨に悪態をついた。

入ってすぐの狭いスペースは壁に真っ黒なフェルトが張られ、装飾物はいっさいない。司法警察の制服警察官が背の高いデスクの前で警備に立っている。木製のデスクも真っ黒だ。

「ラコンブ警視が下のダイニングルームでお待ちです。あのドアから入るともうひとつドアがあるので、それをあけてください。でも気をつけてください。ふたつ目のドアをあけるとすぐに階段です」

ひとつ目のドアをあけると約三メートルの廊下があり、ここの壁にもやはり真っ黒なフェルトが張ってある。背後でヒューッという音とともに空気圧式でドアが勝手に閉まった。完全な真っ暗闇だ。思いがけないほど不安が募り、カプシーヌは片手で壁を伝いながら小刻みな足取りで前に進む。二番目のドアを見つけた。あけると急勾配の階段だ。闇に慣れた目に、下からの光がおそろしく眩しく感じられる。

ラコンブは階段をおりたところで待っていた。

「ここに来るまでにおおいに堪能できただろう?」太い大笑いだ。「すてきな仕掛けだろう? 闇に慣れている給仕長が客を案内して階段の下に連れていき、メニューを耳元でささやき、いよいよお楽しみが始まる」

「お楽しみ?」

「それがじつに愉快なんだ。料理といってもほぼ液体状で、できるだけ食べにくいものを出す。客はうまく食べられずすっかり途方に暮れる。それが狙いだ。目が不自由な人々との連帯感を味わってもらうためなんだそうだ」ラコンブはたっぷりと皮肉を込めていう。

明るく照らされた部屋は、午前四時にナイトクラブの照明が点灯されて帰宅を促される時の味気ない光景よりもさらに殺伐としている。壁は色あせたダークグリーンで、染みだらけでみすぼらしく、おそらく何年も塗り直されていないのだろう。ベージュのカーペットには泥が筋状につき、食べ物の染みも点々と残る。もともと真っ黒だったはずのテーブルクロスはどれも茶色や紫といった色合いの染みでモザイクのような模様ができている。

「闇のなかで見たほうが、はるかに増しな眺めだっただろう」

カプシーヌが室内を見渡せるようにラコンブが脇によける。部屋の真んなかあたりのテーブルに男性が突っ伏している。がっしりした身体は右の方向にねじれ、カプシーヌたちに後頭部を見せている。耳は深皿のシチューにすっかり浸かっている。大きな塊がごろごろ入った水っぽいシチューだ。

カプシーヌは反射的にパニックを起こしそうになった。一瞬、そこにいるのがアレクサンドルに見えたのだ。けれども近づいてみると、まぎれもなくジャン・モンテイユだ。それを確認してほっとした。カクテルパーティーやレストランのオープニングで何度も見かけたモンテイユにまちがいない。カプシーヌは呼吸を整えたが、悪夢のようなデジャヴの感覚はまだ去らない。

モンテイユの服装はツィードのジャケットにグレーのフラノのズボンと、アレクサンドルの趣味とよく似ている。皿のなかの料理は牛肉の赤ワイン煮込みブルゴーニュ風にちがいない。〈シェ・ベアトリス〉の場合とはちがい、周囲に料理が飛び散った形跡はない。ただひとつ異様なのは、モンテイユの右の耳からまっすぐ上に金属製の細い管が突き出していること。長さは十五センチほどある。

ラコンブがなにかをきいているようだが、カプシーヌはただただモンテイユを見つめるばかりで、ろくに耳に入らない。

モンテイユのジャケットの左前身頃がだらりと垂れ下がっている。カプシーヌは膝を折ってしゃがみ、いっさい触れないように気をつけてのぞき込む。内ポケットの下にあるテーラーのタグがはっきり読み取れる。シャルル・トルブ、トリニー通り七番地。アレクサンドルと同じテーラーだ。内ポケットにペンが二本入っている。プラスチックのクリップのいっぽうには『オテル・コスト』の文字。

「知り合いか？」

カプシーヌがラコンブにうなずく。

「ジャン・モンテイユ。ジャーナリストよ。《ル・フィガロ》紙でレストランのレビューを執筆しているわ。とくに親しいわけではないけれど、知人であることは確か」

気まずい沈黙を挟んでラコンブがたずねる。

「耳に刺さっているあの金属の棒はなんだ？　なにか心当たりは？」

カプシーヌがはっとする。

「うちのキッチンに同じものが二本あるわ。料理用の注射器よ。肉にストックやソースを注入するためのもの。見て、プランジャーが完全に押し下げられている」アレクサンドルが使っているものと同じだとしたら、針の長さが七センチ以上あるはず。わざわざなにかを注入しなくても、針だけでかんたんに殺せる。カプシーヌは頭のなかで思いをめぐらせた。

階段のいちばん上で騒々しい物音がして金属製の筒がぶつかるようなカーンという音が響く。鑑識班が到着したのだ。アルミ製のストレッチャーを畳んだまま苦労しておろしている。前の部分を持って階段をおりてきたのはモモだ。

階段の上ではイザベルが甲高い声で怒鳴っている。

「ちょっと、ダヴィッド、押さないでよ！」

ドシェリ主任がラコンブとカプシーヌのところにやってきた。

「おたくの巡査部長たちと出くわしたのは幸運だった。あの大きいのがいなければストレッチャーをおろすのは無理だっただろう。なにがあっても彼をここから出さないでもらいたい。彼がいなければ、あの死体を搬出できない」

ドシェリはプロ意識全開だ。両手をごしごしこすり合わせながら、ほくほくした顔で遺体を観察する。「耳に刺さっているのは料理用の注射器か。まったく、こんなのは初めてだ。よし！　仕事に取りかかるので、少々どいてもらいますか」彼はうれしそうに部下たちを手招きする。

カプシーヌとラコンブは後ずさりして鑑識のエキスパートたちの動きを見守る。彼らは持参したケースをひらいて白いビニール製のつなぎを身につけ、ゴム手袋をはめ、作業に取りかかった。

イザベルたち三人はラコンブのチームと合流し、店にいた客の名前を記録し身分証明証を厳重にチェックする。部屋の隅に集められた客は五十人ほどだ。これはフランスの警察官にとって神聖な務めであり、カトリック教徒がミサでウェハースを受け取るのと同じくらいの重みがある。

ダヴィッドが報告にやってきた。「客のリストが完成しました。イザベルとモモは給仕スタッフのリストづくりを開始しています。調理スタッフは厨房で待たせています。客を帰していいですか？」

イザベルがどたばたと走ってきた。瞳孔がひらき、強い憤りをあらわにしている。

「ひとりだって帰すわけにはいかないわ！　警視、ここに誰がいたかわかります？」

カプシーヌはそっけない表情で彼女を見る。

「わたしたちがひいきにしている映画スターと、彼女にべた惚れのおじいちゃまですよ」

イザベルの視線をたどると、シビル・シャルボニエとギー・ヴォアザンが端っこにいるのが見えた。モモと小声で話をしている。

「警視、すぐに給仕長から話をきいてください。たったいまわたしがきいたことを直接きいてもらいたいんです。まったくとんでもない話ですよ」

カプシーヌはいらだちを隠さず、はあっと大きく息を吐き出す。イザベルの有能ぶりはわかってはいるけれど、時々、辟易(へきえき)してしまう。

背後でラコンブは愉快そうにクスクス笑っている。「カプ、彼の話をきくことを勧めるよ。来た甲斐があったと思えるはずだ」突き出たお腹を揺らして笑う。

カプシーヌは眉をひそめた。ラコンブは警察官という仕事を冗談のタネにできるタイプだ。彼女は決してそういうことが好きではないが、目くじらを立てるほどのことでもない。それより許し難いのはカプというニックネームのほうだ。警視の研修コースでの呼び名が署で広まったりしたら悪夢だ。自分が率いる署の部下から陰で〝カプ警視〟などと呼ばれることだけは避けたい。

「ブルーノ、おたくの署員がてきぱきやってくれたおかげで、おおかたの作業は片付いたわ。もう真夜中を過ぎているし、チームを撤収させてはどう？」

「カプ」カプシーヌが身震いする。「気にすることはない。夜更けのひと仕事でピーピーいうような連中じゃないからな」

ラコンブが合図すると、部下たちは機敏な動作で階段をのぼり、雨のなかに消えていった。

「いいでしょう、イザベル。給仕長を呼びなさい。話をきくから」

イザベルが丸顔の人物を連れてきた。いかにも目が不自由な様子で視線はまっすぐ前方を向いたままだ。が、迷いのない足の運びから判断して周囲をしっかり確認して歩いているようだ。

「給仕長のムッシュ・フレタールを連れてきました。彼は暗闇のなかですべてをスムーズに取り仕切るという重要な役目を負っています。どんな小さなことも見逃していないので、耳寄りな話がきけますよ」

フレタールはカプシーヌに対しても、哀愁を帯びたまなざしで彼女の左肩の少し左を見ながら表情を変えない。

「なにを見たのか、話してごらんなさい」イザベルの口調は、いらだちを抑えて孫にいい含める祖母のようだ。兄弟がやらかしたいたずらを正直に打ち明けなさい、と。

「警視、部下の方に説明したように、ウェイターの悲鳴がしたので照明をつけました。目が慣れるまでに少し時間がかかったのですが、お客様が刺されているのが見えました。だからわたしがすぐに警察に通報したんです」

「そこではなくて」イザベルがじれったそうにいう。

「いやその、なんといったらいいものか。店内は大騒動だったのですが、その時にテーブルの下から出てきたお客様がいたんです」

「テーブルの下から？」

「はい、女性のお客様でしたが、連れの方は椅子の上に仰向けの状態でした。もしかしたら……ひょっとしたら……その男性は……表現に困るのですが……つまりその、ズボンのファスナーを上げていたように見えたんです」

「彼らを逮捕していいですね」イザベルはカッカしている。当事者が誰なのか、説明するまでもないといった口調だ。

カプシーヌは笑いをかみ殺そうと必死なあまり顔面がこわばってしまう。

「イザベル、あなたたち三人は給仕スタッフの事情聴取を続けてちょうだい。この件はわたしが対処します。ムッシュ・フレタール、すぐに戻りますからここで待っていてください。おききしたいことがあります」

カプシーヌがシビルとヴォアザンのところにちかづいていくと、シビルが思春期特有の人懐っこい表情を浮かべた。「どうも(サリュ)！　あなたに会いたいと思っていたの。このあいだは楽しかったもの。あなたのボスのところで」

「彼はわたしのボスでは――」そんなことをいっている場合ではなかった。

肩ひもがなく胸元までしかない超ミニ丈の黒いシフォンのワンピースを着たシビルの姿は、映画ならば成人指定されるだろう。立ち上がるとシフォンの薄い生地の下でたわわな乳房が盛大に揺れる。一角に集められた客たちのうち男性陣がすっかり魅了されている。カプシーヌには背後のそんな様子が手に取るようにわかる。シビルは高いヒールのサンダルを履き、サテンの柔らかなリボンを足首で蝶結びにしてしっかり固定している。長い脚がいっそう長く見える。カプシーヌは毅然とした態度を崩さないまま、あのサンダルはどこに行けば買えるかしらなどと考えていた。シビルの髪はアップにして頭のてっぺんでぎゅっとひねり、おだんごをつくってべっこうの凝った櫛で留めてある。剝き出しの肩から乳白色のうなじまであらわになっている。その姿は夏らしく、そして驚くほどエロティックだ。周囲からの視線を感じた彼女が櫛を外し軽く頭をふると髪がほどけて滝のように落ちる。寝室での様子を連想させる官能的なしぐさに、文字通り息を呑む音がきこえる。足止めされた客たちはもう殺人事件などどうでもよくなっている。遺体は彼女のパフォーマンスをひきたてる小道具に過ぎない。本物の才能とはここまで迫力あるものかとカプシーヌには新鮮な驚きだ。

シビルが注目を浴びるいっぽう、ヴォアザンは椅子に座ってリラックスしきった様子でふんぞりかえっている。いい気なものだと平手打ちされてもしかたない態度だ。しかしこれはあきらかに茶番だ。念入りにワックスをかけた年代物の高級セダンの塗装の下には、じつは錆が大発生しているのではないか。

「ムッシュ・ヴォアザン。今夜ここでなにが起きたのか、きかせていただけますか」カプシーヌが切り出す。

「ああ、いくらでも！　だが犯罪とは無関係なことばかりだ」

「いっておくけど、わたしにきかれても困るわ。わたしはレストランの真っ暗闇よりもさらに暗いところにいたから」シビルが愉快そうにクスクス笑い声をあげる。

カプシーヌは厳しいまなざしでふたりを見る。「そうですか。いまのあなたたちは警察にとって正式な〝参考人〟です。朝になったら署に出頭し、供述調書の作成に協力してもらいます。いったん帰宅することはできますが、警察の許可なしにパリを離れることは認められません。それを破れば逮捕されます、パリを離れようと企てれば犯罪行為とみなされ、実刑判決が下される可能性があります。わかりましたか？」

すっかりアルコールがまわって高揚していたふたりはショックを受けたらしく、固まっている。カプシーヌはくるりと回れ右をして指先をぱちんと軽く弾いた。このふたりを一刻も早くレストランから叩き出せとモモに合図したのだ。さらにこうつけくわえる。

「彼らが出て数分たってから、ほかの客に帰宅を許可するように。それからあなたたち三人は給仕スタッフから話をきいてね。厨房のスタッフとはわたしが話をします」

カプシーヌは給仕長のところに戻り、長いテーブルの前に座らせる。

「さて、ここがどのような仕組みなのかを説明してもらいましょう。まず、客はどのように案内されるのですか？」

「手順は決まっています。お客様がいらしたら案内係の女性が予約を確認し、ブザーでわたしに知らせます。わたしは階段をあがってお客様を迎えに行きます。前の人の肩に手を置いて進んでもらいますが、そりゃあもう大騒ぎです。ドアをふたつ抜けて階段をゆっくりおります。ふたつのドアを設けているのは、ダイニングルームを完全に真っ暗にしておくためです。厨房にも同じ工夫をしています。料理を運ぶ際にダイニングルームに光が漏れないように。完全な状況を整えることがうちでの体験を支えているのです」

「あなたが忙しい時には、女性の案内係が下まで案内してくることもあるのかしら？」

「いいえ、絶対に。そんなことをしたら階段で命を落としますよ。肩に手を置いて進むうちにお客様はすっかりマザーグースの三匹の盲目ネズミ（スリー・ブラインド・マイス）の気分になり、いよいよ夜のお楽しみが始まります。思い通りにいかないことを楽しむというのが、ここでの体験の目玉です」

「わかりました。それからどうなるんです？」

「お客様たちをドアのそばで待たせて、ひとりずつ椅子に案内します。全員が席に着いたところで、耳元でメニューを小声で伝えます。料理は三種類だけです。どれも液体が多くて食べにくいものばかり。そこが肝心なんです。ふつうのレストランと同じようにウェイターが料理を運びます。ただし、ウェイターはお客様の背中の感触を頼りに運んでいきます。さらに、ナプキンを余分にお出しするのも、よそとは違う点ですね」彼が意地悪そうな笑い声をあげる。

　カプシーヌは厨房へ向かった。一・五メートルの廊下で隔てられたふたつのドアを押して、照明で明るく照らされた空間に出た。ステンレス製のテーブル、脂で汚れたコンロ、グリル用のラックなど、パリの小規模のレストランとしてはごくありふれている。裏通りに続く戸口があけっぱなしなのも、ありふれた光景だ。タバコを一服してひと休みしたり厨房の暑さからいっとき逃れたりするために外に出るのだろう。

厨房にはいらだった空気が流れている。スタッフはほぼ全員が北アフリカ系だ。何時間も厨房に閉じ込められ、ほとんどなにも知らされず、なんの情報も得られないまま足止めされている。

カプシーヌは身分を名乗ってさっそく本題に入った。「今夜このレストランで男性がひとり殺されたことを最初にお伝えします。ですから明日、ことによったらさらに一日か二日は店は営業を取りやめます。これから皆さんにお話をうかがいます。ひとり数分です。その後、部下の警察官が来て身分証を確認します。それがすんだら帰宅してかまいません」

数人の厨房スタッフがそわそわする。落ち着かない表情でたがいに顔を見合わせている。

「わたしは入国管理事務所とは無関係です。住んでいる場所を証明できるものさえ見せてもらえればじゅうぶんです」

ほっと息をつく音がきこえる。

「厨房の責任者は？」

「はい、わたしです」肌の浅黒いずんぐりした男だ。

「あなたがシェフね。ここでどういう仕事をしているのか説明してください」

「とてもシンプルです。つくる料理は三種類だけです。料理を決めたのは経営者で、変えたりはしません。この店は何度も来るお客さんはほとんどいませんから。わたしたちがつくるのはブフ・ブルギニヨン、ブイヤベース、ブランケット・ド・ヴォーです」

「三つのBです」スタッフのひとりがいう。

大きな笑い声がどっとあがった。有給で二日か三日休めると知って彼らはよろこんでいる。

「ここでは特別なつくり方をします」シェフが説明を続ける。「液体をとても多くして、具の大きさはふぞろいにします。食べにくいからいっぱいこぼして汚れます。デザートはわざと水分を多めにしてお客さんの膝にこぼれやすくするんです。大きなボウルに入れて、大きすぎる給仕用のスプーンとともに出します。イル・フロッタント（浮き島という意味のデザート。クレーム・アングレーズにメレンゲを浮かべてカラメルソースをかける）のふわふわの卵白のメレンゲをすくうのは不可能ですよ」厨房内にふたたび騒々しい笑い声が起きる。「もうひとつのデザートはナージュ・ド・フル・ルージュです。これは甘いソースに赤いベリーが浮いているのですが、特別に長くカットしたパイナップルを加えます、食べる際にスプーンからこぼれてきれいな赤い染みがじゃんじゃんつきます」

スタッフがふたたび笑う。やんちゃな小学生みたいな笑いだ。知恵を絞って仕組んだいたずらがうまくいって得意になっている男の子といったところだ。和気あいあいとした職場らしい。

「あのドアから入ってきた人はいますか？」あけっぱなしの裏口を頭で示しながらカプシーヌがたずねる。

「ええ。ここにいる全員が時々タバコを吸いにあそこから出入りします。ガールフレンドが来る時も、あのドアのところからのぞきます。でも絶対に彼女たちを厨房のなかには入れません」

「無断で入り込んだことは一度もない？」

「ええ、絶対に。白衣を着ていない者がいたら気づかないわけがない。わたしはいつでも厨房全体を見てますからね。怒ったガールフレンドに乗り込まれたりしたら、あっという間にめちゃめちゃにされてしまう。とんでもないことですよ！」

そうだそうだとばかりに、厨房全体が大きな笑い声に包まれる。

イザベル、ダヴィッド、モモが入ってきて一人ひとりの名前、住所をききとり、入国カードと運転免許証で身元を確認する。それがない場合は、手紙やダイレクトメールで本人確認をする。郵便物もないという三人はモモが担当した。街なかで通用しているパトワ語（北アフリカ系の住民が使う方言）でやりとりし、住処（すみか）の連絡先を確認してカプシーヌに報告した。十五分以内にすべて終了して厨房のスタッフは帰宅を許された。残っているのは鑑識班だけだ。彼らは遺体を死体安置所に運ぶために袋に入れて手はずを整えている。

カプシーヌはすっかり疲れ果ててしまい、厨房の金属製のテーブルに両肘をついてもたれかかった。三人の部下たちも真似して座り、同じポーズをとる。イザベルがバッグから明るいオレンジ色の八角形のシールを取り出した。全員が出た後に店の正面の入り口と裏口にカギをかけてそのシールを貼り、後は警備のために店の外に制服警察官をひとり立たせておく。シールを貼るまでは四人とも帰るわけにはいかないのだ。カプシーヌはやる気なさそうにシールに署名して日付を記入する。手持ち無沙汰になった四人は緊張感のない表情でたがいに顔を見合わせた。

ダヴィッドが小さく指を鳴らす。「このあいだの事件と手口はそっくりだ。そしてこちらも密室ミステリ。さいわい、今回の容疑者はふたりに絞られている」

カプシーヌがちらりと彼に視線を向け、ふたたび壁へ戻す。小さなゴキブリが換気口に向かってじりじりと進んでいるのが見える。

彼女はすっくと立ち上がり、テーブルを二度強く叩いた。

「そうよ。やっぱりなにかがまちがっている。モモはここにいてちょうだい。ふたりはいっしょに来て」

イザベルとダヴィッドを引き連れてダイニングルームに入っていった。

「ドシェリ主任、仕事中申し訳ないんですけど少しのあいだだけ灯りを消してみたいの。ダヴィッド、ブレーカーをおろしてちょうだい」

いきなり部屋が真っ暗闇になった。続く数秒間、網膜上で鮮やかな色彩が躍ったが、それも消えて重いマントのような闇に包まれた。薄汚かった部屋がエレガントな空間に変化する。

「モモ、入ってきて！」カプシーヌが叫ぶ。

モモが大股で歩いてきた。ふたつ目のドアを抜けた瞬間、ひとつ目のドアのスプリング蝶番(ちょうつがい)がわずかに動くのに合わせて光が脈打つようにチラチラと見えた。わずか数秒だけだが、ドアにいちばん近いテーブルに光が反射して闇一色というムードが損なわれる。

「料理を出す際には厨房の灯りを落とすような工夫をしているにちがいないわ。モモ、厨房に戻って確かめてみて」

彼はきびきびとした動きで三十秒もしないうちに姿をあらわした。今回はドアからの光はまったく漏れてこない。

「低い位置にまで下がっている照明はどれも昔の暗室にあったみたいな赤い電球でした。見てください」

厨房の作業台とコンロはぼんやりとした深紅色の光で照らされている。照明の真下以外は暗い陰に覆われている。

「これならかんたんに忍び込める。白衣を着ている限り怪しまれる怖れはない」イザベルがいう。

「おまけにこの雨だ。裏口のところでレインコートを脱いで白衣姿になるのはたやすい。厨房を通り抜けて目的を果たし、いそいで厨房に戻ってレインコートを着て出ていくだけだ。わけない」ダヴィッドだ。

「ダイニングルームを歩き回るのはたやすくはないはず」イザベルが疑問を口にする。

「軍の余剰物資の暗視メガネならアラブ系のフリーマーケットで格安で手に入る」モモがこたえる。

カプシーヌが笑みを浮かべた。四人の推理は一致している。犯行がどのようにおこなわれたのか、もはやあきらかだ。なんとしても事件を解決しなくては——予審判事がなんといおうとも。

13

　その夜、カプシーヌは焦燥感に苛(さいな)まれ、苦しんだ。二本の鋭い刃を容赦なくつきつけられたような、耐え難いもどかしさに身をよじった。これ以上殺人犯を野放しにしておきたくないという気持ちに忠実であれば、上司に歯向かうことになる。その倫理的なジレンマに苦しむいっぽうで、アレクサンドルの身に迫る危機を一刻も早く排除しなければという焦りは募るばかりだ。

　電話が鳴った。ナイトテーブルの時計を見ると、ＬＥＤの赤いディスプレイは七時ぴったりを示している。

「警視(コミセール)か？　きみの心に安らぎを与えよう」

「早起きなんですね、警視監」

　やはりタロンにはすべてを見透かされている。そのからくりがカプシーヌにはどうしてもわからない。

「大聖堂前の広場に群衆が押し寄せる前に出勤するようにしている。窓をあけてまともに考え事ができるのは、一日のうちこの時間だけだ。昨夜ラコンブ警視がきみを呼んだのはたいへん結構なことだと考えている。なかなかいいやつだ。犯行直後の現場を見る機会を提供してくれたのだからな。この事件の正式な担当者はきみに決まりだ。誰にでも自由に事情聴取すればいい。すでにそのつもりだったのだろうが」

「でも予審判事が」

「予審判事はまだ任命されていない。事件の記録を完璧なものにしてから判事に送るつもりだ。今日じゅうには間に合わないな。アポイントメントがぎゅうぎゅうに詰まっている。この状態では予審判事にコンタクトをとるまでに数日かかるだろう。彼らがこの事件と前回の事件を関連づけるまでにさらに数日かかるにちがいない。ということは最低一週間は時間が確保できるということだ」

「ふたつの事件につながりがあるとお考えなんですか?」

「つながり?」彼が鼻を鳴らす。「むろん、あるとも。二件目は一件目にそっくりといってもいい。だがこんなおしゃべりできみの朝の時間を浪費するつもりはない。きみにはやるべき仕事がある」挨拶の言葉もなく彼は電話を切った。

七時五分。カプシーヌはキッチンに行き、パスキーニ社のコーヒーメーカーでカフェオレをつくり始めた。

八時、キッチンの電話でオテル・プラザ・アテネにかけて、ムッシュ・ヴォアザンの部屋につないでもらう。電話にはシビルが出た。ささやくような声だ。

「マドモワゼル・シャルボニエ、こちらはル・テリエ警視です」

「どうも（サリュ）、なにかご用？」シビルがあくびとともにこたえる。

「十時半ころにそちらに行きます。あなたとムッシュ・ヴォアサンにお話があるの」

「十時半？　今日？　明日ではだめなの？　今日なら、もっと遅い時間ではだめ？　わたし、やることが山ほどあるの。それにギーが起きるのはもっと遅いわ」間があく。時計で時刻を確認しているのだろう。「いやだ！　いま何時だと思う？　あなたは睡眠をとらなくて平気なの？」

「マドモワゼル、十時半が無理なら、パトカーであなたたちふたりを迎えに行かせることになるわ。そうなった場合、わたしの身体が空くまで留置場に入ってもらいます。どちらでもいいほうを選んで」

「わかったわ。わかりました。ったく」シビルがつぶやく。彼女がふかふかの枕にもたれる音がする。ぷつんと電話が切れた。こんな朝っぱらから電話をかけるのはやはりマナーに反しているということか。


　今回ばかりは約束の十時半ぴったりにカプシーヌはプラザ・アテネに入っていく。イザベルとダヴィッドを引き連れて、大理石と金箔をふんだんに使った贅沢なロココ調の館内を進む。

　ダヴィッドが丁重にドアをノックする。返事はない。しばらく待ってから、今度は力を込めて叩く。

男性のいらだった声がうっすらきこえてくる。「シャワーを浴びているんで、入っていてくれませんか。ドアにカギはかかっていないから。すぐに出ますよ」

奥行きのあるスウィートルームの居間にはルイ十六世スタイルの新品の家具がそここに置かれている。どれも厚くワックスがけされて光沢があり、大理石の天板は磨きあげられている。オニキスの黒い天板のコーヒーテーブルには大きな銀のトレーがのっている。そこにカップが三客。クロワッサンとプティパン・オ・ショコラをたっぷり盛ったバスケット、コーヒーとミルクが入ったしゃれたポット。スウィートルームに滞在しているふたりとカプシーヌの分として用意してあるのだろう。ヴォアザンを待つあいだ。カプシーヌたち三人は室内をなんとなくうろうろしていた。

最初に気づいたのはイザベルだ。彼女は凍りつき、奥歯を噛みしめる。頬の筋肉がうねるほど強く。

カプシーヌの耳もそれをとらえた。リズミカルに続くかすれた声がかすかにきこえる。リズムがしだいに速まり、声も大きくなる。ダヴィッドがにやにやと笑う。カプシーヌは小さく頭を左右にふり、コーヒーテーブルの横の肘かけ椅子にどさりと座り込んだ。

カップにコーヒーを注ぎ、ふたりにも身振りで勧める。ダヴィッドは自分の分を注いだが、イザベルは座ったまま動こうとしない。目を大きく見ひらき、歯を食いしばったまま宙をにらみつけている。

カプシーヌはトレーの上のジャムの小さな瓶をしげしげと眺める。「コンフィチュールクリスティーヌ・フェルベール、ニーデルモルシュヴィル、アルザス。きいたことがあるわ。すごくおいしいんですってね。グリーントマトとオレンジにジンジャーブレッド・スパイス。これを試してみるわ」

ダヴィッドはいろいろな種類の瓶のなかからスミレの香りのラズベリーを選んだ。

「ダマスカス産のプラムか。ひとくちどうだい、きっと気に入るよ」ダヴィッドはクロワッサンをちぎって鮮やかな赤いジャムをたっぷり塗り、イザベルに話しかける。

「黙って！」イザベルが彼をにらみつける。

寝室からきこえる声はますます大きくなる。かすれた声はハスキーなあえぎとなり、時折苦しげに「あー」と長く伸ばしたり「ウィ」という声が挟まる。

イザベルが立ち上がる。怒りのあまり身体がかすかに揺れている。

「止めさせてくる。冗談じゃないわ」

「座りなさい、イザベル」カプシーヌが止める。「一種のパフォーマンスだと考えればいいわ。ほんとうはふたりでテレビの朝のニュースを見ているのかもしれない」

あえぎ声のリズムが速くなり、クライマックスに達して不安定なうめき声が長々と漏れた。ダヴィッドが拍手のジェスチャーをするとイザベルが猛然とにらみつける。

それからまもなくドアがあいてギー・ヴォアザンがあらわれた。ひじょうに満足した表情でテリークロスのバスローブのひもを結びながら、つかつかと大股で出てきた。バスローブにはプラザ・アテネの紋章の仰々しい刺繡（ししゅう）がある。

「あら、ムッシュ。ずいぶん元気いっぱいのシャワーでしたね」カプシーヌが口をひらく。

ヴォアザンがにやりと笑う。「シビルはすぐに出てきます。ショッピングに行くそうですよ。わたしたちはゆっくり話をしましょう。シャンパンを注文しますから、いっしょにいかがです？」

「ワーキングガールには早すぎますので遠慮しておきます。ところでマドモワゼル・シャルボニエにも話をきかなくてはなりません」

ヴォアザンがフランス風のジェスチャーで肩をすくめる。「あの子の気分しだいでしょう。やりたいこと以外は見向きもしませんからね」彼は立ったままてきぱきと電話で注文し、とちゅうで受話器を手で覆ってカプシーヌを見る。「ほんとうになにも召し上がりませんか？もっとコーヒーでも？　サンドイッチはどうです？」イザベルとダヴィッドにも問いかけるように視線を向ける。前夜とは打って変わって紳士的な態度だ。

彼が電話を切ると、一同はシビルが寝室から出てくるのを待って長い気詰まりな沈黙が続いた。ついにイザベルがしびれを切らし、うなり声とともに立ち上がった。寝室に入ってシビルを連れてくるつもりらしい。一歩足を踏み出そうとした時、ドアをノックする大きな音がして、同時にシビルが寝室から飛び出してきた。夏らしいガーゼのような素材のサンドレスを着ている。オープントゥの真っ赤なハイヒールはスリングバックで、いちばん先端に巨大な蝶結びの飾りがある。ヴァレンティノだとカプシーヌはひとめで気づいた。

シビルはそのままドアのところに行き、ルームサービスを迎えているヴォアザンの頬にキスする。そこで突然くるりとカプシーヌのほうを向いて、たったいま気づいたとばかりににっこりした。「大好きな警視(コミセール)！　あなたとおしゃべりしたいのは山々なんだけど、遅刻しちゃって時間がないの。今夜のパーティーのためのドレスを買わなくちゃ。だって着るものがなんにもないんだもの。ほんとうになんにもないの」

イザベルが歯ぎしりする音がきこえる。

「マドモワゼル、この場にいてもらう必要があります。これは警察による正式な取り調べです」

シビルは平手打ちでもされたみたいにはっとした表情を浮かべる。ゆっくりと口の両端が持ち上がり、人をバカにしたような思春期特有の薄笑いに変わる。予審判事に見せた表情と同じだ。「昨夜のことだったら、わたしがいた場所からはなにも見えなかったわ。知ってるくせに」

ヴォアザンがおおげさな笑い声をあげる。

「わたしが嫌だといっているのだから、いくらいっても無駄よ！」子どもが駄々をこねているみたいな調子だ。「ほんとうにどうしてもショッピングに行かなくてはならないの。無理に止めたりできないわよ。それでも止めるっていうのなら、弁護士を呼ぶわ。ほんとうに呼ぶからね！」

シビルはドアにちかづく。イザベルが立ち上がろうとするが、カプシーヌは制止するように頭を横にふる。

「ねえ、きいて」カプシーヌは、子どもにいってきかせるような口調で話しかける。「ショッピングをしてランチをすませた後で署までわたしに会いに来るというのはどう？　それならあなたはパーティーに必要なものを全部そろえられるし、わたしたちは友だちのままよ。あなたがどんなものを買うのか見たいわ。靴についていろいろ話もしたいし。昨日履いていたのはヴァレンティノ？」

「これもよ！　わたしは昨日のほうが好き。あなたもそう思わない？」うれしそうに足を見せるしぐさは子どもっぽい。

カプシーヌは内心ほっとしていた。じっさいには個人を自宅に拘束する権利は――ホテルは自宅とみなされる――ない。シビルの弁護士から申し立てがあれば予審判事は大騒ぎするにちがいない。ヴォアザンはシビルの前であくまでも虚勢を張ろうとするし、シビルはしじゅうヴォアザンにひそひそと話しかけるのだから、ふたりいっしょに取り調べてもろくな結果にはならないだろう。ふたり同時に話をきこうとしたのが、そもそもまちがっていた。大きなまちがいだったのだ。

カプシーヌは立ち上がり、戸口にいるシビルのところまで行って名刺を手渡し、にっこりした。「じゃあ、三時に」

ヴォアザンはシャンパンフルートに二杯目を注ぎ、グレーのシルクを張った肘かけ椅子にどさりと座る。脚を組み、バスローブを整え、部屋に備えつけのテリークロス製のスリッパのソール部分を自分のかかとに打ちつけてパタパタと耳障りな小さな音を立てる。

「警視、先日予審判事に話しましたよ。〈シェ・ベアトリス〉では、あの男性がテーブルに崩れ落ちるまでなんの異変にも気づかなかったと。とても短い面接で、ものの十分もかからなかった、判事はじゅうぶんに満足したという印象を受けました。昨日はそれ以上になにも見ていない。ご存じのようにレストランは真っ暗闇でしたからね」

「ムッシュ、二件の殺人には関連があるという線で現在捜査が進んでいます。最初の殺人に使われたクラーレはブラジル大使館でおこなわれたレセプションで盗まれた工芸品と同一のものであると判明しました。あなたはそのレセプションに出席していた。〈シェ・ベアトリス〉、大使館のレセプション、昨夜の〈ダン・ル・ノワール〉すべてに居合わせたのはふたりだけです。あなたとマドモワゼル・シャルボニエ。当然ながら、警察はあなた方おふたりに深い関心を寄せています」

ヴォアザンは脚を組むのを止め、ごくりと喉を鳴らす。無言のままシャンパンを飲み干し、クーラーのボトルを持ち上げてグラスにお代わりを注ぐ。氷がガシャリと音を立てる以外、室内はしんとしている。

「これはあくまでも予備的な取り調べですが、虚偽の発言は偽証罪に問われ刑を申し渡される可能性があります。まず経歴を確認させてもらいます。フルネームはギー・アルノー・ヴォアザン。一九四八年にブーシュ＝ドュ＝ローヌ県オーバーニュに生まれる。六十二歳。〈シャトー・ド・ラ・モットS.A.〉社の取締役社長。まちがいありませんか？」

「正確にはそうではない。五年前に息子が最高経営責任者に就任して跡を継いでいます。だからいまはわたしが会長で、社長は息子だ。もう自分の手を汚す必要はないというわけです」悠然とした態度を演じているのがわかる。彼がさらにシャンパンのお代わりを注ぐ。

「〈シャトー・ド・ラ・モット〉の事業はうまくいってますか?」イザベルがたずねる。

ヴォアザンはくちびるを嚙み、喉をぐっとしめる。

「うまくいっているかとおたずねですか、刑事さん? ひじょうに相対的な表現だ。これは哲学的取り調べなのかな? おたくの予審判事は、わたしがレストランでなにを見たのかをたずねただけだった。しかしあなたたちは経済の理論についての討論を望んでいるのかな?」

「おききしているのは、とてもかんたんなことです」カプシーヌがいう。「会社は儲かっているのですか、儲かっていないのですか?」

「〈ラ・モット〉といえばプロヴァンス地方の一流のワインメーカーに数えられます」自己防衛的な口調だ。「われわれがつくっているロゼはフランス全土とナバーラ王国でももっともすばらしいと自負していますよ」弾みがついたのか、そのままヴォアザンがしゃべり続ける。ディナーパーティーで周囲を退屈させるゲストのようだ。しかし、彼が有頂天になるのはカプシーヌには都合がいい。話をききだしたい時にはそうなるようにもっていくのが最良の方法だ。

「救い主の誕生よりもはるか以前から一六〇〇年まで、フランスのほぼすべてのワインはロゼでした。愚かなことに、現代のフランスではロゼへの愛情が失われてしまっています。いまの時代の人々はわが国が誇るブドウ栽培の伝統にそっぽを向いている」

「つまり、会社は損失を出している、ということですね？」イザベルがいう。

「いや、そうではない。確かにおよそ十五年前に少々売上高が落ち込んだ時期はありました。しかしわたしはそれを持ち直すことに成功したのです。セカンドラベルのワインを導入し、〈シュヴァリエ・ド・ラ・モット〉というブランドで売り出しました。ボルドーのシャトーはすべてセカンドラベルがある、ならばわれわれにもあってしかるべきではないか？　ひじょうにリーズナブルな価格をつけたセカンドラベルが売れて、わが社の利益をかなり押し上げたのです」

「つまり」カプシーヌが口を挟む。「ひじょうに質の劣ったワインを不当に高い価格で売り、由緒ある名前を悪用した。当時はそう非難された」

ヴォアザンがぱっと立ち上がる。「マダム、それは極めて悪質な嘘だ！　シュヴァリエのラインはつねに卓越していた。事実、昨年はロゼの金賞を受賞している」

「あなたが経営者だった時にシュヴァリエのラベルは賞を受賞しましたか？」

「ワイン業界はとても保守的でね。新しいものへの抵抗を克服するのに何年もかかる。しかしやがては品質を認めてきちんと報いる」ボトルに残っていたシャンパンをすべてグラスに注ぐ。

「それにしてもパリでこんなにゆっくり過ごせるなんて、すてきですね」緊張感をやわらげようとするようにダヴィッドがおっとりとした口調でたずねる。

ヴォアザンはダヴィッドに微笑みかけ、受話器を取り上げてシャンパンを注文した。

「息子が事業をしっかり学んだところで経営を引き継ぎ、後はもっぱら企業戦略を練る日々を楽しんでいますよ。それに……そう……業界の大使としての活動も楽しんでいる。今回はたまたま、行きつけのテーラーに用事があって来たというわけです。ついでにちょっとした気晴らしも楽しむつもりで」片手でさりげなく寝室を指し示し、ダヴィッドにウィンクをしてみせる。

イザベルが怒りのうなり声をあげる。

数分のうちにふたたびルームサービスがやってきた。ヴォアザンがいやにほっとした様子だ。ウェイターがもったいぶってボトルをあけようとするのが待ち切れないらしく、さっさとしろと身振りで合図する。コルクがポンと抜けると大きく息を漏らす。ヴォアザンがグラスを手にしたところで、カプシーヌが事情聴取を再開した。

「資料によれば、社長を退く直前に若い女性から刑事および民事事件で訴えが出されていますね」

「法定強姦」イザベルが補足する。「若い子がお好きということね」

ヴォアザンはシャンパンをグラスに注ぎひと息で飲み干す。突然、酔いがまわったように彼の様子が変化した。目は充血し、集中したくてもなかなかできないようだ。この分だと目の焦点も合っていないかもしれないとカプシーヌは考えた。

「訴えは取り下げられた」ろれつが怪しい。

「会社が彼女と金で話をつけた。そうやって始末をつけたのね？」イザベルだ。

ヴォアザンはかすかに頭を横にふる。「金銭の支払いは確かにあった。だが、ごくわずかな金額だ」

「それを理由として辞任を要求されたのね？」

ヴォアザンはこのやりとりに心底うんざりした様子だ。

「ちがう。しかし、けっきょくあれで決定的になった。ほんとうの理由はワインだ。あの娘も彼女のばかげた主張も、まったく無関係だった。事情を説明しましょう。セカンドラベルは好調だった。とてもよく売れたんです。だが扱っていたのはスーパーマーケットで、ワインのスノッブたちが買うようなところではなかった。そりゃそうだ。そして、わたしの息子、ダミアンはＨＥＣ経営大学院を卒業してうちの会社で働きだした。学校で学んだ高慢な理屈をひっさげてな。

なんでも、質のちがう二種類のワインをつくることで、息子によると〝空白域〟が生じて、それが両方のブランドの足を引っ張っているんだそうだ。だから〈シュヴァリエ・ド・ラ・モット〉のブランドを改善し、〈シャトー・ド・ラ・モット〉の卓越にちかづけるべきだと息子は主張した。とんでもない発想だとわたしは思いましたよ。ファーストラベルの売上をセカンドラベルが食ってしまうにちがいないとね。〈シャトー・ド・ラ・モット〉は無類の品質を誇り、競争など超越した孤高の存在であるべきだ。同じシャトーのブランドと競わせるなど、とんでもない。わかりますか？」

三人の刑事はそろってうなずく。

「しかし改善されたセカンドラベルはより多くの収入をもたらし、利ざやも大きい。そうではないですか？」カプシーヌがたずねる。

「確かにダミアンはそう考えた。彼は家族を巻き込んでロビー活動に励んだ。株式はほとんど彼らに握られている。わたしのことは愚かなよぼよぼの年寄りと印象づけた。むろん、息子自身はフランス随一のビジネススクールを卒業したばかりの若き天才で、彼のやることにまちがいはない、というわけだ。わたしは低俗な商売をしてシャトーの歴史的なイメージを汚した張本人。息子は伝統あるブドウ畑(ヴィニョーブル)の高潔さと家族の栄光を守りながら、より多くの収入を得るという図式だ。家族はこの案が気に入った。しかし彼らはまだわたしの立場を尊重していた。そんなところにあの愚かな娘がばかげた訴訟沙汰を起こしたというわけだ。わたしが説得すればおとなしく引っ込めたはずなのに、ダミアンが待ってましたとばかりに飛びついて、わたしに内緒で彼女に金を支払ってケリをつけた。そして、わたしを追い落とすための攻撃材料に利用した。家族は彼にまるめこまれた」

そこで長い沈黙を挟み、ヴォアザンが続ける。

「どう考えても、あれはダミアンが彼女をけしかけて訴えを起こさせたにちがいない。すべては息子の企みだ。いかにもあいつのやりそうなことだ」

またもや沈黙。さきほどよりも長く続いた。

「お若いの」ヴォアザンがダヴィッドに話しかける。「パリでこんなにゆっくり過ごせるわけを、きみは知りたがった。教えてあげよう。自分のヴィニョーブルに行っても、秘書たちに軒並み門前払いを食わされる。あそこの人間は誰ひとり、わたしに挨拶もしない。ダミアンは専制君主として事業を一手に握り、わたしを締め出している。ただし、新しい〈シャトー・ド・ラ・モット〉――彼の〈シュヴァリエ・ド・ラ・モット〉だ――が賞を受賞するとなると、かならずわたしを授章式に出そうとする。自分の父親の傷に塩をすり込むのをやめられないらしい」

ヴォアザンが苦悩に満ちた長いため息をつく。心の奥底からの吐息は、肺のなかでコウモリが翼をばたつかせているような不思議な音だった。

「だからこの状況をせいぜい楽しんでやろうと考えているのだよ」この苦しみの真の深さは男同士にしか理解できないとでもいいたげに、疲れ切った表情でヴォアザンがいう。

またしても長い沈黙が続き、カプシーヌがついに口をひらいた。

「昨夜のレストランのことに話を戻しましょう。あなたたちが好んで行くような店には思えませんね」

「そうなんですよね。映画スターを連れて行くにしてはあまりにも下世話というか」

ダヴィッドの口調は、ほんとうにヴォアザンに親愛の情を抱いているようにきこえるから不思議だ。

「わかっていないな。きみはわたしのかわいいシビルを過小評価している。彼女はあのレストランの楽しみ方をちゃんとわかっていた」ヴォアザンが軽くウィンクする。「いいだしたのは彼女のほうだ」

「あなたはほんとうになにも見なかったんですか?」ダヴィッドがたずねる。

「愉快な質問をするね」いま初めてきかれたみたいな口ぶりだ。「食事中、部屋のなかにかすかな緑色の光が見えたような気がしたな。お化けのような、なにやら神秘的なものが浮かんでいたような印象だ。自分の守護天使にちがいないと思って目を閉じた。なぜ閉じたのかは想像におまかせしよう。目をあけると、神秘的な光は消えていた。シビルの才能はたいしたものだ」

これはカプシーヌにとって貴重な収穫だ。よろこぶあまり、イザベルの低いうなり声はまったく耳に入らなかった。

14

愛車トゥインゴをメニルモンタン通りの信じられないほど狭いスペースに荒々しく突っ込んだ時には、すでに午後一時ちかくなっていた。署は目と鼻の先だ。カプシーヌは激しい空腹を感じていた。

「〈ブノワ〉ならまだなんとか入れるかしら？　お腹がぺこぺこよ」助手席のイザベルに意見を求める。

「軽食（キャス＝クルート）を楽しみたい気分です。朝っぱらからヴィンテージだのなんだのときかされて、食欲を刺激されましたから」

ダヴィッドがなにかをいいかけたが、黙っていようと判断したらしい。

〈ブノワ〉は署の職員が通う地元のレストランで、おしゃれなキャス＝クルートを楽しむような店ではない。それは三人とも承知の上だ。たっぷりとした料理をのんびりと味わう大衆的なレストラン。こういう純粋なビストロは、いまやほんのひと握りで、ここ二十区のように中心部から離れた場所にはかろうじて残っている。料理は昔ながらのシンプルなものしかないが、愛情と誇りがたっぷり込められている。

店内には長い整理棚があり、常連客の名前のラベルが貼ってある。カプシーヌたちもそこから自分のナプキンを取り出して使う。ナプキンは週に一度取り替えられる。ウェイトレスはアンジェリクという貫禄のあるおばさんが一手に引き受けている。四人を隅のテーブルに案内し、自慢げに今日のメニューを説明する。

「今日は金曜日なので魚料理を二種類用意しています。川かますのクネル（川かますのすり身に卵白を加えて茹でたもの）とエイの黒バターソース。そして、得てして保守的な男性には」アンジェリクはダヴィッドに厳しいまなざしを向ける。「お袋の味、子牛の包み焼きを用意しています」彼女の背後にはスレート黒板に料理が六種類か七種類でかでかと書かれている。どれも注文できるはずなのだが、アンジェリクは絶対に客には勧めない。そしてたいていの客はおとなしく彼女にしたがう。

アンジェリクは紙を取り出して注文をメモする。「では警視（コミセール）は川かます。ひじょうに繊細なソースはあなたのような繊細な感受性にぴったりです。そして主任巡査部長、あなたにはガンギエイ――」

「ちょっと待って」イザベルが口を挟む。「それじゃなくて子牛の包み焼きにするわ。ガンギエイの料理は子どもの時に母から無理矢理食べさせられたの。骨があって、不気味な黒いバターソースで、酢がきいているのよね」おおげさに身震いするしぐさをして、首を横に振る。「子牛にするわ。絶対に子牛」

「いいえ！（パ・クエション）　あなたのお母さんはすごく正しかったわ。あなたの肌の色ときれいな髪の毛にはガンギエイがいちばん」

短く刈ったねずみがかった茶色の髪をアンジェリクに撫でられてイザベルがぐっと身を離す。

「オ・ラ・ラー」アンジェリクが驚くそぶりをする。「伸ばせばいいのに。もっと自分のことを構ったらきっともっとうんときれいになるのに」ガンギエイに関して譲る気はなさそうだ。

「そして巡査部長は子牛の包み焼き。決まっているわね（ビアン・シュール）」ダヴィッドの方を見て確認しようともしない。

「とてもいいロゼがありますよ。バンドールのドメーヌ・タンピエ。魚にも子牛にもぴったりよ」

ロゼという言葉をきいて三人が顔を見合わせた。

「まだなにか？　三人そろってロゼが嫌いになったとか？」アンジェリクがオーバーな身振りとともにたずねる。

「いいえ、三人とも大好きよ。〈シャトー・ド・ラ・モット〉のロゼはあるかしら？」イザベルがたずねた。

「マドモワゼル、ここがどこだと思っているんです？　正直な働き者が通ってくるレストランですよ。うちではボルドーは出さないの。お金持ちが大枚はたいて飲むようなワインなんて置きませんよ」機嫌を損ねたアンジェリクが巨体を揺らしながら歩いていく。

三人は雑談を始めた。警察の業界用語や略語をまじえてひとしきり噂話に花を咲かせた。アンジェリクが料理を運んできた。彼女が背中を向けるのを待ってイザベルは当たり前のようにダヴィッドの皿と取り替えた。

「あなたはこれをどうぞ、男性優越主義者の巡査部長さん」

「承知しました（ア・ヴォゾルドゥル）、主任巡査部長殿」

ダヴィッドがにっこりして小さく敬礼する。ソーセージのたぐいを彼が大の苦手としているのはカプシーヌもよく知っている。ポーピエットは子牛の肉を叩いて薄くして巻き、それをソーセージ肉の大きな塊で覆って紐でしっかりと結んだものだ。ダヴィッドは決して自分では注文しない。

その光景を見てカプシーヌは深い満足感を味わっていた。両親に激怒されても意志を貫いて司法警察に入ったのは、こういう体験をしたかったから。このテーブルを自分の母親もいっしょに囲んでいるところを想像すると、つい口元がゆるむ。まず整理棚のナプキンにダメ出しされるだろう。ダヴィッドの髪の毛の異様なからまり具合も許されないだろう。イザベルの耳の複数のピアスと短髪は論外だ。そしてプロレタリア階級みたいにポーピエットを食べろといわれたら、母親は店から飛び出していくにちがいない。

携帯電話の受信音でカプシーヌはわれに返った。

電話をひらき、椅子に座ったままイザベルとダヴィッドに対して半身になる。そして片手をひらひらと振って先に食べ始めるように合図した。

「もしもし、こちらドシェリ。昨夜の死体について予備的な情報を伝えておこう。いま、いいか？」

「なにかわかったの？」

「病理医が現在、検死解剖の真っさいちゅうだ」チェーンソーのキーンというるさい音に負けまいと彼が声を張り上げる。

「が、興味深いことがいろいろわかった。刺さっていた料理用の注射器を今朝真っさきに引き抜いた。まず、指紋はなかった。驚くほどのことではないが、表面にかすかに畝状の跡がついていた。なにかを拭った跡だな」

「畝状の跡？」

「注射器を握っていた人物は大きめのサイズの薄いビニール製の手袋をはめていた。食品を扱う店でよく使われているものだ」彼はそこでいったん言葉を切り、質問を待つ。

「なるほど。ほかには？」

「針の長さは九センチで、一次聴覚野から大脳に入ったものと思われる。それ自体で即死だ。粘りのある茶色い液体が残留していた。おそらく針で注入されたのだろう。検死解剖が終了すればくわしくわかる。針がどこまで刺さっているのか、どれだけの液体が注入されたのかをつきとめることができるはずだ。結論からいうと、今朝、注射器のなかの残留物を分析して思わぬ結果が出たんだ。想像もつかないだろうな」

　カプシーヌはいらだちをこらえ、テーブルを指でトントンと叩く。

「トウゴマの実を挽いて粉末にしたものを溶かした液体だ！」ドシェリは弾んだ口調だ。

「犯人は料理用の注射器の針で刺し殺した上に、トウゴマの実の溶液も注入していたということだ。思いもよらない収穫で、朝からほくほく気分だ」

「トウゴマの実？　それは毒の一種？」

「なんと！　いまどきの若者は経験不足でいかんな。フランスの子どもは三十年前には皆、定期的にひまし油を飲まされたものだ。その原料がトウゴマの実だ」

「犯人は被害者に下痢をさせようとしたのかしら？」イザベルとダヴィッドがそろって顔をあげ、いぶかしげな表情をカプシーヌに向ける。

「ひまし油は猛毒だという都市伝説がある。ルバーブの葉を食べたら即死する、という伝説と同類だな。ひまし油の場合はリシンが含まれているという事実に由来しているのだろう。確かにリシンは猛毒で生物兵器に使用されている。しかしトウゴマの実からリシンを抽出するにはクロマトグラフィー分離やらタンパク質精製やら実験室レベルの技術が必要だ。今回使われたのは、つぶして煮詰めてドロドロにしただけのもので致死性はゼロ。むろん、脳に注入すれば別だが」

「でも犯人はそうとは知らなかった、ということ？」

「推理するのはわたしではなく、あなたの仕事だ、警視。そうそう、まだあった」

「ウィ」

「検死解剖の前にハイパースペクトル画像で遺体を徹底的に調べたところ、顔の左側に肉眼ではわからない傷があった。小さな丸い傷が四カ所。ほぼまちがいなく指先でつけられたものだ。傷がついた時期は死亡時刻からさかのぼって三十分以内とひじょうに正確に推定できる。何者かが被害者の背後からちかづいて頭を押さえ、耳に針を刺した、ということだろう」

「それは確か？」

「むろん。手の力がとても強い人物だ。だから手のひらではなく指先に圧力がかかる。とつぜん襲いかかったにちがいない」

カプシーヌが電話をパチンとたたむと、ダヴィッドが料理から視線をあげてたずねた。

「下痢による死ですか？　ますますいい感じになってきましたね」

15

三人が署に戻ったのは三時十五分だった。シビルが来るとしたら、少なくとも三十分は遅刻するだろうとカプシーヌは予想していた。

意外にも彼女はすでに着いていた。ドアの脇の木製の固いベンチにひっそりと腰かけている。フードつきパーカーは二サイズほど大きくだぶだぶで、黒いレギンスでおおわれた太腿が半分ほど隠れている。パーカーのグレー地には同色の刺繍で『LV』と控えめに入っているものの、ぱっと見たところはバンリュー・プロジェクト（パリ郊外の貧しい公営住宅）にいそうな非行少女そのものだ。ゆきずりの関係と麻薬の退廃的な暮らしに明け暮れる若者になりきっている。アンヌ・パリローが演じた『ニキータ』の役が気に入っているにちがいない。そんな雰囲気を壊しているのが、彼女の隣に置かれた高級ブティックの袋だ。セルジオ・ロッシというブランド名が入った袋はいかにも偉そうなたたずまいで背を伸ばしている。

「サリュ、警視（コミセール）」シビルが小さな声でいう。

「マドモワゼルは三十分ちかく前からこうして待っていらしたんです」制服警察官の受付があたふたしている。憧れのスターを前にして、上司の警視に呼びかける時も視線はシビルに釘付けだ。

カプシーヌはシビルを自分の執務室に案内していく。イザベルにもついてくるようにとうなずいて合図し、ダヴィッドには仕事に戻るようにと指をわずかに動かして指示する。

シビルの雰囲気ががらっと変わったのは、カプシーヌ、イザベルとともに椅子に腰かける直前だ。おなじみの万華鏡のような変化を見せて、はしゃぎながらショッピングバッグから靴箱を取り出しカプシーヌにパンプスを披露する。真っ赤なスリングバックのパンプスはおそろしく高いピンヒール。爪先は親指がわずかにのぞくくらい小さくあいている。ソールの厚さは二・五センチ。カプシーヌは片方を手に取り、うっとりと鑑賞する。

「どう思う？」シビルはすっかり興奮している。「セルジオ・ロッシよ。これを履くと身長が百八十センチになるのよ」

イザベルはいかにも興味がなさそうにふるまう。

「わたしにはとうてい無理ね。でもあなたが履いたらきっとすごくすてきだわ」

ふたりはクスクス笑いながら、このパンプスに合うドレスについておしゃべりを続ける。友だち同士のような言葉遣いで、あきらかに警察の規則に反している。相手におもねっていると見なされてもしかたのない状況だ。イザベルは居心地悪そうにそわそわする。

洗練されているが扱いの難しいヨットを船長がたくみに誘導してジャイブさせるように、カプシーヌはそれとなく話題を変える。

「シビル、昨夜の殺人は〈シェ・ベアトリス〉での殺人事件と関係があるらしいの」

シビルはぼんやりとカプシーヌを見る。なにをいわれているのか、とっさにはわからないようだ。

「〈シェ・ベアトリス〉で被害者の命を奪ったクラーレは、あなたがムッシュ・ヴォアザンといっしょに出席したブラジル大使館のレセプションに展示されていたものだったのよ」

「そして昨夜もわたしは現場にいた。だから重要な容疑者なのね。いいじゃない！　なんだかすてき」シビルがうれしそうに甲高い声をあげる。

「いいかげんにしなさい」イザベルはカッカしている。「あなたの逮捕歴からしたら、こんなふうに警視の執務室でやさしく取り調べしてもらえるはずはないのよ。醜い靴を買うためにショッピングにまで行かせてもらって。本来なら留置場にぶち込まれているわよ」

「逮捕歴？」シビルが子どもじみたふくれっ面になる。「逮捕なんて一度もされていないわ」涙を懸命にこらえようとしているような表情だ。

「こちらの記録では、あなたは過去に万引で十六回告発されている」

「すべて取り下げられている」

「店のオーナーに弁償したからよ。それだけのお金がなければ、いまごろは少年鑑別所にいるはず。いまどれだけ深刻な立場にいるのか、まったくわかっていないでしょ」

「わかっていないのはあなたのほうよ。万引なんて、退屈をまぎらわすため。ほかに理由なんてある？　スリルを味わいたいからよ。カウンターのところを通る時になんでもいいからつかんでポケットに入れるの。麻薬をやる時みたいな快感がある。とったものは店を出たらすぐにゴミ箱に捨てる。こんなサングラスいらないわって感じで」彼女が目玉をぐるりとまわす。「セレブをやっているとうっとうしいことが山ほどついてまわるのよ。そうじゃなければ万引なんかしないし、コカインを吸引して鼻血を出したりしないわ。わかる？」

イザベルはたじろいで言葉に詰まる。

「それからもうひとつ。アルマーニの二百ユーロのサングラスを〝盗んで〟ゴミ箱に捨てて、自分の弁護士を通して千ユーロ支払って店のオーナーが納得したら、それはほんとうに犯罪と呼べると思う？」

法律的にまちがっているとわかっていても、イザベルは理屈でやりこめられてしまった。

「ただね、警視」シビルはにこやかにカプシーヌを見る。〝真摯な顔つき〟という演技の引き出しから引っ張り出してきた表情だ。「どちらのレストランでも、ほんとうになにも見ていないんです。最初の店ではふつうに食事していたの。とてもおいしかったわ。で、ふと顔をあげたら、おじさんが顔からびしゃっと突っ込んだの。てっきりなにかで興奮して発作を起こしたのだとギーとわたしは思ったわ。お酒かコカインで意識がなくなったんだろうって。でもそうではなくて、死んでいたの。かわいそうに」

「昨夜の店ではテーブルの下でふざけていたわ。いまや五十のウェブサイトが懇切丁寧に解説してくれているけれど。でも、仮にテーブルの下にいなかったとしても、あそこではなんにも見えなかったわ」

「あなた、自分がやっていたことが恥ずかしくないの？　しかもあの男性優越主義の老人なんかを相手に」イザベルが食い下がる。

「〝おまわりさん〟こそ」わざとらしく強調させながらシビルがこたえる。「なんにもわかっていないくせに。〝男性優越主義者〟？　あんなやつらクソくらえだわ」

沈黙が続いた。イザベルはいい返す言葉が見つからず、カプシーヌはシビルの話の続きを待っている。

「わたしがどうしてスターになったのかも知らないくせに」その口調は、十八歳より上の人間はなにもわかりはしないのだといいたげだ。

「あのひどい映画がきっかけよ。よってたかって皆がわたしをレイプした映画」

カプシーヌは問いかけるように片方の眉をわずかにあげる。

「『パリのカタコンブの黒い恐怖』よ。おぼえている？　わたしが四十歳のスターを相手に〝オーラルセックス〟をした──警察ではそういう気取ったいい方をするんでしょ──と思わせた後に、仰々しい音楽がわあっと盛り上がって、いきなり顔にシャンパンを浴びせられるシーンがあったわ。どういうふうにあれを撮影したのか、わかる？　知りたい？　当時わたしは十四歳だった。世界的に有名なクソ主演俳優の前で膝を着いて祈りの文句を唱えるようにいわれた。黒魔術の儀式のシーンのはずだった。二週間後、パーティーの場面を撮影した。誰かがシャンパンのボトルをあけると説明された。でも、そのボトルが温められてよく振ってあることも、わたしの顔めがけてシャンパンが噴き出すことも教えてはくれなかった。映画が公開された初日に高い服を着たすごい人たちといっしょに観たわ。彼らはとても気に入った。でもわたしは泣いてしまった。席から立ち上がれないまま、泣きじゃくった。レイプされるよりひどい経験だった。最悪だったわ」

シビルから敵意を向けられているはずのイザベルは、彼女を気遣うようなやさしいまなざしだ。男性優越主義の社会において、すべての女性は被害者となり得る。無防備なまま傷ついたシビルもまた、被害者のひとりなのだ。

「どういう経緯で映画の世界に？」カプシーヌがたずねる。

「そもそもは父親。父はいつでもわたしのことを美しいといっていたの。映画で観た誰よりもずっと美しいとね。小さい学校でのお芝居にはかならず出なくてはならないと父が決めたの。十歳ですでにわたしは村の有名女優だった。十二歳で父に連れられてパリに来た。父の友人のいとこが大手映画制作会社のゴーモンで働いていて、その人のつてでスクリーンテストを受けることになったの。わたしはゴーモンと契約し、その後はご存じの通り」最後のひとことは皮肉たっぷりだ。

「あなたの才能を見抜いたお父さんはたいしたものだと思わない？」カプシーヌがきく。

「わたしの才能？　それってどんな才能か、あなたにわかる？　わたしのすてきな父親は、ゴーモンの太った大酒飲みの男のところにわたしを預けた。彼に〝すごく親切に〟しろとわたしにいいふくめてね。どういう意味かわかる？」

カプシーヌは驚きのあまり頭が真っ白になり、口が勝手にしゃべっている状態だ。

「あなたのお父さんはほんとうにそんな意味でいったのかしら」

「ええっ？　もしかして、警視は世界最高の美容整形の手術を受けているの？　いつの時代の人？　ほんとうは八十歳？　父がいきなりそんな提案するわけないでしょう？」

　カプシーヌは困惑するばかりだ。

「まだ三歳か四歳か五歳くらいのうんと小さかった時から、父は母と過ごすよりも長くわたしといっしょにいたの。お風呂でわたしの身体を洗って服を着せたりいろんなことをした。いわなくてもわかるでしょ？」

「そんな小さな時のこと、おぼえていられるものなの？」

「かんたんよ。母からきいたの。父がわたしに〝どんどん接近〟していくものだから、母は彼を捨てたのよ」〝接近〟という表現はあまりにも皮肉だ。

「あなたのお母さんはお父さんを捨てたのね。お母さんについていかなかったの？」

「彼女は男といっしょに出ていったの。子どもを嫌っている男とね。だからわたしはやさしい父親といっしょにいるしかなかった」

「つらい思いをしてきたのね」

「べつに。無事に契約を結んでユーロはざくざく入ってきたわ。彼はわたしに夢中だった」

「その人とはもう疎遠になっているの？」

「疎遠？　会っていないってこと？　まさか。だってマネジャーだもの。それどころか、この世で唯一ほんとうに信頼している人よ。〝大切な人〟。彼の許可がなければ、わたしはトイレにも行かないわ」

「わかったわ。ではギー・ヴォアザンとの関係についてきかせてちょうだい」

「ギー？　いったいなにをいえばいいのかしら。彼はすてきよ。セクシーな写真が見たい？たくさんあるからあげるわ。ここの掲示板に貼ったらどうかしら。すっごくクールになるわよ、きっと」

「彼とはどこで出会ったの？」

「出会った場所ね。わかりました、ママ、正直にいうわ。彼とは三カ月か四カ月前に〈レ・ベーン〉で出会いました」

「それは？」イザベルがきく。

「いやだ。〈レ・ベーン・ドゥーシュ〉よ。いわゆる、クラブ」

「彼はそこで夜明けまで踊っていたの？」カプシーヌがたずねる。

「ギーが？　まさか。わたしはおおぜいの取り巻きを連れて地下のフロアにいたの。彼らといてもすごく退屈で、うんざりしていたわ。だから店を出たくてしかたなかった。でもお金を持っていなかったの」

「お金を持っていなかった？　あなたがお金を持っていないなんて、あり得ないわ」イザベルだ。

「クラブにバッグなんか持っていく人はいないわ。いつもは百ユーロを下着にくっつけておくの。いざという時のためにね。ただ、あの夜はショーツをはいていなかったのよ。しかたないから上の階のレストランに行って、知人がいないかどうかさがしてみたの。そこに、わたしのいとしいギーがいたというわけ。老いぼれ連中と軽食をとっているさいちゅうだった。目が合って、彼はわたしの望みをただちに理解してくれた」

「なにを望んでいたの？　ひと目惚れ？」

シビルはまたもや蔑むような一瞥(いちべつ)をイザベルにくれて、天井を見上げて端から端までじっくり眺めた。

「わたしたちは女性用の化粧室の個室で何度もしたわ——短時間で相手を知るにはこれがいちばん。ぜひ試してみてね。ま、そういうこと」

「というと？」カプシーヌがたずねる。

「宿にボリショイ・グラン・バットマンがある、試してみるかと彼が誘ったわ。だからそうすることにした」

「それはバレエ？」

「やだ、警視。ファッションはすごくステキなのに、口をひらくととんでもないことをいいだすのね！　BGBはコカインみたいなもの。でもコカインよりずっとずっといいの。そのうち少し持ってきてあげる。試してみてね。きっとものの見え方が変わるわよ。すごくいいほうにね」

「シビル、ムッシュ・ヴォアザンは六十二歳であなたは十八歳——」

「警視ったら、そのことは秘密にしておいて！　わたしのエージェントはね、表向きはあくまでもわたしを十六歳にしておきたがっているの。わたしは永遠にスイート・シクスティーンなのよ。そのほうがセクシーだと思っているらしいわ」

「祖父と孫みたいな年齢差の相手と性的な関係を結ぶのは平気なの？　彼の慰みものにされて嫌悪感はないの？」イザベルがきく。

シビルはまたもや凄みのある目つきになる。

「ふたりそろって、そこらの母親とおばあちゃんの集合体みたいなことをいうのね。いい？確かにわたしはリセを卒業していないし、バカロレアに合格していないけど、だからといって無知だと決めつけないで。フロイトだってちゃんと読んでいるわ。あなたたちがなにをいいたいのか、ちゃんとわかっている」

カプシーヌは黙ったまま、相手を気遣うように微笑む。

「わたしがギーといっしょにいるのは、父親的なものを彼に求めているから。少々知的な遅れがあるから年の離れたおじいさんに守られたがっている。どうせそう考えているんでしょう？」

カプシーヌの表情に同情の色が少し濃くなる。

「なんにもわかっていないから、そんなふうに考えるのよ。どちらかが相手の面倒を見ているとしたら、それはわたしよ。そこのところをまちがえないで。ギーは文無しなんだから。ディナーの支払いはいつでもわ、た、し。コカインを手に入れるのはわ、た、し。まったく、先週なんか彼のベンツのオーバーホールの費用までわたしが払ったのよ。大金持ちが乗るとてつもなく大きな車。どう思う？」試合で決勝点をあげたみたいな得意げな笑顔でシビルは後ろにもたれた。

「彼は大きな〝ブドウ畑（ヴィニョーブル）〟の会長で株主のはずでしょう？」カプシーヌがきく。

「そうなのかもしれない。でもね、ジーンズのポケットには小銭すら入っていない。そのわけを教えてあげる。わたしはよほど頭が弱いと思われているみたいだけど、それは完全にまちがい。わたしの弁護士にギーをくわしく調べさせてみたの。彼の株はある種の信託財産になっているそうよ。それは彼以外の家族も同じ。あらゆることに関して家族が投票で決定するという仕組みで、誰にいくらずつお金を配分するのかもそうやって決まるそうよ。彼はたくさんの株を所有しているけれど過半数には遠く及ばない。だから会社からは現金はまったくもらえないの。おわかりかしら、警視。ちょっと複雑すぎる？」

「給与は支払われているはずよ。それなのに、なぜあなたが彼のディナーの分まで払うの？」カプシーヌは腑に落ちない。

「さあね。彼のお金の使い道なんて知らない。わたしにはどうでもいいわ。もうひとり、かわいがっている人がいるのかもしれないし。あ、いいこと思いついた。その人と三人で楽しむってどうかしら。すごくクールだと思わない？　彼はいまのところ白状していないけどね」彼女は大きすぎるハンドバッグをあさってマルボロ・レッドを取り出し、一本抜いて火をつける。笑顔のまま濃い煙を吐き出す。

「吸ってもいいのかしら？」とってつけたようにたずねるシビルに、カプシーヌが返事がわりに灰皿を押して勧める。

「あなたから見て彼はどんな人？」イザベルがきく。

「どんな人か？　どんな人ではなかったかってこと？　彼はわたしのかわいいワンちゃんよ。一日じゅうわたしの後をついて歩くのがうれしくてたまらないの。彼は決してなにも要求しない。ま、小銭を少々ってことはあるかもしれないけれど、たいしたことないわ。それから『今夜、どこどこの三つ星レストランに行こう』とか『ぼくは新しいスーツが必要だ。ショーメに一着買いに行こう』とかいいだすこともあるけれど、それもたいしたことない。そんなのお金がかかるうちに入らないもの。なんといっても最高なのは、彼がセックスにまったく興味がない点ね。同じ年齢の男の子だと、四六時中まとわりつかれて夜もまともに寝かせてもらえない。ギーは頭を枕につけた瞬間ぐっすり眠っている。すばらしいでしょ」

「あなたたちが周囲に与える印象とはまったくちがうのね」

「あんなでたらめな芝居をあなたたちも信用するとはね。ほんとに、どこかの世間知らずのおばあさんみたい。最初は冗談のつもりだったんだけど、いまではわたしと彼はそんなことばっかりやっていると皆信じている。男性が殺されたあのクレイジーな闇のレストランでもそうよ。わたしがテーブルの下でなにをしていたのか、勝手に決めつけていた。ほんとうはスペシャルKを吸っていたの。真っ暗闇だと効果ばつぐんよ。ぜひ試してみて」彼女が愉快そうに笑う。

「ケタミンね。動物用の麻酔薬」イザベルのコメントはカプシーヌにはよけいなおせっかいだ。

シビルが目玉をぐるりと動かす。

「あの店で耐えられるのはせいぜい三分ね。料理は食べにくいし客はキャーキャー悲鳴をあげて盛大に散らかすし。ああいう場所だからこそ効くのよ。絶対にKを試してみて。生きていることが甘美ですてきなものに思えてくるから。絶対におすすめ」

「あなたはいつでも年上の男性が好みだったの？」カプシーヌがきく。

「もちろん。決まってるじゃない。同年齢の男の子なんて子どもっぽいもの。年上の相手なら、わたしは自分が望むものをいくらでも手に入れられる。それは父親から教わったのよ」

16

パリジャンは現実的な利益の追求とは一線を画することで自分に誇りを持とうとする——希望的観測の力をおおいに活用しながら——が、例外的に所有欲をかきたてられる共通の対象があるとすれば、それはコンコルド広場を対岸に望むセーヌ河畔のアパルトマンだ。二フロア分の高さのアーチ形の窓は夜な夜な明るく輝き、広場の交通渋滞をあざけるように見下ろす。ハンドルを握る者たちはいらだちを抑えながら、マンネリ化した夕食といさかいが待つ家庭へとじりじりと車を進ませる。そして頭のなかで想像の翼を広げる。眺めのいい広い居間、そこには選りすぐりの——肉体もファッションも知性も非凡な——人々がごく少人数集まり、小さな逆円錐形のクリスタルグラスでアメリカ風にマティーニを味わい、しゃれた会話を気軽に楽しんでいるところを。

カプシーヌのいとこジャックがまさにそのアパルトマンを所有することになったのは、偶然が重なったからだ。続けざまに三件の相続があってかなりの資産を譲り受けた時、たまたま売りに出ていたそのアパルトマンを購入したのだ。

幼なじみでもあるジャックはカプシーヌにとって兄弟同然の存在だった。その彼がいままでは対外治安総局（DGSE）つまりフランスの諜報機関に勤務し、それなりの地位に就いている。カプシーヌとは仕事面でもゆるやかな協力関係があり、じっさいこれまでに担当した事件に関して何度も彼にはピンチを救ってもらっている。

つぎつぎにおもしろいことを思いつくジャックらしく、一年に最低二回はアパルトマンの模様替えをしている。この落ち着きのなさはフロイト的な解釈が成り立つにちがいないとカプシーヌはにらんでいるが、わかるのはそこまでだ。

そして最新の改装を祝うディナーパーティー――「都会での食事（ディネ・アン・ビル）」と彼は表現した――をするからとジャックから電話で招待されたのは先週のこと。カプシーヌは午後七時に到着するつもりでいた。アレクサンドルとほかのゲストがやってくるのは一時間半後だから、近況報告にはじゅうぶんな間がある。ジャックはディナーの準備を監督しながら「魅力的ないとこが最近どんなお転婆ぶりを発揮しているのか」をきけるというわけだ。

ケータリングのスタッフに案内されてアパルトマンのなかに入ったカプシーヌは、てっきり新しい家具が配送され、埃よけのための布をかぶったままなのだと思った。奥行きのある広い部屋のあらゆるものに、かすかに青みがかった布がだらりとかかっている。

「きみは悪趣味だと思うだろうな」ジャックがやってきた。ライトブラウンのシルクのスーツを着て、いつにも増してめかしこんでいる。左右の袖の四番目のボタンを意図的に外し、濃いブルーのシルクのシャツのボタンも胸の半分あたりまで外している。リラックスする時まで過激なロックスターのようだ。「クリスト&ジャンヌ=クロードに深く影響されたインテリアデザイナーが手がけた。ほら、橋でも島でもかまわず布で梱包してしまうカップルだ」

「とても……興味深いわね」

「そんなことない。唯一のアピールポイントといえるのは、誰かがなにかに座るたびに翌朝、インテリアデザイナー本人がやってくることさ。とがめるようにぼくをにらみつけて布の垂らし具合を直していく」クワックワッというけたたましい声でジャックが笑う。ハイエナの忍び笑いとロバの鳴き声を足して二で割ったような耳障りな声だ。「じつをいうと、一週間でこの状態にうんざりしている。少々、なんてなまやさしいものではない」

ジャックがカプシーヌにわざとらしく流し目を送る。「よく来てくれたね、かわいいいとこよ」ささやきながら抱きしめて背中をまさぐり、その手がしだいに下がっていく。彼の指がウエストに達したところでカプシーヌは身を離し、彼の頬をぱちんと軽く叩いた。

ジャックがウインクして彼女の手を取る。

「おいで、ぼくの人生のちっちゃなキャベツちゃん（モン・プティ・シュー）。キッチンを見にいかなくては」

キッチンも一変している。いままでの天井がぶち抜かれて完全な立方体の空間になっている。床も天井も壁もすべて光沢のある白いラッカーで塗装され、スカッシュのコートかと思うほどだ。電化製品も調理用具もいっさい出ていない。部屋の中央に大理石の立派な長いテーブルがひとつあるだけで、がらんとしている。

「気色悪いだろ？　早くアレクサンドルに見せたいな。けしからんといって頭から湯気を立てるだろう」ジャックはまたもや、馬がいななくような不気味な高笑いをする。

白いエプロンをつけた女性が三人、アルミ製の箱を運んできた。中央のテーブルの表面に傷をつけないように注意を払いながら、それを置く。四人目の女性はそわそわした様子でなにかをさがして歩き回っている。彼女には見覚えがある。そこで先週読んだ《フィガロ・マダム》の記事を思い出した。写真に写っていたジャクリーヌ・ド・サンサヴールだ。パリのケータリング業界でいまや押しも押されぬトップだ。

「すみません」マダム・ド・サンサヴールが心配そうな表情を浮かべる。「コンロがあるはずですよね、ノン?」

「ありますとも。ほらここに。パネルを押すと出てきます」ジャックが押すとパネルが上昇し、シューシューという小さな音とともに見えなくなり、プロ仕様のつや消しのスチールのコンロがあらわれた。

マダム・ド・サンサヴールがほっとした様子でふうっと大きく息をつく。

「所帯染みた場所はうんざりだ。向こうで一杯やろう。ふとっちょのアレクサンドルが来るまで一時間半はあるからな。創造的な方法を駆使して時間をつぶそうじゃないか」

ジャックは「自室」にカプシーヌを連れていく。狭苦しくて散らかり放題の部屋だ。学生用のワンルームの住まいといった趣で、四方の壁のひとつには本棚が並び、無秩序に本が突っ込まれている。デスクの上もひどく乱雑で、シングルベッドは乱れたまま。ジャックはこの部屋にインテリアデザイナーをいっさい寄せつけない。ジャックは在宅時にはほとんどここで過ごし、広々としたアパルトマンのほかの部屋には来客でもない限り足を踏み入れないのをカプシーヌは知っていた。

テーブル代わりにワインの木箱をひっくり返してボトルを数本並べ、グラス数個、そして氷の入ったバケツが置かれている。バケツにはクリュッグのシャンパンのボトルが一本。カプシーヌは甲斐甲斐しくベッドのシーツを伸ばしてベッドカバーを整えると、ベッドの端に膝をきちんとそろえて腰かけた。

ジャックはいちいち確かめたりしないでフルートグラスにシャンパンを注いでカプシーヌに渡し、自分用に日本のウィスキーをツーフィンガー注ぐ。そしてすばやく氷のキューブをひとつ加える。

人さし指を自分の口に当てながらジャックがカプシーヌと並んで座る。「きみのでぶっちょのパートナーには内緒だからな。彼が推薦したウィスキーを冒瀆したといってとっちめられる。

きみが愉快な事件に取り組んでいるのは、デスクの上にあった紙切れを読んで知っている。レストラン評論家がレビュー中に殺されるのは、ある意味では現行犯だな。いや、愉快だ。そしてきみはあの優秀なオーギュスト＝マリー・パルモンティエ・ド・ラ・マルティニエール予審判事をたいそう苦しめているらしい。業務命令違反すれすれらしいじゃないか」彼がクワックワッと笑う。

「さらに容疑者たちのなかには、やっとこ思春期にさしかかったおいしい年頃のセクシーな映画スター、直近のゴンクール賞受賞者、フランスで広く名を知られているドメーヌのオーナー、フランスで指折りの大富豪の相続人でありながらレストラン業界での仕事に精を出している女性、そしてぼくたちの幼なじみでいまや政府高官と親しい交遊のある人物が含まれているそうじゃないか」

「オートキュイジーヌのレストランが殺人現場なのだから、それなりの人たちが関係するのは当然でしょ」カプシーヌはあえてそっけなくこたえる。「あなたの紙切れには情報が満載されているようね。もしかしたら司法警察の電話も盗聴されていたりして」

「盗聴？　そんな卑俗な言葉の意味は知らないね。しかし残忍な敵の侵略から〝美しきフランス（ラ・ベル・フランス）〟の歴史的遺産を守る使命を帯びた場合には、なまくらな武器など目ではない」

カプシーヌは笑顔を見せない。ジャックは気遣うような表情をする。

「カリカリするな。予審判事にやさしくしてやればいい。きみだってわかっているだろ、彼はほんとうはきみを愛している。ちょっと恥ずかしがり屋なだけだ。ただし、金だけは絶対に貸すなよ。彼はサン・シルヴェストルまでに無職になるからな」ジャックは大晦日のことをフランス風に表現する。

「そんなことどうでもいいの」

「おお、鈍くてすまん。でぶっちょのアレクサンドルが殺人犯のリストに載っているのではないかとおそれているんだな。ちがうか？」

「まあそんなところね。ひょっとしたら、犯人には合理的な動機などないのかもしれない。

それがこわいの。常軌を逸した人物がやみくもにジャーナリストやレストラン評論家を狙って犯行に及んでいるのかもしれない」

ジャックはバカ笑いを炸裂させる。「ついにフランスにも連続殺人犯が登場か！　本気でいっているのか？　アメリカのテレビの見すぎじゃないか。この国は連続殺人とは無縁だ。唯一の例外はユーゼビウス・ピーダネルだな。彼が殺したのはセクシーな若い女性だけだ。きっと彼女たちに名前を笑われたんだろう。ぼくだってあんな名前を両親から押しつけられたら、片っ端からできるだけたくさん殺してやろうと思うね」

「ふざけないで、ジャック。レストラン評論家がふたり、レビューするために食事しているさいちゅうに殺されたのよ。それもほぼそっくりの状況で。手をこまねいて見ているわけにいかないでしょう。それなのに、予審判事のせいで捜査に手出しできないなんて、悪夢よ。欲求不満なんてなまやさしいものではないわ」

「おいぼれた美食家と夫婦になって以来、そういう状態には慣れているんじゃなかったのか？」

「真面目に話しているのよ！　この件についてあなたに相談したいの」

「手がないわけではない。ぼくの小さな紙っ切れによれば、本来は司法警察はすみやかに予審判事に報告すべきところを、ふたつめの殺人事件についてはそれを怠っていたそうだ。そのうち行政官から催促があるだろう。ということは、きみたちの前に判事が姿をあらわすまでに、まだ幾日か日数があるってことだ」

「でも、いずれわたしの前に立ちふさがるわ。そうしたら手も足も出せなくなる。今回もあなたに糸を引いてもらうことになるかもしれない」

「いとこよ、たとえ対外治安総局であっても、予審判事のなわばりに血まみれの指を突っ込むような真似はしない。彼らのドアになんと刻まれているか知っているか。『この門をくぐる者は一切の望みを捨てよ』だ。今回ばかりは自力でがんばるんだな」ジャックのバカ笑いがあまりにもけたたましかったせいか、戸口にジャクリーヌ・ド・サンサヴールがあらわれた。

「なにかあったんですか？」心配そうに眉をひそめている。

ジャックはたちまち感じのいい笑顔を浮かべてみせる。

マダム・ド・サンサヴールはディナープレートを差し出した。濃い緑色のソースの上にこんがりとキツネ色に焼けた小さな鳥が横たえられている。周囲には蛍光色といってもいい鮮やかなオレンジ色のベビーキャロットと鮮やかな緑色の小さなインゲンが並んでいる。

「今夜お出しするものです」そして強調するためにわざと声をひそめた。「ベアトリス・メナジエのレシピです」

カプシーヌとジャックは思わず顔を見合わせた。

通じなかったのだと誤解したマダム・ド・サンサヴールが説明を加えた。

「パリのレストラン業界で新進気鋭のシェフです。パリじゅうで話題です。これはウズラにフォアグラを詰めたものをバジルにのせて、ニンジンと走りのインゲンを添えています。といってもいまのシーズン、走りのインゲンなどありませんから、植え付けを遅らせて早春の野菜に見えるように栽培している生産者から仕入れています。いかがでしょう？」

カプシーヌとジャックは熱心に皿をのぞきこみ、猟犬の子犬のようにくんくん匂いをかいで天真爛漫な笑顔を浮かべた。

マダム・ド・サンサヴールが行ってしまうと、ジャックは物思いにふけるような表情をカプシーヌに向けた。「その予審判事だが——」

そこでジャックが黙った。首を傾け、左右の眉をあげて、ドアのほうに耳をすますジェスチャーをする。

「いそげ、いとこよ。すばやくパンティをはいて、なにくわぬ顔でふるまうんだ。いつもと同じようにな」

アレクサンドルがしかめっ面で入ってきた。カプシーヌはくちびるを懸命に嚙んで笑いをこらえる。彼はあっけなくジャックに騙されてしまうのだ。

仲のいいいとこになぜ夫がこうもやきもちを焼くのか、カプシーヌには不思議でならない。ジャックはカプシーヌと過去に性的な関係があったかのようにほのめかしてアレクサンドルをやきもきさせるのが好きなのだ。結婚以来、ますます手の込んだやり方でからかうようになっているので、いまではほんのひとことふたことでアレクサンドルは瞬間湯沸かし器のように怒ってしまう。これはジャック流の親愛の情の示し方だとそろそろ気づいてもいいはずなのに、どうもそうはいかないらしい。

「料理に目覚めたというわけか」アレクサンドルはそっけない口調だ。

「夢中ですよ。午後いっぱいコンロに向かって汗水たらし、いまは助っ人数人にキッチンの掃除をまかせてるんです。ゲストが到着する前にきれいにしておこうと思って」

アレクサンドルがオホンと咳払いする。「ジャクリーヌ・ド・サンサヴールとばったり出くわしたよ。数週間前に彼女について記事を書いた。いまや大評判のケータリングだからな。ジャクリーヌに依頼するとは、見かけによらずいいセンスをしている」

「それで、ジャック」カプシーヌが口を挟む。「今夜はほかに誰が来るの？」

「フランソワーズ・サガンがよくいっていたように、『四つの性の代表』だ。日本だけを舞台にしている小説家、古典的な詩の形式だけで創作する詩人、鉄を使って愉快で不快な作品をつくる彫刻家、タンゴをあらたな高みに昇格させたダンサー」

「なるほど。カプシーヌとわたしは、ほかのふたつの性の代表か」

「つまりテーブルに着くのは七人？」知らず知らずのうちにカプシーヌの声が大きくなる。

「ああ、そうだよ」ジャックが高級住宅地十六区のアクセントを真似て間延びした口調でこたえる。「ディナーパーティーの最適な人数について熟考を重ねた。一般的には八人が理想的とされている。しかし、奇数はそれに勝るとひらめいた。五人では少なすぎる。話題がひとつだけで面白みがない。七人ならパーフェクトだ。会話は寸断され、再編成され、またもや寸断される。奇数となると、誰が仲間はずれになるかと皆が考える。そこから愉快で創造的な緊張が生まれる」

「仲間はずれ？　それは招待主に決まっているだろう？」アレクサンドルがたずねる。

「いいえ」

「ということは、今夜ついにきみの特別な人に紹介してもらえると考えていいのかな。身内の人間として、おめでたい報告をきかせてもらえると期待していいんだろうか」

「さきほどは四つの性の代表といいましたが、それはあくまでも話をかんたんにするためで、いまや八つに分類できますよ。もっと厳密に分ければ十かな。サガンの時代以来、文明は発展を続け、ここまで進歩したというわけです。そうは思いませんか？」

十種類の性を特定するのはアレクサンドルにはかなり困難な課題らしく、目を白黒させている。カプシーヌはまたもやくちびるを嚙んで笑いをこらえる。

ジャックがやさしいそぶりでアレクサンドルの二の腕に片手を置く。「ディナーが終わったら、どの人物がぼくの特別な相手なのか、そして〝彼〟あるいは〝彼女〟が十のうちどの分類に入るのかをきかせてもらえるとうれしいな」

アレクサンドルがうらめしそうに彼を見る。

「正しく言い当てられたら、そして祝福の言葉をかけてもらえたら、〝彼〟あるいは〝彼女〟を〈ディネ・アン・ブラン〉に連れていこうかな。さて、どうしようかな」ジャックはチェシャ猫のようなにやにや笑いを浮かべる。

「〈ディネ・アン・ブラン〉か」思いがけない救いの手がさしのべられたようにアレクサンドルがほっとした表情になる。「来週だったな。すっかり忘れていた。イベントとしての旬は少々過ぎた感はあるが、白ずくめのおしゃれをしてパリの街なかで大人数でピクニックをするのはやっぱりとても楽しいね。料理版のフラッシュ・モブ（インターネットなどを通じて不特定多数の人間が公共の場に突然集合し、目的を達成すると即解散する行為）みたいなものだ」

アレクサンドルはみるみる元気になった。ディナーへの期待のためか、あるいは十種類の性について考えなくてよくなったからなのかは、カプシーヌにもよくわからない。

「失礼します、ムッシュ」マダム・ド・サンサヴールがドアの向こうからおずおずとのぞいている。「お客様がお見えのようです」いかにもブルジョワ階級の会話らしき声が部屋のなかまできこえてきた。

ジャック主催のディナーパーティーは大成功だった。小説家と彫刻家は女性、詩人とダンサーは男性だった。ウィットのきいた発言が飛び交い、細身の剣を操って真剣勝負をするような緊張感のある会話が繰り広げられた。アレクサンドルの視線は忙しくあちこちへと動いてジャックと親密な間柄にある人物をつきとめようとしたが、フォアグラを詰めたウズラが運ばれてきたあたりで、不毛な追求をあきらめた。ウズラは絶品だった。

深夜はとうにまわり、だらだらとした会話が続いていた時、誰かがガエル・タンギーの話題を持ち出し、栄えあるゴンクール賞の受賞者として彼は史上最大のダークホースだったとコメントした。タンギーの名をきくとカプシーヌは冷静でいられない。容疑者のひとりでありながら、直接取り調べが許されないという猛烈に歯がゆい状況なのだ。ここから会話ががぜん盛り上がった。小説家と詩人は爆発的な暴力について議論を始めた。詩人はタンギーを非難する。メディアの注目を浴びるために反社会的なポーズをとっているだけで、主張などなにもないペテン師だといって。いっぽう小説家はタンギーをボードレールと比較して熱く語り、『悪の華』に匹敵する彼の作品を理解できないのかと詩人を攻撃した。ダンサーと彫刻家も議論に参戦した。そこへジャックが十六区ののほほんとした口調でコメントした。

「誰がなんといっても、コーヒーメーカーにエロティックな関心が目覚めたのはタンギーのおかげだなあ。彼はぼくの人生にまったく新しい境地をひらいてくれたよ」ロバの鳴き声のようなジャックのけたたましい笑い声で議論がおさまり、一同は静かになった。

　ディナーパーティーの最後は熱い抱擁で締めくくられ、さまざまな色合いの友情の雲に包まれた。パリジャンの《晩餐会（ディネ・モンダン）》の究極の目的が果たされた瞬間だ。ひとりカプシーヌだけが、ままならない思いを抱えて悶々（もんもん）としていた。

17

翌朝十時、カプシーヌは署の事件ファイルを苦々しい思いで読んでいた。午前四時にスーパーマーケット〈カルフール〉の戸口でＳＤＦ——警察内部の俗語でホームレス——が眠っていたところ、獰猛（どうもう）な犬に襲われた。事件担当の警部補は、若いギャングのしわざではないかと疑っていた。彼らはピット・ブル・テリアの不法な繁殖をおこない闘いに備えていることで知られていた。有力な手がかりもつかんでいる。逮捕にこぎつけるため、応援の職員を必要としている。

電話が鳴った。被害者の傷についての長々とした身の毛がよだつような記述を読むのに没頭していたカプシーヌは機械的に受話器を取り上げた。

「警視（コミセール）？　こんにちは！　ベアトリスよ。シェフのベアトリス」

「ベアトリス。調子はどう（サ・ヴァ）？」

短い間があいた。

「まあまあよ（パ・マル）。あなたとお話しして一週間以上たったから、わたしのレストランでの殺人についてなにかわかったかしらと思って電話してみたの」

「事件については、満足のいく進捗状況よ」

ベアトリスが鼻を鳴らして行儀良く苦笑する。「カプシーヌ、わたしよ。ベアトリス。あなたと仲良しのシェフよ。マスコミじゃないわ。適当にいいつくろう必要はないのよ」

「ごめんなさい」カプシーヌが笑う。「でもいいつくろっているわけではないのよ。警察の仕事は大半がコツコツと地道に進めていくものだから、何週間も取り組んでいるからといって報告できるほどのめざましい成果があるとは限らないのよ」

「まあ、そうなの。それではじれったく感じることもあるんでしょうね。じつは電話した理由はもうひとつあるの。ちょっとお願いがあるのよ。わたしの頼みをきいてもらえるかしら？」

「頼み？　なにかしら？」

「実験台になってもらいたいの」

「さっぱりわからないわ」

「レストランで新しい試みをしようと思うの。それであなたに感想をきかせてもらいたいと思って。レストランの厨房にふたり用のテーブルを置くという趣向を凝らす店が増えているのよ。厨房の作業のまっただなかにゲストが座るというわけ。シェフと食事をする人のあいだを遮るものはまったくない状態。わたしね、それをやってみたくてしかたないのよ。でもうちの給仕長は、わたしの口が悪いからといっていい顔をしないの」

「それでわたしで試すことにしたのね。そうなんでしょう？」

「あなたさえよければ。わたしのオフィスを片付けてテーブルを置いてみるわ。それでうまくいくかどうか、様子を見てみる。あなたみたいなすてきなゲストを迎えられたら最高だわ。でも、友だちのよしみで、今回の試みがうまくいかなくても大目に見てほしいの」

「いいわ。やりましょう。いつ？」

「明日の夜。あなたの都合がよければね。新しい料理を試食してもらうわ。完成させるのに何カ月もかかったの。まったくの新機軸だけど自信作よ。代表作にしたいと思っている。厨房のスタッフ以外で味わうのはあなたが第一号よ」

「このチャンスは絶対に逃すわけにはいかないわね」

給仕長にうやうやしく案内されてカプシーヌは厨房のなかでベアトリスがオフィスとして使っている狭いスペースに入った。書類とノートが積まれていたデスクがあった場所にはふたり用の小さなテーブルが置かれている。真っ白なテーブルクロスがかけられ、脚のあるグラス、金の縁取りのオリジナルの皿、モノグラムのある銀のナイフやフォークがセットされている。給仕長に勧められて椅子に座ったところで、ウェイターがシャンパンの入ったフルートグラスを運んできた。

「お食事の前に」給仕長はカジノのディーラーのような厳粛な口調だ。「シェフが前菜をつくるところをそばでごらんください。まもなく準備が整います」

ベアトリスはステンレスのテーブルの角のところで四人のコックに取り囲まれている。白いTシャツに黒いエプロンという出で立ちで白さがいっそう映える。コックたちは身を乗り出すようにテーブルの一点を熱心に見つめ、ベアトリスは人さし指を振りながら彼らに長々とレクチャーしている。頭上からの照明で光と影のコントラストがついて、まるで十八世紀の医学の解剖の現場さながらの劇的な情景に見える。

ベアトリスが顔をあげ、こちらの給仕長を指さした。

「準備ができたようです」彼が解説する。

ベアトリスが顔を輝かせ、カプシーヌの両方の頰にキスする。「これからわたしたちのささやかな傑作を組み立てていくわ。あなたが、いままで食べたもののなかで最高だといってくれなかったら……どうしようかしら……たぶん泣いちゃうわ」

注目の中心となっているステンレスのテーブルには、セピア色のチューブ状のものが置かれている。業務用の特殊なプラスチック製なのだろうか、光沢があって硬そうな素材だ。機械装置の部品のようにも見える。直径二・五センチのチューブにはエンジンオイルのような色のゼラチン状のものが詰まっているらしい。

ベアトリスが刃渡りの長いシェフ用の包丁を、水を満たしたステンレスの容器から取り出す。コックたちがはっと息を吸う音がする。彼女が慎重な手つきでチューブの端を薄くカットする。軟らかいバターを切るようにすうっと刃が通る。できあがったスライスをコックのひとりが持ち上げて脇に置く。あたりの緊張感が一段と高まる。

ベアトリスは水の入った容器にいったん包丁を浸し、ふたつ目のスライスをカットし――

今回は厚さ二・五センチ――レストランのオリジナルの皿にうやうやしく盛りつける。コックのひとりがマヨネーズの容器のようなプラスチック製のスクイーズボトルでスライスの周囲に黒いクリーム状のものを絞り出す――たいへんな集中力でくねくねとした芸術的な模様を描いていく。

ウェイターがひとり進み出て皿を持ち上げ、カプシーヌのテーブルに運ぶ。それを給仕長が厳しいまなざしで見守る。カプシーヌはウェイターの後に続き、その後から白いシャツのコックたちが続く。彼女が着席すると、緊張に耐えられないという様子で彼らがそわそわと動き回る。

ウェイターがテーブルに小さな銀の器をおごそかに置く。器のなかにはナプキンが敷かれ、ブリオッシュ・トーストの端が愛らしくのぞいている。

「どうしたらいいの？　フォアグラみたいに食べればいいのかしら」

「もちろんよ。フォアグラだもの」

どう見ても、カプシーヌがいままで目にしたフォアグラとは似ても似つかない。ひとくち大に切ってトーストにのせる。

「ソースを少しつけてね。それが重要なポイントだから」ベアトリスがいう。

カプシーヌが料理を口に運ぶのを四人のコックたちが固唾（かたず）を呑んで見守り、判決が下されるのを待っている。コーヒーの宣伝にこういう光景があったとカプシーヌは思い出した。白人のテイスターたちが試飲して判定するのを村じゅうの人間が息を詰めて待っているという広告だ。思わず笑いが漏れそうになる。そこへ、一気に味が押し寄せてきた。確かにフォアグラにまちがいない。しかも口のなかで味がぐんぐん強まり、これまでに経験したことのない強烈なフォアグラの風味が炸裂した。それが鎮まるにつれて、今度はフルーティーで繊細な甘みが感じられる。イチジク？　そうだ。クリーム状のものはイチジクのすばらしいソースだったのだ。

「これまで食べたなかで最高よ。断言できるわ。でも、いったいこれはなに？」

四人のコックたちが顔を輝かせた。〝おれたちのコーヒーを買うといっている、村は救われた〟マリアッチのにぎやかな演奏がきこえてきそうだ。

「実験室の魔法よ。分子調理法というの。食品を分解して再構成することで本来の味よりもさらに味が凝縮されるのよ。たとえていうとソルベみたいなもの。新しい境地を味わえるというわけ」

「つくり方は？」

「袋にフォアグラの塊を入れて真空装置にかけると空気がすべて吸い出される。それを湯に浸す。正確に温度をコントロールして、内部の温度をフライパンで焼かれた時の温度にまで上げる。すると塊全体が理想的な温度になるわ。フライパンで調理すると、中心部が正しい状態に達した時には外側は焼き過ぎになってしまう」

「いわゆる真空調理法と呼ばれるもの？」

「そう、その通りよ」ベアトリスの口調は姉が妹にいってきかせるような、大昔の女性教師みたいな感じだ。「四時間で理想的な状態になるわ。その後、特別な高速ミキサーにかけてクリーム状にする。それに圧力をかけてスチール製のシリンダーに注入したら、液体窒素で急速冷凍。カチカチになったらゆっくりと自然解凍。凍らせるプロセスで味がいっそう凝縮するのよ」

「このソースは？」

「これはなかなか凝っているのよね」

四人のコックたちが同意するように控えめな笑いを漏らす。

「ペルシャの生のイチジクとインドの各種のスパイス、それからショウガを少しだけ使っているわ。材料がほどよく混じる程度に加熱するの。ドロドロにならないようにね。コツは煮詰めたりしないこと。風味が落ちてしまうから。遠心分離機にかけて液体と固形物を分離させて濃度をつける。こうするとイチジクよりもさらにイチジクらしい味になるわ。言葉で説明するのはかんたんだけど、うまくやるのはとても難しいのよ」

「感動を通り越して驚嘆だわ」

ベアトリスが笑う。「わたしたちもよ。液体窒素を扱う際にはスリルを味わったわ。全員の指がまだ全部残っているのが不思議なくらい」

コックたちは相変わらずにこにこしている。

「とにかく、ここでゆっくりと分子調理法の成果を味わってね。わたしは舞い上がっているこの人たちを落ち着かせてディナータイムの仕事に取りかからせることにするわ。それがすんだら来るからゆっくりと話をしましょう」

　いつのまにかグラスに用意されていたソーテルヌを味わいつつ、カプシーヌがフォアグラのおいしさに酔いしれていると、厨房は活気づいてきた。ディナータイムの客が増えるとともに、厨房は一段とさわがしくなり、たちのぼる湯気、食欲をそそるにおいのなかで荒っぽい言葉がぽんぽん飛び交う。

　作業の流れがスムーズになり、さわがしさが少しおさまったところでベアトリスがメインディッシュを運んできた。フォアグラを詰めたウズラ。まさにジャックのディナーで出たのと同じ料理だ。

「ふつうはフォアグラに重ねてフォアグラを出したりしないのだけど、あなたは身内みたいなものだし、ぜひともこれを味わってもらいたいの。わたしの代表料理で、このレストランになくてはならないものよ」

　マダム・ド・サンサヴールがつくったものと見た目はそっくりで、おそらくレシピも同じなのだろうが、味は段違いだった。まるで別物だ。いったいどういうわけでそんなことが起きるのか、きっとアレクサンドルなら説明してくれるだろう。

「それで、このレストランで起きた殺人事件の犯人の目星はついたの？」

　カプシーヌはウズラを味わいながら首を横にふる。「これはほんとうにおいしいわね」

「そうよ。でも困ったことに、うちの店ではしじゅうこれをつくっているものだから、いまではシェフたちが機械的につくるようになってしまったのよ。それではレベルが落ちてしまう。そんなことになればメニューからはずさなくてはならない。で、暗闇レストランでも殺人があったでしょう？　犯人は同一人物かしら？」

「そうかもしれない。手口はほぼそっくりだから」

「そっくり？」

「被害者は料理用の注射器の針で刺され、それが致命傷となっている。ただしトウゴマの実の溶液を注入されてもいた」

「それは猛毒なんでしょう？」

「いいえ。ただの迷信よ。トウゴマの実から毒を抽出するには複雑な実験装置が必要なの」

「わたしはひまし油が大嫌いだったから、なんとか飲まずにすむように母に有毒だと信じさせていたわ。母がわたしのいうことを信用したのは、後にも先にもあの一回だけ」

そこでふたりが同時に笑い声をあげた。

「どうやって犯人をつきとめるの？　テレビみたいに、すごく地味で目が鋭い人たちが被害者の鼻から発見されたマイクロファイバーを手がかりに殺人犯の正体を特定するの？」

「確かにそういう地味で目つきの鋭いスタッフはいるわ。でも彼らはまだなにも見つけていない。だから今回は、足を使って地道に捜査して動機をあきらかにする昔ながらの警察の手法で進めていくことになるでしょうね」

「動機？」

「犯人を特定するための警察の業務の九十五パーセントは動機さがしよ。利益を得る人物がわかれば、犯人を見つける道のりの四分の三まで来ているということ」

「動機ねえ。考えたこともなかったわ。手がかりのことしか考えていなかった——」

ベアトリスがいきなりぱっと立ち上がった。「ちょっと、なにやってるの、ジャン！」

鍋の中身を泡立てていたコックのところに彼女が飛んでいき、腰で突き飛ばすようにしてどかす。鍋のなかをのぞいてうんざりした表情で首を横にふる。

「ああ、もう」彼女が悪態をつく。「デグラッセ（鍋底に残った旨味に液体を加えて溶かす工程）でしょう。ああ……なにやってるの……デグラッセよ！——捨てなさい！　もう一度やり直し！」コックはおろおろしてコンロの下に逃げ込もうとする。

容赦ない叱責が続くなか、給仕長がカプシーヌのところにやってきた。さきほどまでのカジノのディーラーのような超然とした物腰ではなく、心配そうに眉間にしわを寄せている。

「大丈夫ですか、マダム？　なにかお困りのことはございませんか？　厨房での食事という体験をお楽しみいただいていますか？　マダムを驚かせてしまったのではないでしょうか」

ベアトリスのほうを不安そうな面持ちで見る。彼女の暴言はまだ続き、真っ赤な顔でコックに怒鳴りつけている。ようやくそれが止み、カプシーヌのほうに戻ろうとするベアトリスを給仕長が止め、深刻そうな表情でなにやら耳打ちする。

ベアトリスは憤慨した様子でテーブルにやってきて、大きくため息をついた。

「お客様に厨房で食事してもらうなら、コックたちにああいう言葉遣いをするのはまずいんですって。偉そうに。調理の現場をなんだと思っているのかしら。ろくでもないテレビ番組とはちがうのよ。ひとのよさそうな太ったおばあさんが孫の話をだらだらしながらコック・オ・ヴァンをつくるのとはわけがちがうの。ちくしょう（メルド）！」ベアトリスはテーブルの脚を蹴る。その拍子に空になった皿が浮く。グラスがひっくり返らないようにカプシーヌは押さえた。

ベアトリスは大きく息をして腰かけた。「チーズはいかが？」無理してやさしい口調になっているのがわかる。

カプシーヌは深く同情しながらうなずいた。いらだちとフラストレーションをこらえるつらさはよくわかる。部下の警官の襟首をつかんで揺さぶってやりたい誘惑と何度闘ってきたことか。

「厨房の真んなかに席を設けるのは名案とはいえないかもしれない。それを認めるしかないのかしら」

カプシーヌはベアトリスの手をぎゅっとつかむ。「すべて順調にいっていれば、いいと思う。そうじゃないと、つらいかも」カプシーヌが彼女に微笑みかける。「これほどの才能があるんですもの、よけいな仕掛けなど必要ないと思うわ」

こらえきれずカプシーヌが噴き出した。

「なにがそんなにおかしいの？」ベアトリスは癇に障ったような口調でたずねる。

「母に叱られたことを思い出したの。ディナーで出てきたものを〝最悪（デギョラス）〟といってひっぱたかれたことが一度あったわ」

「ひっぱたかれたの？　それならまだまし。わたしは一週間デザートがおあずけだった！」

ふたりで大笑いしながら、カプシーヌはひと山越えたと感じていた。

「ねえ、ディネ・アン・ブランは来週よ。アレクサンドルとわたしも六人用のテーブルを出す予定なの。ごく親しい友人とわたしのいとこといっしょにね。あなたもいっしょにどう？きっとすごく楽しいわよ」

「ディネ・アン・ブラン？　なあに、それ？」

「ちょっと変わった伝統行事よ――というより、お遊びね。始まってから何年になるかしら。もともとは二、三十人が白い服でドレスアップして、パリの公共の場所でピクニックをしたのが始まり。たとえばルーヴルの中庭とかね。現地に到着すると大きな白いテーブルクロスを地面に広げて、警察に追っ払われるまでせっせと食べるの。それがしだいに大掛かりになって、いまや貸し切りのバスを使って何千人もが参加する大規模な催しよ。場所はまだ伏せられているけれど、場所の使用は〝正式に容認されている〟わ」

「どうやって現地に辿り着けばいいの？」

「あらかじめ指定された集合場所――たいていはブローニュの森のどこか――に行けばバスが並んでいるわ。去年の参加者は五千人。折り畳みのブリッジテーブルを持参して、好きなだけ派手に着飾っていく決まり。ただし白一色ね。もちろん、おいしいものとワインも各自で用意するの」

「どうしていままで知らなかったのかしら」

「南部にいたからじゃない？　でも今年は参加できるわよ」

　ベアトリスがしょんぼりした表情を浮かべる。「参加したいのは山々だけど。レストランを留守にするわけにはいかないし。なにしろコックたちがあの調子だから。見たでしょう？　一度でもディナーで失敗したら、わたしは破滅よ。でも……どうかしら。あなたたちのためにおいしいものをつくらせて。いいでしょう？」

「それでは申し訳ないわ」

「いいのよ。前菜は分子調理法を使ったフォアグラにしましょう。アレクサンドルをあっといわせたいの。話をきいてほかのレストラン評論家が店に食べに来てくれるかもしれない。あらゆる手段でマスコミに取り上げてもらいたいのよ。どんなに小さな扱いでもありがたいんだから」

　カプシーヌが彼女の手をぎゅっとつかむ。

「ベアトリス、うれしいわ。いったいなんとお礼をいえばいいのか」

「今年はどこでやるのかしらね。なにか心当たりは？」

「あるわ。マスコミにはかならず事前に情報が入るの。アレクサンドルから教えてもらったわ。凱旋門ですって。シャンゼリゼがブリッジテーブルで埋め尽くされることになるわよ」

「アレクサンドルはそのイベントの記事を書くの？」

「いいえ。彼は社会面は担当しないの。でもおおぜいの記者が取材に来るわ。たとえば《ル・フィガロ》紙からはかならずファッション担当の記者とカメラマンが来ている。奇抜な白い服の写真をいっぱい撮って生活欄に載せるの。他紙はだいたい料理評論家とカメラマンのチームを送り込んでくるわね」

「それなら完璧。宣伝するには理想的なチャンスね」

18

昔とはすっかり様変わりしたとはいえ、ディネ・アン・ブランはやはりカプシーヌにとって年に一度の大きな楽しみだ。学生時代には、このイベントは穏やかな形の反体制的活動に映ったものだ。ブルジョワ階級の習慣を愚弄し、法律を無視することに存在意義があるのだと思っていた。いまではパリの公式カレンダーにすっかり定着し、夜十一時のニュースを締めくくる風物詩となっているが、カプシーヌはわくわくと胸が高鳴るのだ。

さいきんではこのイベントはプロの手によって運営されている。長いこと〝秘密〟の集合場所は口コミと決まっていたが、彼らはメールを使っている。今回は、翌日の夜七時ちょうどにブローニュの森の奥の交差点でバスに乗るようにというメールが届いた。

その時刻になっても空気は熱く太陽はまだまだ沈みそうにない。カプシーヌとアレクサンドルはベアトリスが用意した驚くほど重いプラスチック製の容器を苦労して運びながら、D―24というバスを探していた。アレクサンドルは白い麻のスラックスに白いシャツ。シャツは第三ボタンまではずしている。巨大なパナマ帽のつばを下向きにし、葉巻をくわえ、すっかり放蕩者のキューバ人になりきっている。

カプシーヌは夏らしい大胆なショート丈のワンピースで輝いている。白いコットンチュールはティッシュペーパーのように軽く、プリーツが入ったデザインだ。思い切って冒険して痛快な気分だ。超ミニ丈だけではない、勇気を奮い起こして司法警察の規則を無視したのだ。非番の時であっても規定のピストルを携行するという規則を守る限り、ワンピースは着られない。これはカプシーヌにとって耐え難い制約だった。

プライベートでは着たいものを着ると決め、早撃ち用のホルスターを購入した。やわらかいウレタン素材のストラップを太腿の内側に装着し、それにベレッタ21Aというポケットサイズのピストルを納めていた。子どものおもちゃかと思うほど小さな銃で、22口径弾という小さな弾を発射する。警察で正式に認められている武器ではなく、業務には役に立たないとされているが、ともかく武器を携行しているのはまちがいない。これまで非番の時にピストルを使う必要にかられたことは一度もない。ようやく夏らしくなったのだからかまうことはない。うれしいことにアレクサンドルは太腿のホルスターを見て、カプシーヌがいままで身につけたもののうちで最高にセクシーだといってくれた。ふたりがバスの時間に間に合ったのは奇跡だ。

ディネ・アン・ブランの参加者は、今年は一段と多いようだ。森には何千人もの群衆が集まり、ざわめきがあふれている。甲高い声、笑い声、挨拶の大声が飛び交う。衣装はますます派手に、帽子はいっそう大きくボリュームアップし、ひらひらしたドレスからは大胆に肌が露出し、おびただしい量のアクセサリーが滝のようにぶら下がっている。これはもうファッションのパレードという表現がぴったりだ。

カプシーヌとアレクサンドルはさんざん時間をかけてようやくD－24というバスに辿り着いた——時間がかかったのは、数秒進むごとに立ち止まって知り合いとエアキスする必要があったから。ジャックはひとりで来ていた。汚れひとつない白い麻のスーツはミラノのテーラーでしかつくれない仕立のもの。楽しそうに大声で噂話に興じているグループから離れてカプシーヌにわざとらしく流し目を送る。彼女の太腿を人さし指で撫でてワンピースの裾をひょいと持ち上げ、ホルスターのストラップに指をひっかける。

「これについてぜひフロイトの解釈をきいてみたいものだ」彼女の耳にささやきかけ、ストラップをやさしくひっぱる。

カプシーヌはジャックの手から逃れ、形のいい脚を見せてコケティッシュなポーズを決める。後ろのほうでアレクサンドルが歯ぎしりをする音がきこえた。

カプシーヌの幼なじみセシルはバスのステップに夫と並んで座り、だらりと彼にもたれている。彼に腕をからめてぐにゃりと脱力している彼女はハイネックで足首までの丈のほぼ透明のワンピース姿だ。ようやく肌を露出できる季節が到来して快適な気分を味わっているのだろう。夫のテオフィルは背筋をまっすぐ伸ばしたまま、片足で籐の大きなバスケットを押さえている。誰がどう見ても際立った頭脳の持主ではない彼が大手銀行で順調に出世しているのは、家族の人脈を通じて株式と債権を苦もなく売ることができるからだ。彼にとって重要なのは、妻をのぞけば、ひたすらワイン。その博識ぶりには、アレクサンドルも太鼓判を押す。

テオフィルは今夜取り揃えたワインについて、アレクサンドルと熱心に語り合っている。品揃え豊富な彼のワイン蔵から選んでバスケットに入れて持参し、足でしっかり押さえている。アレクサンドルが親愛の情を込めてテオフィルの背中を叩いたところを見ると、今夜は最高のワインでディナーを楽しめそうだ。

ベアトリスが用意してくれた料理とテオフィルのバスケットは無事にバスの荷物室に積み込まれ、一行は車内に乗り込んだ。バスのなかはお祭り騒ぎで盛り上がり、騒々しさは増すばかりだ。カプシーヌの直接の知り合いはいないようだが、きっとここ数年で出席したディナーパーティーで一度や二度は同席した人ばかりにちがいない。そんなふうに思えた。どこからかプラスチック製のフルートグラスに入ったシャンパンがまわってきた。ますます愉快な気分になる。

バスの長い列が森から出てグランド・アルメ通りをしずしずと進む。道行く人々が足を止め、ぽかんと見ている。バスの一行は彼らに手をふり、陽気に乾杯する。ポンポンと音を立ててつぎつぎにシャンパンがあけられていく。バスは凱旋門をぐるりと一周し、二重の輪を形づくるように駐車した。幌馬車が先住民の襲撃を食い止めるのに備えるような光景だ。浮かれ気分の白い装いの人々がバスから吐き出される。そのおびただしい数。運営者たちがクリップボードの資料を確認しながらテーブルの配置場所を調整する。

警官の青い制服姿はどこにも見えない。それでもこのイベントはパリの警察と密に連携しておこなわれているのをカプシーヌは知っている。フランス共和国保安機動隊（CRS）が必要以上に大部隊を派遣して、黒い服装の隊員たちが脇道に停めたバスに押し込められて待機しているのだ。革命の陰鬱な日々以来、おおぜいの群衆が結集するとなると当局は無条件にこういう反応を示す。

運営者の指示にしたがい、カプシーヌら一行はシャンゼリゼ大通りを三十メートル進んだ地点まで料理の入った箱、バスケット、ブリッジテーブル、折り畳み椅子を運んだ。全面ガラス張りの〈ピュブリシス・ドラッグストア〉のちょうど前だ。かくしゃくとした老婦人の顔に厚化粧するように古い建物を化粧直しして、こうしてすっかりこぎれいになってしまった。カプシーヌたちが支度を整えるあいだにも、荷物を抱えてシャンゼリゼの行軍を続ける白い服の陽気な人々が延々と続く。こんなに凱旋門の近くの場所を確保できたのは、料理業界に顔がきくアレクサンドルのおかげにちがいない。はてしなく続く白い流れのなかには友人やら知人やらがおおぜいいて、かならず足を止めておしゃべりしてシャンパンを飲んでいくのは痛しかゆしだ。

テオフィルがあけた一本目のシャンパンは一分もしないうちに飲み干されてしまい、彼を激怒させた。興奮したテオフィルがアレクサンドルにひそひそ声で猛然と抗議している。「見てごらんなさい（ヴォワィヨン）！……」「ドゥーツ・レゼルヴ・ド・ファミーユを……」「あれほどの年代物（ミレジム）は……」「……豚に真珠どころか……」

アレクサンドルが東洋の賢人の面持ちで片腕をあげて指し示すと、テオフィルは顔を輝かせて〈ピュブリシス〉のビルのなかに飛び込んでいった。十分後に出てきた彼は鮮やかな黄色い太陽のマークがついたオレンジ色の重たそうなショッピングバッグを抱えている。

「〈ピュブリシス・ドラッグストア〉はまさしく天のめぐみだ。必要なものは一日二十四時間なんでも手に入る」テオフィルはうれしそうにいいながら、袋からキンキンに冷えたコルドン・ルージュのボトルを十本取り出し、テーブルに並べた。そしてセシルの頬にキスしてほっと息をつく。「危機は回避されたよ。ドゥーツは神経を研ぎすませた状態で飲まなくてはならない。たいせつに味わって愛でてあげなければ。友人たちの渇いた喉を潤し活力を取り戻すには、コルドン・ルージュがぴったりだ」

さらに三十分、眩いほどに輝く行進は途切れなかった。テオフィルは二回ドラッグストアに姿を消した。テーブルにはおもにアレクサンドルの仲間——たいていは料理評論家かジャーナリスト——が群がり、テオフィルが調達してきたコルドン・ルージュを遠慮なくぐいぐい飲んでいく。

カプシーヌにとって苦手な部類の人たちだ。しゃれたいいまわしや気取ってもったいぶったしゃべり方をするジャーナリストには辟易してしまう。

そのなかのひとりがカプシーヌの両頬にキスして挨拶した。アルセーヌ・ペロシェだ。とうに六十歳を過ぎている彼はシャーペイ犬のようにたっぷりと顔にしわが寄り、酸いも甘いも嚙み分けたような深いまなざしだ。リベラルな知識人が愛読する左翼寄りの週刊誌《ヌーヴェル・オブセルヴァトゥール》でレストラン評論を主筆として執筆している。アレクサンドルの仕事仲間のなかでカプシーヌが文句なしに高く評価しているジャーナリストは少ないが、彼はそのひとりだ。

「図々しく押しかけて申し訳ない。しかし、安心してくれ。これから彼らを荒れ地に連れていくから、ディナーはゆっくり楽しんでもらいたい。われわれがここに来たのは仕事のためで、きみたちのシャンパンでべろんべろんに酔っ払うためではないからな」顔がしわくちゃになるペロシェの笑顔はなんとも魅力的だ。

カプシーヌは彼の腕に自分の腕を置く。「いいのよ、あなたなら大歓迎。ぜひうちのディナーにいらしてね。こうして会うのは何年ぶりかしら。今夜は社会面の取材？　それとも料理の掘り出し物をさがしに来たのかしら」

「残念ながら下世話な三面記事を書くためだ」ペロシェが悲しげな表情を見せる。「自分でもわからんよ、どうしてこんな仕事を引き受けてしまったのか。編集長はＢｏＢｏ２．０――ブルジョワ・ボヘミアンの第二世代――の台頭というテーマで進めたいらしい。うんざりしちゃうだろう？」

カプシーヌが微笑む。

「さて、行かなくてはな。彼らを連れていったん凱旋門まで戻る。バスでシャンパンを飲みすぎて網棚にカメラバッグを忘れてしまったんだ。凱旋門からスタートして突き当たりのロンポワンまで歩き、通りを横断して今度は反対側を歩いて戻ってくる。記事にできる貴重なネタをひとつも取りこぼすことのないようにな」

仲間を連れて出発するペロシェをアレクサンドルは凱旋門まで送っていくことにした。ただし、伝説のフォアグラを食べる時までには戻るとカプシーヌに約束した。それはそうだろう。彼は決してディナーに遅れたりはしない。とりわけ、新進気鋭のシェフの料理を食べられるチャンスを逃すはずがない。

彼らが行ってしまうと、カプシーヌたちのテーブルの前を通り過ぎる人の数はしだいに減り、すっかりまばらになった。すでにほとんどの場所がテーブルで埋まり、凱旋門からロンポワンまで約二・四キロメートルのシャンゼリゼ大通りの両側には、料理を満載した真っ白なテーブルクロスと眩いほどの白い服が連なる長く細い白線が引かれている。

遅れて到着した六人のグループがやってきた。二十代前半のカップルが三組、ブリッジテーブルと食料の入ったバスケットを抱えてシャンゼリゼ大通りをよたよたと歩いている。見た目はソルボンヌ大学の博士課程で人工頭脳学の研究をしている学生かと思うような姿だ。そろいもそろって細いメタルフレームの大きすぎるメガネをかけ、髪の毛は適当にカットしてろくにシャンプーもしていない。手足がひょろひょろと長い身体を覆っているのはダブダブの服だ。

一行がセシルに気づいて足を止め、陽気に挨拶をする。セシルもおおはしゃぎだ。大きな声で「会社の同僚よ」と誰にともなくいい、テオフィルにいってシャンパンをあけさせ、彼らにすすめた。

グループのうちひとりだけ、テーブルにちかづこうとしない女性がいる。見るからに若い彼女はブロンドだが髪の量は少なく、アーモンド形の小さな目。細いメタルフレームのめがねをかけ、首と頬には思春期のシンボルのような大きなにきびがふたつ、火山のように目立っている。

セシルが彼女に気づいて大きな声で呼びかけた。

「オノリーヌ、びっくりしたわ！　ここで会えるとは思わなかった」

カプシーヌは彼女の顔にはなんとなく親しみを感じていたが、その名前にすぐにはピンとこなかった。そして、あっと思い出した。セシルの愛人、恋人、アマンテ。呼び方はなんであっても、とにかくそういう相手だ。これはただではすみそうにないとカプシーヌは心の準備をした。

オノリーヌはいまにも逃げ出しそうな気配だ。セシルは彼女の肘をつかんでテオフィルに引き合わせ、シャンパンのグラスを渡した。

「意外な人が立ち寄ってくれたわ、テオ。こちらオノリーヌ・ルカニュ。おぼえているでしょう？　いつも話しているけれど、彼女はうちの会社のスターよ」

テオフィルは細心の注意を払ってボルドーのボトルを三本あけ、空気に触れさせる作業に没頭し、ろくに視線を上げることなくコルクの裏面を点検する。オノリーヌはこっぴどく撃退されて痛手を受けたようにじりじりと後ずさりし、助けを求めるようにセシルを見る。セシルはカプシーヌならうまくこの状況を収めてくれるだろうと期待のまなざしを向ける。完全な沈黙がしばらく続いた。とちゅう、コルクが静かにポンと外れる音が二回きこえた。緑色の濃いガスに包まれたような息苦しさがテーブルの周囲に漂う。テオフィルだけはどこ吹く風といった様子で平然としている。

そこへアレクサンドルが意気揚々と戻ってきた。一陣の風が吹き込んだようにムードが一変して、ふたたびにぎやかになった。

オノリーヌら六人が目的地までシャンゼリゼ大通りをてくてく歩きだすと、カプシーヌはまたもやどうしようもない歯がゆい思いに襲われた。彼女は重要参考人ではないか——容疑者である可能性もあるのだ。それなのにカプシーヌは事件に近づくことができず、オノリーヌには一度も事情聴取できていない。情けないことに彼女をすぐに認識することもできないありさまだ。

「なんと波乱に富んだ幕開けなんだ！　われわれはいま、とんでもないものを見たぞ。きっと誰も言い当てられないだろうな」アレクサンドルはシャンパンが入ったフルートグラスをテオフィルから受け取る。

「バスが並んでいる前を歩いていたら、一台の窓の向こうでこの上なく美しい二本の脚がリズミカルに揺れ始めた。むろん、われわれはその眺めを堪能しようと足を止めた。数秒後、足の動きが止んでシビル・シャルボニエがあらわれた。本物だった」

「映画スターのシビル？」テオフィルがたずねる。「黒い髪がカールして官能的で……」彼はふとそこではっとしてこわごわとセシルを見た。ワイン以外に彼の興味を引く対象があるのかとカプシーヌは驚いた。

「彼女はわれわれに向かってウィンクした。そして楽しげに微笑んだ。そうしたら」――アレクサンドルがわざと間をおいてじらし、シャンパンをひとくち飲む――「彼女の相手の男性が顔をのぞかせて、われわれに手をふったんだ」

「気品のある年配の男性で白髪をきちんと撫でつけた人物？」カプシーヌがたずねる。

「まさにその人物だ。ただ、髪はかなり乱れていたがね」アレクサンドルがクスクス笑う。

「明日のマスコミのゴシップ欄はこのカップルの話題で持ち切りだな」

「さあ食べよう」ジャックがにやりとする。「わいせつなゴシップでぼくの欲望も急上昇だ！」

欲望という言葉にアレクサンドルが反応して顔をしかめた。

テオフィルがここぞとばかりに張り切って主役の座に躍り出た。

「カプシーヌの話では、まずフォアグラの絶品を食べる。だからシャトー・クリマンを何本か持ってきたんだ――むろん二〇〇〇年を」そこでセシルの方を向く。なぜか彼は妻も自分と同じくらいワインに情熱を注いでいると思いたがっている。そうではないと判断できる根拠はいくらでもあるというのに。「ボトルにはソーテルヌと書いてあるけれど、もちろんバルサックでつくられている。酸味ととろりとした舌触りのバランスが完璧で、シャトー・ディケムに匹敵するといっても過言では――」

「どうぞ（ヴォワラ）！」カプシーヌが大きな声とともにフォアグラが入った容器を出して、演説を遮った。セシルが感謝の気持ちを込めて微笑む。

なかからあらわれたフォアグラのあまりにもそっけない姿に、気まずい沈黙が流れた。が、皿に取り分けて慣れない手つきでソースをたらしてみると、レストランの盛りつけに見劣りしないみごとな出来映えとなった。それからしばらくはひたすら料理に心を奪われた。口のなかで風味が強まり最高潮に達すると、周囲の人々、シャンゼリゼ大通りの車の往来、夕刻の黄色とバラ色の美しい色合いもすべて遠ざかり、色あせていった。ほとんど口をきかないまま、お代わりもして三十分かけてたっぷり食べた。

「なんという驚きだ」アレクサンドルが感嘆する。「あの若い女性シェフをもっと真剣に評価すべきだな。これはすごい食事になるぞ。つぎはなにかな？」

「あらかじめカプシーヌに教えてもらっているよ」テオフィルがいう。「ふさわしいワインを見つけるのは大変なチャレンジだったが、けっきょくシャトー・シャス＝スプリーンを選んだ。こちらも、もちろん二〇〇〇年」彼がセシルの方を向く。「むろんムーリスだ。名前の由来がボードレールかバイロン卿かについて、なかなかおもしろい論争がある。わたしの意見では――」

カプシーヌは料理に添えられている小さなカードを読み上げて、またしても彼の話の腰を折った。テーブルを囲む全員から感謝の微笑みが贈られた。

「これは〝ラ・プーラルド・ド・マルセル・ムニエ〟と呼ばれ、肥育しためんどりをフライパンでローストしたもの――おそらくムッシュ・マルセル・ムニエによって育てられたのね。ブルーロブスター・テール、グリーンアスパラガス、アミガサタケ、ロブスターのソースを煮詰めたものを添えていただきます」

感嘆の声があがり、期待するつぶやきが漏れる。

カプシーヌが容器をひらき、テオフィルが細心の注意を払ってワインを注いでいるところへ、なにやら騒ぐ音がちいさくきこえてきた。凱旋門の方からだ。浮かれ騒いでいる人たちの大声かもしれない、女の子の悲鳴のようにもきこえる。カプシーヌが無言で耳をそばだて、音を分析し、反射的に片手を腿のつけねに当て、ピストルをつかむ体勢をとる。ジャックも同じように警戒態勢をとったが、彼女のジェスチャーを見てにやにやと笑い、抜け目なくウインクする。

大通りの突き当たりからきこえてくる騒動の音はますます大きくなる。

「警察を！　警察を呼んで！」

カプシーヌが立ち上がり、声がする方に向かって駆けだした。

凱旋門に着くと、バスの周囲に人だかりができて、口々に大きな声でしゃべっている。ロータリーにまで人があふれて車の通行をさまたげ、怒ったドライバーたちがいらだちをぶつけるようにクラクションを鳴らす。向こうからは制服警官が四人、威圧感を周囲にふりまきながら駆けつけた。パトカーのサイレンがかすかにきこえる。パンポンという二拍子の音がグランド・アルメ通りをこちらにちかづいてくる。

カプシーヌは人だかりを押し分けて進む。騒ぎの中心は、平行に駐車した二台のバスに挟まれた細いスペースらしい。両側から見物人がのぞきこんでいる。黒っぽい塊が横たわり、その半分は片方のバスの車体の下に入っている。

警察官四人がカプシーヌの後ろにやってきて、その場からどくように命じた。三色旗がついた警察の身分証を取り出して見せると、ぱっと敬礼して態度をあらためる。彼女はふたりをバスに挟まれた狭いスペースの両端に立たせ、残りのふたりには凱旋門に集まった人々を立ち退かせて交通の流れを復旧させるよう指示した。彼らはすみやかに行動に移る。交通整理はお手のものだ。

カプシーヌはバスとバスのあいだをゆっくりと進んでいく。二台のバスの間隔はとても狭く、暗い。ちょうど中間のところに男性がうつぶせで横たわっている。上半身はバスの下に入っているので頭と顔は車体に隠れて見えない。身体はまったく動かない。カプシーヌは膝を着いて頸(けい)動脈で脈を確かめる。動きはない。

両手でそっと頭をこちらに向ける。口が大きくあいているのはなにかがパンパンに詰まっているからだ。上くちびると下くちびるを引っ張って白い糸で縫い合わせている。くちびるのあいだからはみ出しているのは緑色の葉だ。両目は精彩を欠き、鮮度の落ちた魚のようにどんよりと濁り始めている。首には紐が一本深く食い込み、黒い線となっている。

薄明かりに照らされるなか、まぎれもない事実をカプシーヌはゆっくりと受け止めていた。これはペロシェだ。まちがいない。

19

カプシーヌが自宅に戻ると、すでに午前一時ちかくになっていた。長い夜だった。

遺体を調べた後、ただちに署に電話してイザベル、ダヴィッド、モモの居場所を突き止め犯罪現場に急行させるように指示した。制服警官の一団と鑑識班も駆けつけるように手配させた。

彼らの到着を待つ間、タロンの携帯電話に連絡して、時折彼の辛辣な悪態で中断しながら長い会話をした。パリ警察のヴァンが到着したのでそう告げると、タロンが憎々しげにいった。「来たか。彼らが現場を荒らす前になんとかするんだ。話の続きは明日、わたしの執務室で再開しよう」

ヴァンからつぎつぎに出てきたのは、腕に布製の記章をつけた八人の制服警官だ。カプシーヌは彼らに身分証をちらりと見せて、バスの周囲でずっと立ち尽くして眺めていた人々の名前と住所を聴き取るように指示した。さらに、二台のバスへの立ち入りを禁じるように指示した。すぐさまバスの周囲には幅広の黄色のテープが二重に張り巡らされた。『警察——立ち入り禁止区域』と書かれたテープを張っていく様子は、大きすぎるクリスマスプレゼントを子どもが夢中で包装しているようにも見えた。

　縁石から遠いほうのバスの運転手が車内に入ろうとして警備に立つ制服警官に阻まれ、腹を立てている。運転手の財布は運転席の後ろにかけたジャケットのなかにしまったままで、カフェで軽食をとるのに持っていく必要があるのだ。制服警官はむっつりとして冷淡な態度で身分証の提示を運転手に求める。それに対し、国民ＩＤカードはバスのなかのジャケットに入っている財布のなかだからいまは触れることができないのだと皮肉たっぷりにこたえ、怒りをぶちまける。入れろと抗議する側とそれを阻止する側が一触即発の状態になりカプシーヌが割って入ろうとしたその時、ルノーの中型のパトカーがパンポンパンポンとことさら大きなボリュームで鳴らしながら到着した。パリ警察の警視（コミセール）が警部補をひとり連れて出てきた――銀色の線が入った青い制服がとても目立つ。

「ほう（ヴォワラ）！」警視はにこにこしている。「これは珍しいことだ。通常はわれわれパリ警察がまず現場に到着し、司法警察がやってくるまで延々と待つんですがね。かかとを冷やしながら延々と。しかし今回は先を越されてしまった！　ぜひとも孫に語り継いでいきたいできごとですなあ。まあ、わたしの娘のどちらかひとりでも結婚するような甲斐性があればの話ですが」

　数分のうちに司法警察のヴァンが二台到着し、現場を引き継いだ。カプシーヌは部下にてきぱきと指示し、パリ警察を追い出した。

　カプシーヌの部下たちがさらに広い範囲を黄色いテープで囲う。『司法警察――立ち入り禁止区域』という文字のついたテープを張り、パリ警察のずさんなやり方に舌打ちしながら彼らのテープをバスから取り外していく。ちょうどその作業が終わったところにテレビ局のヴァン二台と何十人もの記者たちが到着した。カプシーヌはダヴィッドに対応を一任した。彼は誰よりもマスコミの扱いに長けている。さっさと記者たちを一カ所に集め、カメラマンが撮影の準備を終えるときびきびと明るい調子で説明を始めた。ダヴィッドならプロの俳優としてもじゅうぶんにやっていけるだろう。説明は十分間続いたが、具体的な情報はなにひとつ与えていない。被害者の名前すら出していない。犯罪による死ではない可能性がひじょうに高いという印象を与え、その根拠についてはこれまたなにも明かさない。すっかりダヴィッドのペースに巻き込まれた記者たちは、単なる食中毒の現場に司法警察官がなぜこんなにおおぜいいるのかと質問することすら忘れている。

騒ぎをよそに、凱旋門から百五十メートル先ではディネ・アン・ブランが陽気に続けられていた。彼らは朝刊を見て、自分たちと同じように食べて飲んで騒いでいた人物がバスの下に倒れていたという記事を目にし、「おや！　あの騒ぎはこういうことだったのか」と配偶者に向かってひとことつぶやく程度で終わるだろう。

大型のヴァンが到着した。貫禄のあるヴァンは後輪がダブルタイヤで車体の色から判断すると警察車輛のはずだが、なぜかＩＮＰＳとしか表示されていない。カプシーヌは微笑んだ。国立科学捜査研究所は警察の鑑識部門なのか、独立した研究機関なのか、いまだに立場をはっきりさせる決心がつかないらしい。

ヴァンからはドシェリ主任が五人の専門家を引き連れておりてきた。彼らは一刻も無駄にせず非常線を張った。司法警察よりもさらに広い範囲に。彼らの黄色いテープには『科学捜査研究所』の文字。

五分もしないうちにドシェリがカプシーヌのところにやってきた。

「知っての通り、正式には解剖、各種の検査がすむまでは確実なことはいえないが、ひとつだけまちがいなく指摘できることがある。被害者の死因は絞殺。何者かが首に紐をまわし両端を持ってぐっとひねった。紐の跡と、うなじについた痣からそう判断できる。人を殺すにはうまいやり方だ。およそ十秒で被害者は意識を失う——頸動脈を圧搾されて気を失う——から、後は五分から十分、被害者が死亡するまでただ圧力を加えていればいい。

糸で縫い合わされたのは、死後と考えていいだろう。傷から出血がない。葉がついたものを口にぎっしり詰め込まれ、縫って綴じ合わせた。こんなのは見たことがない。異様だ。それはまちがいない」

それから二時間、ドシェリが率いる鑑識チームが現場を丹念に調べた。いっぽうで制服警官はバスの周囲を徹底的に調べたが、けっきょくなにも発見できなかった。その後、ようやく二台のバスに移動の許可が出た。機嫌の悪そうな運転手に、軽食くらい食べることができたのかとカプシーヌはきいてみたかったが、やめておいた。

夜更けにアパルトマンに入りながら、きっとアレクサンドルはキッチンでうろうろしているか、書斎でなにかを読んでいるはずだと当たりをつけた。意外にも彼は居間にいた。しかもジャックといっしょにバックギャモンのゲームに夢中になっている。アンティークの黒檀と象牙のボードは、前の年のクリスマスに彼女がジャコブ通りで見つけてアレクサンドルにプレゼントしたものだ。

カプシーヌが部屋に入っていくと、アレクサンドルは自分のダイスカップをひっくり返して〝降りる〟と宣言した。ふたりは立ち上がり、お帰りと温かい言葉をかける。なにか変だ。かなり妙だ。

「お腹がぺこぺこなの」カプシーヌはとってつけたような明るい声を出す。「七時からずっと立ったままで、ディナーでフォアグラを二切れ食べて以来なにも食べられなかったわ」

「あれはたいしたフォアグラだった！　彼女こそ天才だ！」アレクサンドルは手放しの褒めようだ。

「そしてラ・プーラルド・ド・マルセル・ムニエは圧倒的だった。それから甲殻類のおいしさを引き出す術もただものではない。アレクサンドル、考えを改めましたよ。性別は十種類ではなく、ほんとうは十二種類だと気づいた」

アレクサンドルとカプシーヌは困惑した表情でたがいに目配せする。

「ところで、いとこよ。被害者はきみたちとおしゃべりしたペロシェという人物ということだが、口のなかにあった葉っぱの正体はわかったのか？」

カプシーヌは感情を表にあらわさずに彼を見つめる。

「どうしてそこまで知っているの？　あなたの紙っ切れはデスク以外にもひらひら飛びまわ

るの？」

「むろんだ」彼は目の前を飛ぶ蝶をつかむふりをして手を伸ばす。

「ペロシェだったのか？」アレクサンドルはあきらかに動揺している。「ああ、なんてことだ！　彼ほど心の広い人物はいない。カプシーヌ、こんなことは一刻も早く止めさせてくれ」

それっきり、三人とも黙り込んだ。

アレクサンドルがカプシーヌの腰に片手を添えた。

「悪かった。ペロシェは昔から一目置いていた相手だからな。キッチンに行こう。乾燥ポルチーニとカモの砂肝のコンフィのオムレツをつくるから、なにがあったのか話してくれ」

広いキッチンに場所を移すことにした。タイル張りの長いテーブルはプロヴァンスのもの。コンロはプロ仕様の巨大なラ・コルニュ。そして壁には調理用具がきれいに飾ってあり、唐辛子、ソーセージ、ニンニクの束が吊るされている。ふだんはカプシーヌに安らぎを与えてくれる神殿のような空間だ。しかし今夜の衝撃は骨の髄にまで達して、いつものようなわけにはいかない。

アレクサンドルがボウルで卵を攪拌（かくはん）し、カプシーヌは犯罪現場ではめぼしいものはなにも見つからなかったことを話した。

「ペロシェはバスにカメラバッグを取りに戻ったはずなのよ。わたしたちのテーブルを離れる時に、カメラを忘れてしまったといっていたわ。カメラバッグは頭上の網棚に残されたままだった。車内に入る前に犯人は紐でペロシェの首を絞めて殺した。そして息絶えた彼の口になにかを詰め込んで調理用の糸で縫い合わせた」

アレクサンドルはボウルを置いて壁をじっと見つめる。

「そうなのか？」ジャックだ。

「なにもかも知っているんじゃなかったの？」

「きみが細かなニュアンスまで理解しているかチェックしただけだ」

「タロン警視監と携帯電話で長々と話をしたわ。大変な荒れ様よ。この件は連続殺人事件に指定されることになるわ。規定にしたがえば、同一人物による犯行と思われる殺人が三件以上、それぞれの事件の間隔が最低三日」

「そう分類されることで、なにか影響があるのか？」コンロの前からアレクサンドルが質問する。

ジャックが後ろにもたれ、訳知り顔でにやにやする。

「連続殺人は狂気によるもの、少なくともなにかアブノーマルなものに駆り立てられておこなわれるとされる。報復、セックス、金銭など通常の動機によるものではないのよ」カプシーヌが解説する。

「前回の事件のように、予審判事への報告を遅らせるという方法はとれないのか？」

「今回は無理よ。この事件の捜査には心理分析官の参加が必要となる。フランスの法律では、事件の捜査に警察官以外の人間を任命できるのは予審判事だけなの。要するに、マルティニエールが専門家の人選の権利をすべて握っているというわけ。おまけに、なにかが判明したとしてもわたしたちに報告する義務はいっさいないのよ」

「さすがだな、いとこよ。きみは正しく理解している」ジャックはアレクサンドルの目が届かないのを知っていてテーブルの下でカプシーヌの太腿を指でゆっくりとさする。

カプシーヌがジャックの手をどける。「マルティニエールが誰を任命するのかは予想がつかない。警察学校でプロファイリングの講義をしたのはアメリカ人だったわ。司法警察は過去にソルボンヌの教授に複数相談している。でもそれが誰なのかはわからない」

「アメリカ人か」アレクサンドルがぶつぶついいながらカプシーヌにオムレツを出す。「彼らは犯罪の世界のマクドナルドを生み出した。なんでもかんでも大量であればいいと思っているんだな。そこへいくとわれわれフランス人は、連続殺人なんてなにも知っちゃいない」

「そうかなあ」ジャックが、サンジェルマンで知的な議論に加わるような間延びした口調でいう。「ジル・ド・レイは？　有名なユーゼビウス・ピーダネルは？　アンリ＝デジレ・ランドリューなんて女性を十人も殺害したというのに、かの哲学者ジャン・バティスト・ボチュルからフェミニズムの先駆者として認識されている」

カプシーヌは舌鼓（したつづみ）を打ってオムレツをむさぼる。やっといつものペースに戻った。

「アレクサンドルのいう通りよ。大昔の伝説の人物は勘定に入らないわ。確かにフランスでは今世紀、連続殺人犯が少数存在するけれど、連続殺人といえばやはりアメリカよ。わたしたちにはほんとうに縁がないわ」

オムレツを食べ終えると三人はブランデーを少しだけ飲んだ。

アレクサンドルが腕時計を見る。「たいへんだ、もうすぐ午前三時だ」

「カボチャの馬車に飛び乗る時間だ。おしどり夫婦は羽毛でふかふかの巣でいつまでもさえずっているが」ジャックが甲高い笑い声をあげた。「いとこよ、戸口まで送ってくれないか。そうしてくれたら、そのキュートなピンク色の羽でご老体を満足させて生き生きとよみがえらせるコツを伝授しよう」

戸口まで来ると、ジャックがいつになく深刻な声になった。「いっておきたいことはふたつ。ぼくだったらアレクサンドルにプロフェッショナルな護衛をつけない状態では、夜レストランには行かせない」

「護衛をつけることはわたしも考えていたわ。もうひとつは？」

「二週間前、きみが酢漬けのキャベツのペダルを踏んで走り去る時に、頼んだだろう。ぼくのカビだらけの細い糸をひっぱって助けてくれって」そこで、ご近所を起こしてしまいそうなけたたましい笑い声をあげる。「それを叶えるってことだ。酢漬けのキャベツが腐ったキャベツになる前に」

「どういう意味？」

「ある人物に紹介しよう。ひじょうに特殊なエキスパートだ。その人物がきみの事件を解決してくれる」

カプシーヌはがっかりした表情だ。「エキスパート？　プロファイラーということ？　そういう専門家ならきっとマルティニエールがうじゃうじゃ連れてくると思うわ」疲労がにじむ笑顔をジャックに向ける。「あなたの厚意はうれしい。でも今週一週間は仕事が山積みなの。次の週末に電話するから、お友だちに紹介してもらう段取りはその時でいいんじゃないかしら」

「心配にはおよばない。ぼくの神出鬼没ぶりは知っているだろ。あ、タクシーなんか呼ばなくていいからな。下にぼくのファンクラブのメンバーが待っている。ファンたちがよろこんで家まで車で送ってくれるはずだ」

20

翌朝、カプシーヌは署の業務に打ち込もうとしていたが、タロン警視監の秘書からの連絡をいまかいまかと待っていた。会議の時間を知らせてくるはずなのだ。時間はのろのろと過ぎて、火の入りすぎたソース・ブリュンヌのように煮詰まっていた。十一時にドシェリが電話をかけてきた。

「警視(コミセール)、分析が終了しましたよ。思った通り、被害者の死因は窒息。頸動脈を圧搾されて意識を失い、それから数分後に息絶えた。縫合はあきらかに死後におこなわれている。口腔内に——」

「コウクウ?」

「口のことだ。口に詰め込まれていたのはキャッサバという植物の葉だった」

「なんですって?」

「キャッサバ。マニオクだな。中南米ではユカともいわれている。中南米とアフリカの主食だ」

「毒なの?」

「そうでもあり、そうではない。キャッサバには二種類の青酸配糖体(グルコシド)（シアン化合物）が含まれていて、多量に摂取すると重い食中毒あるいは死に至る可能性がある。濃度がもっとも高いのは葉の部分だ。この植物を食べる文化では、配糖体を取り除く工程がだいじであるという知識が普及している。毒を取り除くのに効果的なのは水に浸す、加熱する、発酵させるといった方法で、レシピにはかならずそのうちのどれかが含まれている」

「ということは、その葉は有毒であった可能性があるのね」

「もしも被害者がその葉を飲み込んでいたなら、たいへんな腹痛に襲われただろう。ことによってはそれで命を落とした可能性もある。どうなったかなど、誰にもわかりはしない。まあ、どうでもいいが。口に葉を詰め込まれたのは、あくまでも死後なのだから」

　十一時十五分、タロンから電話がかかってきた。とても機嫌が悪い。

「警視(コミセール)」歯ぎしりとまちがえてしまいそうな声だ。「予審判事オーギュスト＝マリー・パルモンティエ・ド・ラ・マルティニエールはきみとわたしを執務室に召喚した」悪意を込めて一音ずつマルティニエールの名前を発音する。「今日の午後二時半だ。〝招かれた〟とはいっていない。〝召喚〟だ。判事自らがわたしにそう告げた」

「警視監を召喚する権限があるということですか？」

「むろん、ない。彼にできるのは、割り当てられた警察官に捜査の具体的なリクエストをすることだけだ。しかし、われらが予審判事の野心の前では法の制限など吹っ飛ぶ」

「いらっしゃるおつもりですか？」

「もちろんだ。警視、きみもいっしょに。それでなくても厄介な事態なんだからな。コントロールのきかない大砲を野放しにしておく余裕はない。だから車輪止めを置いて大砲の動きを封じる。遅刻するな」

カプシーヌは予定の二時半ちょうどにマルティニエールの執務室に到着し、なんと勤勉なのかと自画自賛した。タロンが時間厳守するかどうかはなんともいえない。警視庁本部での彼は、どんな場合でも流れをぶち切るように登場して一波乱起こすのを好むことで知られる。

マルティニエールは凝った装飾のデスク――閣僚の部屋のほうが似合いそうなデスク――を背にして座り、ふたりの男性の話をきいている。その態度は日頃より一段といばりくさっている。話をしているふたりは双子ではないかと思うほどそっくりだ。

「ああ、警視」マルティニエールが腕時計を見る。「今回はめずらしく時間通りですね。バルナベ・カイヨ教授とデュドネ・カイヨー教授を紹介しましょう。犯罪のプロファイリングで世界的に有名なおふたりだ」

「兄弟で同じお仕事だと、なにかと楽しいでしょうね」

「警視、あなたは外国人の耳をお持ちかな。栄光あるフランス語を聴き取れないとは。彼らの名前はまったくちがう、カ・イヨとカ・イヨーだ」マルティニエールは二番目の「ヨ」を64分音符くらい長く伸ばす。「あきらかに親類ではない」

カイヨ教授は口を結んだままカプシーヌに微笑みかけた。「よくあるまちがいです。なぜそうなるのか、さっぱりわかりませんが。カイヨー教授とわたしはパリ第二大学で犯罪学の講義をしています。共著での出版も多い。いちばん最近では、学術的な伝記を、そして分析書誌学の本を出しています。歴史上有名な社会病質者（ソシオパス）、ユーゼビウス・ピーダネルついてのものです」

「現在はランドリューを取り上げたボチュルの有名な作品の再評価に取り組んでいます」

「独創性に富んだ仕事です」カイヨーがいう。

「さらにいえば、先駆的です」カイヨも。

ボチュルについてはカプシーヌも調べていたので、なんだか楽しくなってきた。マルティニエール自身は神経に障る人物ではあるが、彼とのセッションには娯楽の要素がある。

「この二日間、おふたりから知見を提供していただいて行動計画が鮮明になりました。わたしがまとめてみましょう」

マルティニエールがふたりの教授の方を向く。カプシーヌには目もくれない。

「犯人は連続殺人犯の正式な定義に合致する、ということですね。少なくとも三件の殺人が最低三日の間隔をおいて実行されている。そして連続殺人犯にはふたつのタイプがある。平均に達しない知能の持主で教養に欠け、場当たり的に殺人を犯す。それをあなた方は〝構造化されていない〟犯罪と表現した。もうひとつのタイプは、教養があり平均よりも高い知能の持主。あらかじめ熟慮の上、細心の注意を払って計画した〝構造化された犯罪〟をおこなう。わたしたちが立ち向かう殺人犯は後者のタイプであるとおふたりは確信していらっしゃる。犯人はある種の妄想に強くとりつかれ、念入りに計画して慎重に殺人をおこなっている。犯行はどれも〝整って〟いる」

確かにその通りだとカプシーヌは心のなかで同意する。

「そしておふたりは、警察の従来の手法ではこうしたタイプの殺人犯を逮捕するのは不可能だと断言していらっしゃる」

「なぜかしら？」カプシーヌがおっとりとたずねる。

マルティニエールが自信満々で解説を始める。「なぜなら、動機そのものが、現実を歪めて認知したことに起因しているからですよ。だからノーマルな人間には理解できない。さらに、地理的にも犯人の動きは安定していない。この先はより広い範囲で狩りをおこなうものと思われる。フランス全土、ことによっては国外へと。そのためこのタイプの連続殺人犯は捕まるまでに何年もかかることが珍しくない。ということでまちがいないですかな」

「完璧です」カイヨーがいう。

「まちがいありません」カイヨも。

「犯人逮捕のための具体的な提案はあるのですか？」カプシーヌが質問する。

「確実な方法があります」カイヨーがいう。

「ひじょうに確実です」カイヨがいう。

「犯人の人物像を描くのです」

「きわめて詳細に」

「それをマスコミで発表すれば」

「一般の人々の注意を喚起できます」

「犯人を目撃したと警察に通報が寄せられる」

「それで逮捕にこぎつける」

「このタイプの殺人犯を逮捕するには、この方法です」

「いつでも」

「で、その人物像というのは？」カプシーヌがたずねる。

「犯人は男性です、ほぼまちがいなく同性愛の傾向があります。たぶん、女っぽいでしょうね。そして明るい色合いの風変わりな服装をしているでしょう」カイヨが述べる。

「そんなこと、どうやってわかるんです？」

「ああ、それはかんたんです。連続殺人犯はほぼ例外なく男性なのです。ごくわずかに女性もいることはいるのですが、その場合は必ず金銭を目的とした殺人です——下宿屋の女主(あるじ)が下宿人の持ち物に目をつけて、とかそんなたぐいです。今回はあきらかに犯人は男性です」

カイヨーが説明する。

「しかし彼の男性性の尺度は低い。男性が殺人を犯す場合、たいていは暴力的な要素が大きい。これまでの三件の殺人に共通しているのは毒です——あきらかに女性性の強い選択です。そこから判断して、犯人の男性性の尺度を約〇・六七と考えます」カイヨがいう。

「厳密にいうと〇・六三から〇・六七の範囲内です」カイヨーがつけ加える。

「犯行が重なるとともに、人物像はさらに詳細になっていきます」カイヨだ。

「たとえば犯人はほぼ確実にマクドナルドの三要素のサインを示すはずなのです。この先、彼を特定するのに、それが大いに役に立つでしょう」カイヨーがいう。

「マクドナルドのトリプルバーガーの大ファンという意味かしら？」カプシーヌは楽しむ余裕がでてきた。

「いいえ、ちがいます、警視」カイヨーは粘り強く説ききかせる。「このタイプの連続殺人犯はほぼ例外なく、子ども時代に夜尿症、動物虐待、放火癖の履歴があると突き止められています。それをマクドナルドの三要素というのです」

「夜尿症？」

「そうです。幼児期を過ぎた年齢でのおねしょです」今度はカイヨがいう。

「もうひとつの重要な特徴はですね、警視。このタイプの殺人犯はほぼ例外なく移動を続けるという点です」カイヨーだ。「それはつまり、ひじょうに捕らえにくいということです」

「その通り。彼らは知的で財力もあり、幅広いテリトリーで活動するのです」

「わかりましたか、警視」マルティニエールがいう。「今後わたしたちが取るべき方法はあきらかです。殺人は今後も続くでしょう。おそらくフランスのどこかの街で。フランス全土の警察は警戒態勢を敷く必要があり、そのためにプロファイリングの詳細を配布しなければなりません。犯行が重なれば、更新したものを再度配布することになるでしょう。国際刑事警察機構（インターポール）と連携して、外国での動きについて判断していきます。マスコミにも協力を要請しなくては。じゅうぶんな報道がなされなければ、広告を出さざるを得ない。万全を期して容疑者の情報を集め、最終的に犯人を包囲する。タロン警視監を召還したのはそのためです。国を挙げての容疑者洗い出しを統括してもらうことになるでしょう。もちろん、わたしの指揮のもとで」

それがまるで合図であったかのように、ドアが威勢よくあいてタロンがつかつかと入ってきた。背中はまっすぐ伸び、肩をいからせている。カプシーヌの直属の上司だった時も、彼の大きな身体、評判、地位の威力はすさまじく、室内にどれだけの人数がいても一瞬にして静まり返り、彼に注目が集まった。そのタロンがいま、完全に無視されている――徹底的に。カイヨとカイヨーは延々と自分たちの戦略を説明し、マルティニエールは彼らからほとんど視線を動かさず、静かにしているようにとタロンに向かって人さし指で合図する。プロファイラーたちの話が終わるとマルティニエールが顔を上げ、それから自分の腕時計を見る。

「わたしは二時半と時刻を指定してあなたを召喚しました。すでに三時をまわっている。われわれの戦力であるふたりのプロファイラーの貴重な洞察と、捜査において警察に担ってもらいたい広範な役割についてのわたしの説明がすんだところです。それをあなたのためにもう一度やれと。やれやれ」

マルティニエールがカプシーヌにいう。「廊下をひとっ走りしてタロン警視監のために椅子を見つけてもらえますか？」

タロンが片手をあげてカプシーヌに座ったままでいろと指示する。彼が部屋のなかにさらに入ってくると、大きな身体がますます膨張したように感じられる。人生の大半を暴力とつきあってきた人間が怒った時の迫力は生半可ではない。マルティニエールは椅子に座ったまま縮こまっている。彼の野心や虚栄心と、タロンへの本能的な恐怖とが闘っている状態だ。ファーストラウンドで恐怖があっけなく勝利をおさめた。

「いいかげんにしろ、マルティニエール。広範な役割などという寝言はやめるんだ。こういう犯罪はあきらかにきみの力量を超えている。今後、ル・テリエ警視からきみに事件についての進捗状況を伝えさせはするが、きみが彼女の業務に干渉することはいっさい許されない」

名字を呼び捨てにされては沽券に関わるとばかりにマルティニエールが形勢を立て直そうと早口でまくしたてる。

「しかしですな、このわたしが任命したカイヨ教授とカイヨー教授がたったいま、殺人犯は今後行動半径を広げるだろうと説明しているのですよ。そうなれば全土で警察を動員しマスコミを通じて国民に警戒を呼びかける必要性が出てくるでしょう」

「マルティニエール、軽はずみな発言は慎むことだ。全土で警察官が動員されることはない。ましてマスコミが動く可能性もない。そんなことになれば、われわれのもとに偽の自白が殺到するだろう。模倣犯罪を誘発するおそれが生じる。それでもきみがしゃしゃり出て、模倣犯罪が現実のものとなれば、きみを刑事告発する。冗談や脅しではない。だから執務室でおとなしくしていることだ。このふざけたふたりと楽しく語らい、警察の仕事は警察にまかせるのが身のためだ」

あまりの侮辱にマルティニエールは顔を真っ赤にして怒りをあらわにする。

「勝手にするがいい！」

「ああ、するとも。行くぞ、警視。やるべき仕事が待っている」

タロンが野獣のような獰猛ないきおいで廊下を歩いていく後から、カプシーヌが追いかける。エレベーターのボタンを押そうと伸ばしたタロンの指がふるえている。それに気づいて彼が豪快に笑いだした。

「問題は解決した！」

その言葉の通りであるようにとカプシーヌは祈った。

建物から外に出てもタロンは猛然と歩き、カプシーヌはよろけそうになりながらついていく。最初に見つけたカフェに彼が飛び込んだ。

「カルヴァを。ふたつだ」亜鉛めっきのカウンター越しに注文する。

カルヴァドスが運ばれてくると、タロンは小さなブランデーグラスをカプシーヌのグラスにコツンとあてて乾杯した。「昇進以来、こんな愉快なことは初めてだ」一息に飲み干してカウンターのバーテンダーにお代わりを注文する。

「お代わりをふたつ。あの間抜けなふたり組は役に立ちそうなことをいっていたか？　ハナから期待などしていないが」

「プロファイリングに信頼を置いていないということですか？」

「もちろん、置いているさ。こう見えても現代的な警察官だ。わたしがプロファイルした犯人像を教えてやろう。そいつは、うまいものに目がない」

21

「ほんとうに予審判事を縮み上がらせたんですか？」ダヴィッドはまさかという口調だ。

カプシーヌは両脚をデスクにのせて三人の部下の目を楽しませながら前日のマルティニエールとの会合について話してきかせていた。ほんとうはそれどころではないのだ。事件の突破口をひらく糸口を見つけなければならない。たったひとつでいいからアイデアが降ってこないかと守護天使にすがりたい気分だ。

カプシーヌにとってタロン警視監は絶対の信頼が置ける相手といっていい。けれどもマルティニエールから勝ち取った猶予には限りがある、そう思えてならなかった。だからこそ、さっそくイザベルとダヴィッドには午後にオノリーヌ・ルカニュを署まで連行して事情聴取するように指示を出したのだ。ガエル・タンギーについてはカプシーヌ自ら彼のアパルトマンを訪れて事情聴取すると決めた。しかし、じゅうぶんに手を尽くしているという実感はない。

いつもと変わりばえしないミーティングの風景だ。ダヴィッドはカプシーヌの靴を褒めそやし——スリングバックのプラトフォームはジミー・チュウのもの——イザベルはカプシーヌの脚をうっとりと眺め、モモはあらぬ方をにらみつけて物思いにふけっている。

ドアがそっとあいた。制服警官が連絡事項を伝えにきたのだとカプシーヌは思った。が、あらわれたのはジャックだ。羽根のように軽いウールのスーツ、ピンクのシルクのシャツ、ネイビーブルーのローシルクのネクタイという小粋な姿での登場だ。

「よく入れたわね」カプシーヌが驚く。

「まあね。ちょっとした奥の手を使ったのさ」ジャックは三人の巡査部長に親しみのこもった笑顔を向ける。

「やあ、子どもたち。きみたちのママを元気づけるためにおしゃれなランチに連れ出そうと思うんだ。三人でなかよくお留守番してくれたら、きっとお土産をもらえるぞ」

「ジャック、いま会議中なの」

「巻き毛くんはきみの靴に夢中だし、筋肉もりもりの彼女はきみの脚を見てよだれを垂らさんばかりだ。そして大男の彼は、なにをしたいのか思いつくのにまだまだ時間がかかりそうだ。だから構うことない、行こう」

部屋から出る際にカプシーヌは三人に断わった。「彼はいとこよ」そして声を落として、つけ加えた。「対外治安総局の職員なの」それを真に受ける三人ではなかった。いっせいにひそひそ声での返事がかえってきた。「わかってますって」

トゥインゴの車内の狭い空間はそれでなくてもたがいの距離がちかい。街なかを走りだすとジャックはシートベルトを外して身を乗り出し、片手をカプシーヌの首にまわして引き寄せた。そして耳元でなにやらひそひそと話を始める。意外にも、いつもの悪ふざけではなく、ある計画を持ちかけてきたのだ。

「これからぼくは大変な危険を冒すつもりだ。しかし〝それだけの価値がある〟。ほら、広告でもそういう文句があるだろう。これからある人物に会いに行こう。いわゆる〝知られざる隠し資産〟とうちの業界で呼ばれる存在だ。彼が存在していること自体、ごくひと握りの人間しか知らない。彼のことは誰にも話すな。とりわけ司法警察の人間にはな。いいか？」

カプシーヌがうなずく。

「どういう人物なの？」

「哲学者。精神科医。元諜報員。なかなかいい組み合わせだろう？」ジャックは小声でクワックワッと笑う。「彼は数年前に重大なプロジェクトに関与し、理想的な結果をもたらした。以来、彼のためにもわれわれのためにも、知られざる隠し資産として登録されている」

「どんな精神科医？」

「彼はラカンの信奉者だ。ラカンは学校で習っただろう？」

「あまり記憶に残っていないけど。確かシュルレアリストたちとつながりの深い精神科医ではなかった？」

「そう、その人物だ。ラカンは精神科医にとどまらず、哲学者であり独自の理論を唱えた思想家でもあった。シュルレアリスム運動にも貢献している」

「ということは、これからシュルレアリストの精神科医に会うのね。その人物がわたしの事件を解決してくれる。だから部下たちを放り出して会いにいくだけの価値がある。本気でそう思っているの？」

「自分で確かめればいい」

「目的地はどこなの？」

「そう矢継ぎ早に質問するな。運転に集中しよう。ここで左折だ。くそっ、いとこよ、左折だ、左！」

ジャックの指示にしたがって左に、そして右に折れ、サン＝ルイ島にかかるマリー橋にさしかかった。セーヌ川の中洲で時を超えて流れる水を見守り続けた島へと続く橋だ。

「停めろ！　ここでいい」ジャックが命じる。

「橋の真んなかよ。停められないわ」

「停められるさ。ここが目的地だ。駐車違反の取締りなどぼくたちには無関係だ。きみは警察官だからな」

車をおりたふたりは十七世紀のエレガントなオテル・パルティキュリエが並ぶ河畔の道を歩きだす。高いポプラの木の下を数メートル行くと、古色蒼然とした石の壁の切れ目に着いた。太陽がさんさんと照り輝き、川のせせらぎと鳥のさえずりがきこえる。現実ではない理想のパリを描いた絵葉書のような光景だ。

「下へ」ジャックが指示する。

おそろしく勾配のきつい石の階段をおりると水際の石畳の道に出る。数メートル先はアーチ橋の橋桁(はしげた)だ。ジャックは濃いオリーブ色の金属の箱を抱えて歩いていく。箱には大きな黒い数字がたくさん書いてあり、かなり重そうだ。めずらしくジャックが迷いを見せた。

「まずぼくが行ったほうがいいだろう。ここで待っていてくれ。すぐにもどる」

そのまま石造りのアーチ橋の下に姿を消し、すぐにまたあらわれた。満面に笑みを浮かべ、カプシーヌを手招きしている。

アーチ形の低い橋桁の下は警察がバリケードに使う金属製のフェンス四枚——どこからか盗んできたのだろう——で三つに区切られて部屋のようになっている。それぞれのスペースに折り畳み式ベッドがある。きちんとベッドメイクされて清潔そのものだ。さらに家具がいくつか、本が数冊、絵が一枚か二枚あり、整理整頓が行き届いている。枕の隣にカンガルーのかわいらしいぬいぐるみが置かれたベッドもある。

まさにシュルレアリスム。そして絶妙な調和。カプシーヌは感嘆した。

フェンスで仕切られたいちばん遠いスペースにやせた長身の男性がいる。ワシを思わせる姿形で、仕立のいいツィードのジャケットを着ているが、この季節にはそぐわない厚手の生地だ。ぎこちない様子で立ったまま警戒するようにカプシーヌを見ている。目は深く落ち窪み、やつれた表情だ。自分のスペースのなかで後ずさりして奥の方に移動する姿は、追いつめられた齧歯(げっし)類のようだ。

「会わせたい人物がホームレスとはね！」カプシーヌが強い口調でジャックの耳元でささやく。「シュルレアリストのホームレスがわたしのために事件を解決してくれると思っているの？　とうとう正気を失ってしまったの？」

「それじゃまるで淑女ぶっているつまらんお局様みたいだぞ」ジャックも大きい声は出さない。「彼はきみの人生を変える」

ふたりがちかづくと、男は緊張した面持ちで逃げ出す方法をさがすように左右をきょろきょろしながら、警察用の硬い亜鉛めっき鋼のフェンスで囲まれたなかに後ずさりしていく。ジャックがカクテルパーティーでゲストに話しかけるような声色を使う。

「ドクトゥール・ヴァヴァスール、わたしのいとこをご紹介しましょう、マダム・ル・テリエです。例の警察官です。お話ししたのをおぼえていますか？　いまひじょうに困っている状態で、ぜひとも力をお借りしたいんです」

ジャックは前に歩み出て金属製の箱をベッドの足元の石畳に置いた。男はさらに奥へと入っていき、フェンスに背中を押しつけた。

「さて、これで紹介はすんだ。あとはおふたりで昼食をごゆっくり」ジャックは快活な口調でそういい残して、急な階段を元気よくのぼっていってしまった。

ヴァヴァスールは訝しげな表情をカプシーヌに向ける。西部劇の映画に出てくる決闘の場面のように、息詰まる沈黙が続く。しだいに彼の呼吸のペースがゆっくりになって両肩から力が抜けた。

「今日はなにが来たのか確認してみよう。とほうもなくおいしいものが入っていることがある」ヴァヴァスールの視線は金属製の箱に釘づけだ。

カプシーヌが数歩、後ろにさがる。ヴァヴァスールはおずおずと箱にちかづき、ふたをぱちんとあけた。鼻をくんくんさせて満足そうに微笑み、いちばん上に置かれたメニューのカードを読む。

「おお、リゾット。すばらしい。二十分以上調理されている。徹底的に加熱調理された食べ物がとりわけ好きなもので。そうすることで実力以上のおいしさが出ると信じています。ロブスター・リゾットか。となれば、シャンパンだ」顔を輝かせる。「ちょうどこれにぴったりのが一本ある」食べることへの情熱を無邪気にあらわす彼は、カプシーヌという存在への警戒心を忘れてしまったようだ。

ヴァヴァスールはナイトテーブルにあったものを一つひとつ、石の大きさがふぞろいの石畳にそっと置く。テーブルを移動してベッドの真んなかあたりの脇に、そのテーブルを挟むように唯一の椅子を置く。

「さあ、ベッドにお座りなさい。そのほうが座り心地がいい。わたしはワインセラーからシャンパンを取ってきます」徐々に彼は完璧なホストへと姿を変えていく。ベッドは洗濯石けんのいい匂いがする。カプシーヌは浅く腰かけた。ヴァヴァスールは水際まで歩いていく。通路の先に急勾配の石の堤防があり、その先は川だ。ふるめかしい鉄の輪に細いロープが四、五本くくりつけられて水のなかに入っている。ヴァヴァスールはそのうちの一本を選んで慎重にひっぱる。

「完璧だ。一回目で当たりました」彼がにっこりして水から上げたのは黒っぽいずんぐりしたシャンパンのボトル。小さめの金色のラベルだ。

「クリュッグ・クロ・デュ・メニル、一九九五年。クロ・ダンボネには及ばないが、大差はない」

ヴァヴァスールはベッドの下から木箱を引き出し、なかからフルートグラスを取り出す。控えめな音を立てて瓶をあける。アレクサンドルのおめがねに適うくらいのごく小さな音だ。ふたつのグラスの半分ほどまで、静かにシャンパンを注ぐ。

「ここで暮らす利点はたくさんありますが、そのひとつが完璧なワインセラーです。暗く、温度が一定で、振動がない。あなたの健康を祝して（ア・ヴォートル・サンテ）、マダム」彼はカプシーヌのグラスに自分のグラスをあてた。

「そして精神科医としては水が象徴する清らかさに惹かれるのでしょうね」カプシーヌは思い切っていってみた。

「水が象徴する清らかさ。それについては考えたことがなかった。川は逃げる手段です。だから満足できるのです。しかし哲学談義はもういい。それより国防省のロブスター・リゾットの味について考えてみたい」クリスマスのプレゼントを手にするのが待ち切れない子どものようだ。

ヴァヴァスールはまたベッドの下に潜り込み、今度は皿とカトラリーを取り出した。金属製の箱からプラスチックの保存容器を出してふたをあけ、匂いをかいでよしよしとうなずく。

「温めたらぐんとおいしくなるにちがいない」保存容器の中身を小鍋に全部あけてブタンガ

スのコンロにかける。使い捨てのタバコ用ライターで火をつけ、中身が温まってきたらゆっくりと混ぜる。

「いとこがいっていました。あなたはパリでセーヌ川を眺めるのに最高の場所にいるのだと」

「そうともいえます。むろん、おおぜいの仲間と眺めを共有しています」

「お隣の人たちはいまどちらに？」

「彼らはわたしよりも運が悪いので、一日の大半を食べ物をあさるのに費やすのです。いいにくいのですが、彼らは物乞いをすることもある。さいわいわたしは一日じゅう、ここで自分の本と思考を道連れに過ごすという贅沢を味わっています。それにちょっと役にも立っています。せっかくの最高の立地を確保しているのに全員が出払ってしまったら、悲惨なことが起きる可能性はじゅうぶんにあります」

温めたリゾットは期待通りのおいしさだ。カプシーヌとヴァヴァスールはじっくり味わいながら食べた。四区のエレガントなアパルトマンでの午餐会でくつろいでいる気分だ。対岸の歩道にこざっぱりした男性がしつけのいい黒いラブラドールを連れてあらわれた。こちらに元気いっぱいに手をふる。ヴァヴァスールも手をふってこたえるが、こころなしか浮かない表情だ。

「いいやつです。愛犬をよくかわいがっている。対岸の橋のアーチの下に冷蔵庫用の段ボールを置いて、そのなかで暮らしています。広さに不足はないのでしょうが、閉じ込められた空間にいるなんて……」ヴァヴァスールがおそろしげに身ぶるいする。「温かい毛布をかけ、顔には冷たい空気が触れているというのは最高です。冬のさなかでも、それはもう至福の極みです」

食事はさらにサラダ、チーズ、デザートと続いた。デザートはとてもエレガントな焼き菓子、魔法瓶には濃いエスプレッソ、そして極上のブランデーの小瓶まで。すべて食べ終わるとヴァヴァスールは皿を片付け、ベッドの下から取り出したプラスチック製のふたつき容器のなかに積み重ねた。

「これは後回しにして、いまはあなたのことに集中しましょう。あなたのいとこの話では、あなたはある問題でひじょうに困っている。それを解決するためにここにきた。それで合っていますか？」

「はい。あなたは専門家として圧倒的な力量の持主だときいています」

「身に余る光栄です。しかしわたし程度の力量の分析家はたくさんいます」

ヴァヴァスールがみごとに変身を遂げた。ぐっと顎をひいた姿は信頼のおける臨床家そのものだ。

「完全にリラックスするにはベッドに横になるのがいちばんです。フロイトは正しいことをたくさん述べていますが、これもそのひとつですね。横になるのはもっとも楽な姿勢ですから、自分の心を探究するのがぐっと容易になるのです」

カプシーヌはためらったが――まだ若いだけに、それなりにとまどいを感じるのだ――覚悟を決め、靴を脱いでベッドに横になり真っ白な枕に頭をのせた。ヴァヴァスールは小さなテーブルと自分用の椅子を彼女の視界の外に移動させた。いまにもジャックがひょっこりあらわれるのではないかとカプシーヌは予想した。真に迫った愉快な冗談にまんまとひっかかったといって甲高い笑い声をあげて出てくるのではないかと。しかし、どうせここまできたのだから最後までこの茶番を見届けてみようと決めた。

「連続殺人犯についてなんです――」

「ああ、わたしがいささか得意としている分野です。彼からおきき及びでしょうが」

「いいえ、彼からはなにもきいていません。あなたについてはなにも話していません。なんにも」

「かえって好都合です。あなたが困っている問題に話を戻しましょう。話してごらんなさい」

三件の殺人事件について三十分かけて話した。順を追ってくわしく、容疑者の事情聴取、三人の部下がおこなった背景調査、ふたりのプロファイラーの見解まで。

「ああ、カイヨ教授とカイヨー教授は立派な人たちです。彼らの本は読みました」声に笑いが混じっているようにカプシーヌは感じた。「彼らの最新の本は、ほんとうにたいへん愉快です。貸してあげましょう、ちょうどわたしの同居人のひとりがいま読んでいるところです。さて、あなたの事件に集中しましょう。病因論で推測することすらまだ早すぎますが、あなたがなんらかの結論を描くことはできるはずです」

「わたしが？」

「もちろんです。こたえはかならずあなたの頭のなかから出てくるのですよ。決してわたしの頭からではなく。殺害の現場は決まってレストラン――第三の事件では疑似レストラン――なのはなぜでしょう？」

「まったくわかりません。いままでそんなこと考えもしなかった」

「どこかよそで被害者たちを殺すほうがよほどかんたんだったのでは？」

「確かにそうね」

「なるほど。では理由を見つけてその象徴的な意味を理解すれば、解決への早道を進んでいけるでしょう」

「というと？」

「ラカンは人間が行動をする際には、鏡像を正当化しようとするのだと説明します。人間は動物とはちがい、鏡に映った像を自分の姿として認識できるのです。鏡に映った姿から、自分自身というものを認知していくのです。人間の一生は、この認知が正しいことを証明する冒険の旅なのです。フロイトのエゴの概念にちかいのですが、もっと複雑です」

「確か学校で習いました。でも、正当化を妨げるものがあったのでは？」

「はい。とてもいい指摘です。ラカンはそれを〝大文字の他者〟と呼んでいます。超越的な存在の象徴で、〝小文字の他者〟つまり患者が真の自己になることを積極的に阻む。鏡像に同一化させまいとするのです。支配的な力すべてがそれにあたります。権力を持つ地位にいる人物、社会制度、言語そのものも」

「大文字の他者は父親を指すものだと思っていました」

「父親は代表的な例です。それ以外にいろいろな可能性があります。重要なのは、大文字の他者は患者が自分の鏡像、つまり真の望ましい自己になることを阻む存在であるという点です。大文字の他者は患者に対し心理的に大打撃を負わせるので、それを排除するため、少なくとも弱らせるために患者は手段を選ばない」

「たとえば連続殺人」

「その通り」

「それなら殺人犯は同性愛の傾向があり、明るい色合いの服装を好み、男性性の尺度が○・六七、とは考えていらっしゃらないのね」

「あなたがいとこに罪を着せたいと望むのであれば、あえて否定はしませんが」

カプシーヌはこみあげる笑いをこらえようとする。たったいま飲んだクリュッグのハーフボトルで酔っ払っているふりをしようとした。けれどもがまんできず、大笑いを炸裂させてしまった。数秒後、ヴァヴァスールも加わった。

カプシーヌが先に真面目になった。「では、いまの段階でステレオタイプで片付けるのは無理ということかしら？」

「そうですな。確かにデータは豊富にあります。が、そのほとんどはアメリカのものです。われわれは彼らとはひじょうに異なる世界に生きています。キーポイントは、この殺人犯はサイコドラマをひとりで演じているということです。それも強烈な形で。犯人にとって極めて重要なのは、観客の反応です」

「観客？」

「そうです。犯行を誰にも気づかれなければ、犯人にはまったく意味がない。殺人を犯し、それが犯人にとって心理学的な理由から納得のいくものであると第三者からお墨つきをもらうことが大事なんです。皮肉なことに、警察は最高の観客に置かれることが多い。そして古典的な病因論では、捜査する警察官との人間関係を確立したいという犯人の願望が指摘されることが少なくない」

「たとえばラスコーリニコフ？」

「まったく逆です。ラスコーリニコフは自白したくて仕方なかった。連続殺人犯が望んでいるのは、博識な専門家からの称賛なのです。自分がおこなった複数の殺人は鮮やかな犯行で、解明することは無理だと専門家にいわせることができれば、その犯行の価値はぐんと高まるのです。心理学的な象徴としての価値が」

カプシーヌがうなずく。

「毒が使われていたことについて考えてみましょう。どう思いますか？」

「よくわからないんです。毒が死因となっているのは最初の事件だけです。後の二件では、純粋に象徴的に使われているように思えます」

「そうですね。いったい、なんの象徴でしょう？」

「思いつきません」

「とても率直ですね。それはいいことです。このことから目を離さずにいましょう。ひじょうに関連性が高くなっていく可能性があります」

「なっていく？　もっと殺人事件が起きるという意味ですか？」

「残念ながら、この事件はまだ始まったばかりといっていい。連続殺人はある種の依存症です。やればやるほど深みにはまるのが依存症です。だから犯人の欲求が増す可能性はひじょうに高い。殺人犯が自分の心理的な欲求を自分のメソッドで満たす術に長けていれば、なおさら」

「犯人はパリ以外で殺人を犯すでしょうか？」

「いい、あなたはどう考えますか？」

「よくわかりません。一連の犯罪には相当な専門知識が必要です。犯人はまちがいなく、パリのレストランについての知識が豊富です。しかしパリのレストラン関係者は、よその街でキャリアをスタートさせたケースが大半です。ということは、犯人自身、キャリアをスタートさせた街のレストラン事情に通じていて、殺人をおこなう場所として選ぶことはじゅうぶんに可能でしょう」

「ひじょうに価値のある所見だ。たいへんな進歩を遂げていますね」

ヴァヴァスールが鋭い表情で見上げる。

「いつでも好きな時にいらっしゃい。今日はもう引きあげたほうがよさそうだ」

「なぜ？　まだ始めたばかりなのに」

「ええ。しかし警察官がふたり、通路をこちらに向かって歩いてきています。彼らはかならず身分証明証の提示を求めます。司法警察の警視がわたしのベッドに横になっているという状況は、彼らをよろこばせるだけです」

　カプシーヌはがばっと起きてベッドから飛びおり、急な階段をかけあがった。とちゅうで一度立ち止まってヴァヴァスールに手をふり、大きな声で礼をいい、投げキッスをした。警察官のひとりが待てと叫んで追いかけてきた。が、急な階段の前でなぜかぴたりと足を止める。彼の腹まわりを一瞥して、これ以上追いかけてくることはないだろうとカプシーヌは安心した。

22

〈シェ・ベアトリス〉で殺人事件が起きた夜以来、カプシーヌはガエル・タンギーについてあらためて思い出すことはなかったが、事情聴取のための準備として彼の著書を読んでみた。ゴンクール賞を受賞した作品だ。なんともグロテスクで悲惨な、世界の終わりの物語だった。登場するのは機能不全で錆だらけのアンドロイドばかり。ぬかるみ、ヘドロ、焼けて炭化した草木を踏んで、目的もなく重い足取りで進んでいく。彼らを魅了するのは、闘いでできたクレーターのような穴のなかで泥と排泄物にまみれて腐って死んでいく動物の断末魔の叫びだ。カプシーヌにとって悪夢といっていい読書体験だった。

ドアをノックするとガエル・タンギー本人があらわれた。彫りの浅い顔に丸いレンズの大きなメガネをかけている。近視の人らしいまばたきをしきりにする。

「ル……ル・テリエ警視？」口ごもりながらたずねる。「お入りください。連絡が来るのをずっと待っていました。殺人犯を見たんですよ。予審判事のところに呼ばれて説明しようとしたら、からかっていると思われたみたいで。だからこうして来てもらえて、ほっとしています。どうぞお入りください」

タンギーのアパルトマンは著書とは似ても似つかない。十一区のエレベーターのない建物の五階なので決してしゃれた場所ではないが、なかに入ると白い空間がひろがっていた。日当たりがよく、家具はミニマリズムの趣味のいいデザインだ。あざやかな色合いのディレクターズ・チェアがいくつか置かれ、カラフルな大きな花瓶にはどれも二、三本の枝がエレガントにアレンジされている。ガラスの長いテーブルには巨大なフラットパネル型ディスプレイのコンピューター。その傍らには分厚い本が一冊。『ル・ボン・ユザージュ』だ。フランス語の文法書の聖典ともいえるこの書物は、おそろしく退屈でうんざりさせられるのひとことに尽きる。

さっぱりした部屋の中央で、ふたりは向き合って腰かけた。が、タンギーは腰をおろしたとたん、飛び上がった。

「しまった。失礼しました！　すぐに戻ります」彼はキッチンのなかへと消えた。

タンギーは両手にコピータをひとつずつ持って出てきた。脚の短いスペインのシェリー・グラスには黄褐色の液体が入っている。

「ワインはわたしの小さなこだわり(ペシェ・ミニョン)です。これはアモンティリャード・フィノです。カナダ産の樽でしばらく熟成させた淡い色のシェリーです。フィノとアモンティリャードの中間ですね。カディスの友人から毎年クリスマスに一ケース送られてきます。さっぱりしたふつうのフィノよりもはるかにおいしいですよ」

いったんカプシーヌにグラスを渡し、すぐに思い直してそれを取り返した。

「ああ、す……すみません！」タンギーは目をぱちぱちさせて口ごもる。「推理小説では警察官は職務中に酒を飲んではいけないことになっています」

カプシーヌが笑う。「推理小説のなかの警官とほんものの警官との共通点はほとんどないんですよ」

不透明な黄褐色の液体をアレクサンドルが見たら「濁っている」と表現するかもしれない。意味はタンギーの言葉通り、おいしかった。意外に平凡な外見のタンギーがアレクサンドルばりのトークをするとはますます意外だった。

「それで、殺害の瞬間を見たんですか？」

「いいえ。殺害の瞬間ではなく、殺人犯を見ました」

なるほどそういうことか。「あの夜、あなたが観察した人々のうちの誰かが殺人を犯した。そうおっしゃりたいのね。そういう理屈なら、このわたしも見たことになります。しかし、それでは犯人逮捕にこぎつけることはできません」

タンギーは無言のまま、大きなレンズの向こうからフクロウのようにこちらをのぞいている。

「あの晩はひとりで食事をしていたのですね。高級レストランにひとりで行くことはよくあるんですか？」

「ええ。誘う相手などいませんから。重要なのはブルジョワを観察することです。わたしは彼らについて書いているので、彼らを理解する必要があります」

「ディナーをとるところを観察するだけで、わかりますか？」

「もちろんです。ヘンリー・ジェイムズはアメリカ生まれでイギリスに帰化した大作家ですが、こういっています。無垢な少女が兵舎の前を通りかかり、罵声まじりの会話の断片だけを耳にしたとしても、彼女が真の作家であれば軍隊生活についての完全な小説を書くことができる、と。ジェイムズのいう通りです。わたしはブルジョワを完全に理解しています。もっとシェリーをいかがですか？」

カプシーヌはシェリーのお代わりをよろこんで受け取った。これから歯を食いしばってタンギーの話に耐えなくてはならないのだ。

「具体的に話してもらいましょう。あの晩、なにを見ましたか？」

「会話が織りなす不協和音のシンフォニーと、ブルジョワ版のぎくしゃくしたバレエを」

「つまり客席のおしゃべりと、ウェイターたちの動き」

「ウェイターだけではありません。客は食事のあいだじゅう動きまわっていましたよ」

「それは確かですか？　これまでの事情聴取では、あの場にいた客のほぼすべてから、誰もテーブルを離れなかったときいています」

「ブルジョワ階級の目は節穴です。わたしは子どもの時に父親から、外出の前には用を足すようにとしつけられていました。が、いつでも忘れて出かけたものです。いまでもね。あの日、食事のとちゅうでトイレに立ちました。するとすでにふたりが待っていたのです」

「その人たちの外見をおぼえていますか？」

「いいえ。ずっとダイニングルームを見ていましたから。わたしが観察するのは人々の相互作用であって、どんな外見をしているかではないのです」

「なるほど。それは被害者が倒れるどれくらい前でしたか？」

「それほど前ではなかった。五分か十分ですね。観察する対象が多い時には時間の経過は正確には計れないものです」

「ふたりの男性がトイレの順番を待っているあいだ、あなたもずっと立っていたのですね？」

「さあ、どうだったんでしょう。もしかしたら、わたしがトイレに行った時にはもうふたりともいなかったかもしれません。彼らが待っているのを、自分のテーブルから見たのかなま、どちらでもいいですね、そんなこと」

カプシーヌは話の流れを変えてみることにした。

「あなたの受賞を、ご家族はさぞや誇りに思っているでしょうね」

タンギーは反射的に不快な表情を浮かべ、ぎくっとした様子だ。唐突に立ち上がり、グラスを片付けてキッチンに入っていった。

数分後、シェリーを入れたグラスを持ってもどってきた。ふたつのグラスにお代わりを注ぐにしては、ずいぶん時間がかかっている。

「いま実家に残っているのは父親だけです。母は幼いころに亡くなりました。兄や姉は皆出ていきました。クリスマスカードのやりとりすらない状態です。幸福な子ども時代ではありませんでした」彼はカプシーヌをじっと見つめる。そのまなざしにどんな思いが込められているのかは、判読できない。ただ、知らないうちに自分は傷つける側にまわっているらしいと感じた。「父のよろこびようときたら、大変なものでした。工場の知り合い全員に触れ回ったんです。誰ひとりとしてその意味などわかっちゃいなかったが。むろん父にだってなんのことやらさっぱりわかっていなかったはずです」

「お父様はまだ働いていらっしゃるの？」

「ええ。まだ五十五歳ですからね。ロレーヌの製鋼所に勤務しています。わたしは父が十八歳の時の子です」

「お母様は亡くなったのね？」

「わたしが九歳の時に。子宮頸癌でした。父は再婚したんです。料理と掃除と子どもたちの世話をしてくれる人が必要だったんでしょう。子どもは皆、継母が嫌いだった。まあそれは、おたがいさまでしたが。怒号、非難、ドアをバタンバタン閉める、ムチで打つなんてこともありましたよ。それでもわたしは父親の誇りで自慢の種なんですよ」彼が顔をしかめる。自虐的なポーズをとっているだけなのだろうか。

「自慢の種？」

「ええ。父は筋金入りの共産主義者で過激分子ですからね。わたしのことを、マルクス主義者の言葉の定義での知識階級と見なしている。マルクスは知識階層を高く買っていましたから、わたしが本を執筆して賞をとるのはうれしいんでしょう」

「満足していらっしゃるのね」

「わたしが書く本に少しでも関わりがあれば、もっと満足するでしょう。しかし父はいっさい読みません。たぶん生まれてから本など一度も読んでいないでしょう。息子の著書を一回でもひらいたらどんな反応をするか見ものですよ。〝ラ・ナチュール・デ・パルティキュール〟の構想は父が働いている製鋼所から得ています。あなたが読んでいるかどうかは知りませんが。小さい頃から、黒い煙のなかで不気味に揺れる火を見て、世界の終わりはあんなふうだろうと思っていました」

「そこに動物の悲鳴や排泄物の山があるとは思えないけど」

タンギーがうれしそうに微笑む。「ありますよ。あなたはそれを見る方法を知らないだけ。でもわたしの本については、このへんにしておきましょう。自著について解説したがる作家ほど嫌なものはない。それより事件についてききたいですね。わたしがこの目で見た殺人者がほかに二件の殺人を犯しているというのはほんとうですか？」

「おそらく」

「やはりそうか。記事を丹念に読んでいました。犯罪における象徴的な要素は作家としてたいへんに興味をそそられます。わたしの見解をききたいですか？」

当然、肯定の答えが返ってくるものと決め込んで、タンギーはふたたびシェリーを取りにキッチンに入っていく。彼がもどってくるのを待ちながら、カプシーヌは二脚のディレクターズ・チェアの位置がテレビのインタビューのセットのようだと気づいた。架空のカメラに向いて配置されているように見える。はたしてどちらがインタビューをしているのか、受けているのか。

「事件を」タンギーがグラスをカプシーヌに渡しながら続ける。「作家の目線でとらえてみればいいんじゃないかな。手口は一件ごとに進化しています。最初は暴力の要素があったものの――ペレット弾が撃ち込まれていた――死因となったのは毒だった。二番目の事件では暴力的な行為による殺人だった――料理用の注射器の針で刺されていた――が、使われた毒で死に至る可能性もあった。三件目になると、毒は完全に象徴的なものになっている。絞殺した後で加えているからです。進化の過程は明白です。最初は実用的に使われていた毒が象徴的な存在になっています。これはあきらかなメッセージです。気づきましたか？」

「ええ。でもたいした意味はないと思います。なぜあなたはそれほど重視するのかしら？」

「作家はかならずしも自分が書いていることの意味を理解しているわけではない。ただ、機能するものとしないものを理解している。作曲家と同じです。そしてこの解釈のしかたがわたしには機能する。そうとしかいえません」

23

小さなドーム形のプラスチックのカバーで覆われた寿司がベルトコンベヤーにのって移動してくるのをセシルはわくわくして見つめる。〈アサツキ・シャケ〉――サーモン・タルタル――だ。手を伸ばして皿を取ろうとした瞬間、彼女の視界に〈タイ・イクラ〉が入った――タイにイクラをちらした寿司だ。彼女はいったん手を引っ込めてタイに手を伸ばし、またもや引っ込め、今度はサーモンに手を伸ばし、引っ込める。そうこうしているうちに、ふたつとも行ってしまった。

「ああ、悔しい！　どうしてもここでは優柔不断になってしまう。ねえカプシーヌ、わたしったらどうしてこの店を選んじゃったのかしら。なぜ止めてくれなかったの。すごく意地悪なゲームに閉じ込められた気分よ」

日本で回転寿司というと、寿司店のなかでは決して高い地位にはないのだが、パリではなぜか大成功して最高にシックなレストランの仲間入りをしている。寿司が一貫のった小さな皿がくねくねと走るミニチュアのベルトコンベヤーで運ばれてくる。客はカウンター席に座って好きな寿司をとる。皿は値段で色分けされており、食べ終わるとウェイターが色ごとに枚数を勘定して合計金額を出す。ベルトコンベヤーの出発点では五人の寿司職人がせっせと魚を切り、しゃりにのせて握っている。できあがった寿司を黒い深皿にひょいとのせてドーム形の透明なプラスチックのカバーをかぶせ、それを色分けされた皿にのせてからベルトに置く。こうして寿司はぐるぐると回るレールを走る貨車のように勇ましく出発する。

セシルの目が別の寿司をとらえた。プラスチックのカバーの下にあるのは〈ウニ〉だ。彼女は片手を上げたかと思うと下げ、もう一度上げる。下くちびるがひくひくと震え始め、目には涙をにじませている。その〈ウニ〉がカプシーヌの前にさしかかると、彼女はさっとつかんだ。クマがアラスカの急流のサケに爪をかけるような獰猛さだ。さらにもういっぽうの手で〈ウニ〉のそのすぐ後ろの〈ネギ・マグロ〉——刻んだマグロにみじん切りのネギをトッピングしたもの——をつかんだ。そのままセシルの前にマグロを置く。

「ネギは苦手よ」ひきつった笑顔を浮かべながらセシルが哀れっぽい声を出す。

「いいから味わってみて。きっと好きになるから」

「寿司を味わうのはむずかしいわ。なにもかもいっぺんに口のなかに入れなくてはならないし、あっと思った時にはもう飲み込んでいる」

カプシーヌはプラスチックのカバーごと皿を交換し、しかめっ面をして見せた。セシルがまた下くちびるをふるわせる。

「わたし、正気を失ってしまいそう。こんな状態が続いたら神経衰弱になってしまう」泣き声まじりに訴える。

「それは思い込みよ。いわゆる〝抑うつ症候群〟ね」カプシーヌがにっこりする。ようやく〈アサツキ・サケ〉がベルトコンベヤーでちかづいてきたのが見えたからだ。今度こそ逃すものか。

「いやにくわしいのね。専門家みたい」

「原因は、おばあちゃんみたいなメガネをかけてお肌が荒れている愛人？」

「ずいぶんないい方ね。ひどい。彼女とはもう終わったわ。事実上の終わりを迎えたの」

「要するに、まだ続いているのね。でもあなたは飽き飽きしている」

「正確にはそうではないけれど、とても近いわ。彼女はかわいいし、とても淫(みだ)らで、わたしに楯突(たてつ)くことなどこれっぽっちもない。でもね、男性の力強さにはかなわないと思うの。エネルギッシュなところもね。そうね、あなたのいう通りだわ。荒れたお肌のせいよ」セシルがオーバーに身ぶるいしてみせる。

　カプシーヌは憮然とした表情でセシルを見つめる。

「自分でもほんとうの原因がわからない。だから、あなたと食事をすることにしたのよ。きっとわたしの悩みの原因をいい当ててくれるだろうと思って」セシルがいう。

　カプシーヌは無言のまま箸で巧みに〈アサツキ〉を持ち上げ、優雅に口に運ぶ。そしてセシルに問いかけるように片方の眉をあげる。

「会社で秋におこなわれる共同経営者(パートナー)の選挙に出ろといわれているわ」

「おめでとう！　すごいじゃないの！」カプシーヌはセシルをハグしようとしたが、肩でブロックされてしまう。

「立候補がなにを意味するのかわかる？　とんでもない目に遭うのよ、想像がつかないだろうけど。ふたりのパートナーがわたしの担当になって、過去六年間の会社でのわたしの行状を洗いざらい調べて一秒単位でチェックするの。なにもかも！　プロジェクトのパフォーマンス、心理テストや心理学的アセスメントの結果、クライアントとの面接、同僚や部下とのやりとりも、片っ端からね。それだけじゃない。プライベートも調査される。人畜無害なテオフィルも顕微鏡でのぞかれるわ。あの人がそんな目に遭うなんて、考えただけでもかわいそう！　きっとオノリーヌのことがばれるわ。自宅から素っ裸で外に出されてさらしものになるみたいなものよ。身体じゅうの欠点を見られて醜いといって嘲笑されるのよ」

セシルはおいおい泣きだした。女友達のエチケットとしてカプシーヌは両手で彼女を抱きしめたが、同情する気にはなれない。セシルのマキャベリ的なキャリア戦略について、これまで何度食事を共にしながらきかされてきたことだろう。そこへちょうど〈ウナギ〉——グリルしたウナギ——がベルトコンベアーにのってしずしずとやってきた。カプシーヌの大好物である。が、それに手を伸ばす力が湧いてこなかった。

「ということは、立候補は断わるの？」

「わたしがそんなことすると思う？」セシルは不器用な手つきで寿司をつまむが、崩れてしまった。ばらばらになった寿司をなんとか食べ終えて、彼女が笑顔になった。そしてカプシーヌに身を寄せた。

「すごい秘密を教えてあげるわ。絶対に誰にもいわないでね。いい?」

カプシーヌは無言だ。

「ネスレの戦略企画のトップにならないかという話がヘッドハンターから来ているのよ」そこで少し間を置いて、続ける。「じつをいうと、すでにスイスで面接を三段階にわたって受けたの。手応えがあったから、たぶん採用されると思う」

「移るつもり?」

ドーム形のカバーで覆われてこちらに流れてくる寿司に向かってセシルが片腕を伸ばした。が、力なくその腕をおろして深いため息をつく。

「カプシーヌ、わたし決められないの。決断できない。ネスレはしょせん、スケールの大きなオノリーヌに過ぎないのだと思うわ。くつろげて心地よくて、ある程度の満足感は得られる。でもそこにめらめら燃える炎はない。だいいちテオフィルに、スイスのヴヴェイに引っ越しましょうなんていえると思う? きっと彼は一万五千本のワインのボトルごと移動するといいだすわ。とんでもないわよね」

「めらめら燃える炎って、どういうこと」

「わたしという人間はめらめら燃える炎の周囲をひらひらと飛ぶようにできているのよ。炎でジュージュー焼けたりカリカリに焦げたりしないで、できるだけそばに寄ろうとする。オノリーヌといる時間はひとときの休息でしかない。ヴヴェイもきっとそうなるわ」

「テオフィルはあなたにやすらぎをもたらしてくれる存在ではなかったの? だからいっし

ょになったのではなかったの？」

「ちがうわ。彼と結婚したのは、あなたがアレクサンドルと結婚した理由と同じよ。彼はジャッジをくだせる人だから。ワインを味わって評価をくだす時の彼は容赦ないわ。ボトルを取り上げてラベルを吟味している彼の厳しい表情は官能的ですらあるわ。あなただってアレクサンドルがレストランのレビューをする時にはそう感じるでしょう？　彼の書いたものを読むと興奮するんじゃない？」

「そんなふうに思ったことは一度もないわね。じゃあ、あなたの選択肢はヴヴェイにオノリーヌといっしょに移って庭の手入れをする、あるいはパリに留まってめらめら燃える炎のまわりでぱたぱたする。そのどちらかなのね」

「ふざけないで。死とすれすれのところで炎と一体化しようとするのよ」セシルはかすかに嘲笑う表情を浮かべてカプシーヌを見る。「そりゃあ、あなたにはわからないでしょうけどね。わかるはずないわ、絶対に」

カプシーヌはいい返さない。いつからセシルはこんなにはた迷惑な人になってしまったのだろう。彼女は産声をあげた瞬間から、この世に可能な限りありとあらゆる贈り物を受け取り続け、人として味わうべき不安や苦しみとは無縁だった――その点ではベアトリスも同類だ。いま、セシルにはさらにスケールの大きな幸運がもたらされようとしている。それなのに抑うつ症候群だかなにか知らないが、精神のバランスを崩す寸前にいる。

「あなたがうらやましい。多くを求めない夫とかなりシンプルな仕事に完全に満足しているはなるわね」

んだもの。ブルジョワ的人生と一線を画した新しい生き方をしています、というアピールに

カプシーヌがじろりとセシルをにらむ。

「ごめんなさい。いろいろと謎解きをしなくてはいけないのよね。経営コンサルタントが抱える戦略的で複雑な仕事にくらべたら楽なものだろうけど、それなりにやり甲斐はあるんでしょう。うん、わかっている。事件のほうは順調に進んでいる？」

カプシーヌはなにもこたえない。目には怒りが渦巻いている。

「もしもわたしが要領のいい人間だったら、あなたがいったような行動をとるでしょうね。オノリーヌを連れてヴヴェイに行く。テオフィルは埃まみれの貴重なワインとともにパリに残していく。彼はわたしがいないことすら気づかないかもしれない。スイスに行ったらおそろしく退屈な重役連中とおそろしく退屈なランチをとるのね。スイスには退屈な牛が退屈な鈴をつけて退屈な反芻をしているんだわ。退屈な大きな湖のほとりでね。そんな退屈な風景を見て、退屈なオノリーヌとすてきで思いやりに満ちた退屈なセックスをする。そして、誰からも決してジャッジされない」みるみるうちに彼女の顔が怒りでゆがむ。

「でも、そんな人生を選ぶくらいなら、自分の命を絶つほうがましよ——そうでなければ誰かを殺してやる」

24

　翌朝、《ル・フィガロ》紙の第一面を見たカプシーヌはぎょっとした。四段抜きの見出しが一面トップを飾っている。『予審判事、つぎのレストラン殺人は地方都市で起きる可能性を示唆』。マルティニエールが記者会見をおこなったらしい。彼の写真も四段抜きででかでかと出ている――厳格で決然とした表情のつもりのようだが、ひどく不機嫌にしか見えない。写真の下のキャプションには、予審判事が全土に対し警戒を呼びかけたと書いてある。彼は事態を「しっかり掌握している」ものの、「レストラン殺人犯」はつぎにわが国のどこで犯行に及んでもおかしくない、と。

　新聞の折りじわのすぐ下にはカイヨー教授とカイヨ教授の写真があり、その下には囲み記事で犯人のプロファイリング結果がイラストつきで示されている。カプシーヌが記事を読み始めたとたん、電話が鳴った。

　前置きなしでタロンがマルティニエールとふたりの教授への呪詛の言葉を炸裂させた。「刑事責任」という語彙を織り交ぜながら、後から後から言葉が湧いてくる。

　暴言を聞き流しながらカプシーヌは新聞が伝える犯人像の記事にざっと目を通した。「女性的……同性愛者の可能性がある……レストランやホテルで単純労働の担い手として就業している……幼少時に動物虐待歴、夜尿症、放火癖があった……一般の人々は見かけたらただちに地元の警察に通報を……」

タロンの暴言が止んで本題に入ったらしい。「記者会見後に彼はわざわざリヨンとマルセイユの主要紙の編集長に電話をかけたようだ。おかげで今朝はフランスじゅうの新聞がお祭り騒ぎだ」

「反響はあったんですか？」

「反響だと？」タロンがうなる。「地方の警察の交換台の大部分はすでにパンクしそうな状態だ。隣人を嫌っている者たちがこぞってそいつのことを通報している、ゲイで寝小便の癖があって動物を虐待して怪しい行動をしているといってな。内紛があるレストランからは同僚を密告する電話がかかっている。お次はレストランの共同経営者からの苦情の電話だろう。同性愛者の権利を主張する団体のうち、少なくとも三つから苦情がくるだろうな。火を見るよりあきらかだ」

「マルティニエール予審判事をこの事件から排除するためのじゅうぶんな理由になりますね？」

「排除までいくかどうかはわからんが、ともかく口輪ははめた。彼が決して外せない口輪をな」

そこで思わせぶりに間を置き、さらに続ける。

「今朝、警察のヒエラルキーのひじょうに高い位置にいる人物が内務大臣の側近に電話し、マルティニエールの件について話し合った。今日の午後、彼は司法大臣と話をするにちがいない。その電話により、このような大失態が繰り返されることは免れるだろう」

「そうなるように期待しましょう」

「おまけとして、パリ第二大学の長老にわたしから電話しておいた。あのふたりの道化師を二度と公の場に出さないことを約束させた」

マルティニエール予審判事のことだから、目の前でバタンとドアを閉められても、家のまわりをうろうろしてカギのかかっていない窓をさがすのではないか。カプシーヌにはそう感じられてしかたない。

「さっそく仕事に取りかかるぞ。各警察署への通報内容を吟味するために警視庁本部でタスクフォースを結成した。われわれが追う犯人がほんとうにパリ以外で事件を起こす可能性がないわけではない。マルティニエールがもたらした誤報の高波のなかで真犯人についての情報が溺れてしまわないようにするのがタスクフォースの任務だ。明日の午前十一時に第一回目の報告がある。そこできみの力が必要となる」

翌日、カプシーヌは三階の廊下を猛然と走った。いつものように十五分の遅刻だ。イザベルがぶつくさ文句をいいながら横を走る。ダヴィッドとモモは後ろからついてくる。会議室にそっと滑り込んでなにくわぬ顔で壁際の席に座ればいいとカプシーヌは考えていた。

「いとしの警視」四人が部屋に入ると、タロンの轟くような声が響いた。「出席してもらえるとは光栄だ。さて、これで会議を始めることができる」

イザベルはカプシーヌの陰に隠れようと虚しい努力をする。

「きみはわたしの隣の席だ。成果は着実にあがっている」

会議室は満員だった。予想外に大規模なタスクフォースだ。知り合いの警視がひとにぎり、そして若手の警察官たちが多数いる。ほとんどは顔に見覚えがある程度だ。

「特別な交換台がすでに設置されている。そこに入ってきた情報をここにいる諸君が照合し選別する。コルニュデ警部補は」タロンが左隣に座っている男性にうなずく。「タスクフォースの事務局を務める」

カプシーヌは承知したという意味を込めて彼に微笑みかける。

「よし、警部補、いままでにわかったことを話してくれ」

「はい」コルニュデがノートを見ながら報告を始める。「今日の午前十時半現在、各警察署に合計三百三十一人から疑わしい人物の情報が寄せられています。また十一人がパリでの殺人について犯行を自白しています。さらに五人が、われわれの記録にない殺人について自白の電話をかけています。そして……」彼はそこで間を置き、聴き手の注意を喚起する。「複数の管区の警察から、パリの殺人犯によって実行された可能性がある刑事事件の情報が合計三十二件寄せられています」

「三十二件も？」カプシーヌがたずねる。

コルニュデが笑う。「カフェやレストラン、その近辺で起きたあらゆる事件が入っています。喧嘩、恋人同士の口論、突発的な路上強盗といったものも。パリでの事件にはまるで関係ありません」

「しかし念のためにすべて照合しておく必要がある。とくに、未報告の殺人についてはな。ここにいる諸君に力を発揮してもらいたい」

タロンがテーブルについている出席者たちを示す。

「マルティニエール予審判事に対し感謝決議をおこなわなくてはならないな。おかげでこうして打ち込むべき任務が与えられたのだから」

出席者から静かな笑いが漏れる。

「ベルトーリ警視、自首してきた件について報告してくれ」タロンが指示する。

頬がこけ、顎が突き出た五分刈りの頭の男が報告を始める。

「十一件すべてについてわたしの部下が事情聴取しました。殺人事件に関して、マスコミで報道されていない詳細について知っている人物はひとりもいませんでした。この点についてはひじょうに慎重に事情聴取しています。全員が精神鑑定を受けています。強迫神経症による自白であったと思われます。ただし、パリで起きた複数の殺人事件の犯人である可能性はないと判明した者たちのうち四人が別件の殺人を自白しました。そのうちのひとりは、三年前に少なくとも二件の殺人を犯している可能性が高いようです。被害者のひとりはウェイターです。パリの事件とはなんの関連もないようです。容疑者は勾留され、リヨンの司法警察が徹底した調査を開始しました」

「すばらしい、ベルトーリ。みごとだ」タロンが言葉をかける。

「さてコルニュデ警部補、きみの報告をきこう」

「はい。リールの司法警察から、昨夜男性がひとり殺害されたと連絡が入っています。レストランの庭で至近距離からショットガンで頭を撃たれています。場所はスクラン、リールから南に数マイルのところです。現場は小規模ホテルの敷地内のレストランです」彼がノートに視線をやる。「〈ル・サン・ジャック・ド・ロレーヌ〉という場所です。ひじょうに高級なレストランで、ホテル・レストランの協会〈ルレ・エ・シャトー〉に加盟し、ミシュラン・ガイドの一つ星を獲得しています」

「そのレストランなら知っているわ」カプシーヌが発言する。

「きっとそうだろうと思ったよ」タロンがこたえる。

コルニュデがタロンとカプシーヌの方を心配そうにちらりと見る。ここから会話に発展するのかどうか気配をさぐっているのだ。タロンとカプシーヌのやりとりのニュアンスが彼には理解できなかったが、これ以上は続かないと判断し、報告を続けた。猟犬がにおいの跡を追っていくように、中断などなかったような調子だ。

「被害者は地元のジャーナリストです。リール主要紙《ラ・ヴォワ・デュ・ノール》に、おもに埋め草記事、三面記事、書評、映画評を執筆し、時折レストランのレビューを書いていました。昨夜もレビューを書くためにレストランに来店していたのです。彼は記事を書く前にかならず三回来店し、昨夜はその三回目でした」

部屋にいる全員が座ったままぴんと背筋を伸ばす。

「殺害方法は？」カプシーヌがたずねる。

「ショットガンです。レストランから出て数歩進んだところで、およそ一メートルの距離から何者かに頭を撃たれています。二連式ショットガンの両方の銃身から発砲されており、おそらく十二番ゲージ、六号のスチールショットです。彼の頭部はあまり残っていません。地元の憲兵隊は、ドアの脇にある植え込みのなかで足跡を発見しています。どうやら殺人者は身をかがめて待ち伏せし、被害者が出てきた時に立ち上がったようです」

「ということは後頭部を撃たれたのか？」

「いいえ、顔は銃にほぼまっすぐ向いていました。被害者がなにかをききつけた、あるいは犯人が話しかけたと思われます」

長い沈黙が続いた。

「きみはどう考えるかね、警視？」タロンがきく。

「基本的な要素はそろっています。レビューをしていたレストラン評論家がレストラン内あるいはそばで殺された。手口はいっしょですね」

「模倣犯による殺人である可能性はあります。もっとたくさんそういう事件が起きても不思議ではないと思います」テーブルの半ばあたりにいた警察官が発言した。

「いい指摘だ。いずれにしろ、徹底的に捜査する必要があるな。リールの連中にまかせておくわけにはいかない。到着は何時くらいになりそうかな、警視？」タロンがきく。

「会議が終わり次第、出発します」カプシーヌがこたえた。

散会後、タロンがカプシーヌに残るように合図した。テーブルを挟んで向き合って座ったまま、タロンはなにもいわない。椅子に座ったままくるりと回って窓の方を向く。とりたててなにが見えるわけでもない。彼は顎をこすりながら宙を見つめる。

「あれはわれわれが追っている犯人ではない、そう思っているんだろう？」タロンがたずねる。

「理由はうまくいえませんが、その通りです。犯人ではないと思います。毒という要素が欠けているのが気になります。それ以外の手口はそっくりです。暴力がエスカレートしているという点では、正しい方向に進んでいます」

「仮に犯人だとしたら、ベルギーとの国境にいることになる。すでに北に移動したかもしれない。ベルギーあるいはオランダに向かうのかもしれない。いちばん避けたいのは、インターポールの関与だ」

「リールまで高速列車（TGV）でたった一時間です。じゅうぶんに日帰りできます。証拠は残ってはいないでしょう。チケットは現金で購入した可能性があります。でも気になるのはそういうことではないんです」

タロンが鋭いまなざしをカプシーヌに向ける。

「わたしたちが追う犯人ではないとしたら、最後の犯行からすでに三週間以上になります」

「三週間と四日。なにがいいたいんだ？」

「真犯人がこれ以上の犯行を重ねないとしたら、どうなります？　わたしたちは犯人を見失ってしまいます。まだなにひとつ、犯人についてつかんでいないのですから。手がかりひとつ、証拠のひとかけらすらない。最初の犯行現場とブラジル大使館のレセプションに共通して居合わせた人は何人かいますが、じっさいにはなにも関係ないようです。殺人犯が活動を停止したのであれば、いままでの事件はファイルに納められたまま忘れ去られていくことになります」

「そういう前例はある」タロンはかすかな苦笑いを浮かべる。「切り裂きジャックは八月の終わりから十一月の初めまでの二カ月半あまり活発に行動した。それ以降はぴたりと動きが止んだ。そしてイギリス人はいまだに彼を捕まえていない」

タロンのジョークに対しカプシーヌがなにかいう前に、彼が話を続けた。

「きみがドクトゥール・ヴァヴァスールに会っていることは知っている。彼はなんといっているんだ？　われわれが追う殺人犯は強烈な欲望に取り憑かれ、捕まるまで何度でも執拗に繰り返すと考えているのか？」

カプシーヌは内心、ぎくっとした。タロンはいつでもなにもかもお見通しで、彼女を狼狽させる。が、なんとか動揺をさらさずにこたえることができた。

「彼は、殺人犯はひじょうに綿密に犯行を定義しているので、的確なチャンスを見つけるのが難しくなっているのかもしれないと考えています。それが長期間の中断の理由ではないか、と」

タロンがうなる。

「彼との昼食は堪能できたにちがいない。料理は三つ星級のレベルだからな」

「ほんとうになんでもご存じなんですね。知らないことなんてないのでは？」

「重要なことは知らない。たとえば殺人犯の正体なんかはな」

25

カプシーヌはオルフェーヴル河岸の警視庁からパリ北駅に直行し、発車まぎわのＴＧＶに飛び乗った。数秒後、十二時五十八分発の高速列車はリールに向けて出発した。夕飯までにはパリにもどる計画だったので荷造りの必要はなかった。ただ、席まで熱々のフルコースの食事が運ばれる切符を買う余裕がなかったのが悔やまれる。カプシーヌは腹ぺこで飢えていた。

暗い灰色の郊外を疾走する列車のなかをビュッフェ車まで、ぶらぶらと歩いた。今日の昼食はセロハンで包まれたハムとチーズのサンドイッチ、身体に悪いのではないかと思うほどタンニンたっぷりの赤ワインの小瓶ですませるしかないと思うと情けなかった。やっとのことでビュッフェ車に着くとドアにカギがかかっているではないか。ガラス戸越しにウェイターがせっせと食器を置いているのが見える。落胆しているカプシーヌに彼がにこにこしてVサインをした。勝利の印ではなく、あと二分で開店するという合図だ。

静かに揺れる車輌の壁にもたれて待つ間、リールという街について考えて憂鬱な気分になった。近年、リールは新しいスタートを切り、より重みを増してより勤勉な街となったが、以前のようなフランスらしさは薄れてしまった。かつては石炭採掘業と繊維産業の中心地として栄え、北部の主要都市だった。産業が斜陽になるにつれて街の活気も衰えていたところへ、TGV、英仏海峡トンネル、ヨーロッパ連合がほぼ同時にリールにやってきた。こうしてロンドンとブリュッセルというヨーロッパのふたつの金融拠点をつなげる街として生まれ変わり、重工業のボスはすっきりスリムな金融の魔術師に変身した。ジムでハードにトレーニングしてスマートな体型を保ち、駆け引きに長けた一筋縄ではいかないリッチなビジネスマンに。

予定通り一時間二分の列車の旅を終えてリール＝ユーロップ駅に降り立ったカプシーヌを、リールの司法警察のティルモン警部補が出迎えた。年季の入った革のジャケットを着てジェームズ・ディーンのような猫背のティルモンは、映画に登場するパリ司法警察の刑事になりきっている。服装はともかく、彼が優秀な警察官であることはすぐにわかった。

パリの警視に対しあくまでも丁寧な態度を崩さず、ティルモンはまず犯行現場に行くことを提案した。そこでホテルの支配人から話をきき、死体安置所に行って遺体を確認する。さらに被害者の上司にあたる新聞社の人間に事情をきくという計画だ。新聞社の上司は死体安置所で被害者の身元確認をした際にティルモンと短いやりとりがあっただけだ。その後はカプシーヌの意向次第となる。

リールのこぎれいな郊外の県道を走る車内で、ティルモンが事件の事実関係をくわしく説明する。

「犯人はドア脇の茂みに隠れて被害者ディディエ・ロシェを待ち伏せしていました。軟らかい土に残った足跡からその様子がうかがえます。犯人はしゃがんだ姿勢をとり、被害者が出てくると、撃つために立ち上がった。その際の物音で、あるいは犯人が呼びかけたのか、被害者がふりむいた。犯人が十二ゲージのショットガンの銃身を彼の顔に向け、頭部の半分を吹き飛ばした」

「被害者の身元にまちがいはありませんか？」

「ええ。身分証明証の写真とかろうじて顔を照合できました。死体安置所では新聞社の上司が本人であることを確認しています」

「犯人の逃走経路については？」

「そこははっきりしています。銃撃音をきいた者はどうやら誰もいないようです。犯人は歩いて自分の車に戻り、それを運転して去ったにちがいありません。通報者はその後最初にレストランから出てきた客です。鑑識の調べでは、その時点で死後二十分が経過していました」

「殺されたロシェは《ラ・ヴォワ・デュ・ノール》紙のジャーナリストだったのね？」

「給料を支払われる社員でした。いわゆる通信員と呼ばれる立場です。彼が書き送る記事をデスクが気に入れば採用するというシステムですね。あまり重用はされていない印象を受けました」

〈ル・サン・ジャック・ド・ロレーヌ〉の中庭で車を止めた。砂利を敷いた庭は細部まで掃除が行き届いている。低層の長い石造りの建物は、飾り気はないが高級感を漂わせている。

ホテルの入り口には樫の木の優雅な両開きのドアがあるが、その周囲は現場保存のため警察の黄色いテープが張られている。イーゼルが置かれ大きなボードが立てかけてあり、脇のドアからお入りくださいという客へのメッセージが美しい手書きの文字で記されている。

閉まったドアの前方三メートルあたりに赤茶けた色の小さな染みがあり、被害者がそこで倒れたことを示している。染みの大きさから判断して、倒れた時にはすでに死亡していたにちがいない。カプシーヌは身軽にテープをくぐってドアの脇の茂みの前に立った。高さ一・二メートルの月桂樹だ。待ち伏せするには絶好の場所といえるだろう。

レストランのなかに入ると、大理石の受付カウンターの向こうで支配人のムッシュ・ラ・ファルジュが待っていた。丸顔の支配人はミシュランのずんぐりしたマスコット、ビバンダムそっくりだ。

彼に案内されてカプシーヌとティルモンは長い廊下を進んでいく。壁はグレーの波紋柄の絹。金色の額に入ったピラネージの版画がいくつも飾られている。厚いベルベットのカーテンの向こうがダイニングルームだ。

「誰ひとり銃声をきいていない理由がわかりますね」ティルモンがいう。

ダイニングルームでは清掃スタッフが忙しげに電気掃除機をかけ、真っ白なクロスをテーブルからはずしている。カプシーヌたちは庭を見渡せる外のテラスに座った。手入れの行き届いた芝生がずっと向こうまで続き、ところどころに丸い植え込みがある。植え込みには背の高い多年生植物が淡い色の花を咲かせている。

ラ・ファルジュは愛想よく笑顔を見せるが、目は笑っていない。ふうふうと苦しげに息をして、肥満体型の人にありがちなせっかちなしぐさでハンカチを出して眉のあたりを拭う。

「テープはもう外してもらえるのですか？」畳みかけるようないきおいだ。

「現場のテープですか？　外さないとまずいんですか？」カプシーヌがきく。

「たいへんな事態なんです。今日のランチタイムは三十五パーセント近くキャンセルが出ました。ここでひどいことが起きたとお客さまは受け止めています。テープを見てそのまま車にUターンして走り去ってしまうんです」お手上げだとばかりに彼は両手を上げてみせる。

ティルモンがカプシーヌを見たので、彼女はうなずいた。

「テープは外してもらってかまいません。どうぞ」

ティルモンの言葉をきいてラ・ファルジュの顔が輝く。さきほどとはちがい、満面の笑みを浮かべている。さっそくスタッフに指で合図して呼び寄せ、小声でなにやら指示をしたらしく、スタッフは駆け足でどこかに行ってしまった。

「ずっしりと心にのしかかっていた重荷がとれましたよ」彼がふうっと息をついた。「なにかお役に立てることはありますか？」

「昨夜ここで殺害されたディディエ・ロシェという人物についてお話をきかせてください」カプシーヌがいう。

「卑しいという表現がぴったりの人物でした。最初は小さな迷惑に過ぎなかったが、けっきょくとんでもない事態を引き起こしてくれましたよ」ラ・ファルジュがハンカチでしきりに顔を拭う。「あんな品性に乏しい男を店に入れたのがそもそもまちがいでした」

「《ラ・ヴォワ・デュ・ノール》紙にレビューが掲載されるのを歓迎していたのではないんですか？」カプシーヌがたずねる。

「率直にいいまして、レビューなど載せて欲しくないですね。うちのお客様は大半がリールの企業の方たちですから、この店のことはよくご存じなんです。エグゼクティブの皆さんがここで会食をなさるんです。長いおつきあいですから、マスコミの力などいりませんよ。じつさい、年間を通じてほぼ満席なのです。それでも《ラ・ヴォワ・デュ・ノール》紙といえば有力紙ですからね。ロシェから電話があった時、新聞社を敵に回さないほうがいいと判断したのです」

「わかります」カプシーヌが相づちを打つ。

「ところが初めて訪れたロシェはひどい身なりをしていましてね。いくらジャーナリストでもあまりにもみすぼらしい服装でしたよ。スタッフへの態度は横柄そのもの。料理を突き返す傲慢ぶりです。食後には高価なブランデーを飲むわ飲むわ。まったくもって迷惑以外のなにものでもありませんでしたよ。それなのに彼は厚かましくも、レビューを書くためには三回食事する必要があると主張したのです。つまり、さらに二回店を訪れるということです。あきれましたよ！」

「それで、どうしたのですか？」

「彼について調べてみました。インターネットを使えばかんたんです。なんと、彼は《ラ・ヴォワ・デュ・ノール》にオートキュイジーヌのレビューは一度も書いていなかったのです。新聞社に電話して確認したところ、通信員だというじゃないですか。これが怒らずにいられますか。しかし、困ってしまいました。店から追い出したりすれば、ひどいレビューを発表されてしまうかもしれない。そう考えると、なにもできなかった」ラ・ファルジュはいまにも泣き出しそうな赤ん坊のように顔をしわくちゃにした。

壁沿いに輝くステンレスの冷蔵ロッカーが並び、油圧式の昇降テーブルがある。リールの死体安置所は最新式でパリとはくらべものにならない。

ディディエ・ロシェの亡骸はやせこけて青白い。死んでもなお、強欲で狡猾で貧弱な風情が漂っている。ロシェの遺体が置かれたテーブルの中央あたりに鑑識の担当者が座っている。これは人間の形の物体とばかりに、尻を遺体の尻にくっつけて平気でファイルをぱらぱらめくっている。

鑑識の担当者がぱたんとファイルを閉じる。「十二ゲージの二連銃身型散弾銃です。水平二連か上下二連なのかはわかりません。弾の大部分は貫通していますが、ペレット弾ふたつが頭蓋のなかに留まっていました。スチール弾です。メーカーの識別は不可能です。検死解剖ではこれといった成果はありません。健康状態は良好。体型は崩れていた。飲酒と喫煙が度を過ぎていたが、重大な健康問題はない。血中のアルコール濃度は高く、歩くのが困難なほどだった。たっぷり食事をとった直後で満腹だった。陰嚢の状態から判断して死の四時間あるいは五時間前に射精したものと見られる」

「撃たれた角度についてはなにかわかりますか？」カプシーヌがたずねる。

「それはとてもかんたんです。身体の状態から、被害者はレストランのドアから三十から六十センチ出たあたりで撃たれていますね。彼は向きを変えて犯人と向き合った。真正面から撃たれたのではなく、約十五度ずれています。犯人は少々しくじったんでしょう。それで頭のまんなかではなく右側が損傷した」

「所持品を見せてもらえるかしら」

担当者が大きな段ボール箱を取り出す。『CAS No.8144-732』というラベルが貼ってある。中身はわずかしかない。爪先のとがったローファーは履き古してかかとがすり減っている。グレーの軽いサマージャケットの襟はぺらぺらで染みが点々とついている。ダークブルーのコットンのズボンは細身で、やせこけた身体ではいてもひどくきついだろう。白いシャツは前の部分に凝った刺繍がある。ニットの黒いネクタイはよれよれで、薄く残っているのは数え切れないほどの食べこぼしの跡だ。

ビニール袋には被害者の持ち物が入っている、傷がいっぱいついたスチール製のキャップのウォーターマンの万年筆、財布には身分証明証、銀行カードはカルトブルー（デビットカードの機能がついている）、《ラ・ヴォワ・デュ・ノール》のロゴの入った名刺が七枚、クレジットカードの領収書が八枚、十ユーロ札と五ユーロ札が一枚ずつ。

カプシーヌは新品にちかいスチール製の腕時計をつまみ、丹念に見る。

「安っぽいですね」ティルモンがいう。

「本物であれば、安くはないわ。カルティエだもの。ブラジルのパイロットの生誕百年を偲んで発売したサントスというラインのものよ」

裏にある番号と文字はいかにも本物らしく見える。

「いくらぐらいするんですか？」

「偽物でなければ、およそ五千ユーロ。靴や服とは不釣り合いね。本物かどうか、誰かに確認させることはできる？」


ロシェの上司にあたるアリスティド・キャリー編集長が彼をあまり評価していないのはあきらかだった。

「昨日ティルモン警部補にお話ししたこと以外、これといってつけ加えることはありません。ロシェは約五年間、新聞の地方通信員を務めていました。たいていの通信員はフルタイムの契約を結ぶようになるものですが、ロシェはそういうわけにはいかなかったんです。なにしろ怠惰で手抜きが目に余る状態でしたから。自分に都合のいい嘘をひとつやふたつでっちあげるようなことを平気でやりますからね。だから重要な記事をまかせることはできませんでした」

「彼はどんな記事を書いていたのですか？」カプシーヌがきく。

「フルタイムの記者がカバーしきれない方面を担当していました。子ども向けの映画のレビュー、推理小説の書評、かわいい子犬がどうしたこうしたという三面記事。そしてたまに大衆向けのレストランについての記事を。最後に手がけたのは〈シャロレー・アロ〉です。リールに新しい店がオープンした時に」キャリーがそこでカプシーヌをまじまじと見る。「そんな店はご存じないでしょうな。ファストフードのチェーンで、ビーフ専門店です」

「よく知っています」カプシーヌは胸にこみあげるものを感じた。「なぜ〈ルレ・エ・シャトー〉のレストランのレビューを彼にまかせたのですか？」

キャリーが笑い声をあげる。「まかせたりしていませんよ。わたしはル・ティルモン警部補からきいて初めて知ったんです。彼が勝手にレストランに電話して豪華な食事に無料でありつく算段をしたのでしょう。じっさいにレビューを書いたとしても、掲載したとは思えませんね」

「彼は独身だったのですね。妻子はいなかったんですね？」カプシーヌがたずねる。

キャリーが同意する。

「恋人は？」

「数週間前にうちの校正者の女性と派手な別れ話になって社内でずいぶん噂になりました。わたしも相手の女性から事情をきく羽目になりましたよ」彼がさらに笑うのを見てカプシーヌは顔をしかめる。パーテーションで仕切られたワークスペースの脇を女性が通りかかった。キャリーが顎をくいと動かし、彼女がロシェの恋人だったと示す。

その女性はカプシーヌたちが話しているさいちゅうに何度も姿を見せた。急ぎの用事があって待っているらしい。若いころは豊満で魅力的だったのかもしれないが、いまはだらしなく崩れた雰囲気だ――いい加減な化粧、自宅で染めたと思われる赤毛が拍車をかけている。社内恋愛で揉めてすったもんだの騒ぎを起こすのは、こういう女性なのかとカプシーヌは納得した。

事情聴取が終わったところで、ティルモンが、これから〈ラ・ヴォワ・デュ・ノール〉前の広場グラン＝プラスでビールでも飲みませんかと提案した。ヨーロッパが誇る偉大な建築を眺めながら次の行動について計画を練るのは絶対にお勧めだと請け合った。

エレベーターホールではさきほどの赤毛の女がいらだたしそうに行ったり来たりしていた。ピンヒールが白いタイルの床に当たってコツコツと大きく鳴る。

「警察の人たちでしょう？」カプシーヌに声をかける。「あのろくでなしのロシェのことをききにきたんでしょう？」

「彼と親しかったのね？」カプシーヌがたずねる。

「半年間、毎晩のように彼はわたしのアパルトマンで過ごしたわ。それって〝親しい〟といえるかしら？」

カプシーヌは思いやりに満ちた笑顔を浮かべる。「捜査の参考にしたいので、お話をきかせてもらえるかしら」

「ええ、いくらでも。でもここでは無理。六時に仕事を切り上げるから、広場の向かいのカフェで待っててもらえる？」

カプシーヌとティルモンはデミ（グラス一杯のビール）を飲んで三十分ほど時間をつぶした。ティルモンは広いグラン＝プラスの栄華を物語る数々のエピソードを誇りを込めて語った。建物のピンク色の壁と生クリームのような白い飾りはまるでウェディングケーキのようで、カプシーヌはフランスよりもベルギーらしさを強く感じた。

ティルモンがとくに自慢に思っているのは柱のてっぺんにいる勇ましい女性像。王冠を戴いた大きなブロンズ像だ。「ラ・デエス――北の女神です。凱旋門の上に飾るために鋳造でつくられました」とんでもない企画だとカプシーヌはぞっとした。ティルモンは広場を取り囲む建物の白い飾りについた黒っぽい染みを指さす。毛穴の黒ずみのような染みがたくさんついている。「あれは一七九二年に街が攻撃された際のオーストリアの砲弾の跡です。驚きますよね」

さきほどの赤毛の女性がせかせかとした足取りでやってきたので、ティルモンは渋々レクチャーを切り上げた。

「ナタリー・デュシャンです」彼女がぐいっと片手を差し出す。

カプシーヌは挨拶をすませてから彼女に椅子を勧め、新しくデミを三人分注文した。

「あなたはロシェの恋人だったんですか？」ティルモンがたずねる。

ナタリーは不快そうに彼を見る。「恋人じゃなくてカモよ。正確にいうと」

「もう少しくわしく教えて」カプシーヌがやさしくいう。

「あいつは下心があって関係を持ったのよ。きっかけは誰かの退職パーティーがあった夜。週に四回か五回はわたしのところに泊まるようになったわ。外食するだけのお金がないから来るってことはわかっていた。でもね、彼といっしょだと楽しかったのよ。わたしは料理が好きで、彼は食べるのが好き。ふたりで〝シート〟もした」英語のスラングをフランス風に発音する——ストリート・ドラッグを指すスラングとしてはもう時代遅れだが、北部のこのあたりではまだまだクールとされているらしい——「そして抱き合った。とにかく楽しかったわ」

「どうしてそんなに金に困っていたのかな」ティルモンが疑問を口にする。

「それがわからないのよね。新聞に記事を書いてもそうそう儲かりはしなかったけれど、じゅうぶんに暮らしていけるだけの稼ぎはあったはずなの。きっと女に使っていたんでしょうよ」

「なぜそう思うの?」カプシーヌがたずねる。

「ひとつには、あいつが満足していなかったから。わたしのアパルトマンに来ると、入ったとたんに飛びかかってきたわ。料理するあいだもべったりだったからやりにくくって。遅くまで寝かせてもらえなくて、午前三時にまた起こすの。最初は楽しんでいたけど、睡眠不足でへとへと」

「それほどあなたに首ったけなのによその女性とつきあうなんて解せないな」

「そうよね」ナタリーはいらだちの混じったまなざしをティルモンに鋭く向ける。「現場を押さえたのよ、わたし」

「まあ。どんな現場を？」カプシーヌがたずねる。

「ある晩、カフェで見かけたの。女の子といっしょだった。彼は身を乗り出してその子の耳元でなにかささやいていたわ。その二日後の夜、またもやお金をかけずに食事とセックスを楽しもうとあいつがうちにやってきた——ずうずうしいわよね。あの女の子はただの友人だといっていいくるめられちゃった」彼女が自己嫌悪の表情で首を左右にふる。「だから、わたしたちの仲はそれまで通り」

ひとしきり沈黙が続いた。

「あの日まではね。一カ月くらいして彼の好物の豚肉のロティのマロワールがけをつくった日」ナタリーがそこで黙る。涙をこらえている。

ティルモンがその場をとりつくろうように説明を加える。「マロワールは北部の最高のチーズです」両手を握りしめてキスし、手を離して空に向かって伸ばす。神聖な魂を解放する儀式のようだ。「それを使った北部の伝統料理です。豚肉にクリームとチーズソースをかけてローストするんです」

「ただのクリームではないわ」ナタリーがまたもや彼に冷たい視線を送る。「クレーム・フレーシュよ。クレーム・フレーシュとタマネギが味の決め手なんだから——」

カプシーヌはナタリーの手の甲に指を二本置いて、本筋に戻す。

「あなたがつくった豚肉のロティを彼が食べた後、どうなったの？」

「どうなったと思う？　もう、待ち切れずにベッドに入ったわ」彼女は幸せそうに微笑み、その微笑みが消えて顔がゆがんだ。

「翌朝、あいつはわたしの家に置きっぱなしにしてあったものをビニール袋に詰めだしたの。シャツを二、三枚、それからヒゲソリの道具なんかをね。『なにをしているの？』ってきいたら、『おまえとの関係を解消する。ほかに女ができた』ですって。ちょうど朝食の片付けをしてお皿を拭いていたから、それを投げつけてやった。あのひとでなしは尻尾を巻いて出ていったわ。荷物を詰めた袋を忘れて」

「それから？」ティルモンがたずねる。

「逃げていくあいつめがけて窓から投げてやった」

「そうではなくて、つまり、その後に彼とは会いましたか？　新聞社以外で」

「会うっていうのとはちょっとちがうけど」ナタリーは怒りを懸命にこらえようとしている。

「彼のことをきっぱりと思い切れなかったのかもしれないわ。ベッドでのことも、たぶん」

ナタリーがカプシーヌを見つめる。あなたならわかってくれるでしょう、とでもいいたげな表情だ。カプシーヌは眉をあげて、わずかにうなずいて見せる。

「ベッドのなかのあの人はまぎれもなくすてきだったわ。それはいっておきたいの。とってもすてきだったし、想像力もすごかった。新しい思いつきをたくさん教えてくれたわ。たとえば泡立て器を使って――」ぺらぺらとしゃべりすぎていることに気づいて彼女がはっとする。

「とにかく、彼が新聞社を出た後、つけてみたの。二日がかりでつきとめたわ。あいつがいったいなにをやっているのか。一日目、彼は高級なバーに入った。狭い通りにある店だったから通りがかりを装ってうろうろすることはできなかったの。だから翌日またつけてみた。今度はここに来たのよ！」

「ここに？」ティルモンがいう。

「もちろんこのテーブルそのものではないわ。あっちのテーブルよ。女性といっしょだった。すごく年取った人。何歳かしら。五十歳以下じゃないのは確か。いかにもブルジョワというタイプよ。スーツを着てエルメスのスカーフをしてジュエリーをたくさん身につけていた。胸が大きくてお尻も大きかったわ。でもとにかく、すごい年寄り。いったい何歳なのか全然わからなかった。ふたりはそこに座って飲んでいた、よそよそしくて堅苦しい感じで。最初はどういうことなのか、さっぱりわからなかったわ。でもね、すぐにわかっちゃったのよ。ふたりがどういう関係なのか。想像できる？」

カプシーヌは悲しげな笑みとともに首を横にふる。

「ふたりはカフェを出てパリ通りを〈エルミタージュ・ガントワ〉に向かって歩いていった。もちろん、跡をつけたわ」

「街でいちばんの高級ホテルです。そこの通りを六十メートルほど行ったところです」ティルモンが解説を加える。

「でね、ここが肝心なところ。わたしはホテルの外でぴったり十分待ったの。ふたりがチェックインをすませたのを確認して、どこかのレポーターみたいにひと芝居打ったというわけ。たまたま自宅に持ち帰ってチェックする書類を入れた茶封筒を持っていたから、それを振り回しながらフロントに駆け込んだの。パニック寸前みたいな調子で、フロントの男性に『これをムッシュ・ルプートゥルに渡したいんです。急ぎなんです。これをオフィスのデスクにこれを置き忘れたんです』といったの。フロント係はコンピューターで確認してルプートゥルなんて人はいないといったわ。だから『たったいまチェックインした人です。エレガントな年上の女性といっしょに』といったら、フロントの人は目も合わせずに封筒を受け取ったの。彼がデスクのベルを押したら、すてきな制服姿を着て一九二〇年代みたいなピルボックス・ハットをかぶったベルボーイが駆け寄ってきたわ。フロントの人は『二〇七号室のマダム・デブライネにこれを』といって、それからゴミでも見るみたいにちらっとこっちを見て『ヴォワラ』といった。つまり〝とっとと出ていけ〟ってこと」

彼女はほくそ笑むような表情で椅子の背にもたれてビールを飲み干した。

カプシーヌは全員分のお代わりを注文する。

「それで?」

「ベルボーイの跡を走っておいかけて、渡す封筒をまちがえたといって取り返したの。そしてオフィスに引き返してものの四分でマダム・デブライネの正体をつきとめたわ。カミーユ・デブライネ。夫はマテオ・デブライネ、ソフィノールという会社の財務担当取締役」

「リールの金融会社の大手です。複雑なインフラストラクチャー・ファンドを専門におこなっています」ティルモンがカプシーヌに説明する。

「そうよ。その会社のことも調べてみたわ。とても大きな会社。ま、そういうこと。あの卑劣な男はお婆さんを取ってわたしを捨てたのよ。もう、バカバカしくて」

またもや気詰まりな沈黙。ふいに雷雲があらわれたように重い空気になる。ナタリーは話をしたがらなくなり、カプシーヌとティルモンの視線を避けようとする。足をしきりに動かして腕時計を見る。「そろそろ七時。行かなくちゃ」

「そんなにあわてなくても。もう少し続きをきかせてもらいたい」

カプシーヌはティルモンに黙れと目で合図を送る。

「つらかったでしょう。愛していたのね」

みるみるうちにナタリーの目に涙がたまる。「わたし……よくわからないわ。愛していたのかしら」彼女はそこで考え込んだかと思うと、カプシーヌの手から自分の手をさっと引き抜いてテーブルをバンと叩いた。「いいえ！　だってほんとうに愛していたら、あんなひどいことできないわ」

ティルモンが質問をしようと息を吸い込むのを見てカプシーヌはふたたび目で制止する。

長い沈黙が続いた。

「彼は自業自得だと思う？」カプシーヌがきく。

「もちろんよ。もっともっとひどい目に遭えばよかったのよ」

「相手の女性の夫に電話したの？」

「そんな品のないことしないわ。匿名の手紙を出したの。適切な言葉を選ぶのにまる一日かかったわ」

26

デブライネ夫妻の住まいはルイーズ＝ド＝ベティニー広場に面していた。ピンクに白い飾りのある建物だ。砲弾の跡はないようだが、ティルモンによればリールでもっとも高級な住宅地のひとつだそうだ。

夜九時半にベルを鳴らすと、ムッシュ・デブライネがドアをあけた。彼は退職してからまだ一年か二年足らずのはずだ。濃いグレーのフラノのダブルのスーツは大きなお腹をよけいに目立たせている。警察の身分証を提示すると、彼は無言のままくるりと向きを変えてカプシーヌたちを招き入れた。居間はアンティークばかり詰め込んだ感じだ。

カミーユ・デブライネはシルク張りのルイ十六世様式の長椅子に腰かけていた。ベージュのフォーマルドレスに真珠の二連の首飾り、ワニ革の靴のヒールは五センチほどある。品のある装いとはうらはらに、泣きはらした目が妙に生々しい。体重は現在の美の基準より七キロほどオーバーしているようだが、ロココを代表する画家ブーシェなら即座にモデルに採用しただろう。いまにも弾けそうなほどふくらんだ種子の鞘(さや)みたいに、かすかにふれただけで秘められた情熱がおそろしいいきおいで噴き出しそうな色っぽさだ。おそらく五十代。でも四十代といってもじゅうぶんに通るだろう。若々しい服装をすればもっと若く見えるにちがいない。

夫妻は深刻な話し合いのさいちゅうだったようだ。

「警察の方たちだ」感情を押し殺した声でデブライネが妻に告げる。

カミーユがわっと大声で泣きだした。

「ディディエ・ロシェという男性の死について、いくつかおたずねする必要があります」

泣きじゃくる声に負けまいとティルモンが声を張り上げる。

「どうぞおふたりともお掛けください」

デブライネは金箔を張った凝った椅子を二脚、コーヒーテーブルのそばに引き寄せる。妻をちらっと見てから、できるだけ距離を置いて同じソファに腰かけた。すべておまえが引き起こしたことだと責めるようなまなざしだった。

「ムッシュ・ロシェは妻の友人でした。じつはちょうど話をしていたところだったのです。彼とどんなつきあいだったのかを」

カミーユ・デブライネがまた泣きだした。今回は声を立てず、両頬を涙が伝い落ちて膝に滴り落ちる。それを拭おうともしない。

「話の内容を教えていただけますか？」カプシーヌがたずねる。

落ち着き払っていたデブライネが初めてそわそわした様子になり、カプシーヌと目を合わせようとしない。

「妻はムッシュ・ロシェの死で動揺しています。彼にどのような気持ちを抱いていたのかについて話をきいていたんです。取り立てて参考になるような内容ではないと思います」低い声でデブライネがこたえる。

「散弾銃をお持ちですか、ムッシュ・デブライネ？」ティルモンがきく。

「むろんです。フランス人の男として当然ですよ。ご覧になりますか？」

「ええ」

革製のエレガントなケースには、ひじょうに立派なイギリス製の銃がふたつに分解されて納められていた、ティルモンは銃身部分を取り出し、顔にしわを寄せて片方の目だけで筒のなかをのぞく。もう一方の部分を取り出して仔細に調べ、大きな音を立てて組み立てた。室内はしんと静まり返っている。ティルモンは瞑想にふけるような表情で安全装置の脇を撫でる。気のせいか、オイルのにおいが室内いっぱいに広がったようにカプシーヌには感じられた。

「これを最後に使ったのは？」ティルモンがたずねる。

「ああ、秋だったと思います。ワロンでキジの猟場を所有している友人がいるんです。シーズンになると一度か二度、ふたりで狩りに行きます。そうだね？」

同意を求められたカミーユ・デブライネの視線は銃に釘付けだ。

ティルモンは微笑み、狩猟仲間に話しかけるような快活な口調になる。

「ベルギーのキジといえば、北部の猟に欠かせない目玉ですからね」

デブライネはこたえない。

「とてもよく手入れされていますね。ただオイルの使いすぎかな。使いすぎるとベタベタになりますよ。といってもこのオイルは」彼は人さし指の先を親指でこする。「とても新しい感じだ」ティルモンがカプシーヌをちらりと見て、このまま続けていいかと許可を求める。

「ありがとうございました、ムッシュ・デブライネ」カプシーヌがさわやかな声を出す。「おかげでとても参考になりました。今夜はこれで失礼します。むろん、この続きは明日またうかがいます。よろしいですね」彼女はカミーユの方をふりかえる。「マダム、こんな遅くにお邪魔して申し訳なく思います」

車に戻りながらティルモンがカプシーヌにたずねた。

「なにか理由があって彼を今夜逮捕しなかったんですね？」

「ええ。彼は妻と決着をつけなくてはならない。それを済ませたら、もっと率直に自白するでしょう。明日の朝、迎えに行きましょう」

「逃亡するおそれは？」

「彼みたいな人はクレジットカードなしで旅などできないわ。逃げたとしても、せいぜい半日で見つけられる。どちらにしても今夜ひと晩、この建物を厳重に警備させるつもりなのでしょう？」

ティルモンは愉快そうに笑った。

カプシーヌはその夜、ルームサービスもない安いノボテルに泊まった。ＴＧＶでサンドイッチをお腹に入れたっきり、夕飯を食べそびれて飢えていた。白い厚紙製のバケツに廊下の製氷機の氷をいっぱい入れてくると、よろこび勇んでミニバーに突撃した。洗面所のコップに氷を四つ入れてウォッカを少し注ぐ。そして食べられるものを片っ端から片付けていった。まずはチップスとナッツ類、それからチョコレート。すべて食べ尽くすと吐き気がしたが、なぜかまだ空腹を感じる。われながら呆れてしまう。

ウォッカを全部飲んでしまったのでジンをグラスに注ぎ、パリの自宅に電話した。アレクサンドルと離れて過ごす夜の唯一の慰めといえるのは、歯にしみるほど冷たくしてアルコールを飲めるささやかな楽しみ。アレクサンドルはそんなふるまいをアメリカ的無作法だといって頑として認めようとしない。

アレクサンドルは最初の呼び出し音で出た。

「氷がぶつかる音がきこえる。逮捕を祝っているようだな」

「逮捕は明朝よ。彼は妻とともに最後の夜を過ごしている。ほんとうに刑務所に入るべきなのは妻のほうなのだけど。思い詰める気質、ビール、黒パン、チーズでねばねばした料理はどれも北部の重たさを象徴しているわ。だから事件が解決したことを祝う気分ではなくて、悲しみをお酒でまぎらわしているの」

「パリにはいつ？」

「ディナーにはまにあうように帰るわ。腕によりをかけておいしいものをつくってね。今日はTGVのサンドイッチと部屋のミニバーにあったものしか食べていないの」

「それは大変だ！」アレクサンドルはショックを受けている。「次にパリの外に出張する時には、ちゃんとお弁当を入れたバスケットを持たせて送り出すことにしよう。明日の夜はレビューを書くためにレストランに行くが、きみが帰って食べられるようにオーブンのなかにいいものを用意しておくよ」

帰宅してもアレクサンドルは留守ということだ。ただでさえミニバーにあったものを食べ尽くして胃もたれしていたのに加え、そんなことを知らされてカプシーヌはひと晩じゅう寝返りを繰り返した。


翌朝、デブライネの自宅がある建物の戸口で待ち構えていたカプシーヌとティルモンは彼に同行を求めた。カプシーヌはよれよれの服にノーメイクだ。

「ムッシュ、話し合いの続きを司法警察の署内でしようと思います、よろしいですか」カプシーヌが切り出す。

「予想はしていました」

四十五分もしないうちにすべて片がついた。デブライネはすでに覚悟を決めていた。彼はナタリー・デュシャンの匿名の手紙を提出し、洗いざらい話した。探偵を雇って妻の尾行をさせ、密通の事実をつきとめると今度はロシェを尾行するように命じた。ロシェが一度目に〈ル・サン・ジャック・ド・ロレーヌ〉でひとりで食事をした後、探偵はホテルで会議を開催したいという話にかこつけて支配人から情報を仕入れた。ロシェは三度ディナーをとってからレビューを書くといっていることもつかんだ。あの決定的な夜、探偵はロシェとカミーユの跡をつけて〈エルミタージュ・ガントワ〉まで行った。ふたりは七時までホテルに滞在した。探偵から携帯電話で報告を受けたデブライネは、ロシェから離れるなと指示を出した。デブライネは自宅で妻とディナーをとり、探偵に電話して尾行を終えるように指示した後、車で〈ル・サン・ジャック・ド・ロレーヌ〉に向かった。

デブライネはメルセデス500をホテルに停め、茂みに隠れてロシェが出てくるのを待った。彼が出てくると、デブライネは侮蔑的な言葉を叫んだ——「人を後ろから撃つことはしたくなかっただけです」と彼は説明した。ふりむいたロシェめがけて二発の弾が発射された。デブライネは鳥を撃ちに出かけた帰りのようにショットガンを堂々と抱え、自分の車まで歩いた。そしてなにごともなかったかのように自宅に帰った。

「人生において最高に幸せな時間でした」

自白そのものは小川の冷たい水がしぶきを飛ばしながら岩山を流れ落ちるようなスピードで終了したが、その後の警察の事務作業はそうはいかず、ファイルは午後遅くにようやくできあがった。デブライネはセクダン刑務所に送られて裁判を待つ。その後は服役することになるが、あまり長い刑期とはならないだろう——せいぜい二年、受刑態度がよければその半分で釈放される——北部の裁判所は愛情のもつれによる犯罪に対し、ひじょうにラテン的な見解を示すからだ。

六時半のＴＧＶでパリに戻る車内で、カプシーヌはティルモンの発言を思い出して苦笑した。素人の犯罪は甘いといって彼は小馬鹿にしたのだ。もしデブライネが彼の妻と恋人が〈エルミタージュ・ガントワ〉で同じベッドに入っている時に撃っていたなら、そして敏腕の弁護士がついていたなら――もちろんデブライネは最高の弁護士を雇えるお金がじゅうぶんある――裁判所はあっさりデブライネを無罪放免しただろう。公判前に勾留されたことに対し、裁判所から謝罪を取りつけることだって可能だったはずだ。目の前で夫がそのような行動に出れば、妻は死ぬまでひたすら神に許しを乞うことになっただろう、ティルモンはそう語った。

だがティルモンはまちがっている。カプシーヌにはそれがわかっていた。きっとデブライネは刑務所の一室を自分の城として穏やかな笑みを浮かべて座っているだろう。

27

　リールの事件には一抹の苦さが残ったが、それも列車が南へと進んでいくうちにすっかり薄れた。時代錯誤の風俗喜劇のような事件に関して、いまカプシーヌが鮮明におぼえているものといえば、被害者のむごたらしい頭部の光景だけだ。ぼんやりと車窓を眺めると、飛び去る風景は緑と茶色で描かれた印象主義の油絵のようだ。いつしか、むごたらしい頭部がアレクサンドルのものとなって浮かんできた。

　列車のなかに閉じ込められた息苦しさを感じる。まだ宵の口なのできちんとしたディナーには早い。メタリックでよそよそしいバーに行く気もしない。読む本もない。頭のなかであれこれ考えることしかできない。そして旅の道連れにはしたくない考えばかりが浮かぶ。北に向かうTGVはロケットエンジンで推進されていたのかと思うほど速かったが、帰りは雨漏りする蒸気機関車にひっぱられているように思えてくる。

　三十六時間を棒に振ってしまったとカプシーヌは悔しくてならない。最初から、リールの事件は無関係だとわかっていた。ティルモンなら、せいぜいあと一日か二日で解決できただろう。その間パリで捜査していたなら、自分の担当の事件でなにか進展があったかもしれない。それに、絶対にアレクサンドルをひとりでレストランに行かせたりしなかったのに。パリを不在にする一分は、無駄な一分だ。どうしてこの列車はこんなにのろいのかとカプシーヌは耐え難い思いだった。

その思いが高じるにつれて、地平線に黒い雲が湧いてこちらに迫ってきた。カプシーヌの気持ちが高ぶる。激しい嵐でカタルシスを得たかった。TGVがパリの郊外に入るとともに激しい雨となった。行き同様に今回も定刻の七時半ちょうどにTGVがゆっくりとパリ北駅に到着した時には、列車の屋根に雨が強く叩きつけ、熱帯地方のスコールのような状態になった。しかし嵐は心をかき乱すばかりで、なんの安らぎも与えてくれない。

愛車のトゥインゴまで全力疾走するわずかな間にカプシーヌは全身ずぶ濡れになった。帰宅したらまっさきにシグ・ザウエルの拳銃を分解して油を注さなくては。悔しくて情けなくて、うめき声とともに小さな愛車の前輪を蹴っ飛ばした。

無人のアパルトマンがよそよそしく感じられる。カプシーヌはなかに入ると、すぐにびしょびしょの服と靴を脱ぎ捨てた。ホルスターに納めた拳銃をその上にのせる。苦いパフェのてっぺんに茶色いチェリーがのっているみたいだ。このままにしていたらまちがいなく錆びる。それがわかっていても、まずはシャワーに向かった。

二十分後、寝室から出てきたカプシーヌはドライヤーの温風で顔が上気してバラ色になっていた。はき古したジーンズと特大サイズのTシャツを身につけている。Tシャツにはワイン商のロゴがついているが、マレ地区の奥まった建物にうっすらと残る前世紀の広告のようにすっかり色あせてなにも読み取れない。アレクサンドルに会いたくて会いたくて、胃がキリキリしてくるほどだ。

キッチンの冷蔵庫のドアに栓のあいたオットーのロゼが入っていた。それをグラスに注ぎ、アレクサンドルの言葉を思い出してオーブンのなかを見るとコンテ（フランシュ・コンテ地方産のハードタイプの熟成チーズ）とアーティチョークの芯のキッシュがある。まだほのかに温かい。もう一度冷蔵庫をのぞくと、エンダイブ、チコリ、フリゼのサラダ、その隣にはレモンをきかせたビネグレットソースが入ったジャムの瓶。ドレッシングには細かく刻んだタラゴンも入っている。

アレクサンドルのお手製のキッシュとサラダを盛りつけた皿とワインを入れたグラスを持って居間に入る。キッシュをひとくち食べただけで深い感動が押し寄せた。彼女が食べたがるものをアレクサンドルがちゃんと心得ているということも感動だが、なにより料理を食べているとアレクサンドルがそこにいるように感じられるのだ。すぐ後ろから見守られているような気がする。彼の気配はあまりにも濃厚で、キッシュとサラダを食べる行為は性的な行為に限りなくちかく感じられる。彼はいったいどこ？　恨めしいことに、まだ八時四十五分。どこかのレストランで席に着いているのだろう。それがどこなのか、まるで見当がつかない。レビューのための見解をまとめるために、料理をじっと見つめているだろう。十時までには帰宅するだろうか。

キッシュとサラダを食べてしまうと、カプシーヌはコーヒーテーブルに積んだ《マリ・クレール》誌と《ヴォーグ》誌をぱらぱらと斜め読みし、同時にケーブルテレビのチャンネルを果てしなく切り替えていきながら、五分置きに腕時計にちらっと視線をやる。細切れで脈略のない情報にさらされていると、腹立たしさがつのるばかりだ。とうとうテレビを消して、床に無造作に積み上げられた雑誌の上にリモコンを落とした。

ウォッカをたっぷりと注いで氷を三個加える——品がないといってアレクサンドルがうなり声を出すところを想像すると、少し愉快になった。そしてガエル・タンギーの著書『所有とはなにか』を手に取った。

確かに、作家としての才能がある。黒々としたぬかるみが果てしなく広がる大地が地平線で茶色い空と出会う描写は迫力があり、読み手の心をつかむ。いつしかカプシーヌは自分の不安を忘れて彼が描く不安にどっぷり浸かっていた。が、主人公のアンドロイドが生き物になろうとする生々しいシーンにさしかかり、魔法の絨毯(じゅうたん)が失速するように物語に没頭できなくなった。主人公は半分死にかけて腐敗が始まった動物と不器用に交わり、回路基板から火花を散らしながら「コーギトー、エルゴー・スム」と呪文を唱える。「我思う、ゆえに我あり」の意味だ。カプシーヌはむかむかして本を壁に投げつけた。

アレクサンドルはいったいどこにいるのだろう？　もう十時ちかい。プロヴァンスの祖母が黒装束でロザリオのビーズを繰るように、アレクサンドルの今夜の行動を一分刻みで追ってみる。アパルトマンを出たのは、おそらく八時。レストランには八時半に到着。八時四十分には席に案内される。フルートグラスでシャンパンを楽しみながらメニューを検討する。少なくとも十分はかかるだろう。いや、もっとかかることもある。だから八時五十五分と想定してみよう――そこで思考がストップする、こんなことをしても無駄だ。要するに、彼が帰宅するのは早くても十一時なのだ。腕時計を見る。あと三分で十時。

窓辺に立ってみる。アレクサンドルの姿が見えるのを期待しているわけではない。期待しているわけではないのだけれど。降りしきる雨のせいで街灯の周囲に薄いカーテンがかかっているように見える。携帯電話が振動したので、急いでひらいてみた。

「もしもし、警視ですか。ダヴィッドです」

カプシーヌはいらだたしげに鼻を鳴らす。

「いまずぶ濡れになっていますが、そのことで電話しているわけではありません」

携帯電話の電波の状況が悪くて雑音がする。ダヴィッドがなかなか続きを話そうとしない。

「ダヴィッド、さっさと話して。だいじな電話がかかってくるのを待っているところなの」

「指示された通りシャルボニエとヴォアザンを尾行しています。ふたりはオテル・コストに入りました。セレブ御用達のサントノレ通りの――」

「ダヴィッド、オテル・コストがどこにあるのか、どんな客が行くのかはちゃんと知っているわ。電話してきた用件は？」

「ずぶ濡れでここに立っていたら、とつぜんシビル・シャルボニエ本人が出てきたんです。ドアマンがどでかい傘を彼女にさしかけました。で、こちらにやってきて、自分も親しい友人ムッシュ・ヴォアザンも、尾行されていることには気づいていた、でも店の前であなたがずぶ濡れのまま待っていると思うと心が痛む。だからレストランに入って食事しろというんです。それなら『あなたは濡れずにすむし、わたしたちのことをよく観察できる』からと」

「からかわれることが嫌だと電話してきたの？　それとも彼らのおごりで食事するのにわたしの許可がいると思ったから？」

「どちらでもありません。まったくちがいます。むろん、レストランで食事するつもりです。辞退する人間がどこにいます？　でも髪がぐしゃぐしゃなんです。ほんとうにもう、どうしようもないくらいに、めちゃくちゃです。ひと晩じゅう外に出されていたアフガンハウンドみたいに見えるんです。こういう時、どうします？」

不安でたまらないはずなのに、カプシーヌは噴き出してしまった。

「女性用の化粧室に髪を乾かすドライヤーがあるわ。係の人がいるから——ジョゼットだったかしら、そう確かジョゼット。彼女は髪のスタイリングがとても上手よ。チップをたっぷりはずんでね。経費として計上してかまわないから。楽しんでいらっしゃい」

そんな軽口を叩いたのもつかの間、ふたたび嵐雲に覆われてしまう。

外の暗い闇を見つめながら、この問題は諸刃の剣のようなものだとカプシーヌはつくづく思っていた。犯人が今後も殺人を続ければ、いずれ捕まえることができる。しかし、それはロシアンルーレットのようなものだ。遅かれ早かれアレクサンドルはターゲットになる。完璧に阻止する方法など、いったいどこにあるというのだ。国家元首ですら、いともかんたんに殺害されてしまうではないか。

それならば、犯人が殺人を止めるほうがいい——じっさい、止めたように見える。が、それは、いつ再開しないとも限らないということだ。そしてその時はアレクサンドルの番かもしれない。つねに戦々恐々としていることになる。いつもいつも怯えて暮らさなくてはならない。安心してレストランに足を踏み入れることは金輪際――。

その時、カプシーヌにとってこの世でもっともうるわしい音がした。正面のドアのカギがカチャリとあく音。たったひとつのハ長調の音は、愛とよろこびと幸福の交響曲全楽章にきこえる。アレクサンドルが帰ってきた！

「いったいどこに行っていたの？」

カプシーヌの目には抗議の涙があふれる。腕時計を見ると十時十一分だ。

「わたしが心配しているって、わかっているくせに。それなのにこのムッシュときたら、だらだらとディナーを楽しんで、女性の接客係といちゃいちゃして、真夜中にご帰還なんだから」彼女の両頬を涙がぼろぼろこぼれて床に飛び散った。

アレクサンドルがちかづいてきて両手で抱きしめようとするが、カプシーヌは乱暴に押しやる。彼は喜劇オペラの登場人物のように困惑し傷ついたという表情をして、かすかに苦笑いをにじませる。カプシーヌは裸足で彼の向こうずねを蹴った。

アレクサンドルが後ずさりし、足をひきずるふりをする。

「きみのいう通りだ。もっと早く店を出るべきだった。コルシカ料理のレストランでかなり退屈な子ヤギの内臓のソテーを食べた」

「なんですって？」

「子ヤギの内臓を四種類使った料理だ——レバー、胸腺、心臓、肺。それを賽の目に切った豚肉、ニンニク、たっぷりのコルシカのスパイスとともにじっくりと煮込んだものだ」

　カプシーヌがおおげさに顔をしかめる。

「とてもおいしくなる可能性を秘めた料理だ。しかし今回のは月並みだった」

　一瞬、からかわれているのかとカプシーヌはアレクサンドルの目をじっとのぞき込む。アレクサンドルはディナーパーティーで、グロテスクなレシピをでっちあげて女の子たちをキャーキャーいわせるのが得意なのだ。けれども、どう見ても彼は真面目そのもの。

「それに接客係のアデニアはフィアンセともめているからね。彼女にちょっかいを出そうなんて思いもしないよ」

「コルシカ料理のレビューが無事に終わって、よかったわ」

「どういうことかな？」

「モモはコルシカ料理が苦手なのよ。それに関してはわたしも彼と同感」

　アレクサンドルはきょとんとしている。

「モモ？」

「ええ、モモよ。これからは必ず彼といっしょにディナーをとってもらいます」

28

二日後、セーヌ川のほとりの急な石段をカプシーヌはカニ歩きでじりじりとおりていた。マックス・キバルディン・ロゼット・サンダルはストラップに革製の繊細なバラの飾りがついていてすてきなのだが、ヒールの高さは七・五センチ。今日これを履いてきたのは完全にまちがいだった。おりるだけでも大変なのに、信じられないほど重い金属製の容器を運んでいかなくてはならないのだ。

リールで貴重な時間を無駄にしてしまっただけに、ヴァヴァスールと会うのに半日を割いていいのだろうかという迷いはあった。前回訪れた時には、驚きの新事実などという収穫があったわけではない。だいいち、ジャックに取り次ぎを頼んでからかわれると思うと気が重かった。それでも会いにくることにしたのはヴァヴァスールへの信頼というよりも、すべての可能性にかけてみなくてはという神経症的な動機からだ。

ジャックの毒舌ぶりは予想以上だったが、相変わらず矛先はカプシーヌの本源的な欲求に向けられていた。

「ドクトゥール・ヴァヴァスールがきみのなかに自発的な患者を発見するのはわかっていた

よ。まるまると太った夫の性的衝動を高めるために費やす努力で、きみは疲労困憊の極致にあるにちがいない。その疲れを癒すために、ぼくとしてもサンカ・セット（午後五時から七時つまり終業後からディナーまでの社交の時間）を提供すべきではないかと考えてしまうことがあるよ」

「それはいいかもしれないわね。静かに飲みながら、アレクサンドルの熟練の技についてすべて話してあげましょう。きっとあなたはそこから示唆を得るでしょうね」

「いや、遠慮するよ。肥満した自分が魅惑的に見える術が必要な段階に至るのは、まだまだ先のことだ。きみが明日、ヴァヴァスールとのランチにトコトコ出かけていったら、夫の相棒を元気にさせるためのラカン派の洞察を得られるかもしれないな」

石段を下までおりてヴァヴァスールと対面すると、彼は初対面のようにおずおずとした様子だ。カプシーヌがちかづくと用心深そうに後ずさりして警察用のフェンスにぶつかった。が、濃いオリーヴ色の容器に気づくと、ようやく緊張が解けたようだ。

ヴァヴァスールはためらいがちに前に足を踏み出す。「ふたり分の昼食を持ってきてくれたのですね。置いてもらえれば、なかをのぞいてぴったりのワインがあるかどうか確かめられます」

カプシーヌは容器を小さな丸石の石畳に置いて五歩下がった。ヴァヴァスールがひょこひょこと出てきてキャニスターをつかみ、フェンスで仕切られた安全な場所へと退却する。カプシーヌを視界に入れながら、ふたをあけて思い切りにおいをかぐ。食べ物のいいにおいが彼に自信を吹き込んだらしく、顔がぱっと明るくなった。

「ラングスティーヌだ、まちがいない。わたしが魚介類をいちばん好むことを彼らは知っているのです。魚介類は水のなかに生息していて、水は安全ですからね。ほかにもなにかある。これは鳥だ。ウズラか。そうだ、まちがいなくウズラだ」手のひらであおいでアロマを鼻孔におくる。「いいですね。二〇〇五年のコート・ド・ヴォーバルーズがちょうど頃合いの温度になっています。ラングスティーヌには完璧に合うが、ウズラにはあまりにも重厚すぎるかな。しかし妥協なくして人生はない。ちがいますか？」彼の呼吸のペースが落ち着いてきた。さきほどの緊張が嘘のようだ。食べ物は彼に絶大な効果を発揮するようだ。

「昼食の前に少々アペロはいかがですかな。食べ終わったら、あなたの心にあることについて話をしましょう」

ヴァヴァスールがベッドの下から瓶を取り出す。「山崎です。スコットランドでもこれほどのシングルモルトはそうはない。日本人は本場をしのぐ優秀なものをつくるのに成功しました。カリフォルニアの人々はその試みに敗れましたが」

日本人がシングルモルトの頂点を極めることに成功したのに対し、カリフォルニアワインは優秀ではあるがボルドーの最高のワインと比較すれば足元にも及ばない、というのはアレクサンドルの持論だ。もしやジャックを通じてそれがヴァヴァスールに伝わっていたのだろうか。ああ見えてジャックがアレクサンドルをたいへんに慕っているのをカプシーヌは知っている。もちろん、本人は頑として認めようとはしないだろうけれど。

セーヌ川のほとりに立ってふたりでウィスキーを飲んだ。セーヌ川は静かに流れる。が、一見淡々と流れる水のいきおいは無慈悲なまでに力強い。遠く離れた対岸では段ボール箱から男が出てきてストレッチし、こちらに向かって手を振る。そして完璧な相棒のラブラドールを連れてあっという間に姿を消した。きっと昼間はどこか別の場所で過ごすのだろう。ヴァヴァスールは大きく息を吸い込む。

「彼があの箱からさっさと出ていくのを見ると、とてもほっとする」そこで満足そうにふうっと息を吐く。「今日はわたしたちのためになにが用意されているのか見てみましょう」ヴァヴァスールは容器のなかをくまなく探る。

「悪くない（パ・マル）！」といってから、添えられていた小さなカードを読む。「まずはラングスティーヌ。表面をカリッと焼いてバジルのピストゥ（ニンニク、バジル、チーズなどでつくったソース）とともに。メインはカイヨン・ブロシェット・カラメリゼ・スュラン・フル・フル・ド・レギュム・レヴェレ・ド・ワサビ――串刺しにしたウズラをキャラメリゼし、ワサビのピリッとした風味を加えた野菜の上に盛りつけたもの。どちらにもシャブリがぴったりだ」ヴァヴァスールはご満悦の様子で口をすぼませる。

「毎日こんなにいいものを？」カプシーヌは目を丸くする。

「そうですよ。あたりまえでしょう」ヴァヴァスールも目を丸くしてこたえる。毎日靴下を替えているのかと質問されたような表情だ。

　料理は極上で黄緑色のシャブリは申しぶんない。食べながらとりとめもないおしゃべりが弾んだ。その間も川はひとときも休まず冒険の旅を続ける。川面に光が躍り、涼やかな風がアーチ形の橋の下を吹き抜ける。穏やかな初夏の食事だ。

「さて」ヴァヴァスールは皿を片付けると、本題に入った。「ベッドでリラックスして、なにを考えているのか話してみてはどうですか？」

捨てた。カプシーヌは今回はすんなりとベッドに寝そべって身体を伸ばし、いきおいよく靴を脱ぎ捨てた。きゃしゃなハイヒールが丸い小石の上に落ちる。おろしたての靴の束縛から解放されたよろこびで左右の足のつまさきがなまめかしく動き、心地よい風が足の裏に長いキスをするようにそっと撫でていく。カプシーヌはぼうっとした心地になり始めたが、気持ちを切り替えた。

「事件に関して八方ふさがりなんです。前回会いに来た時よりも、わかっている部分が少なくなったのではないかと思うくらいです」

「もっと話してください」

「なにひとつ手がかりがなくて。捜査を開始した時には容疑者のリストがありましたが、いまではそれは意味をなさなくなってしまいました。最悪なことに犯人の姿が消えてしまったみたいなんです。すでに四週間以上、鳴りを潜めています。犯行の間隔をあけているのか、それとも消えてしまったのか、どう判断したらいいのかわからないんです。殺人をきっぱり止めてしまうなんてことが、可能なのかしら？」

「前回話したように、犯人はひじょうに複雑な定義づけをした上で殺人を犯しているのかもしれません。その定義を満たす現場を見つけるのが困難なのかもしれない」

カプシーヌはうなずくが、発言はしない。

「さらに可能性として考えられるのは、犯人は満たされた完全な状態にあるという感覚を引き延ばすのにフェティッシュが役立つとわかったので、犯行に及ぶ頻度が低くなった」

「フェティッシュ？　それは、恋人にガーターベルトや黒いストッキングをつけてもらいたがる男性の、あのフェティッシュ？」

「それよりも少しだけ複雑です。フェティッシュの有用性はラカン派が欲望という言葉で表現するものの性質に由来します。ラカンにとって欲望は決して満たされないのです」

「理解できないわ。欲望を満たすことはできるに決まっているでしょう」

「あなたには夫から愛されたいという欲求がある、そうですね？」

「はい。いまのところ、わたしにとって最大の欲求だわ」

「あなたは夫からほんとうに愛されているという自信はありますか？」

「ええ、まちがいなく」

「それなら、あなたは週に何度、それを確かめますか？」

カプシーヌが笑い声をあげる。「少なくとも五回。時にはもっと」

「それはつまり、欲求というものが根本的に満たされ得ないものであることを示しています。そこから、終わりのない欲望になるとラカンは説明しています。欲求の段階から、欲望の段階へと進むのです」

「では、犯人は殺人を重ねて欲求が一時的に満たされたけれど、欲望はそれ以降も続くということ？」

「ええ、その通りです。しかし犯人はすぐにその欲望を意識することはない。説明しましょう。あなたが夫と愛し合うと、欲求はつかの間、満たされる、が、じきに欲望がふたたび姿をあらわす」

「確かにそうね」カプシーヌの声には実感がこもっている。

「終わりのない欲望を犯人はフェティッシュで、つまり欲求が満たされたことを象徴する具体的なもので一時的にやわらげることができるのかもしれない」

「そのフェティッシュにあたるものとは？」

「あらゆるものが考えられます。可能性が高いのは、被害者に密接に関係する個人的なものですね。靴。下着。髪の毛」

「被害者からそういうものはなくなっていません。うちの鑑識チームは驚くほど徹底しているんです」

カプシーヌはなにかをじっと考え、首を横にふる。「いいわ、フェティッシュがあると想定して話を続けましょう。その効果はどれくらい持続するのかしら」

「それはなんとも。一時間。一日。一カ月。しかし永遠に持続しないのは確かです」

「では犯人はかならずまた誰かを殺すと？」

「人生でかならずといえることはなにもない。が、彼のフェティッシュ——仮にそれがあるとして——の価値がすぐに色あせる可能性はひじょうに高い。そして犯人が定義した通りの条件が整ったら、先延ばしする理由はなくなる。

四件目の殺人はいつ起きてもおかしくないと思います。とうに限界がきているはずです。そして、次に起きる事件は、あなたが犯人特定のために必要とする情報をすべて提供するものになるでしょう」

29

二日後、ふたたびマルティニエール予審判事からカプシーヌ宛てに書状が届いた。今回もじつに美しくしたためられている。彼がいま正式に処分を受けている身だと思うと、いじらしさに似たものを感じてしまう。ちょうど、爪を切られてぶすっとしている飼い猫を見るような気持ちだ。爪を立てられる危険がないので抱き上げて撫でてやれそうな気がする。

彼としてはたいへんな屈辱を味わっているはずだが、少なくとも書面上は以前のままの傲慢ぶりを発揮している。翌日の午前十一時に自分の執務室にカプシーヌを「召喚」すると伝える内容だった。見事な手書き文字に感服しながら、この予審判事はコンピューターを起動できるのだろうか、あるいは十時半前に執務室に出勤することはあるのだろうかとカプシーヌは不思議になった。

着いたのは、いつものように十五分遅れだった。マルティニエールは金の薄い腕時計を見て、小さなため息とともに肩をすくめた。こころなしか、彼は縮んだように見える。凝った装飾のデスクに向かって座る姿は背中が丸まって胎児のポーズをとっているみたいだ。

「警視(コミセール)、十五分の遅刻です」けだるい口調だ。

「はい、とちゅうでコーヒーを飲んできたものですから。こちらでは出していただけないとわかっていますから」

「わたしの分も持ってきてくれればよかったのに。ここのコーヒーときたら嫌悪すべきものですから」哀れっぽい声だ。

カプシーヌはやさしい微笑みを彼に向けた。

「警視（コミセール）、リールでの事件について直接わたしに報告がなかったことに動揺しています。所内の回覧文書でたまたま見つけたからよかったものの」

「あれは連続殺人とは無関係でした。まったくの別件だったんです」

「確かですか？　レストラン評論家がレストランで殺害された時に、彼はちょうどレストランのレビューをしていた。ほかの三件の殺人とそっくりじゃないですか」

「偶然の一致にすぎません。じっさいは痴情のもつれによる犯罪でした。怒りにかられた夫が妻の愛人を殺したんです、ふたりがホテルで密会した後に」

マルティニエールはわざとらしくしかめっ面をして、疑うような目つきだ。金箔つきの革製のブロッターの表紙をあけて、青い表紙の薄いファイルを取り出す。それをそっと膝に置き、上着の内ポケットから金色の万年筆を取り出して親指と人さし指、中指でほぼ垂直に立てるように持つ。万年筆は彼に力を与えてくれるらしい。

「警視、わたしがそれを鵜呑（うの）みにすると思いますか」

話をしながら彼は万年筆を水平にくるくるまわし、時折、その万年筆をカプシーヌめがけて突き刺すようなしぐさをする。おなじみのジェスチャーだ。ピストルで撃つ真似をしているのだといままでは思っていたが、あらためて見ると男根崇拝にしか感じられない。

「レストラン評論家が仕事をしている現場で殺された。ほかの三件の事件と同じ状況ではないですか。なんらかのつながりがあるにちがいない。この事件を慎重に検討してみましょう」

彼は万年筆のキャップを外し、ファイルの余白部分にチェックマークを書く。

「もうひとつ、忘れてはならないことがあります。仮にリールの事件が、わたしたちが追う犯人のしわざでないとしたら、一カ月以上行動を起こしていないことになります。それはとうてい受け入れ難いですね」

「被害者はじっさいにはレストラン評論家ではありませんでした。ただの落ちこぼれジャーナリストで新聞の地方通信員として雇われて三面記事を書いていました。それも、ほかの記者がカバーしきれない細々としたものばかり。レストランのレビューなど、書いてはいません。うまいことをいってレストランの料理をただで食べていただけです」

マルティニエールはおびただしい量のメモをとりながらきいている。

「犯人は年配の男性でした。十五歳年下の妻の情事を知って怒り狂ったのです。陳腐な痴情のもつれによる犯罪以外のなにものでもないということです」

マルティニエールはいったんペンをおろし、人さし指を立て、自分がメモし終わるまで待つようにと合図した。彼の親指、人さし指、中指に青いインクがついている。

「彼は自分の散弾銃で妻の愛人を撃ち殺した。素直に自白しています。つまりそういう事件だったのです。こんな犯行はこれまで嫌というほど扱ってきましたよね？」

一心不乱にメモをとるマルエィニーエルを見ながらカプシーヌは微笑む。インクが漏れる万年筆。なぜそんなものを使うのか。大昔の、欠陥のある道具になぜ大枚を費やすのか？もちろんカプシーヌも金色の万年筆を持っている。いっぱい傷がついているけれど、金だ。バカロレアに合格した時に両親から贈られた。アレクサンドルも持っている。そう、誰だって持っている。それが一種の自慢なのだから、おかしなものだ。

マルティニエールはもったいぶった様子で万年筆にキャップをする。これからは自分が話をするから聴けというサインだ。

カプシーヌは椅子に座ったままぴんと背を伸ばす。

「犯人と思われるその人物は、パリのレストランで犯行があったいずれの日にもパリにいなかったときちんと確認していますか？」

「そんな必要はありません。今回の事件とこれまでの事件とはなんの関係もないのですから」

彼女は立ち上がる。

「どうしたのかね？」

「いそぎの約束が入っているのを失念していました。お時間をありがとうございました」彼女はそのまま執務室から飛び出した。

エレベーターを待ちながら携帯電話の短縮ダイヤルで署に連絡をとり、イザベルをつかまえた。

「わたしがそこに戻るまでに、三人の被害者の所持品について完全なリストを用意してデスクに置いておいて。あと二十分でそちらに着くわ」


ひとり目の被害者、ゴーティエ・デュ・フェズナイは使い古した金のウォーターマンを持っていた。彼の左側の胸の内ポケットに入っていたのをカプシーヌはおぼえている。所持品の一覧表には、「金色の金属のウォーターマンのペン、使用済み」とあり、それ以上の記述はない。

ふたり目の被害者ジャン・モンテイユの所持品リストには二本のペンが載っている。プラスチック製の細書きのフェルトペン。メーカーはパイロット。それから白いボールペン。クリップにオテル・コストのマークがある。

フェティッシュがペンであるという仮説を立てていきおいづいていたのだが、どうやらあきらめるしかなさそうだ。

三人目の被害者アルセーヌ・ペロシェの所持品にペンはない。しかし彼はジャケットの右のポケットにらせん綴じの小さなクレールフォンテーヌのノートを入れていた。そのことをカプシーヌはすっかり忘れていた。

執務室を出て刑事たちの机が並ぶ部屋に入り、パーテーションで仕切られたイザベルの机に行く。

「鑑識の誰かに、ペロシェのノートを今日の午後わたしのところに届けさせるようにしてちょうだい。気になることがあるのよ」

ペロシェのノートには予想通り、食事の感想がぎっしり書き込まれていた。とがった文字は万年筆の黒いインクで書かれている。解読するのに少し手こずった。「R de V, p.trop.d」といった表記ばかりなのだ。これは「リ・ド・ヴォー――シビレ――さほど悪くない」と解読できる。これはなんとか手に負える。もっと厄介なのは、彼のペンになにが起きたのか、という問題だ。

30

カプシーヌが予審判事と会っていた時間帯、アレクサンドルは仕事でレストランを訪れていた。カプシーヌがリールから戻ってきて以来、初めて取り組むオートキュイジーヌのレストランのレビューだ。場所は老舗の三つ星レストラン、〈ル・グラン・ヴェフール〉。一七〇〇年代半ば以来、パレ・ロワイヤル界隈で主役を張っている店で、インテリアはきらびやかでじつにゴージャスだ。今回は「大胆で冒険的」な新メニューのお披露目ということで、レストラン評論家とパリの上流階級の人々が集まることになっていた。当初、カプシーヌは夫に同行するつもりだったが、予審判事からの召喚状を受けてモモに代わりに行ってもらうことにした。不安はあったけれど、アレクサンドルの返事も待たずモモに指示を出してしまった。

モモは署に午後三時半に戻ってきていた。昼食の詳細についてたずねると、「ＲＡＳ」――特記事項なし――と軍隊用語で簡潔にこたえて自分のデスクに向かってのしのしと歩いていった。

アレクサンドルがいまにも噴火しそうな火山みたいになっているのではないかとひやひや

しながら、カプシーヌは七時に帰宅した。いつもよりはるかに早い時刻だ。アパルトマンの玄関のドアをあけると、彼がキッチンで歌っている声がきこえた。カプシーヌは蹴るようにして靴を脱ぎ捨て、長い廊下をつまさき立ちで進み、キッチンの少し手前で立ち止まった。はなはだしく音程が狂っているが、『ドン・ジョヴァンニ』のレポレッロの「カタログの歌」らしい。ドン・ファンのこれまでの女性遍歴の記録が読み上げられる歌だ。

「マダミーナ、イル・カタローロゴ・エッ・クエスト――かわいい奥様、この本ですよ。イタリアでは四百九十一人。ドイツでは二百三十一人。トルコでは九十一人。スペインでは百人、でもフランスではすでに千三人――マ・イン・フランチャ・ソン・ジャア・ミレ・エッ・トレ！」

「トレエエエエエエエ！」最後のトレモロは虐殺される動物の声のようにしかきこえない。カプシーヌはキッチンに入った。

「歌詞をまちがえているわよ。フランスでは百人。千三人はスペインよ。シアンスポでキェルケゴールのアリアの解釈について論文を書いたから、確かよ」

「わたしはまちがえてはいないよ。まちがえたのはモーツァルトだ。ドン・ファンの好みは絶対にフランスの女性だ。ばかをいっちゃいけない」

「よほどご機嫌なのね」

「いつだってご機嫌だ。昼に極上のランチを食べて夜に」――彼がまたもや歌い始める――

「きみとふたりっきりで過ごせる時にはねえええええええ！」みだらなジェスチャーつき

でカプシーヌにキスする。

彼女は夫をぐいと押した。彼の無頓着ぶりがひどく腹立たしい。まる一日彼の身を案じていたというのに、当のアレクサンドルは身の危険などどこ吹く風でふだんとまったく変わらない調子だ。モモをぴったり張りつかせたことに苦情をいわれるのも覚悟していた。文句が出ないはずがない。

「レストランにモモを行かせたから、あなたのご機嫌は斜めだと思っていたわ」

「それとは逆だ（オ・コントレール）。モモはすばらしい連れだった。アシスタントとしてずっと雇ってもいいくらいだ。食事のあいだ静かにしているという繊細な神経の持主であるのに加えて――それだけでも並大抵のことではない――ひじょうに発達した味覚の持主だ」

「彼が？」

アレクサンドルが冷蔵庫からドゥーツを取り出し、なるべくポンと音を出さないようにしてあける。そしてふたつのフルートグラスに注ぐ。

「彼はわたしよりもはるかにレストラン評論家らしくふるまった。想像していたのは、わたしが食事する真後ろに立って、ウェイターがちかづくたびににらみつけて皆をこわがらせるという光景だ。しかしまったくちがっていたよ。評論家が集められた長いテーブルでわたしの隣の席にすわると、後はひたすら無言だった。あれだけおおぜい集まったなかでは、沈黙は深遠さと受け取られがちだからね。だから彼は適役だった」

「驚いたわ」

「それに彼は注文の仕方を心得ているね。前菜は迷うことなく酢漬けのスイカのスライスにカモのフォアグラを。しかたなくこっちはウズラの卵とキャビアにした。メインには表情ひとつ変えずブルーロブスターを選んだ。トマト、ピーマン、キュウリのソースを添えてキンレンカの花びらのビネグレットソースを散らしたものを。わたしは舌平目とシェルフィッシュ・エマルジョンを選ぶしかなかった」

「まあ。大変だったわね」

「いやいや、愉快だったよ。彼は自分の皿から味見させてくれたんだ。それにボディガードがつくなんて、初めての経験だからね。だから、これこの通り無事に怪我ひとつない身体で家族の待つわが家に戻ってきた。そしてきみの夕飯づくりに取りかかれるというわけだ」

「先端をいくオートキュイジーヌを？」

「いいや。今夜はそれはお休みだ。きみのために牛ヒレ肉を厚いベーコンで巻いたものをつくる。シンプルだが、卓越したサン＝テミリオンには絶妙に合う。その主役はいまハッピーに空気に触れてきみがごくごく飲むのを待っている。しかし、夕飯の時間までは一時間以上あるな」

「なにをして待つつもり？」

「きみが早く帰宅した場合のささやかなプランを立ててはいたんだが、それよりベアネーズソースとポム・ド・テール・ペルスィエ（刻みパセリをかけたジャガイモ料理）をつくろうと思う」

「バターソースとジャガイモなしだとうれしいわ」

アレクサンドルが舌打ちする。

「人は食べずに三日生きられるが、詩がなくてはたった三秒しか生きられないというボードレールの言葉は真実だ。しかし彼がわたしのベアネーズソースを一度でも味わっていたら、ちがっていただろう。ここに座って、わたしがこれを手早くつくっているあいだに、事件について話してくれ」

アレクサンドルは直径三センチのまんまるいジャガイモをふたつかみほど、古い爪ぶらしを使って熱心にゴシゴシ洗う。「ブルターニュ産のグルナイユ——ブドウ弾と呼ばれる丸いジャガイモだ」アレクサンドルがいう。

つぎに壁のマグネット式のラックから大きなシェフナイフを選び、猛然とタラゴンを刻み始めた。

「事件になにか進展は？」アレクサンドルは包丁で刻む音に負けじと声を張り上げる。

「昨日、例の精神科医にまた会ったわ。それでさらに混乱してしまった」

「ほう、それはたいしたものだ」細かいみじん切りの緑色の山をアレクサンドルはほくほくとした表情で眺める。

「大文字の他者と鏡像について、それからわたしには理解できないことを彼は山のように話したわ」

「なるほど、それはきっとラカン派のジュイサンスの状態に入っていたんだな」

「ジュイサンスというのは〝解放される〟という意味？」

「ラカンの場合はちがう。あまりにも濃厚に充足し、苦痛すら孕(はら)んでいる状態をさす」アレクサンドルはぶつぶついいながらソースづくりに全神経を注いでいる。

時計づくりの職人のような集中力でエシャロットを水平に切り、さらに垂直に切り、正確に大きさのそろった小さなサイコロ状にしていく。使い込んだ銅鍋にそれを放り込み、タラゴンビネガーを注ぎ、刻んだタラゴンをふたつまみ加える。中身がぐつぐつ煮えるまで待つあいだ、熱くしたスキレットにバターをひとかけら投げ入れ、パイレックスの皿にジャガイモを入れ、ローズマリーの小枝を少し加え、オリーブオイルを糸状に少しずつ流し込み、フルール・ド・セル(大粒の天日塩)をパラパラと散らし、オーブンに慎重に入れる。手品師のようなみごとな手さばきだ。

ジュージューと音を立てているフライパンに牛ヒレ肉を入れながら、アレクサンドルが質問を再開する。

「彼に会った成果はそれだけなのか？　のんびりとラカンの難解な理論を語り合っただけ？」

「いいえ、まさか。いっしょに食事したわ。ラングスティーヌ・オン・パピヨットにバジルのピストゥ。あなたに報告できるように、がんばっておぼえたのよ」

「どうやらジョエル・ロブションの夏のメニューのようだな。対外治安総局(DGSE)はそこらのインテリのホームレスを養うために一日に二度、ロブションでピクニック・バスケットをつくらせているということか？」

「おいしいのも当然ね。それから、ただの〝そこらのホームレス〟ではないわ。彼は才気あふれる精神分析医よ。ただ、過去に対外治安総局（DGSE）の任務がらみで精神的に深刻なダメージを負ったらしいわ」

鍋の中身が望む状態になったのを見極めて、アレクサンドルは氷水を張ったステンレスのボウルに鍋をいれる。

「それだけかい？」

「いいえ、もちろんそれだけじゃないわ。ほかに、カイヨン・ブロシェット・カラメリゼ・シュラン・フル・フル・ド・レギュム・レヴェレ・ド・ワサビも」

「そうではなくて」

「ワインはコート・ド・ヴォーバルーズよ」

「それでもなくて。しかしヴォーバルーズはおいしかっただろうな。何年？」

「二〇〇五年」

「おお。グラン・クリュだと飲むには少々早いな。残念だな（ドマージュ）」

氷水の風呂でソースのベースが適切な温度に冷めたところでふたたび鍋をコンロにもどし、卵黄を三つ加えて一心不乱に泡立てる。ソースができあがるまでは彼の作業を中断させることは不可能だ。アレクサンドルの表情からカプシーヌはそれを見て取る。卵黄が望ましい状態に達したタイミングで――錬金術師だけにわかるタイミングで――バターの小片をパラパラと入れて混ぜる。猛烈な集中力が実を結んだらしく、彼は「ほら、見てごらん（ヴォワラ）」とひとことつぶやいて大きく息を吐く。

「見てって、なにを?」カプシーヌがきき返す。

「うまくなじんだ。いつでもここが難所だ。あとは純粋に力学的な問題だ」彼はバターの小さなかけらをいくつも入れて混ぜる。「で、その才気あふれるホームレスは犯罪に関してどうコメントしたのかな?」

「フェティッシュについていろいろ話したわ」

「趣旨を正しく理解していることを期待しているよ。きみがビスチュとガーターベルトとメッシュのストッキングをつけている姿を見るのが念願だったんだ。長いムチがあれば、さらに望ましい。彼は鋭い示唆を与えてくれたか?」

「ええ、与えてくれたわ。殺人犯は被害者から象徴的なフェティッシュを収集して、犯罪で得られる安堵感を引き延ばしているのかもしれない。彼はそう考えているようね。その推理の唯一の問題は、被害者の遺体から失われているものはなにもなさそうだということ」

「ううむ」アレクサンドルがふたたびソースに気をとられる。最後のバターの塊を入れて混ぜ、塩をひとつまみ加えてホワイトペッパーのペッパーミルを三回まわし、味を見る。幸せそうにうなずいて仏頂面のような顔になる。フランス人特有の満足げな表情だ。刻んだタラゴンをたっぷりふたつかみ加えてから力強く混ぜ、銅鍋ごとさきほどのボウルに戻す。氷水はもうすっかりぬるくなっている。

「さてと。ジャガイモたちはどんな具合かな」試しにひとつ選んで果物ナイフを刺してみて、できたと宣言する。そして牛ヒレ肉を盛りつけ用の皿に滑らせるように移す。

「マダム、支度が整いました」羽根飾りのついた架空の帽子をふりまわすジェスチャーとともに彼が告げた。

食事が半分ほど進んだところでアレクサンドルが会話を再開した。

「それで、戸外（アルフレスコ）の天才は次の殺人の日を言い当てることができるのか？」

「いいえ。でも必ず殺人が起きると確信しているわ。それをきいて、なんだかほっとした」

「ほんとうに？　その逆ならわかるが」

食後、アレクサンドルの書斎に移ってブランデーを飲むことにした。カプシーヌはまだ拳銃と手錠をズボンの背中側に装着したままだったと気づいた。ホルスターに入ったピストルをテーブルに置き、手錠を人さし指でなまめかしくクルクル回してみせる。

「フェティッシュについてあなたがそんなふうに思っているなんて、びっくり」

アレクサンドルが立ち上がり、左右の眉をオーバーにあげて片手をカプシーヌの腰にまわし、もう一方の手で彼女がもてあそんでいる手錠をつかんだ。

「取扱いに注意してね。カギをどこかで無くしてしまったから」

アレクサンドルがカプシーヌの首に鼻を押しつけ、彼女がぐっと身を寄せた時、携帯電話が鳴った。

カプシーヌはすぐに出て三十秒ほど熱心に耳を傾ける。アレクサンドルはじっと彼女を見つめている。

送話口を手でふさいでカプシーヌが伝える。「今回の被害者はセバスティアン・ラロック。

かろうじて生きている状態よ。SAMU（救急医療サービス）の手当を受けている」

アレクサンドルが口だけを動かしてたずねる。「どこで？」

カプシーヌはまた送話口を手でふさぐ。

「〈ドン〉という店。自己顕示欲旺盛な金持ちでおしゃれで洗練された若者たち（ジュネス・ドレ）が集まって行儀悪く食べるレストラン。ちょっと待って。SAMUの医師が出たわ」

しばらく相手の話をきき、礼を述べ、またもや携帯電話の下の部分を手でふさぐ。

「男性用手洗いの個室のなかで発見されたそうよ。トイレに立って二十分たっても席に戻らないから、彼の連れが心配してウェイターに様子を見てきてくれるように頼んだの。救急隊が人工呼吸器を装着したけれど、危ないらしいわ」

「メルシー。そちらに向かいます」電話の相手にひとことといって通話を終えた。

「くそ。セバスティアンとは二週間か三週間前に昼食をいっしょにとったばかりだ。彼はあの店のレビューの件でこぼしていた。《ヌーヴェル・オブセルヴァトゥール》紙から数週間前に依頼されたそうだ。ただし、侮辱する内容を書けと指定された。リベラルな考えを持つ同紙としては許しがたいレストランだから、という理由だそうだ。彼は仕事に取りかかるの先延ばしにしていた。確かに金儲けに貪欲で営利優先ではあるが、あそこの若いシェフはアジアン・フレンチのフュージョン料理にかけては天才と目されているんだ」アレクサンドルはつぶやくようにいう。

カプシーヌは両腕でアレクサンドルを抱きしめ、背中をなでる。夫のつらい思いが伝わってくる。彼をひとり残すなんて絶対にいやだ。それでも両手でぎゅっと抱きしめ、身をよじるようにして彼から身を離し、拳銃と手錠を身につけて無言のままドアの外に出た。

31

現場となった〈ドン〉は、セーヌ川を挟んでちょうど向こう側だ。ふつうに走っても十分で着く。カプシーヌはドーム形の青いライトをトゥインゴのダッシュボードに叩きつけるように置いて点滅させ、十分を五分に短縮した。その数分間、左手はひとときも休まず携帯電話を操作し、右手はギアチェンジとハンドル操作のどちらも巧みにこなしてマレ地区の曲がりくねった通りを離れ業のようにすいすいと走った。

電話で署の受付を呼び出し、制服警官たちを現場に急行させ、鑑識班に連絡がいっていることも確認した。短縮ダイヤルでイザベルにかけているとちゅうで司法警察の電話交換手から連絡が入った。セバスティアンが死亡したので救急隊が現場を離れるという。イザベルは四回目の呼び出し音で出た。誰かを起こさないように声を押し殺している。つぎにカプシーヌはダヴィッドに電話した。ナイトクラブにいるらしく、すさまじい音量の騒音がきこえる。話しているうちに騒音が薄れ、まったく止んだ。ダヴィッドはすでに通りに出て歩き始めていた。モモは寝ているものと思ったが、最初の呼び出し音のとちゅうで出た。まるで電話がかかってくるのがわかって待機していたかのようだ。

カプシーヌは一度だけ〈ドン〉に行ったことがある。オープニングの時にアレクサンドルといっしょに訪れた。有名なテレビ・プロデューサーがつくった店で、彼はこれまでにも似たような店、つまりやたらに価格が高く、やたらにインテリアに凝ったレストランをいくつもひらいている。そのなかで〈ドン〉はいちばんぜいたくな店だ。セーヌ川岸からシテ島を見渡せる場所に建つ、一九三〇年代にデパートだった建物の最上階のフロアをリースしている。前面はガラス屋根になっていて光の都パリのすばらしい眺めを楽しめる。インテリアは有名デザイナーのジョルジュ・オルネに依頼した。オルネは期待通りの仕事ぶりで、下からの照明で真っ赤に輝くアクリル樹脂製の椅子と、淡いパステルカラーの色彩がひと晩じゅう緩やかに変化するテーブルがたくさん置かれている。アレクサンドルですら、ガラスのドーム越しの眺望に対し演出（ミザンセーヌ）という言葉を使って褒め称えた。

　料理の評価をめぐっては激しい応酬があった。プロデューサーがシェフに抜擢したのは、伝説的な三つ星レストランでスーシェフを務めていた才能ある若い日本人だった。和食とフレンチフュージョンのメニューを考案させたのだ。その結果、じつに陳腐な名前の料理が並んだ。美人と禅のフォアグラ二重奏、ハマチのカルパッチョ、魅力的なトマトなど。しかし、じつをいえば、どれも予想をはるかに上回るおいしさだった。

　それでも、パリのレストラン事情に通じている人々は頑（かたく）なにこの店を認めまいとした。

　レストランのある建物の正面玄関にカプシーヌが到着すると、ちょうど鑑識班がヴァンからストレッチャーと道具類を納めたアルミ製の容器をおろしているところだった。ドシェリ主任といっしょにエレベーターに乗った。彼がバッソ・プロフォンド（とくに低い音域のバス）で節をつけるように話しかける。

「こんなにたびたび顔を合わせるのはいかがなものだろう。いいかげんケリをつけてもらわないと困るね。われわれのことが陰で噂されるようになる前に」鑑識班の古参である彼は、もしかしたら自分の裁量で一連のレストラン殺人を担当しているのかもしれない。カプシーヌはそう感じた。

ダイニングルームに入っていくと七十人ほどの食事客たちはしんと静かになり、ふたりに注目する。椅子の下からの光に照らされて、顔も身体もドガが描いたバレリーナのように妖しく発光しているように見える。室内ではパリ警察の制服警官五人が忙しそうに動きまわっている。

そのひとりがカプシーヌのところにやってきて、うやうやしく敬礼する。

「遺体はあちらの奥にある男性用化粧室です」

ドシェリ主任が先に立って化粧室へと向かう。ドアは派手な色にペイントされ、カブキ風のにらみをきかせた表情の武士のお面が飾られている。歩いていくとちゅうで客のなかにガエル・タンギーがいるのが見えた。小説家は隅のテーブルからカプシーヌと視線を合わせ、ひそやかに微笑んだ。櫛を入れていないボサボサの髪、みすぼらしい服装の彼は店の雰囲気にそぐわない。彼の周囲の客はゴージャスな服装の上流階級の若者ばかりだ。彼とカプシーヌのやりとりに気づいて、周囲からの視線は冷笑から軽蔑へと一段と厳しいものとなった。

ドシェリの部下たちがビニールの証拠品収集袋と、指紋採取のためのアルミニウムの粉を手に現場を乗っ取る前に遺体を見なければと、カプシーヌは気が気ではない。ひとまずタンギーのことは無視して化粧室へと急ぐ。

なかに入ってみると、驚くほど広々としている。壁と天井は漆黒で、照明は天井に埋め込まれたハロゲンランプのみ。一つひとつ焦点を小さく絞った灯りは暗い影のなかに鮮明な光のプールをつくっている。男性用小便器が六つ並んでいる。どれもペイントされて、ブロンドの官能的な女性が口を大きく広げているような柄だ。

ドシェリは陰気な表情で頭を左右にふる。「あんなものが待ち構えているのでは、たまらないな。それでなくても前立腺に問題を抱えているというのに」

ラロックの遺体は個室の便座に座っていた。頭は後方に反り返り、口は大きくあき、ハロゲンランプの光で鮮明に照らされている。ズボンのファスナーがあきっぱなしで前がはだけていることをのぞけば、歯医者の椅子に座っているようにも見える。これからドリルで削られるのを平然と待っているみたいだ。

ドシェリがかがみ、ゴム手袋をはめる。被害者の頭部をあらゆる角度から熱心に観察し、だらりと垂れた腕のいっぽうを持ち上げてじっくりと手を見る。

「毎回同じセリフの繰り返しになるが、検死解剖、組織培養、魔法のごとき蛍光分析が済むまでは、確実なことはいえない。だからとりあえず一目瞭然の事実だけを指摘しておこう。この男性は後頭部から強打され、それから口をこじあけられて日本のフグという魚を喉に押し込まれている」

「冗談はやめてほしいわ」

「冗談ではない。あきらかな事実だ。後頭部に裂傷があり、そこから多量に出血している。それひとつとっても強打されて殺害されたのではないとわかる。救急隊は彼に長時間処置をほどこしていたから、当然、息はあったということだ。口があんなふうにあいているのは、救急隊が喉に人工呼吸器をつっこんだからで、死後に外されている」

「では、その魚というのは？」

「救急隊は魚を引っ張り出してパリ司法警察の警察官に渡し、わたしはその警察官から受け取った」ジャケットの脇のポケットからビニールの証拠品袋を取り出し、カプシーヌに振ってみせる。体長八センチほどの魚が一尾入っている。目が丸く、背中側には暗い灰色に白い斑点があり、腹側はくすんだ白。

「フグはもっと大きいものかと思っていたわ」

「日本人が食べるのはこれよりも五センチほど体長が長い。フグ科には少なくとも百五十種類の魚がいるから、これは小さな種類かもしれないし、子どもなのかもしれない。こっちは鑑識の専門家であって魚類学者ではないが、これはまちがいなくフグだ。二番目に致死性の強い生き物。まあこの程度の知識しかないが」

「それでは被害者は魚の毒で殺されたということ？」

「いや。窒息死させられている。金魚一匹だって食道に無理矢理押し込まれたら同じ結果をもたらしただろう。手口はひじょうに明確だ」

ドシェリは被害者の頭を持ち上げて左に向かせた。深い溝状の傷が見える。後頭部の髪には固まりかけた大量の血液がこびりついている。

「わたしの考えでは、彼は便器で小用を足していたところ——おそらく、小便器の芸術性に対処できなかった——何者かに背後から強打されて驚いた。あるいは気絶したのかもしれない。犯人は彼の口をこじあけた。頬の傷を見ればわかる。上顎をつかまれて無理矢理口をあけている。そして喉の奥に魚を押し込んだ。救急隊がそれを取り出す際に傷がついて出血したのが見える」

「魚の毒はどんな作用を？」

「テトロドトキシンの大部分は肝に含まれている。知っての通り日本人は食用にする際、あらかじめ取り除く。だとしても、さぞやスリリングだろう。いずれにしても、食べない限り毒は作用しない。喉につかえた状態では毒はいっさい吸収されない」

カプシーヌがうなずく。

「被害者が窒息死したことを示す証拠はたくさんある。たとえば、くちびるの青い色」

ドシェリは被害者の片腕を持ち上げて甘皮を指さす。

「爪のつけねに青い半月が見える。これは酸素欠乏状態が長く続いたというしるしだな」

「長く続いた？」

「彼はゆっくりと窒息死させられた。魚の隙間からいくばくかの空気は入ったが、たいして多くはなかった。救急隊が魚を取り出すまでの間、呼吸がじゅうぶんにできない状態がゆうに三十分は続いたと思われる。死ぬ方法としては絶対に選びたくないな」

ふたりは押し黙る。ラロックが苦しみもがく光景を思い浮かべたのだ。

「さて、仕事に取りかかるか。おわかりの通り、われわれは正しい手順を踏まなくてはならない。やるべきことをすべて終えるまでは、推測の域を出ないということだ」

「最初にひとつ調べたいことがあるの。手袋を貸していただけるかしら」

ドシェリは鑑識の道具一式を入れた厚紙製の引き出し式の箱からゴム手袋を一組取り出し、カプシーヌに渡す。彼女がそれをはめる。

被害者のジャケットは真んなかのボタンが留まっている。それをはずして内ポケットを調べる。次に外の胸ポケットに指を入れて調べ、サイドポケットも調べる。最後にズボンの両脇を軽く叩いた。彼女はしきりに首を横に振り、手袋をはずしてドシェリに返した。

「財布か？」

「いいえ、ペンをさがしているの。彼は持っていないようね。所持品のリストが完成してそのなかになにか筆記用具があれば電話してください」

「わかった。運び出してもかまわないだろうか。それとも彼の下着をめくってブランドのチェックを？」

カプシーヌは立ち上がった。鑑識の専門家というのはなぜ年がら年じゅうこういう物言いをするのだろうと思いながら。

イザベルが息せき切って駆け込んできた。「遅くなって、すみません」なぜ遅れたのかという理由はいわない。

「大丈夫よ。わたしはここをもう少し調べるから、ダイニングルームでタンギーをほかのお客さんから引き離してちょうだい。彼が誰かと情報交換できないようにね」

「タンギーですか？」

「ドアのすぐ脇に座っていたのを見なかった？」

イザベルが首を横にふる。

カプシーヌとイザベルは男性用化粧室から飛び出し、こちらに向かっている鑑識の職員たちをひじで押しのけた。

さきほどタンギーがいた席は無人で、あきらかに彼は室内にはもういなかった。

32

カプシーヌはエレベーターに向かってダッシュする。後ろからイザベルがぴたりとついてくる。下に降りる赤いライトつきのボタンを何度も叩き、気合いでエレベーターを最上階に吸い上げようとするようにライトをにらみつける。

「失敗したわ。制服警官をひとりドアのところに配置して、誰ひとり外に出すなと厳しくいっておくべきだった。タンギーは見張りがいないのに気づいて、そっと出ていったにちがいない」カプシーヌはなおもいらだたしげにボタンを叩く。

「そんなことをしても、なんにもなりません」イザベルがいう。

「いいえ、なるわ」エレベーターのドアがひらいた。「ほらね」

エレベーターのなかにはモモが憮然とした表情で立っていた。そこにカプシーヌとイザベルが突入し、カプシーヌは一階のボタンを突き刺すようないきおいで何度も押した。ボタンをにらみつけたまま、モモに状況を説明する。「ガエル・タンギーは殺人が起きた時にレストランにいたのよ。わたしがトイレで遺体を調べているあいだに警官の目を盗んで出ていってしまったの」

モモは同情を示す低いうなり声を出す。

建物から通りに出る戸口には、パリ警察の制服姿の警察官が背中をまるめるようにして立っている。警備の任務についてはいるものの、決してなにも起こらないと決め込んで退屈を紛らわすために空想にひたっている様子だ。三人の刑事たちが自分の方に突進してきたのを見て、のろのろと顔を向けた。

「五分ほど前にレストランから男がひとり出ていくのを見た？」イザベルがたずねる。

「はい。男をひとり見ました。それで？」

イザベルが鼻を鳴らす。「それであなたは彼を止めようとは考えなかったの？」

「誰かを止めろという指示は受けていません」愚痴っぽい口調だ。

「ここを出てから、彼はどうしたの？」カプシーヌがたずねる。

「角まで歩いてタクシーを拾いました」おそらくその後にこう続けたかったのだろう。「ほかにどうするっていうんですか。翼をぱたぱたさせて飛んでいったとでも？」口には出さなかったものの、彼の表情がそう物語っていた。

「タクシーのナンバーはおぼえている？」カプシーヌがきく。

警察官は彼女を凝視する。少し目を大きく見開いて、なんと愚かな質問をするのかというあきれた表情だ。「タクシー・ブルーでした。通りがかりの車のナンバーを片っ端から記録しろという指示は受けていません」

パンポンパンポンという大音響のサイレンを轟かせて白に青と赤のストライプが入ったヴ

アンが到着し、キキーッとブレーキ音をさせて停車した。運転手がサイレンを止め、あたりはおそろしいほど静かになった。ヴァンから司法警察の制服警察官たちが六名、つぎつぎにおりてきた。

　カプシーヌは携帯電話を取り出して短縮ダイヤルで自分の署に電話し、てきぱきと指示を出していく。

　とちゅう、電話口を手でふさいでイザベルに話しかける。

「いま到着した彼らといっしょに上に戻って事情聴取を始めてちょうだい。とんだ脱線をしてしまったわ。被害者の連れから宣誓供述書をとってね。誰がなにを見たのかをきいて、名前と住所を……。デュランね、こちらはル・テリエ警視。タクシー・ブルーにつないでちょうだい。モモ、トゥインゴをここに移動させて。彼を追いかけるから。タクシー・ブルーですか。こちら司法警察のル・テリエ警視です。たったいまメギッスリー通りで男性を乗せたおたくのタクシーの行き先を知る必要があります」

　モモがトゥインゴで到着してクラクションを鳴らす。カプシーヌが助手席のドアをあけると、モモが頭をくいと動かして後部座席を示す。見ると、防弾チョッキ二着、ベレッタM12という短機関銃が一挺、スペアの弾倉が入った袋がひとつ置かれている。なんとまあやる気満々だこと、といいそうになったが、これはモモが警察の規定に従ってヴァンから移したのだと気づいた。逃亡した容疑者を取り押さえる際には、これだけ用意することが必要とされている。モモがカプシーヌを見る。大きな顔はあいかわらず無表情だが、ほんのわずかに口の両端が上を向いているのを彼女は見逃さなかった。

トゥインゴが発車すると、カプシーヌはさきほどと同じように携帯電話でてきぱきと同時並行で複数のやりとりを続ける。ようやく電話が終わった。

「タクシーが停まったわ。二区のガイヨン通りのレストラン、〈ドルーアン〉で。すぐに駆けつけなくては。応援のパトカーを頼んだけれど、彼らよりも先に着きたいの」

「お安いご用です」ようやくモモが口をきいた。

激しく揺れる車内でカプシーヌは助手席側のドアの上部の手すりに両手でつかまった。車はあっという間にレストランの前に到着し、モモは二重駐車した。駐車係がちかづいてきたが、サブマシンガンを持ってモモが降りてくるのを見てあわてて逃げていった。

ふたりは防弾チョッキを身につけてマジックテープを留め、〈ドルーアン〉のホワイエに入っていく。オークの板張りのエレガントな空間だ。接客係の女性は四十代後半。隙のない出で立ちで身なりを整え、ダークブロンドの髪はアップにまとめてまったく乱れがない。武装したふたりの姿を見て彼女は反射的に後ずさりする。

「チェックのシャツの男性がたったいま、ここに入ってくるのを見ましたか？」カプシーヌがきく。

接客係は目を大きく見ひらいて口ごもりながらこたえる。

「え、あ……はい。わたくしどもとはほとんどお話しなさらず、お友だちをさがしていらっしゃいました」

カプシーヌとモモは彼女を押しのけるようにしてメイン・ダイニングルームに入っていく。客はしんとなり、視線をふたりに向ける。牧草地で牛が風上の方を向くようにゆっくりと。タンギーがいないのはひとめでわかる。

「上よ」カプシーヌがいう。

接客係はホワイエの真んなかであたふたしている。

「個室で食事をとっているお客さんはいますか？」

「いいえ。今夜はどなたも」

モモとカプシーヌはピストルを抜き、マシンガンを構え、階段をのぼっていく。フランスでもっとも権威ある文学賞、ゴンクール賞の選考委員たちがその年の受賞者を発表するために厳かな足取りでこの階段をおりてくるので有名な場所だ。テレビのニュースで映るので、よく知られている。

上のフロアは暗い。タンギーが武装しているとしたら、モモとカプシーヌは不利で危険な状況だ。相手の姿は見えないが、こちらはメインフロアからの逆光を浴びてくっきりと輪郭をさらしている。

モモが片手を伸ばしてカプシーヌの行く手をさえぎる。そして彼女の前に立って音を立てずにゆっくりとのぼる。彼に逆らっても無駄だとカプシーヌは承知している。

二階に着くと、暗さに目が慣れるまで階段の横にじっと立つ。個室の閉じたドアの下から建物の前の通りのかすかな光が漏れている。

三分ほどでふたりの瞳孔はじゅうぶんに広がった。オーク製のドアが七つ見える。五つのドアには真鍮の小さなプレートがついている――これは個室のダイニングルームだろう――ふたつのドアにはもう少し大きな四角いプレートがかかっている。こちらはおそらく男性用と女性用の化粧室。

ふたりは無言のまま、一つひとつドアをあけていく。カプシーヌはピストルを掲げたまま壁に沿って進む。モモはじりじりと動いて重いオークのドアを足で蹴ってあけ、両腕を伸ばしてマシンガンを構える。すっかり暗さに慣れた彼らの目には、窓から入ってくる光はじゅうぶんすぎる明るさだ。

四つ目の部屋まで、すべて空っぽだった。モモが五つ目のドアに慎重に移動する。真鍮の長方形のプレートの字が読めた。《ゴンクールの部屋》。室内の大きな丸テーブルの真んなかにピラミッド形の塊が突き出している。窓の光を背景にしているので黒い物体にしか見えない。

「ようこそ、ル・テリエ警視とお友だち」タンギーの声だ。

ふたりは銃を構えたまま足の幅を広くしてテーブルにちかづく。テーブルの真んなかの塊に見えたのは、蓮華座を組むタンギーの姿だった。

「ご迷惑をかけたのであれば、謝罪しますよ。しかし、あのレストランで座ったまま俗物たちに審判を受けてとがめられるのは耐え難い。どうしてもここに来る必要があったのです。すでに審判がおこなわれ、わたしにはなにひとつ欠けるものはないと認められたところに」

　彼がテーブルの周囲をぐるりと見わたし、一つひとつの席を見てはうなずき、委員を務めるフランスの偉大な作家十人の名を挙げていく。「フランソワ・シャンデルナゴール、タハール・ジェルーン……ベルナール・ピヴォ、ディディエ・ドゥコワン」一つひとつの椅子の背には彼らの名前を刻んだ小さな四角い真鍮のプレートがついている。

「ことわざにあるように壁のハエになってこっそり観察できたなら、と強く願いましたよ。彼らの誰がわたしを称賛したのか？　誰が批判したのか？　わたしの本の意味をほんとうに理解した者はいるのか？　そしてあの夜の最大の問いかけ。彼らの血なまぐさい判定はわたしを新しい高みへと押し上げるのか、それとも滅ぼすのか」

　カプシーヌはピストルをホルスターに納めた。「ムッシュ・タンギー、残念ですが、殺人の現場から立ち去る行為、とりわけ、あきらかな容疑者が立ち去ったとなると、かなり重大な犯罪行為となります。あなたをこれから拘束しなければなりません」

　タンギーが肩をすくめる。

「またブルジョワを観察していたの？」

　パンポンパンポンというサイレンの音が遠くでした。カプシーヌが指示していた応援部隊が車で到着したのだ。

「マリーの部屋について知っていますか？」タンギーが問いかけた。

　サンジェルマンのカクテルパーティーみたいなおしゃべりをしている場合ではないのだが、部下を待つ間、彼に話をさせておくことにした。

「きくわ」

「それは物理主義を打破するために企てられた論理構成です。物理主義とはつまり、存在は究極的には純粋に物質的なものだとする哲学の概念です」

「それが？」

「マリーはきわめて博識な科学者で博士号を六つ取得している。しかも魅力的なブロンドで胸も大きい――」

「その部分は、過度に物理主義にきこえるわ」

「そうですね。彼女は平凡で、にきびだらけで、胸はぺたんこだ。さっきのは脚色してみたんです。博士号は四つ持っているから、それを剝奪はできない」

「続けて」

「わかりました。なぜかわからないがマリーは黒と白だけのインテリアの部屋に閉じ込められている。テレビはもちろん白黒、大きな図書室の本のカバーはすべて取り除かれているので、これも白黒。彼女は人間の神経系のエキスパートで、視力についてあらゆる知識を備えている。きいてますか？」

「続けてちょうだい」

「たとえば、野原に咲く真っ赤なポピーについての文章を読んだ場合、網膜に赤をつくりだす波長についての知識を彼女は知り尽くしている。赤という色について理論上は完璧な理解をしている」

「その知識量で、冴えない容貌とぺちゃんこの胸を補えるといいんだけど」

「ええ、ちゃんと補っています。もちろんです。ある日、閉じ込められている小部屋のドアがあいているに気づいてマリーは外に出る。果たして彼女がなにを見ると思います？」

「随伴現象的クオリア？」

タンギーの顎が数センチ下がったのが薄明かりのなかで見えた。

「シアンスポでフランク・ジャクソンを読まされるのよ。要するにこういうことかしら。あなたはにきびのないマリーで、今夜レストランにいた理由は、ブルジョワの風呂にどっぷりつかるためだった。あなた自身のマリーの部屋で見る世界にくらべて現実世界のほうが実体があるのかどうかを確かめるためにいた。そういいたいの？」

タンギーは絶句したまま、うなずく。

「ではきかせて。あなたのクオリアは高まったのかしら？　それが今夜の最大の問いかけよ。あなたは具体的になにを見ましたか？」

「わたしは……こういったことにあなたがこれほど強く反応するとは思わなかった」

「そうね、わたしはこの手のナンセンスには拒絶反応を示すのよ。警察に入った理由はたくさんあるけれど、それも理由のひとつね」

物音ひとつ立てず、制服警察官たちが部屋にぎっしり入った。全員が防弾ジャケットを身につけマシンガンを携帯している。

テーブルの上のタンギーはかすかにふてくされた表情でうつむく。「でも、わたしには重要なことだ。わたしの本はすべてクオリアについて書いたものだ」

「ここにいる男性たちが、わたしたちが用意したマリーの部屋にこれからあなたを連れていきます。その前に、今夜見たことを話してもらう必要があるわ」

「なにも見ていない。まったくなにも。あの部屋の隅っこに座って人々を観察しながら料理を食べた。おいしいというより、奇抜だった。気がついたら部屋は警官でいっぱいになっていた。とくにトイレのあたりに。トイレがあふれたのか、そんなようなことじゃないかと思った。そしてふと気づいた。全員が蔑んだ目をこちらに向けていた。嫌悪の目だ。だから出た」

カプシーヌが制服警官のひとりにうなずいて合図すると、彼はタンギーをテーブルから荒っぽく引きずりおろし手錠をかけ、ドアの外に連れていった。

33

金曜日の夜、カプシーヌは翌朝ゆっくり朝寝坊するつもりだった。アレクサンドルは平気で十時まで寝るのだから、それくらい寝たっていいだろう。そうだ、そうしよう。タンギーは短い事情聴取の後に釈放された。殺人について彼がなにも知らないのはあきらかだ。翌朝のカプシーヌの予定表には管理職としての業務以外なにもない。ここでたっぷり睡眠をとっておけば、きっと捜査に明るい展望がひらけるだろう。実行するだけの価値はあるはず。ばらばらの回転木馬と食べ物の雲の夢を見た。飢えたカプシーヌが手を伸ばすが、そのたびに食べ物がばらばらばらになってしまう。

とりわけおいしそうな雲に必死で飛びつくと、大きなマルハナバチがブンブンとすさまじい音をたてて執拗に攻撃してくる。

カプシーヌの目が少しひらく。夜の闇が薄れてほんのわずか明るくなったようだ。五時少し過ぎだろうか。ブンブンという音が続いている。携帯電話の「テュー、テュー、テュー」という音ではない。ひとまず安心だ。ほっとして枕に頭を乗せてまた眠りに入ろうとしたが、ブンブンという音が続く。アレクサンドルの携帯電話の音でもない。彼は戦前のベルの音を着信音にしている。ああ。彼女のナイトテーブルの固定電話が鳴っている。

　目をつむったまま手を伸ばし、コードレスの受話器を電話機から払い落とす。ガチャガチャとうるさい。

「こんな時間に誰が殺されたんだ？」

　アレクサンドルがふたつの枕のあいだでぶつぶつとつぶやく。かろうじてききとれるほどの声だ。

　カプシーヌはなんとか「通話」ボタンを見つけて受話器を耳につけた。

「はい！」吠えるのとため息との中間あたりの声で出る。

「ベアトリスよ。起きている？　早起きだときいていたから」

「これほど早起きではないわ」とげとげしさが滲（にじ）み出てしまう。

「でももう起きたわね。だいじなのは、それよ。ねえ、いっしょにランジスに行かない？」

「ランジスって、中央市場？　いいわね。名案。ずっと行ってみたいと思っていたから。ランチの後でぜひ相談しましょう」

「ちがうの。いまよ。たったいま。わたしの車が動かなくなってしまったの。ランチタイムの買い出しに行かなくてはならないよ。市場を見てみたいと前から思っていたと、あなたいっていたでしょう。そのことを思い出して、これはまさに絶好のチャンスだと思ったの」

　カプシーヌは肘をついて上体を持ち上げる。アレクサンドルが巣作りをするように枕を集めて、そこに突っ伏している。

「ベアトリス、優秀なタクシー会社がパリにはいくつかあるわ。それのどれかをすぐに呼んだらどう？　アルファ・タクシーを推薦するわ。五分もしないうちにそこに到着するわよ」

「そんなふうにいわないで。あなたといっしょに朝の市場に行ってみたいのよ。それから朝食をとりがてら、いろいろおしゃべりして情報交換できたらいいなと思っていたの。とっておきの話があるのよ。パリで最高のクロワッサンを出す店も教えてあげる」

すでにすっかり目が覚めてしまっている。がっかりだ。こうなるともう眠れなくなる。

「いまは五時十八分よ。こんな朝っぱらから買い物に行く人はいないわ」

「ランジスがあくのは六時半よ。最高の食材を手に入れるには、その時間に着いていなくてはね」

「なんて人なの。信じられない！」

「あなたはとてもすてきよ。できるだけ早くレストランまでわたしを迎えにきてね」

「コーヒーを持ってきてくれるならね。わたしのもう片方の目がぱっちりひらくくらい強いのがいいわ」

かなりくたびれたジーンズをはき、靴は小さなグラスビーズの飾りがついた新品のミュウミュウのバレエシューズ。深く考えることもなくホルスターに納めた拳銃をジーンズの背中側につけて、それを隠せるゆったりとした柄物のシルクのブラウスを着てボタンを留めた。

七区に向かってひとけのない通りを車ですいすい走りながら、カプシーヌはシアンスポ時代に受講していた都市計画のクラスを思い出していた。都市災害の究極の例としてパリの卸売市場が紹介されたのだ。

一九六〇年代後半にパリジャンの旺盛な食欲は一区にあった古めかしくも神聖なレ・アール中央卸売市場——ゾラの『パリの胃袋』で描かれている——の容量を超えてしまい、パリ郊外のル・ブルジェ空港の広大な敷地に市場をまるごと移転することが決定したという。教授の説明によれば移転の真の理由は、害虫駆除業者の懸命な努力もおよばないほどネズミの数が爆発的に増えたことだそうだ。

パリの大惨事の現場にはなにかが建設されることもなくずっと残っていた。地下五階の深さまで穴が掘られ、不毛のクレーターはほぼ十年間、醜い姿をさらしていた。市場の穴（ル・トゥルウ・デ・アル）と呼ばれて、パリとしてはたいへんに情けない状況だった。そしてようやく、あまり優雅とはいえない地下ショッピングモールが建設され、そのエリアが新しいサンジェルマンになることが期待された。そうはならず、アラブ系移民の多い郊外（バンリュー）の住人たちが集うようになった。警察のパトロール、それを支える獰猛なシェパードが、いまは一日五十件の逮捕をしている。パリのもっとも魅力的な地区にあげられていた場所が、もはや取り返しがつかないほど破壊されてしまった。

新しい市場はなぜかあまり話題にのぼることがない。しかし、ここはまぎれもなく世界最大の卸売販売センターだ。すみずみまで配慮が行き届いた合理的な食品関係の施設として、おそらく並ぶものはない。〝それ〟を見にいくのは、きっとなにか意義があるにちがいない。

ベアトリスのレストランの前の歩道でベアトリス本人が待っていた。じれったそうに腿を高くあげて足踏みしている、傍らには若者がいる。ジーンズと濃いオリーヴ色のTシャツを着た彼はスポーツクラブで鍛えているように筋肉が盛り上がり、ゴツゴツした塊に見える。「うちの魚担当のシェフ、ベランジェよ」紹介もそこそこにふたりはどやどやとトゥインゴに乗り込む。

ベランジェがひょいと頭をさげて、恥ずかしそうに「マダム」とぼそぼそという。

「ねえ、カプシーヌ、本気で急がなくちゃ。じきに六時よ。この先まだ長いわ」

セーヌ川沿いの道路を飛ばし、環状高速道路に入り、高速道路A6号線に入り——輝かしいリヴィエラへと続く道路で、別名は太陽の道路——到着したのは六時三十七分。後部座席でベランジェがやきもきしているのがカプシーヌにまで伝わってきた。

市場は小さな町といってもいいほどの規模だ。低層の倉庫の積み降ろし用ゲートがいくつもあり、トラックがバックで入っていく。それがあちこちの方角からひっきりなしに続く。トゥインゴを停めた駐車場は地平線まで延びているかのように広大だ。車をおりると三人は早足で歩きだす。ベアトリスはカプシーヌの腕をとってせかす。

「市場がこんなに大きいなんて、思いもしなかったわ」

「モナコよりも大きいのよ」ベアトリスが笑いながらこたえ、小走りになる。「スケート靴でも履いたほうがよさそう。お目当ての魚はいつもあっという間になくなってしまうのよ。でも絶対に手に入れる。ね、ベランジェ」

ベランジェはフランス風にさりげなく肩をすくめてみせるが、どこかぎこちない。

並んで建つ長い建物を五つ越えて、ようやくめざす建物に着いた。息を切らして走りながら、上からぶら下がっているプラスチック製の間仕切りを押してなかに入る。建物内は広々とした真っ白な空間だ。蛍光灯の列が果てしなく続き、まぶしいほど明るい。業者が助手に指示する声がざわめきとなって反響し、生鮮品が入ったプラスチックの箱を積んだ電動カートを操縦する者たちが注意を呼びかける声も加わっていちだんとにぎやかだ。プッチーニのオペラに登場しそうなドラマチックな光景だ。

『ニホン・サカナ』という文字が書かれた白い幟を掲げた小さな売場で三人は足を止めた。幟には日本語の文字が並び、最後にフランス語で『快眠活魚の特許権を所有』と書かれている。

所狭しと積まれた発泡スチロールの容器をベランジェがそわそわと見ている。スパニエル犬がなにかをさがしているようだ。ふと彼が足を止め、にっこりして箱を覗き込む。

「シェフ！　間に合いました。これを見てください」

ベアトリスとカプシーヌが駆けつける。ベランジェは誰にも取られまいとするかのようにいくつもの箱をガードしている。箱のなかは十二に仕切られ、それぞれに縮れたラップフィルムのようなものが敷かれて水が二センチ足らず張ってあり、そこに円形にちかい薄いオレンジ色の魚が入っている。尾びれは鋭角的で背びれはギザギザしている。とても活きがよさそうで目がとてもきれいだ。感情があるのかと思えるほど澄んだまなざしをしている。身体全体も赤みを帯びて輝いているのだが、なぜかどの魚もぴくりとも動かない。

「ドラド――タイよ。魚のプリンス。ランチのメニューの主菜よ。これは日本産で、地中海でとれるタイよりもずっと上等なの。手に入る限り最高のタイね」ベアトリスが説明する。ベランジェは魚をうやうやしく取り上げ、一尾ずつ熱心に調べる。彼の傍らに日本人の男性ふたりがやって来て何度もお辞儀する。ぎこちない笑顔を浮かべているが、目は真剣そのものだ。ベアトリスはそのひとりとひそひそと早口で交渉を始める。

「タイを二十尾買ったわ」ベアトリスがカプシーヌに伝える。「これで切り身が四十枚はとれるわね。それが無理でも、これだけの品質の魚を無駄にしたくないわ」彼女はタイを一尾取り上げ、カプシーヌに見せる。驚くほど新鮮で、潮の香りがするだけで魚臭さはまったくない。

ベアトリスはカプシーヌの手をとり、魚のエラのすぐ後ろをさわらせる。

「そっと押さえてみて」

「まあ。心臓がまだ動いている。こんなに少ない水だけで生きたまま日本から運ばれてきたの？」

「これは日本のゾンビ術みたいなもの」ベアトリスが笑いながらいう。「〝カイミン・カツギョ〟と呼ばれているわ。〝生きたまま魚がよく眠っている〟というような意味みたい。一種の鍼治療だと思うわ。ある特定の部位に鍼を刺すと、魚はある種の冬眠状態に陥る。まったく動かず、エラから水はほとんど入らない。でも心臓はまだ鼓動を打つ。カットして切り身にしても、鼓動を続けるのよ。魚はなにも気づかないまま。仮に気づいたとしても、なにもいわない」ベアトリスとベランジェはクスクスと笑う。

「なんだかB級のホラー映画みたいにきこえるわ」

「じっさいに食べたら、そんなふうには思わないわよ。高くつくけれど、味は格別。想像してみて、テーブルに運ばれてきた魚が、じつは五分前まで生きていたなんて。しかも切り身はまだピクピクしている」

そんな光景はカプシーヌは想像したくもない。

「こっちはこれで片付いた」そっけない口調でベアトリスがベランジェにいう。「つぎはガンバスよ——エビ！　前回のすばらしいガンバスはどこで見つけたんだったかしら？」

「すぐそこです、シェフ」

ベランジェが早足で歩いていく。

はるばるパリまでやってきたタイは昏睡状態という地獄の辺土に置かれたまま、今度は車にのせられて最後の目的地まで運ばれることになるのだと、カプシーヌは考えた。

数百メートル移動して建物の反対側の端の売場に着いた。ここは甲殻類を専門に扱っているらしい。カキ、二枚貝、ウニ、ダークブルーのフランス産オマール海老などが豊富にある。隅の方に積まれたスタイロフォーム製の箱にはオレンジ色に輝くラングスティーヌが入っている。体長が二十センチはありそうな巨大なものだ。

ベランジェはつぎつぎに箱の中身を見ていく。ひっくり返したり足をそっとひっぱったりして、三つも四つも箱をチェックし、ベアトリスに身を寄せて小声で報告する。「みごとです！」

伝票を持ってぴたりとついてきた男性に、ベアトリスが合図する。

「八十尾もらうわ。いいえ、待って。八十八尾にして」

彼女がカプシーヌの方を向く。「追加の八尾はあなたのランチの分よ。夜明けにベッドから引っ張り出したことへのせめてものお詫びの気持ち」

カプシーヌは一瞬ためらった。断わろうかと思ったが、タイミングを逃してしまった。たかが八尾のエビを受け取ったくらいでいらぬ疑いを持たれるわけではないけれど、あっさり受け取るのは抵抗がある。これまでベアトリスに対しては友だちとも容疑者ともつかないあいまいな距離感で接してきた。容疑者とみなせば、こうしていっしょに遠出すること自体、後ろめたい行為だ。友人とみなせば、ささやかな贈り物を快く受け取らないのはとんでもない無作法だ。

帰りの車中、カプシーヌの両脚の下にはガンバスの入った大きな箱がでんと置かれ、爪先でペダルの操作をすることになった。トゥインゴの小さなトランクにはタイの入った箱がぎっしり入っている。入り切らなかった分は後部座席の空いたスペースを埋め、ベランジェとベアトリスの膝にはガンバスの箱がルーフに届くほど積まれている。それでも足りなくて運転席の足元にのせたというわけだ。エアコンはきいているはずなのに狭い車内はエビの匂いが充満している。時間が経つにつれて、ランチにエビを食べようというカプシーヌの意欲が萎（な）えてくる。

レストランに戻ると、ベアトリスは前が見えないほど箱を積み上げて店の奥へとさっさと運ぶ。ベランジェはそれより少なめだが、やはり箱をいくつも積んでベアトリスに続く。その後からカプシーヌは軽いスタイロフォームの箱をふたつだけ、戸惑い気味に運んでいく。冷蔵室に箱をすべて運ぶとベランジェはすぐに裏口から出ていってしまった。厨房での仕事が始まるまで仮眠をとるにちがいない。ベアトリスは朝受け取った領収書を事務スペースの木製の書類発送箱に放り入れ、がらんとした自分のなわばりを幸せそうにみまわした。満ち足りた気分が伝わってくる。

「朝食にしましょう！　十一時にコックがやってくるまでは暇なの。下準備のスタッフはあと三十分くらいで出勤してくるけれど、わたしがいても邪魔なだけよ。カフェオレとクロワッサンで土曜日を始めるというのはどう？」

向かった先は近所の小さなカフェだ。テーブルにつくと、クロワッサンとカフェオレが運ばれてきた。針金を編んだカゴに敷いたナプキンに包まれるように入っていたクロワッサンはイーストの香りが高く、それをちぎってぱくぱく食べていると、いかにもいま起きて着替えて顔を洗ったばかりですといった感じの人々が歩いていくのが見える。そしてリードにつながれた小さな犬たちも元気よく歩いていく。ウィークエンドがようやく始動したのだ。ベアトリスがいった通り、クロワッサンは絶品だった。

「それで、事件はもう解決したの？」ベアトリスがきく。

「そうだといいんだけど。あいにく、複雑になるばかりよ。それよりあなたのニュースをききたいわ」

ベアトリスがテーブル越しに身を乗り出し、カプシーヌの片手をつかむ。そして内緒話をするようにささやく。「誰にもいわないでね。約束してくれる?」

カプシーヌもベアトリスのほうに身を寄せて、熱心にうなずく。

「たぶん、初めてミシュランの星を獲得できると思う。ほんとうよ!」

「どうしてわかったの?」

「ここ一カ月ほど噂が流れているのよ。三週間前にミシュランの調査員がひとりディナーに来たの。彼らは必ず身元を明かすのよ。先週、ランチにもうひとり来たわ。それはとてもいいサインなの。そして昨夜、電話で水曜日の予約が入ったのよ。それって、すごいことよね!」

「いいニュースね。うまくいくことを祈っているわ」

「あら、いくわよ。うまくいくと信じれば必ずね。ところで、あなたが担当している事件はどうなの? なにか成果があったの?」

「全然。先日の殺人についての報道は見ているでしょうけど」

「〈ドン〉で起きたそうね。記事を読んだわ。ひどいレストランよね」

「アレクサンドルもまったく同じ感想よ」

ベアトリスのスプーンがソーサーの上でカチャカチャと音を立てる。

「被害者の喉に何者かが小さなフグを押し込んだ、そうでしょう?」

「ええ。救急隊はそれを取り除くのに苦労したらしいわ。その魚には棘があって、取り出そうとすると喉に刺さってしまうの」

「彼はトイレで殺されたの？」

「ええ、便座に座った姿勢で」

「ひどい話よね」彼女が身を乗り出す。「ファスナー全開で前が丸見えだなんて！　ひどい光景だったでしょ？　カプシーヌ、この殺人犯を絶対に捕まえてね。わたしのレストランで人殺しをした犯人がまだ自由の身だなんて、耐えられないわ」

「ほかのレストランでも三人の被害者が出ているわ。それにも憤りをおぼえるでしょう？」

「憤り？　それはないわ。だってよそのレストランで起きたことですもの」ベアトリスは侮辱されたみたいな表情だ。

　朝食が済むとカプシーヌはガンバスの箱をトゥインゴの運転席の床から後部の荷物置きのスペースに移動させ、マレに向かって走り始めた。朝からすでに気温は高く、エビのにおいがしだいに強くなる。とても新鮮なので決して不快なにおいではないが、あまりにも鼻につく。クロワッサンを食べた後に魚介類のにおいは取り合わせが悪いのか、それとも無意識のうちにこの贈り物は倫理に反すると結論づけたからなのか。

　自宅アパルトマンの建物の前に停車し、カプシーヌはガンバスが入った箱を両手で持って道を横断して小さな書店に入った。《ル・フィガロ》と《ヌーヴェル・オブセルヴァトゥール》の分厚い土曜版を手に取り、支払いをしながら店の主に話しかけた。

「今朝ランジスに連れていってもらってこれをお土産にいただいたの。あいにくうちは昼食も夕飯も外で食べる予定なので、よかったら引き受けていただける？」

店主は大変なよろこびようで、カプシーヌは心苦しさを感じてしまった。

34

カプシーヌにとって結婚後の恒例行事といえば、サロン・デ・ヴァン・ド・ボルドーが嫌いだといいながら絶対に出席すること。建前としては、あくまでもアレクサンドルの妻としての務めを果たすため。でもじつは、かなり気に入っている。ボルドーが好きという理由もあるが、なによりワイン業界のエリートたちがそろって謎めいた儀式のような行動をとる愉快な光景を見たいからだ。

このイベントのプログラムはごくシンプルだ。ボルドーのシャトーの一流どころが新ヴィンテージをパリの一流レストランのオーナー、シェフ、ソムリエにお披露目する。もちろん、由緒ある家柄の人々やマスコミ関係者も多く参加する。

ヴィンテージ・ワインが最高の状態になるには十年近くかかるので、シャトーは高い評価を得ているミレジムのセレクションも出している。それぞれのテーブルでは地味なブルーのスーツを着た地味な男性たちが長々と退屈なスピーチをし、それを騒々しい集団が囲む。彼らは真面目くさった様子で口のなかでワインをころがしてやかましい音を立て、それから真っ白なクロスのかかったテーブル中央のクロムめっきの容器に上品ぶって吐き出す。そのしぐさを見るたび、なんとこっけいで、それでいてなんと激しく官能的なのだろうとカプシーヌは思ってしまう。

吐き出すのは酩酊（めいてい）するのを防ぐためだが、これはもちろん一時しのぎにすぎない――ほんとうの理由はしらふを保つためではなく、「なわばり」を示すためなのだというのがアレクサンドルの説だ。会場にカプシーヌとアレクサンドルが到着した時には、すでに皆ほろ酔い状態で、大西洋航路の定期船の乗客がうねる海上でダイニングルームめざして歩くような危なっかしい足取りだ。

ふたりは人々のなかに勇ましく乗り込んでワインを口にふくんで吐き捨て、解説にうなずく。三番目のテーブルに到達する頃には、カプシーヌは笑いたくてしかたなかったが、アマチュアのポーカーのプレイヤーのように必死にくちびるを結んでこらえた。

室内をぶらぶら歩いていると、アレクサンドルはすっかり有名人の仲間入りをしているのだとカプシーヌはつくづく感じた。何度となく引き留められ、興奮気味に挨拶され、面識のない相手からも大きな声で話しかけられて料理関係のゴシップを提供される。アレクサンドルのジャケットのポケットすべてにピーナッツが山のように入っていて、ゾウがぴったりと後ろにくっついてくるみたいだ。殺人事件との関わりで彼の職業が注目を浴びているだけではない。次の被害者になるのでは、という可能性が彼の存在感を際立たせているのだ。

カプシーヌは激しい罪悪感に襲われた。もっと自分が有能であれば、とっくに殺人犯をとらえて牢のなかに入れていたのに。こんなふうにただひたすら、犯人がボロを出すのを待っているような状況にはならなかったのに。いくら真犯人の目星はついても、逮捕にこぎつける決め手がない。

当のアレクサンドルは、いままでになく自分が注目を集めていることにいっさい頓着していない様子だ。すっかりくつろいだ様子で周囲の人々と愉快そうに笑って場を盛り上げている。

シャトー・オー＝ブリオンのテーブルのそばまできた時、カプシーヌの耳が甲高い声をとらえた。

「あら、カプシーヌ警視！　彼女といっしょに一杯やりたいわ」

聖なるボルドーを「一杯やる」などとけしからんことをいうのは、どこのどいつだとばかりにアレクサンドルは眉をあげ、ふりむいた。発言をした人物が誰だかわかると、彼の眉がさらにぴょんと上がった。

「紹介するわ」カプシーヌがアレクサンドルにいう。「マドモワゼル・シビル・シャルボニエとムッシュ・ギー・ヴォアザンよ」

アレクサンドルがシビルの手をとり、上体を少し前に倒して完璧なベーズマンを実行する。彼女の手の甲から五センチくちびるを離してエアキスをすると、シビルは幼い子どものように鼻にしわを寄せてクスクス笑う。カプシーヌには意外だった。アレクサンドルはシビルの美しい姿に魅せられたあまり、ベーズマンは未婚の若い女性に対しておこなってはならないというしきたりがあるのをすっかり忘れてしまっている。

「マドモワゼル、女優としてのあなたの資質をわたしはたいへんに高く評価しています。じつに、たぐいまれな才能だ」

彼は愛想よくヴォアザンにも話しかける。「ムッシュ、わたしはシャトー・ド・ラ・モットも同様にたいへん高く評価しています。確か何度かお目にかかっていますね。ちょうどシャトー・ド・パレンシエール・クレレのテイスティングをしたところで、妻と話していたんですよ。評判はどうあれ、おたくのワインの足元にも及ばないとね」

「前回マダムとお話させていただいた折りには」ヴォアザンはやや顔をしかめながら、それでも愛想よく微笑む。「うちのセカンドラベル、ル・シュヴァリエ・ド・ラ・モットに対してあなたはひじょうに批判的だとききましたよ」

「それは大変な誤解ですな」アレクサンドルは親しげにヴォアサンの腕をとり、ぶらぶらと歩きだす。同じ業界で一流の仕事をする者同士が腹を割って話す、という口調だ。「よくきいてください。闘牛士がマントを振れば雄牛は闘牛士を追う、そういうものなんです。ですよね（ネスパ）？　だが雄牛は闘牛士に対して敵意などまったく抱いていない。ただ、与えられた仕事をしているだけです。食の評論家もまったく同じです。われわれが批評的でなければ、単にレシピを書くだけになる。誰がそんなものを読みますか」ほろ酔い加減のふたりが笑い声をあげる。

彼らの六メートルほど後ろをカプシーヌとシビルがついていく。

「こんなに退屈な午後を過ごすのは何年ぶりかしら。何十年ぶりかもしれないわ！　誰も彼も、お葬式みたいな格好をしているし、飲まされるものも口に合わないわ。吐き出したくなるのも無理ないわね。ブランデーのコーラ割りかマリブ・ジンジャーがすごく飲みたいわ。シャンパン一杯でもいいから」

彼女はふてくされた表情でヒールを引きずりながら歩く。

「そうだ！　バッグのなかにコカインが四本か八本入っているわ。トイレを見つけて吸いましょうよ。そうしたら少しはましな気分になれるかも」

「わたしが警察官であることを忘れないでね」カプシーヌがにっこり微笑む。

「堅いこといわないで、警察官さま。わたしたち、友だちでしょ。いいじゃない、今日は土曜日だもの。ひとりで吸うなんて嫌よ。悲しすぎる。ギーを誘ったら、きっとまたセックスしているふりをやらされる。こんな退屈な思いしたうえに、あんな気持ち悪いことなんてしたくない。ねえ、とにかくいっしょに来て。そばにいるだけでいいから」

カプシーヌは思わず笑ってしまう。イザベルがこの場にいたら、どんな反応をするだろう。それを想像したらおかしくてたまらない。シビルもつられてふたりで大笑いする。

「ふたりとも元気いっぱいだな」テイスティング・テーブルを囲む人の輪に加わっていたヴォアザンがこちらにやってきた。テーブルの周囲にいた人々もシビルに気づいて、半分ほどがぞろぞろとついてきて彼女を取り囲んだ。さきほどまでカプシーヌを相手に拗ねた小学生の女の子を演じていたシビルは、スイッチが切り替わったようにつかみどころのない妖しさをにじませた女性に変身する。周囲からごくりと喉が鳴る音がする。

アレクサンドルがカプシーヌの傍らにやってきて耳元でささやいた。

「一日に飲める限界までボルドーを飲んだ。もう出よう。おいしくてもっとアルコールが強いものが飲みたい。それからディナーに行ってテーブルの下でいちゃつくっていうのはどうだい?」

「シビルはマリブ・ジンジャーを飲みに連れ出してくれる人がいないかと必死でさがしていたわ」

「それはわたしの手には余るな」

集まった人々のなかに、男性が無理矢理割り込んでヴォアザンの片方の上腕をつかんで馴れ馴れしく話しかける。あきらかにシビルを意識してのふるまいだ。彼女に好色な目つきでウィンクをして、いかにも親しげな調子でヴォアザンにからむ。

「ヴォアザン、きみのワインがいつも紙面で取り上げられるわけがわかったよ。こうしていつもジャーナリストにすりよっているってわけか。ここにいるユゲールは明日の《ル・モンド》紙で、さぞやきみのことを持ち上げる記事を書くんだろう」

アレクサンドルの眉間に縦の線が刻まれ、温和ながら険しい表情になる。

男はお構いなしに続ける。「確か、きみとタイユヴァンで昼食をとった時も《ヌーヴェル・オブセルヴァトゥール》紙のドゥルーアンと《ル・フィガロ》紙の男を——なんという名前だったかな、ゴーティエ・デュ・フェズナイだったかな——同席させていた。あれも盛大に記事に取り上げてもらうためだったんだろう?」

シビルはじれったそうに床をこするように片足を前後に動かし、ヴォアザンの片方の袖をひっぱる。「女性用の化粧室はどこかしら。いっしょにさがしてくれる？　わたし、もう」――そこで声を落とすが、あきらかに周囲にきこえることを意識している――「もらしてしまいそう」

「そうかそうか、さがしに行こう。きっとすぐそこにある」

ヴォアザンがこたえ、ふたりはささやきをかわしながら早足で行ってしまった。

「ここを出て少々飲んでから早めのディナーに行くかい？」アレクサンドルがカプシーヌに話しかけた。

「ええ、そうしたいと思っていたところ。ちょっとレトロな感じで、リッツはどう？」

「あそこの庭のバーは、気持ちよさそうだ」

「ヘミングウェイ・バーの落ち着いた雰囲気に浸りたい。べらぼうに高い茶色いものを飲んで酔っ払いましょう」

「お祝いするために？」

「逆よ（オ・コントレール）。自分の鈍感さへの悲しみを紛らわしたい。明白なことをずっと見過ごしてきた鈍感さを。そして強いお酒の力を借りて勇気を出そうと思う」

35

あいにくリッツのヘミングウェイ・バーでは本のサイン会がおこなわれていて満員だった。狭苦しい空間におおぜいが詰めかけ、たいへんな活気だ。彼らは三十ユーロのカクテルをおそろしいいきおいで喉に流し込んでいる。カプシーヌとアレクサンドルはドアの外からのぞいただけで、あっという間に業務用の電気掃除機に吸い取られるようにごった返す室内に引き込まれた。

カプシーヌはアレクサンドルの肘につかまったまま人の波に押されて、気づくとオークのバーカウンターにぎゅっと押しつけられていた。有名なバーテンダーが穏やかな顔に華やいだ表情を浮かべてこちらを見おろしている。

「ムッシュ、マダム・ド・ユゲール、いらっしゃいませ。なにをおつくりしましょう」

「カーッと頭に血がのぼってしまっているの。なにか適当なものをお願い」

このバーテンダーは飲み手の気分にぴったりのドリンクをつくることで知られている。バーテンダーが背中を向けたかと思うと、ものの一分ほどで、カプシーヌたちの前にうやうやしくマティーニの入ったグラスを置いた。「ピカソ・マティーニです。頭にのぼった血がすっと引いていくこと請け合いです。秘訣は、ジンを——タンカレー・ナンバー・テンに限ります——華氏六十五度ぴったりにして、ベルモットのノイリー・プラットを凍らせた小さなキューブをひとつ加えることです」

伝統的なマティーニ基準では、それでは温度が高すぎる。味わってみると、ベルモットが溶けて冷たい小川となって流れ込むのがくちびるで感じとれる。バーテンダーの言葉通り、確かに頭にのぼった血が引いていくような気がする。

でもこれはマティーニの効果ではないとカプシーヌは強く自覚していた。激しく気分が変動しているのは、ようやくある結論に達したからだ。

「ピカソ？　キューブだから？」カプシーヌがバーテンダーに質問した。

「むろんです」彼は魅力的な笑みとともにこたえる。

「そんなに決めつけることはないさ。じっくりと味を堪能できて、歯を割ってしまうおそれのないカクテルはすばらしいな」アレクサンドルがいう。

ふたりはマティーニのグラスを手に、バーのなかの探索を始めた。作家はおとなしそうな若い女性で、唯一目立っているのがやたらに大きなサングラス。レンズはまんまるで真っ黒だ。カプシーヌは彼女の著書を一冊取り上げた、推理小説ということでぱらぱらとめくってみると、単語三つにひとつの割合でおそろしく汚い言葉が出てくる。これこそガエル・タンギーがビーチで読むのにふさわしい本だ。彼がビーチに行くのなら、の話だが。そこまで考えて、結論に達したよろこびが改めて湧いてきた。

「庭で静かに飲みましょう。グラスの氷が立てる音や、夏の静けさをじっくり味わっておきたい」

アレクサンドルとカプシーヌは庭に出て椅子に腰かけてテーブルに向かう。テーブルには花柄のプリントのクロスがかけられ、白いペンキを塗った鍛鉄製の椅子にはおそろいのクッションが紐でくくりつけられている。そばにはギリシャ彫刻の複製品や鉢植えの低木がいくつも置かれている、鉢植えの木はあまりにも整った姿に刈り込まれていて、作り物のようだ。あたりはとても静かで、鳥が大理石のタイルの上のパン屑をめぐってなにやらいい合っている声まできこえる。

アレクサンドルは周囲の変化にうっとりと見入っている。注文したジン・トニックがふたり分運ばれてくると――アレクサンドルは絶対にブドウと穀物を混ぜないと決めている――カプシーヌはなにもいわず席を立ってバーのなかに入っていく。いまやあらゆるタブーが容赦なく排除されているというのに、女性の複雑な「排水機能」を盾にすればどんな勝手なふるまいも許されてしまうことに、いつもながらカプシーヌは驚いてしまう。

バーのなかは薄い色合いの木製パネル張りで壁にはタペストリーがかかり、ひじょうにエレガントな雰囲気だ。すっかり人気がなくなっている。カプシーヌは携帯電話を取り出して短縮ダイヤルでジャックにかけた。いくら仲のいいいとこでも、知らず知らずのうちに奥歯を食いしばってしまう。

「年上のセクシーないとこの枷がこうもたやすく外れていくのを見るのは、じつに楽しいものだな」カプシーヌの依頼をきいたジャックの反応だ。「きみがあの名医のベッドで仰向けに横たわっているエロティックな情景が目に浮かぶよ」彼のけたたましい声のボリュームが最大になり、携帯電話からノイズとなって出てくる。

「ジャック、ふざけないで。あの人と会うことはとても有益なの。あと少しで殺人犯を追いつめられるところまで来ているわ。でもそれにはどうしてもヴァヴァスールのアドバイスが必要なの」

ジャックはわざとらしく真面目な口調になる。「止めはしない。明日行けばいい」彼がひと呼吸置いて続ける。「ところで、あそこで昼食をとるようになってきみはすさまじく太ってきたようだな。瘦身食（デジュネ・マンスール）を指示しておこう。いいね（ネスパ）？」

カプシーヌは一方的に電話を切った。

翌日、勾配の急な石段を一歩一歩おりていくと、ヴァヴァスールが温かい笑顔で迎えた。

「あなたが来ることを、彼らは事前に知らせてこなくなりました。だが、特別に大きな容器で食料を運んでくるのでわかります。それで条件反射のようにあなたが訪れるのだとわかり、うれしくなるのです」そこで彼はうなだれてでこぼこの敷石を見つめる。「精神分析家としては、たいへんにまずいことなんでしょうが」彼がすぐに笑顔になる。「でも、あなたの訪問をとてもよろこんでいるのはほんとうですよ。それにあなたが来る時には、彼らはすばらしいワインを用意します。料理もたいへんよい」上機嫌な表情だ。

ヴァヴァスールがフェティッシュに強い関心を抱いているのは、単にラカンに関連してのことなのだろうか？　彼自身は食べることがフェティッシュであるようだ。それを批判しようなどとは思っていない。フェティッシュについての彼の助言があったからこそ、殺人事件を解き明かすことができたのだ。

今日来た目的について一刻も早く話したかったけれど、もはや儀式となった昼食をないがしろにすれば、ヴァヴァスールは自分の殻にこもってしまうおそれがある。

彼はいつも通りの丁寧な手順でベッド脇のテーブルの上を片付け、椅子を持ってきてふたり分の席をつくっている。それから慎重に濃いオリーブ色の容器をあけて、メニューが書かれたクリーム色のカードを取り出す。装飾的なイタリックの書体で手書きされている。対外治安総局（DGSE）にはほんとうにカリグラフィ専門の職員がいるのかもしれない。

「今日はわたしたちふたりをうんと甘やかすつもりのようだ。フライパンで炒めたタイ、その下には若い西洋ネギの蒸し煮」

「タイ。偶然ね。先日ランジス市場に行って〈快眠活魚〉のタイを買ったばかり」

ヴァヴァスールがおそれをなしたように後ずさりする。「この魚は日本産ではないはずだ」彼は震え出し、カードを落としてしまう。

「もちろん、ちがいます、ドクトゥール。このタイは地中海産です。ですからフランスのものですよ……タルト・タタンみたいにフランスのものです。わたしが話したのは、まったく別のことです」

「タルト・タタン」ヴァヴァスールが自分を落ち着かせるように同じ言葉を繰り返す。「タルト・タタン」

「いいワインもいっしょに入っているかしら？」カプシーヌは子どもにたずねるようにきいてみる。

ヴァヴァスールは容器のなかを探った。

「あった！　ちゃんとワインもつけてくれている」彼がうれしそうにいう。「二〇〇六年ジヨセフ・ドルーアン、バタール・モンラッシェ。がんばって張り込んでくれたようだ。あなたが来ない時には、こんな上等なものは届かない。もっとちょくちょくここに来なくてはいけませんよ。あなたにはほんとうにそうしてもらいたい」

さきほど日本と口にした時の動揺はすっかり消えてしまっている。ヴァヴァスールの日本恐怖症はカプシーヌの興味をそそるが、おそらく人生で出会う多くの謎のひとつとして残っていくにちがいない。

スコールは去り、ふたたび太陽が輝いた。ヴァヴァスールは浮き浮きと午餐の準備にいそしんだ。皿を出し、ワインの味を見て、食事が始まると食べることに熱中した。

料理はもちろんおいしかったが、同時にあきらかにダイエット食であるとカプシーヌは気づいた。食事が済むと、ちょうどそれが合図であったかのように対岸の隣人が段ボールから姿をあらわした。そしてラブラドールを相棒に一日の活動を始めた。川を挟んでこちらとあちらで元気一杯に手を振り合う。日差しが強くなり、川のにおいが強く漂い始める。心地よい麝香（じゃこう）の香りだ。風が途絶え、暑さに包まれていると南仏にいるような気分になる。ペタンクの鉄球がコツンとぶつかる音、そしてパスティス（南仏で好まれるリキュール）のリコリスの香り。

「リカール（パスティスのブランド）少々であなたを誘惑できるかな？」ヴァヴァスールがたずねる。

「心を治すことだけではなく、心を読むこともできるんですね」

「どちらか一方だけしかできないということは、どちらもできないということです。あなたは殺人事件について話すためにまたここを訪れたと考えている。しかし、それよりもあなたを困らせていることがある。そのことについて話したいのではないですか？」

食料とともに容器に入っていた氷のキューブは半分とけかかっている。ヴァヴァスールはふたつのタンブラーに澄んだ濃い黄色のリキュールを三センチほど注ぎ、そこに氷をいくつか落とす。氷がとけてしまうと、手品のように液体が不透明になり、さらに牛乳のように白くなる。ヴァヴァスールは食料の容器を傾けて氷水をタンブラーに並々と注ぐ。

「夏にバンザイ！」

カプシーヌのグラスに自分のグラスを接触させる。

「仰向けに横になったままでは飲めないわ。それでも横にならなくてはだめなのかしら？」

「わたしたちはその先の段階に進んだのだと思います。話してごらんなさい。なにがあなたを困らせているのか」

カプシーヌが身を起こして座る。「おっしゃる通りです。殺人があと一件おこなわれたら、犯人の正体を暴くことができます。カギとなったのは、もちろんフェティッシュです」

「おめでとう。今日はシャンパンが用意されていなくて残念です」

「殺人犯の正体の特定と、逮捕はまるで別物です」

「おお。それはプロとしての仕事の領域ですね。では、あなたの個人的な問題について話してみてはどうです？」

「そうしたいのは山々ですが、その前に毒の役割についてもう少し理解しておきたいんです」

　ヴァヴァスールはうなずき、川の向こうに視線をやる。顎の下のたるみを撫で、そのまま無言の時間が過ぎていく。もはやこの話題への関心を失ったのではないかとカプシーヌが考え始めた時、彼が口をひらいた。

「わかります。あなたにとってひじょうに重要な問題ですからね。しかし、そうなるとわたしたちは未知の人物の心理を理解するという複雑な問題に直面しなくてはならない。つまり確実なことはひとつもない。真実に到達はできない。あくまでも真実である可能性を話し合うにとどまります。それでかまいませんか？」

「田舎ではよく、『犬がいなければ、猫を使って狩りをしろ』といいます」

「それよりはましな成果が出ると思いますが。あなたが知りたいのは、殺人犯が毒で殺そうとするか、ではないですか？」

「そうです」

「殺人犯にとって毒は演出を完成させるものです。被害者が罪を犯している、つまり審判をおこなっている時に殺されるという形式を踏まなくてはならない。殺されるだけではなく、審判の対象つまり食べ物によって罰を——たとえ象徴的な罰でも——与えられる必要がある」

「では最初の殺人以外、死因が毒ではなかったのはどうしてかしら？」

ヴァヴァスールはふたたび顎のたるみをさすりながらじっと川を見つめる。長く感じられる一分の後に、口をひらいた。

「それはつまり、犯人は毒だけで人を殺すつもりがあったのかどうか。こたえは、イエス、にちがいない。チャンスがあったなら、そうしていただろう。しかしレストランの食事に毒を入れるのはそうかんたんではないでしょう」

「あなたの口からそんなことをきくとは思わなかった」

「そうでしょうね。しかし、いまあなたは葛藤している。やらなくてはいけないとわかっていることをやるのだという信念があなたを苦しめている。そうですね？」

カプシーヌはリカールを飲み干し、ぎこちないしぐさでグラスをヴァヴァスールに突き出す。「ほかに取るべき道があると思いますか？」

リカールのお代わりを注ぎながら彼がこたえる。「西洋文化ではホメロスからミッキー・スピレインまで、自己犠牲の精神から敵を討つという生き方は王道でした。そしてあなたもまたその道を行くのだと選択した。いったん決めたからには、とことん極めるしかないことをあなたはじゅうぶんに承知のはずだ」

カプシーヌの目から涙があふれた。

ヴァヴァスールが一時間ごとに料金を請求しないのはありがたかった。やがてゆったりしたダークスーツを着た大柄の男性が次の食事を入れた容器を持って石段をおりてきたが、それでもまだ話は続いていた。

36

ほぼひと月ちかくが過ぎた。初夏の浮き浮き気分――軽やかに吹き抜ける温かな風がカフェテラスへ、そして公園ののんびりした散歩へと手招きする――は過ぎ去り、重たくて過酷な真夏の暑さが訪れた。パリの住人はだらりとうなだれて不平不満をもらし、蒸し暑く埃っぽい日々に耐えながら、ひたすら夏休みを待ちわびた。

カプシーヌは一週間に少なくとも三回はヴァヴァスールのところで過ごす時間をつくっている。セーヌ川の水位は日増しに低くなっている。紐で縛って水に浸しているワインのボトルを取り出すには、藻でぬるぬるした石段をおりなければならない。川と岸から立ちのぼるアロマはきつくなり、麝香のにおいにはアンモニア臭がいっそう混じって鼻を突くようになった。

カプシーヌとヴァヴァスールは警察のバリケード用フェンスで仕切られたスペースから川岸に場所を移した。川のほとりに座って料理を膝に乗せ、足をぶらぶらさせて食べた。その後は冷たくしたヴィーニョ・ヴェルデをだらだらと飲んだ――このポルトガルワインは緑色で酸味が強く、発泡が控えめでアルコール濃度が低くて弱い。カプシーヌが心の内を思いのまま打ち明けるのは子どもの時以来だ。たいていの午後、話の最後には涙が登場した。苦痛をともなう時間ではあったが、カプシーヌは水際でのセッションに熱中した。それ以外でクリアな思考はできなかった。唯一、食欲を感じることのできる時間だった。この時間がなければ、とうてい待つことには耐えられなかった。

終了後は、ヴァヴァスールと過ごした時間でなにを学んだのかをふりかえった。殺人事件についてはとくに収穫はない——いまさら新しい情報はない。両親に対する自分の気持ちを検証できた——しかし、事件とはまったく関係ない。ひとことでいうと、自分が実行すると覚悟していることを形而上的に受け入れる時間だった。

アレクサンドルは妻の危機を察知して対処する才能に長けている。今回はカプシーヌがいっさい口を閉ざして、どんな危機に瀕しているのかを知りようがなかったのにもかかわらず、彼はみごとに能力を発揮した。まずは妻の食生活を気遣う。どうやらヴァヴァスールといっしょの時だけきちんと食べているらしいと気づいて、料理の質の問題ではないかと判断した。そこでパリの三つ星レストラン十二店にカプシーヌを連れていったが、裏目に出てしまった。カプシーヌは料理をつつくだけで、ほとんど手つかずで厨房に皿が戻される。著名なレストラン評論家の妻につっぱねられたと受け止めて、厨房は不安に陥る。三軒目でついに、シェフが両手を揉み合わせながらダイニングルームにあらわれてアレクサンドルのもとに話をしにやってきた。戦術を変更するしかない。

次の戦術はもう少しうまくいった。カプシーヌとともにジャット島のレストランの探訪を始めたのだ。パリの街の端にあたるセーヌ川のこの中洲は、かつてはまばらな草に覆われた砂だらけの場所にすぎなかったが、ジョルジュ・スーラの点描画で一躍有名になった。小市民(プチ・ブルジョワ)が日曜日にくつろぐあの絵がなければ、さびれていた島はいまでも世界に知られないままだったにちがいない。この十年間で島は不動産開発業者の手で一気に様変わりした。ぼろぼろの倉庫や傾いた木製のガレージはひとつまたひとつと消えて、川の眺望を売り物にする六階建ての豪華なマンションが建てられた。しかし、川から目と鼻の先にはまだレストランがひと握り残っている。ポプラの木陰のテラス席は涼しく、アレクサンドルとカプシーヌは夜毎通った。

アレクサンドルのプロとしての基準で見れば、どの店も際立って優秀というわけではないが、カプシーヌは食べた。空が青から紫へと色を濃くし、さわやかなそよ風がセーヌ川から吹いてくるのはとても快適で、ふたりはサンセールのボトルを空っぽにした。

それでもカプシーヌは確実にやつれていた。待つ時間が彼女を疲弊させていった。

待ち焦がれ、そしてひどくおそれていた電話がついにかかってきた。カプシーヌは、自分が放つことができる矢はあと一本だけなのだと覚悟していた。だから慎重に選ばなくてはならない。しかし、これはまさに絶好のチャンス。逃すわけにはいかない。問題は、弓の弦を引く勇気だ。プロフェッショナルの励ましとアドバイスだけでは足りない。幼なじみに会って肩を抱いてもらえれば踏ん切りがつくだろうか。

指先に力を込めて、携帯電話でセシルに連絡した。

「あらカプシーヌ、いまちょうど電話しようとしたところよ！　ランチに誘おうと思って。今日どうしても！　予定があったらキャンセルしてね。親友が助けを求めているのだから、絶対にこちらを優先してちょうだい」

「ええ、いっしょにランチをしましょう。じつはわたしもあなたにきいてもらいたい話があるの。とても重要で、最終的に決める前にあなたのアドバイスが欲しいのよ」

ランチの場所は、けっきょく〈ラ・ダーシャ〉になった。カプシーヌは最初、不満を感じた。食欲はすっかり失せていても、高級なおつまみみたいなものばかりを提供してフルコース並みの代金を請求するという店には反発をおぼえる。それでも渋々出かけていった。

カプシーヌはメニューに目を走らせた。なんとしたことか、こんな時におそろしいほど空腹を感じていた。手間を惜しまずメニューを熟読すれば――そんな酔狂な人間はほとんどいない――料理と呼ぶに値するものが発見できるものだ。カプシーヌはボルシチにピエロギ（ポーランド料理。ピロシキはロシアのピエロギ）を三つ添えたもの、ビーフストロガノフ、そして以前アレクサンドルが絶賛していたコート・ドゥ・ローヌのハーフボトルを注文した。

「あなた、妊娠しているの？」セシルが仰天して叫んだ。「なんだか変わったわね。でもふっくらしたわけではないわ。細くなっているじゃない。どうしたの？」

「べつに。ただ、ちょっとスタミナをつけたいだけ。トーストにスプーン一杯の魚卵をのせただけでは全然足りないのよ」

セシルは一瞬カプシーヌのことに注意を払ったが、三秒後には彼女の人生に焦点を移した。

「わたしね、決心したの！　きいたらきっとびっくりするわよ」

「会社を辞める、テオともガールフレンドとも別れてスイスに行って新しい人生のスタートを切る」

しっかり口を結わえていなかった風船がしぼむように、みるみるうちにセシルがしょぼんとする。

「どうしてわかったの？　まだ誰にもいっていないのに」

「きかなくてもわかるわよ」

カプシーヌは猛然とボルシチを口に運び、ピエロギにぱくつく。パン種を入れていない生地はパリッと揚がっていて中身のジャガイモとオニオンが香ばしい。ロシアのレシピに忠実な、まさに絶品だ。

「ふざけないでちゃんと教えて。どうしてわかったの？」

「選択肢のうち、高飛びすること以外にあなたが興奮できるものはなかった」カプシーヌはピエロギをもうひとつ取り上げてかじる。「いまの会社の仕事への情熱はすっかり衰えていた。唯一、社内の権力争いに意欲をかき立てられたけれど、成果を手にしたらあなたを引き留める魅力はなにもない。ガールフレンドの存在は、一種のショック・バリュー（ショックを与えて感情を呼び起こす）ね。そして夫のテオには、結婚前からすでに飽き飽きしていた。もともと、あなたは彼のことを風景のようにしか見ていなかった。ヴヴェイへの関心が長続きするとは思えないけれど、少なくとも新しさという魅力がある。その一点で、ほかの選択肢よりもエキサイティングである」

「わたしのことがよくわかるのね。そんなふうに相手の心を読んで犯人を捕まえるの？」

「いいえ。じっさいに要求されるのは、アパルトマンに灯るあかりを見上げながら夜を徹して張り込む能力であって――」

「わたしのこれからを考えると、すごくわくわくするでしょう？　コネストーガ幌馬車によじのぼってカリフォルニア発見の旅に出るみたいな気分。コロンブスの船に乗り込んで、これから世界の果てまで航海する恐怖で夜も眠れないような気分よ」

ウェイターがカプシーヌのビーフストロガノフを運んできた。彼はセシルに、もっとキャビアをいかがですかとたずねる。

「お願いするわ、でも今度はオシェトラにして」そこでカプシーヌに向かってコメントする。「三種類のなかではやはりオシェトラが最高ね、値段はいちばん安いけれど」

「コネストーガ幌馬車には、旅の最後までたっぷり食べられるくらいキャビアを積んだの？」

「なんて意地悪なの。いつものあなたらしくない。やっと決心がついて、あなたもきっとよろこんでくれると思ったのに。先の見えない苦しみにようやくピリオドがついたのだから」

「ええ、意地悪ね。でもそれは、いまわたしがとてつもない決断を――」

セシルがカプシーヌの腕をぎゅっとつかんでうなずく。「わかるわ。わたしのとてつもない挑戦を理解するのはとても難しいと思う。あなたのいう通りよ。ヴヴェイにも、いずれ飽きてしまう。だからいまの関係をすべて断ち切って行こうとは思わないの。テオフィルには一時的な任務だと説明するつもり。そうしたらいっしょに行くなんていいださないと思う。もちろん、わたしはしょっちゅう戻ってくる。パリから離れて暮らせる人間なんていないわ。ジュネーヴには店らしい店なんてないのよ。ましてヴヴェイでしょ、もう絶望的」

ビーフストロガノフは完璧だった。ソースは濃厚でクリーミーで、ビーフはレアで申し分ない。

「そのごった煮はいったいなに？　シチューの一種なの？　夏の真っ盛りにそんなものを食べるの？　カプシーヌ、あなたほんとうに妊娠していないの？　ええと、どこまで話したかしら。そう、最悪なのはね、秋用のワードローブ一式が必要なのにショップにはまだ夏のものしか置いていないということよ。それからテオがレ島の彼の両親の家に一カ月間行こうといってきかないの。ひと月まるまるよ、信じられないわよね。退屈の煉獄に置かれるようなものだけど、妻の務めとして行かなくちゃね。帰ってきたら一週間しか余裕はないわ。その間にショッピングをしてオノリーヌのことを片付けなくてはならない。でも、やるべきことをやるまでよね、そうじゃない？　きっとうまくいくわ」

ランチはさらに二十分続いた。カプシーヌはセシルの話をきくのを止めて、テーブルの小さなランプをじっと見つめた、タッセルのある赤いシルクのシェードつきのランプだ。なぜセシルはこんなに威勢がいいのだろう。最初は理解できなかった。が、はっと気づいた。セシルは選択肢を比較検討することを止めて、行動方針を実行に移すと決意表明したのだ。カプシーヌとちがうのは、くだした決断が妥当であると背中を押してもらいたいなどと彼女は考えていない。誰かにきいてもらうことで、よろこびを実感したいのだ。

カプシーヌはランプから視線を外して、話し続けるセシルに焦点を合わせた。ヴヴェイではイブニングドレスがいらないから気が楽だわ、とセシルがしゃべっている。カプシーヌは立ち上がった。

「レ島ですばらしい時間を楽しんでね。いろいろ大変だったでしょう。大手を振ってゆっくり休暇を過ごしてね。帰ってきたら、また続きを話しましょう」

「ええそうね。なにもかもわたしに話してきかせてね。絶対にきくからね。どうしてこんなにあわてて行ってしまうの？　せっかくのグヤーシュ（ハンガリーのシチュー料理）でしょ。全部食べたら？」セシルは顔をしかめる。

「逮捕しに行くのよ。一刻を争うわ」

レストランから出ながらカプシーヌはセシルについて考えた。この先もずっと彼女はなくてはならない存在であり続けるだろう。ごく若い頃の思い出を記録し保管する存在として。おたがいの距離はしだいに遠くなっていくだろう。いつしか、偶然にどこかのディナーパーティーで顔を合わせるような間柄になるにちがいない。〈ラ・ダーシャ〉でランチをして積もる話をしましょうと約束し、その約束は決して果たされないだろう。

37

ようやく踏ん切りがつくと、カプシーヌはいても立ってもいられないもどかしさに襲われた。〈ラ・ダーシャ〉を出た往来で携帯電話を取り出し、アレクサンドルに短縮ダイヤルでかけてみると、すぐに彼が出た。

「いまどこにいるの？」

「新聞社だ。強烈に退屈な編集会議のさいちゅうだ」アレクサンドルはひそひそ声でささやく。手で口と電話を隠しているにちがいない。さいきんコロンビアの麻薬の売人を描いた映画を見て、すっかりそのしぐささを気に入ってしまったのだ。

「よりによって」

「どうした？」

「気にしないで。わたしはいま八区にいるの。十三区はパリのまったく逆側なのよね。いますぐに会いたいのに」

「これからタクシーに飛び乗って、言葉とジェスチャーで迫力たっぷりに運転手を叱咤激励して、すぐにきみのもとに駆けつけるよ」

「中間地点で会わない？　六区で。〈レゼディトゥール〉はどう？　ほら、オデオン交差点の」

「〈レゼディトゥール〉か。もう少し楽しい店があるはずだがな」

「そんなお高くとまったことをいわないの。後から来たほうのおごりね」

カプシーヌは電話をぱちんと閉じて、その日初めてにっこりした。

だがエアコンのないタクシーに乗ると、せっかくの固い決意が暑さで溶け、子どもが手に持っているアイスクリームが海辺の太陽に溶けるように床にぼたりと落ちた。

〈レゼディトゥール〉の店内の壁には大量の本が並び、とても居心地がいい。それでもサンジェルマンのインテリたちはなぜか自分たちにはふさわしくない店と決めつけている。カプシーヌがそこを選んだのは、知り合いに出くわす可能性がないからだ。しかしいまになってその選択を激しく悔やんだ。ここは袋小路も同然だ。

そんな思いを見透かしているように、アレクサンドルは日よけのある開放的なテラス席ではなく、店のずっと奥のひとけのないバーとダイニングを兼ねた部屋のさらにいちばん奥まったテーブルを選んでいた。テーブルに何冊か積んだ本に立てかけてひらいてある本を読みながら、グラスにひとつだけ氷を入れたウィスキーを味わってにここにこしている。

カプシーヌがやってくるのに気づくと彼はすぐに立ち上がり、両腕を彼女の身体にまわして目の奥深くをじっとさぐる。ここでアレクサンドルはなにを読んでいたのだろう。ふいに彼の表情が変わった。

「ここに誰も来ないのは、まったくもって謎だな」アレクサンドルはふたりで腰かけながら話しだした。「この書棚は豊かな鉱脈を秘めている」そこで本を一冊とりあげてタイトルを読む。「『ブルゴーニュのエスカルゴの驚くべき消化管』」

カプシーヌは思わずにっこりしてしまう。

「それから、『南西部の根菜類栽培家第三十八回年次総会』、『モルモットの飼育は楽しみのためか、それとも利益を出すためか？』」

カプシーヌは笑い声をあげる。「やめてちょうだい、お願いだから」

「ここからがいいんだ。『マドラーを収集する――挿絵入り』そしてわたしの一押しはこれだ。『マリタイム・メリット勲章受章者の機知と知恵』だ」

カプシーヌは笑いながら泣いている。アレクサンドルは前に身を乗り出して彼女の目にキスする。

「きみはどうやらもっと飲む必要がありそうだ」

彼が横柄なしぐさで指をあげるとウェイターがぱっと駆けつけた。目利きが足を運ばない人里離れた場所でもアレクサンドルの名を知らない者はいないらしい。

「ウォッカをダブルでマダムに。氷をたくさん入れてくれ。わたしは同じものをもう一杯もらおう」ほぼ空になったオンザロックのグラスをアレクサンドルが振ると、ほとんどとけて菱形になった氷がカチャリと音を立てる。

「ごめんなさい。真面目な話をしようと思っているのにあなたが冗談ばかりいうから、わけがわからなくなってしまった」

「真面目な話？」

飲み物が運ばれてきたので、アレクサンドルが黙る。

「とても真面目なことなの。なんの話かというと……つまり……なんていうか……説明がすごく難しいの」

「きみが探しているのは餌という言葉ではないだろうか」

「餌？　いいえちがうわ。ちがいます。絶対に」

「それなら『杭につながれたヤギ』というのはどうかな？　ライオンを狩る猟師は確かそう呼んでいるはずだ。そのほうがいいかな？」

カプシーヌの目にはまた涙があふれる。

「泣くなんておかしいぞ。泣き止まないなら、きみの大きな黒い銃を取り上げてお尻を叩くよ。ここでね」

「本気でいっているの？」

「本気さ」

「ジャックね、そうでしょう？　彼からききつけたのね。あのドクトゥール・ヴァヴァスールがジャックに話したにちがいないわ、そしてジャックからあなたに伝わった。男というのは絶対に秘密を守れないのね」

「困ったもんだな。ジャックはわたしになにも話してはいないよ。自分で解いたんだ、数週間前にね。自分で考え出したんだ。犯罪については門外漢だが、きみのことなら手に取るようにわかる。それに、大手の日刊紙の食べ物欄の担当者たちのあいだでは、司法警察がレストランのオープニングについて情報を収集しているという噂が流れている。そのことと結びつけるのは、たいして難しいことではなかった」

カプシーヌは本格的に激しく泣きだした。ウェイターがひとり、ドアから頭を突き出してきょろきょろしていたが、また頭を引っ込めた。フランスのレストランのサービスは侮れないと感じられるのはこういう時だ。経営陣が無能でも、給仕スタッフはどこでもプロ中のプロなのだ。

ウェイターの姿が見えなくなると、アレクサンドルがたずねた。

「どこまで話していたんだったかな？」

「『困ったもんだな』のあたり」

「ああそうだ。誰にきくまでもなく、明白だった。きみはいつも通り、直感で犯罪を解き明かした。だが、直感では証拠を提出できない。だから逮捕にこぎつけられない」

「証拠はないのよ。なにひとつ」

「困ったもんだ。証拠が重要ってことは、この老いぼれた、アルコール漬けの脳みそにも深く刻み込まれている」

「困ってしまうわね。ああ、もう困るのはたくさん」

アレクサンドルが笑い、カプシーヌがクスクス笑う。彼が彼女の片手を取って手にキスする。

「やっと泣き止んでくれてうれしいよ。さて、きみのプランをきかせてもらおう。何週間も待ち続けた。わたしがアマチュア芝居をこよなく愛しているのはきみも知っているね」

「次の土曜日。エッフェル塔で」

「よし！」アレクサンドルが叫んで、指の関節でテーブルをコツコツ叩く。「完璧だ。きみは天才だよ」そして妻の額に幸せそうにキスする。

長い長い一カ月の後に、ようやくアレクサンドルと気持ちを通い合わせることができた。カプシーヌはまた泣きたい気分だった。エアコンがききすぎた埃っぽいがらんとした部屋のなかでは、パリの街も、街全体を毛布のように覆う過酷な暑さもすっかり遠く感じられた。ふたりは屋根裏部屋の隅で秘密を打ち明け合う子どもたちのように話に没頭した。

カプシーヌは興奮気味に計画を説明した。今シーズン、エッフェル塔二階のレストラン〈ジュール・ヴェルヌ〉が再オープンする。これは今シーズンのレストラン業界のプロジェクトとしては最大級のもの——さすがに十年に一度とはいわないが——として大々的に宣伝されている。もともと、オープニングは九月に予定されていた——新学期（ル・ラントレ）、つまり活気に乏しかった長い夏の後に光の都にいっせいに命がよみがえるよろこびを称えるイベントとして。それが、六月の第三週に前倒しされた。口さがない連中は、これはプロジェクトが深刻な予算オーバーに陥ったからで、投資家たちはお金をたんまり持った観光客たちから夏のあいだにできる限り儲けさせてもらおうと狙っている、と噂した。

まぎれもなく壮大なプロジェクトである。レストランそのものはエッフェル塔が建設された当時からあったが、長年のあいだにすっかり凡庸な店となり、ついに値段の高さと中身がつりあわないとしてアメリカ人と日本人にまでそっぽを向かれるようになってしまった。

投資家たちが目をつけたのはフランスでひじょうに人気があり野心家でもあるシェフ、ジョルジュ・デルマだ。彼と契約を結び、内装に手を入れてミシュランの星を確実にひとつは獲得するように依頼した。しかし、それは困難なプロジェクトだった。エッフェル塔の極めて厳しい重量制限に合うように調度類を巧みにデザインしなくてはならない。厨房はあまりにも狭くてごくひと握りのコックしか作業できない。下準備はすべて、ちかくの建物の地下室でおこない、専用のエレベーターでレストランにピストン輸送する、という具合だ。

オープニングは夏の一大イベントとして宣伝されていた。ディナーの招待客は厳選された百二十名。政府高官らを含むゲストたちは、フランスでもっとも大切にされている記念建造物のお色直しを祝福する。さらにディナーの後の花火の催しに三百人のゲストが招待されていた。

「これが殺人犯を引きつけないのであれば、それ以外に引きつけるものなどないだろうね」

カプシーヌの説明をきき終えてアレクサンドルがコメントする。

「なんとしても成功させないと。この機会を逃したら、秋まではもうチャンスがないわ。それまで延々と待つなんて耐えられない」

〈レゼディトゥール〉から出ながら、カプシーヌはアレクサンドルの左側の脇の下が不自然にふくらんでいるのに気づいた。

「それはなに？　モモからこっそり銃を手に入れたんじゃないでしょうね。見せて」

アレクサンドルが身をかわす。

「だめよ。これは重大なことなの。無許可で武器を携帯して歩きまわることはできないわ。第一級の重罪よ」

警察の逮捕術でアレクサンドルの左腕を押さえつけ、ジャケットのなかに手を突っ込む。本だった。

「なに、これは？」

「これはとびきりなんだ。こんなにいいものを、誰の目にも触れないようなあんなところに置きっぱなしにしたくない。お願いだ、おまわりさん、ちょっとした出来心なんです。どうか捕まえないでください」

本の表紙にはなにも書かれていない。カプシーヌが本を横にして、背表紙を読む。『初心者のためのサディズムとマゾヒズム』とある。

「しかたない、お若いの。今回だけは放免してあげましょう。ただし、先にわたしに読ませてくれるのが条件よ」

38

シェフ・デルマは華やかなショーを演出する才能の持主だとアレクサンドルは感嘆した。それはまちがいない。フランス共和国親衛隊——羽根飾りのついたヘルメットと青と赤の制服で馬に跨がった姿はじつに凜々しい——の列のあいだをぶらぶら歩きながら、彼はレストランに直行するエレベーターのクロムイエローの日よけの方にちかづいていく。警察の白いヴァンが一台、川岸通りに駐車しているのが見えた。招待者リストに有名人がぞろぞろいるイベントなのだから当然だと自分にいいきかせる。

エレベーターの前のエリアでは、黒いミニ丈のワンピース姿のきれいなウェイトレスたちがにこやかな表情で歩き回り、エレベーターを待つゲストにグラスに入ったシャンパンをふるまっている。

モモといっしょでなければ絶対にレストランに入ってはいけないとカプシーヌから指示されていたので、守らなくてはならない。アレクサンドルは華やいだ雰囲気の人の輪に入り、シャンパンのグラスを受け取り、ボディガードを務めてくれる親友を待った。が、ウェイトレスの輝く笑顔に魅了されてにこにこと微笑みを返すうちに、待っていることをすっかり忘れてしまった。巨体がちかづいてきたのがまったく目に入らず、ぶつぶつとうなるような声がして、ようや気づいた。なんと、モモはレストランの給仕係のおしゃれな制服でめかしこんでいる。ズアーブ兵（アルジェリア人を基本に構成されたフランス軽歩兵）の服をランヴァンがアレンジしたものだ。身体にぴったりしたメスジャケットは茶色でボタンがついていないデザイン。だぶだぶの黒いズボンは足首のところで革製のスパッツでぴったり押さえてある。

「こういう仮装をして仕事をするのは苦手だとボスはわかっているはずなんです。それにこの手のきつい襟ぐりも大嫌いだ」モモはアレクサンドルの耳元でうなりながら、襟無しの白いシャツの胸元をひっぱる。「それなのに、ボスはやれと命じるんです」

「ランヴァンの衣装がとても似合ってすてきだよ。きみの新しい魅力が引き出されている」

「何者かがあなたに攻撃をしかけてきた時にわたしが銃を持っていないとなれば、あまり愉快ではないだろうと思いますよ。この道化師のような衣装には銃を隠す場所がどこにもない」

エレベーターのドアがすっとスライドしてあく。アレクサンドルが乗ろうとして足を踏み出すとモモが太い腕を伸ばして押さえる。この腕なら羊一頭を絞め殺すのも軽いだろう。

「最後に乗ります」

ドアが閉まりかけた時、モモがアレクサンドルを荒っぽくエレベーターのなかに押し込み、その後ろから自分もそっと入った。周囲のひんしゅくを買ったらしく、洗練されたつぶやきがきこえる。

　ガラス張りのエレベーターが格子状に組み立てられた塔を百二十メートルほど上昇し、パリの景色が見渡せる。亜鉛の屋根の海に金色のドームが島のようにぽつんぽつんと浮かぶ光景に、乗客からいっせいに感嘆のざわめきがあがる。

　ドアがシューッという音とともにあくと、アレクサンドルの目の前にイザベルがあらわれた。やはりズアーブ兵のような衣装を着て、バインダーを抱えている。

「招待状を拝見します」

　きびきびとした口調でたずねる。彼女なりににこやかになろうとしているらしい。下にいたウェイトレスの笑顔とは似ても似つかないが、少なくともイザベルの口角はあがっている。アレクサンドルはニコッとして凝った印刷の厚紙のカードを渡した。それを返す時には、すでにイザベルはしかめっ面になっていた。

「カプ……ル・テリエ警視もこんな制服を着ているのかな？」アレクサンドルがモモにたずねる。「絶対に見逃したくないな」

「ええ。警視は厨房に入り浸ってシェフを辟易させています。相変わらずすてきな格好をしています。百万ユーロはしそうな服です」

　改装後のレストランの内装は、地上で盛り上がった期待にじゅうぶんにこたえるものだった。店内は四つのダイニングルームに分かれ、くつろげるスペースとなっている。パリの壮大なパノラマを際立たせるために照明は最小限に抑えられている。家具調度類はベルエポックの香りを漂わせながら、モダンで控えめなテイストだ。唯一の遊びといえるのは、テーブルトップに置かれた小さなガラスの球から出るほのかな光だ。

モモはベテランの給仕長を思わせる落ち着いた態度でアレクサンドルをガラス窓に面した四人用のテーブルに案内し、薄暗い隅へとさがる。アレクサンドルはダヴィッドの姿をちらっととらえた。彼も制服を着て部屋の反対側の隅に立っている。ふたりの距離はかなりあるが、彼が新しい衣装を着てご機嫌なのはよくわかる。数秒ごとに身をくねらせて新しいポーズをとり、衣装の可能性を探索しているダヴィッドを見てアレクサンドルは笑みをもらした。

同じテーブルのゲストが到着した。このレストランの株式の五十パーセントを所有するホテルチェーンの取締役社長夫妻だ。妻は口うるささそうなタイプで、サントロペの強い日差しを浴びすぎたせいか、肌がガサガサしているのに二十歳前後の娘のような若づくりの格好だ。夫のほうはよく肥えて陽気だ。いかにも美食家で、アレクサンドルに会えたことをよろこんでいる。「すばらしい」彼は貫禄を漂わせながら腰かけ、喫煙家によくあるゴボゴボいうような笑い声をあげる。「デルマはじつによく心得ている。フランスでもっとも尊敬されているレストラン評論家をわたしの話し相手につけてくれた。なかなか心憎い演出じゃないか。な、おまえ？」

同意を求められた彼の妻は不機嫌そうに顔をしかめる。

つぎに到着したのはイタリアの上院議員だった。右派のポピュリスト的な政治家として昔から名を馳せ、思春期に達したか達しないかという年齢のモデルに目がないことでも有名な人物だ。イタリア流にさっそうとした身のこなしで腰かけ、ホテル社長の妻の手にキスしようと試みた。が、彼女はむっとして引っ込める。

ソムリエが到着し、歓迎のシャンパンを勧める。ペリエ＝ジュエのベル・エポック・ブラン・ド・ブランの二〇〇〇年。アールデコのアネモネの花と一八九〇年代のレタリングをあしらったマグナムボトルだ。ソムリエはボトルの底の窪みに親指を当て、残りの指をひらいて瓶の側面を支え、エレガントなしぐさで注ぐ。

「好調な滑り出しですな。が、じつをいいますとこれからなにが出てくるのか、全然知らないんですよ。誰もなにも教えてくれないものでね」ホテルの社長がアレクサンドルに話しかける。イタリア人代議士は首を伸ばして室内の女性を物色している。

「マスコミにはPR会社から資料が送られています。これから四種類の料理とチーズとデザートが出てきますよ」アレクサンドルが熱っぽく語り始める。「まずはブルターニュ産ロブスターに、ワイルドアップルのサラダとスパイシーで冷たいレムラードソースを添えたもの。マヨネーズ、ガーキン（ピクルスに使われる若い小さなキュウリ）、ケイパー、ハーブをミックスしたものでつくったソースです。二皿目は産地直送のエンダイブをトリュフ、チコリ、バイヨンヌ産生ハム、コンテチーズとともに調理したもの」

ホテルの社長は息が荒くなり、身を乗り出して尻が椅子から前に落ちてしまいそうになっている。ストリップ劇場で少しでも舞台に近い位置で見ようとする客のようだ。

「その次は？」彼は目をみはりながらたずねる。

「フライパンでソテーしたターボット（大型のヒラメの一種）です。小麦粉を溶いてエシャロット、白ワイン、トマト、パセリを混ぜた衣をつけてソテーします。そして最後にグレナデン・ド・ヴォー。子牛をフライパンで焼いて表面に焼き目をつけ、クリームソースを少しかけたベビー・スピナッチと子牛の肉汁を添えた一品です」

「おお、楽しみだ。な、おまえ？」

ホテルの社長が妻に同意を求めると、彼女はふっと息を吐いておおげさに頭を横にふる。男性三人が雑談し、社長夫人がむっつりとした表情で窓の外を見つめていると、ウェイターがやってきて、各々の前に置かれた磁器製の印象派の彫刻のようなものを下げた。よくよく見るとエッフェル塔をぎゅっとつぶしたようなもので、裏返すと店のオリジナルのディナー皿となる。アレクサンドルは、報道関係者に配布された資料からそれを知っていた。ウェイターふたりがしずしずとロブスターを各々の前に置き、同時にソムリエがシャンパンのお代わりを注ぐ。

インテリアと同じく料理のレベルも、派手な前宣伝を裏切らなかった。もちろんチーズもすばらしい。有名なチーズ熟成士（アフィヌール）が手がけたもので、十六世紀の洞窟で貴族の子どもを細心の注意を払って世話するようにたいせつに熟成させている。

しかし話題をさらったのはデザートだった。すべてのテーブルの上がきれいに片付けられた後、テーブルランプ以外の照明が消された。居住まいを正して待つゲストの姿が幽霊のようにぼんやりと浮かび上がる。期待に満ちた静けさのなかでモモとダヴィッドが警戒感を募らせて身を硬くする。少なくともアレクサンドルにはそう感じられた。六人のウェイターが銀の大皿を運んできた。青、白、赤のソルベの上に綿菓子で巧みにつくられた美しいエッフェル塔。その先端でパチパチと火花が散り、フランス国旗がはためいている。熱烈な拍手が湧いた。モモの巨体がじりじりとアレクサンドルに接近して、すぐ脇に立って室内に目をすばやく走らせる。アレクサンドルが忍び笑いをもらした。

「明日、エッフェル塔の重要な防火法規がないがしろにされたと知った管理者がシェフをこってり絞るところを想像しているのですか？」ホテルの社長がたずねる。

「まさか。翌朝の後悔をおそれて酒を慎むなど、紳士の風上にもおけませんからね」

「その通り（クエスト・エ・チエルト）！」

イタリアの上院議員がにこにこして同意する。

社長夫人は不快そうな表情をふたりに向けた。

「こうしてディナーが滞りなく終わったと知ったら、妻がさぞよろこぶだろうと考えていたんですよ」

カプシーヌはきっと気が気ではない思いで厨房のドアの覗き窓から目を凝らしているだろう。アレクサンドルは彼女の心情を察した。

「率直にきかせてもらいたいのだが、親愛なるアレクサンドル。そう呼んでかまわないだろうか」社長が話しかけてきたのでアレクサンドルは我に返った。「ミシュランの審査員になったつもりでこのレストランに格付けするとしたら、どんな評価をくだしますか？」

レビューを書くまではどんな評価も口外しないというのが評論家として守るべきルールで

あるのはわかっている。とりわけレストランのオーナーやスタッフに対しては口を慎むべきだ。しかしアレクサンドルは解放感に浸りたかった。慣れない役割を果たした緊張感から解き放たれたいと思ったのかもしれない。

「一つ星です。疑いなく一つ星ですね。サービスは完璧で眺望は満点、そして眺望にひけをとらないインテリア。ただし料理は二つ星に値するほどの力はない」アレクサンドルはそこで間を置き、相手が失望の色を浮かべるのを覚悟する。「がっかりさせてしまいましたか？」

ところが社長は顔をほころばせ、歯を見せて満面の笑みを浮かべる。「それこそ、まさにわたしが望んでいたものです。な、おまえ？」彼が妻の方を向く。「デルマは天才だ。誰がなんといっても天才だ。な、おまえもそう思うだろう。おまえにも話したが、わたしはデルマに一つ星を依頼した。彼はどんぴしゃりの評価を獲得したんだ」

彼がアレクサンドルの方を向く。「投資の決定をくだすにあたって、ひじょうに広範囲にわたるマーケットリサーチをおこなったのですよ。それをもとに、市場でのポジショニングをあきらかにできたと考えています。星を獲得できないのはまずい。二つ星あるいは三つ星でもよろしくない。わたしたちとしてはこの店を、裕福な観光客が夜訪れて楽しめる場所にしたいと考えたのです。星が多い店に行きたがる客はデルマを萎縮させてしまうでしょう。かといって星のつかないレストランでは、投資を回収するのに必要な値段で食べるような客はつかないでしょう。明日のレビューはぜひその見解を反映させていただけるように心から希望します」彼は心底よろこんでいる。

「まかせください。それからもうひとつお約束できると思いますよ。明日のレビューは今年もっとも注目を集めるものになるはずです」

「ほんとうですか！　きいたかい。な、おまえ？」

社長夫人は綿菓子のエッフェル塔をスプーンで黙々と粉砕し、返事をしなかった。


シェフ・デルマはコーヒーのサービスに合わせてダイニングルームに姿をあらわして、ゲストの称賛を浴びている。厨房に残っているカプシーヌにイザベルが興奮気味にひそひそとささやく。

「今夜はなにも起きませんよ、きっと。警備が厳重すぎたんですね。いくらなんでもやりすぎですよ」

「シーッ！　話は後で」

「それに、アクセスの手段が少なすぎます。殺人者にとってはあまりにも危険ですよ。もっと開放的な場所でなければうまくいかないでしょう」

カプシーヌは人さし指を口に当て、小声でささやく。

「今夜のイベントはまだ半分も終わっていないわ。ここから先はさらに警戒しなくては」

いよいよイベントは花火の打ちあげへと移る。それをダイニングルームの屋上から見物するという趣向だ。ふだんは一般に開放されていない屋上には鉄製の細いらせん階段であがる。その階段に出る戸口がちょうど潜水艦のハッチのような小さな丸い金属の扉なので、広告会社はジュール・ヴェルヌの冒険物語と結びつけて〝空の下二万マイル〟とアピールしている。まずディナーの招待客百二十人のゲストたちが屋上に出る。そこでふるまわれるシャンパンを飲んでくつろいだところで、Bリストの招待客三百人が屋上に案内される。その頃にはあたりはすっかり暗くなり、花火のショーがスタートするという段取りだ。

カプシーヌが毒について心配したのは当然だが、屋上への狭い階段ののぼりもこわかった。そこでモモに、ゲストを上に案内する際にはかならずアレクサンドルのすぐ前にいるようにと指示した。イザベルは下の階に留まり、ゲストが列をつくってのぼっていくのをじっと見ている。ダヴィッドはすでに屋上で待機している。カプシーヌは厨房のドアの覗き窓から見守る。ゲストの誰かに見つかって大きな声で挨拶されるような事態だけは避けたい。

ホテルの社長がアレクサンドルに続いて階段をのぼり始め、カプシーヌはほっとして息をついた。社長の後ろからは社長夫人、そしてイタリアの上院議員が続く。カプシーヌは厨房から飛び出して上院議員の後ろに並んだ。彼はにやけた表情を浮かべて自分の前に来るようにと執拗に勧める。ふだんならお礼のしるしに少々ヒップを振ってみせたりするのだが、そんな茶目っ気を出す余裕はない。階段をのぼりきった屋上では給仕係たちがシャンパンの入ったフルートグラスを配っている。カプシーヌは彼らのなかにすっと紛れ込んだ。

屋上は広く、金属製の平らな表面は少々油っぽい。船の横腹のようにリベットで固定され、周囲には手すりが一本ついているが、驚くほど低い。かなり大柄な男性の腰の高さよりも少し低いのではないか。太陽が地平線に沈んでからすでに三十分経っているが、西の空はまだパステルピンクとイエローの淡い色合いだ。空がしだいに暗くなっていくとともに街の光がきらめき始め、見おろすとペルシャ絨毯が広がっているようだ。魔法がかかったみたいな光景にゲストたちは無言のままうっとりと見入る。

背後の階段からBリストの招待客が出てきた。彼らにシャンパンがいきわたる頃にはすっかり闇に包まれ、見おろすと黒いキャンバスに金の透かし細工が置かれて発光しているような眺めだ。一発目の花火がシャン・ド・マルス公園からひょろひょろと空高くあがり、大きな鋭い音とともに割れて白い火花が散り、エレガントなシャワーとなる。続けて二発あがり、この三発がフランスの誇りであるエッフェル塔を主役としたショーの始まりを告げた。

人々は南側の手すりに引き寄せられた。空では音と色鮮やかな光が炸裂する。モモが自分の筋肉質の腕とアレクサンドルの腕をしっかりと組む。

「ボスは人の集団から距離を置くように望んでいます」

花火は続き、ひとつあがるごとに人々は喝采する。

カプシーヌはその光景に視線を走らせる。彼女の傍らにはイザベル。ダヴィッドの姿はない。

耳をつんざくようなヒューッという音とともに空に花火があがり、不安になるほどの激しい振動とともに炸裂したかと思うと、まばゆく輝く流星のように空一面に光が降り注ぐ。続けざまに六発あがり、大音響で感覚がマヒしてしまう。

異変は一瞬のうちに起きた。カプシーヌにはまるでわけがわからなかった。ダヴィッドの姿をさがそうと目をそらして、すぐにアレクサンドルに視線をもどすと、彼とモモが立ったまま目をかきむしっている。シェフの白衣を着た人物がアレクサンドルの左右の上腕をつかみ、西側の手すりに向かって彼を押していく。人々が集まっている場所からどんどん離れていく。アレクサンドルが叫ぶ。モモはよろめきながら、やみくもに跡を追おうとする。白衣の人物は進むスピードをゆるめず、アレクサンドルの首筋をつかみ、彼の口にマヨネーズのチューブ容器のようなものでなにかを浴びせているようだ。そのままふたりは西側の手すりにぶつかる。アレクサンドルがバタバタと暴れ、むせてなにかを吐き出す。モモが彼らに突進する。ぶつかった拍子にチューブ容器が宙に飛ぶ。

カプシーヌは屋上を全力疾走する。白衣の人物がアレクサンドルのジャケットの下に手を伸ばし、彼のベルトを強く引っ張りあげて手すりの外に吊り出そうとする。カプシーヌがさらにスピードをあげる。モモは酔っぱらいのように足元がふらついて自由がきかない。カプシーヌは間に合いそうにない。アレクサンドルは腿をつかまれて手すりの外の虚空へと押し出される。が、次に白衣の人物がとった行動が、結果的にアレクサンドルの命を救うこととなった。彼の腿から手を放してジャケットへと手を伸ばしたのだ。そしてそれと同時にダヴィッドが駆けつけて白衣姿の人物の頭をそっと撫でるようなしぐさをした。神父が祝福を与える姿にも似ている。相手はたちまち足から力が抜けて硬い金属の上に崩れ落ちた。

いっぽうモモは手を伸ばしてアレクサンドルの襟をつかみ、手すりから引き上げた。ふたりは立ったままぜいぜいと大きく息をしている。視力はまだ戻らず、涙がぽろぽろ流れている。

カプシーヌは横滑りしながら彼らの前で止まった。アレクサンドルの足元に倒れているのはベアトリスだった。屋上の縁まであとほんの五、六センチ。彼女の片腕はその縁からだらんと垂れ、顔にはとても安らかな表情が浮かんでいる。まるでガーデンパーティーで日光を浴びて眠り込んでいるようだ。

アレクサンドルは視力がきかない状態でも落ち着き払っている。カプシーヌは彼の口にキスした。

「ああ、なんとおいしいくちびるだ。誰のくちびるか、当ててみせるぞ。いうな、いうなよ。当てさせてくれ。なかなかおもしろいゲームだ」

カプシーヌはアレクサンドルに二度目のキスをして彼の手をしっかりと握る。後ろからイザベルがダヴィッドを叱る声がきこえる。

「なにを使って彼女を叩いたの？　あれは標準装備ではないでしょう？」

「小さなおもちゃさ。モモが前回里帰りした時のお土産だ。うまく使えば効果抜群だ」

「それでも規定違反よ。わかっているわね？」

カプシーヌはまだ息を切らしたまま、アレクサンドルの手をしっかり握っている。後ろではイザベルとダヴィッドのつまらない口げんかが続いている。ぽんぽんやり合うその声をききながら、ほんとうにすべてが終わったのだとカプシーヌはようやく実感が湧いてきた。

花火のグランドフィナーレまではまだ五分か十分はあるはずだが、すでに盛り上がりは最高潮に達し、ほとんど耳がきこえなくなるほどの状態だ。群衆はすっかり心を奪われている。ここでなにが起きたのか、誰もなにも気づいていない。

39

「どうやって彼女はあそこにのぼってきたのかしら。まったくわからないわ」イザベルがいう。

「彼女が鉄骨をおりてくるのを見た」ダヴィッドだ。「おそらく午後の早い時間帯に業務用のエレベーターでのぼってきたんだろう。コックの服装をしていたから誰にも怪しまれなかったにちがいない。なにかをのせたトレーでも持っていたら絶対に。まあ、よほどの肝っ玉の持主でなければ、それから延々と夜まで地上三十五階の鉄の柱につかまっているなんてことはできないだろうな」

「それがね、よく見ると鉄骨は四角い枠の形に組まれているのよ。だから彼女はそこに身体を押し込んでお尻と両脚を水平の鉄骨に乗せていたのだろうと思う。だから案外居心地は悪くなかったのかもしれない。屋上よりも低い位置にいたのなら、完全に身を隠していることができたでしょうね」イザベルだ。

「犯行後はふたたびそこに戻って姿をくらまし、こちらが引きあげるまで待つという計画を立てていたんだろうな。ところがこちらは彼女を待ち受けていたから、計画は頓挫（とんざ）した」

ふたりが話していると、階段のハッチから司法警察の制服警官五人が出てきた。その姿を見てカプシーヌは指示を下すためにアレクサンドルの手を離した。

「巡査部長」肩章に三つの山形袖章がついている警官に呼びかけた。「この女性に手錠をかけて、できるだけいそいで下におろして。よけいな騒ぎを起こさないように」

太めの警察官がベアトリスの両脇を持って抱えるようにして座らせる。もうひとりが彼女の両手を後ろにまわして手錠をかけた。

カプシーヌが立て続けに指示を出す。

「下で待機している人たちに、ここの真下の芝生の一帯にテープを張って立ち入り禁止にするようにいってちょうだい。台所で使うプラスチック製のチューブ容器をさがすように指示して。鑑識にその中身の分析を依頼して」

花火はいよいよフィナーレを迎えた。四人の警察官がベアトリスをハッチの方へと連れていく。二、三人のゲストがふりむいたが、すぐに花火の光に気を取られた。

狭いらせん階段でベアトリスをおろすのは容易ではなかった。太めの警察官が彼女の脇の下を抱えるが、彼女の頭はだらりと胸のあたりまで垂れている。もうひとりの警察官が彼女の左右の腿をまとめて両腕でしっかり抱え、一段ずつそろりそろりとおりていく、その後から残りの制服警察官たちが続く。

カプシーヌがアレクサンドルの方を向く。

「次はあなたとモモがおりるのよ。左手をイザベルの肩に置いて右手は手すりにつかまってね。イザベルがおりるのに合わせてね。わたしはモモを連れておりるわ。さあ、出発して。ダヴィッド、忘れ物がないかどうかいそいで見てきて。確認したらおりてね。下で合流しましょう」

なぜイザベルに自分の夫の案内役をまかせたのか、カプシーヌは自分でもよくわからない。とっさに指示したとしかいいようがないのだが、イザベルが大変な誇りとともにその役目を果たしているのはあきらかだ。

本来であれば犯行現場を封鎖し、警察官を屋上に残して現場にいた人々全員の名前を記録して身分証を確認すべきところだ。あえてそれをしなかったのだから、それなりの覚悟をカプシーヌはしていた。警察の所定の手続きは神聖なものであり、有益かどうかの尺度は度外視される。しかしシェフ・デルマのオープニングに水を差すことだけはしたくなかった。彼の協力がなければ、逮捕は絶対に実現しなかっただろう。

「さあ、おじさん。今回はわたしがあなたの援護にまわるわ」カプシーヌはダヴィッドにきこえないようにそっとモモにいう。

「いつでも援護してもらっていますよ、警視」モモがこたえ、カプシーヌの肩に左手を置いてぴったり後ろについておりていく。

階段をおりきったところには、おおぜいの司法警察の警察官が待ち受け、ストレッチャーが用意されていた。制服警官がベアトリスを寝かせ、アルミの支柱に彼女の手錠を固定する。エレベーターは窮屈だったがなんとか乗り込んだ。とちゅう、ベアトリスが身をよじるようにして動きだした。警察官のひとりが黒いショルダーバッグのファスナーをあけて注射器を取り出す。ベアトリスの右手を持ち上げて静脈を見つけて針を刺し、プランジャーをゆっくりと押す。ベアトリスの意識がなくなる。

通行人は足を止め、エレベーターから警察官たちが出てくるのに注目するが、また歩きだす。興奮した老人が心臓発作を起こしたとでも考えたのだろう。制服姿の巡査部長がカプシーヌのところにやってきた。

「注射の効き目は最低三時間続きます。どこに搬送しますか?」

「オルフェーヴル河岸の警視庁に。当直医を呼んで慎重に彼女の様子を監視させて。ブナルーシュ巡査部長とわたしの夫も同行させて医師に彼らの目を診察してもらってね。目に噴きかけられた物質を鑑識が特定したら、医師に電話で連絡を入れるようにいってちょうだい。入院の必要があるかどうか判断してもらえるわ。わたしは一時間以内に行きますから医師にそう伝えて」

「さてはディナーを食べにこっそり戻るつもりだな?」アレクサンドルがいう。「グレナデン・ド・ヴォーは寄り道してでも味わう価値があるぞ」

「メナジエのアパルトマンをよく調べる必要があるのよ。物的証拠をつきつけると容疑者が少しだけ早く自白する場合があるの」もはやベアトリスというファーストネームで呼ぶことは考えられない。カプシーヌはそう気づいた。

「この上さらに本人の自白を無理に引き出す必要はあるのかな?」アレクサンドルが疑問を

口にする。

「もちろんよ(パ・デュ・トゥ)。わたしたちは殺人未遂の現行犯逮捕(フラグラン・デリ)を実行しただけ。めざしているのは彼女が確実に殺人罪で有罪と宣告されることよ」

十五分後、カプシーヌ、ダヴィッド、イザベルはトゥインゴの車内からマダム通り二十四番の緑色の木のドアを見つめていた。ベアトリスのレストランから道を数本隔てた場所だ。カプシーヌの署の部下とＩＮＰＳのヴァンの到着を待っているのだ。

署からの警察官たちが先に到着した。パトカーから警察官がひとり降りて合カギで正面玄関のドアをあけた。さらに三人の警察官が重そうなキャンバス製の鞄を持って降り立ち、建物に入っていく。カプシーヌとイザベル、ダヴィッドも続く。三人は無言のままエレベーターで三階にあがり、制服警官たちは階段を一段飛ばしであがる。よく磨いてある木の階段には深紅色のカーペットが敷かれて真鍮の棒で押さえてあるので、彼らのブーツの足音はしない。

三階にあがるとドアがふたつある。ひとつはオークのドア、もうひとつはベアトリスの住まいのドアで、緑色の琺瑯(ほうろう)引きのスチール製だ。こうした安全性の高いドアはパリでは何十年も前から保険会社が推奨している。

下のドアをあけた警察官がスチール製のドアのカギを念入りに調べる。

「警視(コミセール)、これはピカールの七番のボルト錠です。わたしにはなんとも手の打ちようがありません」

「つまり中に入れないということ？」

押し殺した忍び笑いが、警察官たちからあがる。

「いいえ、警視。こうした金持ち連中は泥棒避けのドアには惜しみなく金を注ぎ込みますが、壁にドアを固定するドア枠を強化するという発想がありません。一分もあればドア枠を外せますが、ちょっと散らかります」ほかの警察官たちが、今度は愉快そうに笑う。警察に入った甲斐があったと彼らが思うのは、こういう任務に遭遇した時なのだ。

ドアを調べていた警察官がバールを取り出す。先端が工具（チズル）になっているバールだ。それで壁をそっと叩きながら調べていく。あるところで、いい感触の音をきいたらしく、バールを力いっぱい壁のしっくいに打ちつけた。ドスンと音がしてバールが十センチほどめり込む。

「そっちを頼む、ジェローム」もうひとりの警察官に合図する。

いわれたほうはそっくりのバールをドアの反対側に打ち込む。ふたりが息を合わせてバールに体重をかけると石造建築が壊れる音がして、戸口の脇柱に大きな筋目が入った。

「気をつけて、倒れる！」

ドアから全員が離れるとドアが大きな音を轟かせて廊下に倒れた。しっくいが粉々になって土埃のようにもうもうと舞い上がる。

「まあ、こんなもんです」

ジェロームと呼ばれた警察官がうれしそうににっこりする。

アパルトマンはきちんと片付いていた。ファッション雑誌に登場する新進気鋭のシェフという取材でいつ撮影されてもいいような整理整頓ぶりだ。ピーチ色の壁には古い家族写真がエレガントな金色のフレームに入っていくつも飾られている。長椅子は革とスチールの大胆なデザイン、椅子は鮮やかな原色。そのなかに繊細なアンティークの家具が数点あり、アクセントになっている。琺瑯引きの大きな白い書棚には料理本の膨大なコレクション。大部分は現在の有名シェフが書いたものだが、十九世紀のものも多数ある。クロス装丁と金のレタリングで色あせた背表紙が特徴だ。

司法警察の警察官たちはあちこち移動してじっと観察するが、手を触れようとはしない。鑑識班の到着を待っているのだ。

「最初にドアをノックするものだと、きみたちはママから教わらなかったのかな?」

ドシェリ主任が低音を響かせながら破壊されたドアの上を歩いて入ってくる。その後ろから三人の専門家が室内に顔をのぞかせる。

「遅くなって申し訳ない。エッフェル塔に行っていたもので。おたくの署員がチューブ容器を発見しましたよ。分析にまわしましたが、においをかいですぐにピンときた。あれはベラドンナだ」

「ベラドンナ?　モロッコ人たちが瞳を大きく見せるお化粧に使うのと同じもの?」カプシーヌがたずねる。

「まさにそれ。猛毒を含むナス科の植物で南仏ではいたるところに見られる。実に含まれているアトロピンには瞳孔をひらく作用がある」

「電話をしなければ」

「司法警察の当直医にしようと考えているなら、ご心配なく。わたしからすでに伝えてあります。きちんと対処しているはずだ。あなたの夫はほんのわずかに取り込んでいるだけなので、影響は出ないでしょう。が、いっしょにいたおたくの部下も目にアトロピンをかなりかけられているから数時間は視力が低下するだろう」

カプシーヌはひとりで背負っていた重荷を肩代わりしてもらった気分だ。

「ベラドンナは有毒、ということね?」

「ああ、まちがいなく。アトロピンは有史以来、瞳孔をひらくために利用されてきたもので、クレオパトラもこれを使ってマルクス・アントニウスを虜にしたのだろう。しかし、おいしいあの小さな実には、ほかにもトロパンアルカロイド、スコポラミン、ヒヨスチアミンが含まれていて、どれも死にいたる。芝居ではなく本物のマクベスはこの物質で軍を全滅させた」

彼は博学を披露し、どうだといわんばかりにいったん口を閉じる。

「さて。われわれもここに入らせてもらおうか」

鑑識のチームが仕事に取りかかり、カプシーヌ、イザベル、ダヴィッドはアパルトマンのなかを見ていく。さわってはいけないといい含められた子どものように両手を後ろにまわしている。

有罪判決に必要な証拠の一片を見つけたのはドシェリだった。彼がカプシーヌをキッチンに呼んだ。ぜいたくな設備で清潔そのもののキッチンの、いちばん手が届きにくい隅の最下段の引き出しには、所帯染みた細かなものがぎっしり詰まっていた。スーパーマーケットのビニール袋、輪ゴムの箱、中華料理のテイクアウトのメニューなどが積み重なっている。そのいちばん下から彼が見つけたのは、七面鳥に使う針だった。長さは二十センチ、先端は平たくて鋭い刃になっている。串には調理用の糸がきちんと巻かれている。

鑑識の技術者が延々とフランシュを焚いて針の写真を撮り、それが終わると指紋を採取するための粉を延々と振りかけ、さらに写真を撮る。その後ようやくドシェリが長いピンセットで慎重につまみあげ、仔細に観察する。

「茶色の染みがいくつかある」彼がカプシーヌに示す。「これは七面鳥の血ではない。色から判断して哺乳類のものだ。確実にDNAを採取できる。わたしの一カ月分の給料を賭けてもいいが、これはまちがいなくアルセーヌ・ペロシェの口を縫うのに使われたものだ」

居間からイザベルが呼んだ。

「警視（コミセール）、こちらでこれを調べて確認してください！」

居間では鑑識職員がデスクに――美しいブールの作品はベアトリスの実家から持ってきたものにちがいない――指紋採取用の粉を振りかけ、写真を撮っている。デスク上には本がたくさん散らばり、そのほとんどにしおり代わりに紙切れが挟んである。請求書の束や招待状の山もある。ちょうど中央にはマホガニー製のケースが置かれている。大きさは縦約二十センチ横三十センチ。蓋の部分にガラスが嵌め込まれ、引き出しが一つついている。ガラスの大部分は指紋採取用のアルミニウムの粉で曇ってしまっているが、よくよく見るとなかには白いスポンジが敷かれ溝が十本あり、一本おきにいかにも高価そうなペンが横たえられている。

「これをあけてもらえる?」カプシーヌが鑑識職員にたずねる。

彼はピンセットでノブを引く。カプシーヌが身をかがめて見つめる。引き出しには万年筆が四本、そして場違いなプラスチック製のペンが一本。パイロットのフェルトペンだ。万年筆のうちの一本の金色のキャップにはあきらかにAPという文字が彫ってある。

「これは重要な証拠だから最大限の注意を払って取り扱ってちょうだい」カプシーヌが鑑識職員にいう。

「警視(コミセール)、わたしたちはすべてのものを最大限の注意を払って扱っています。清掃請け負い業者とはちがいます」

イザベルが寝室に入っていく。

「ますますいい感じになってきたわ」イザベルが叫ぶ。鑑識職員がフランス軍の夜光用双眼鏡をひとつ見つけたのだ。「モモのいう通りね。彼女は暗闇レストランでこれを使ったのよ。幽霊みたいな緑色の光というのは、彼女がつけていたレンズの反射光だったんだわ」

鑑識職員がイザベルを軽く突いてどかし、フラッシュを焚いて写真を撮り続ける。

「ペンが五本ですよ、警視」イザベルがいう。「それはつまり、わたしたちが知らない殺人が二件あるということです。でもこの証拠さえあれば、彼女は自白するしかないですよね？」

「さあ、どうかしら。確実に自白を引き出せるかどうかはわからないわね。それに、わたしたちが知らないふたりの被害者も、果たしてつきとめられるかどうか。でもこれだけ証拠があれば、確実に有罪判決に持ち込めるわね」

40

警視庁に向かうとちゅうでカプシーヌが電話で確認すると、アレクサンドルとモモはすでに警視庁に隣接した巨大なオピタル・オテル・デューに付設された警察の診療所に送られていた。ベアトリスは意識を取り戻した後に、警視庁の地下の取調室に入れられている。脳震盪の症状は出ていないようだ。医師が彼女を診ようとするとたいへんな暴れようだったそうだ。

診療所に通じる廊下をカプシーヌが歩いていると、モモとアレクサンドルのにぎやかな笑い声がきこえた。もしや、過剰なストレスを受けた後に出る症状なのではないかと思ったが、アレクサンドルに限ってそんなはずはない。一瞬でもそう思った自分に驚いて首を横にふった。笑い声がちかくなるにつれて、アレクサンドルに会うのがこわくなった。逮捕に成功した感激が薄れ、自分のとった行動はまちがっていたのだという苦い思いだけが残る。彼の愛情につけこんで自分の安っぽいキャリアの安っぽい道具として利用してしまった。現実社会を経験するための努力などと安っぽい理屈を掲げて、けっきょくはアレクサンドルを利用しただけではないか。

それは夫以外の男性と一夜を過ごして空が白んできた頃にそっと帰宅するよりもたちが悪い。もっとずっと悪質だ。

警察の制服と同じダークブルーの制服姿の男性看護師が受付のデスクにいる。ジャン＝クロード・イゾの『ソレア』のペーパーバックを読み、細いメタルフレームのメガネと短髪をツンツンと立てた髪の毛のその看護師は、警察官というより大学講師のように見える。彼はカプシーヌを見上げ、たずねるように左右の眉を動かした。

「ル・テリエ警視です。夫とブナルーシュ巡査部長に会いに来ました」

看護師はカプシーヌの地位に敬意を払って立ち上がり、にっこりした。

「ウィ、警視。あの通り、ふたりとも大変にぎやかです。病棟がからっぽでよかった。巡査部長が刑事部の友人にビールを持ってこさせたんです。医師が最後の回診を終えてから、あんなふうに盛り上がっています。もちろんわたしはなにも気づいていないことになっています」

「医師の診断は？」

「ふたりとも目に高濃度のアトロピン溶液を噴きかけられています」

「高濃度とは知らなかったわ。危険な状況なのかしら？」

「いいえ、まったく。もしもそうであれば酒を飲んで酔っ払うような真似はさせません。アトロピンは無害な毛様体筋調節薬です。散瞳を引き起こすだけです」

「散瞳？」

「瞳孔が異常に拡張します。数年前まで眼科医が網膜を調べる際に標準的に使われていました。いまはもう使いませんが。患者は二時間から六時間、コウモリみたいに目が見えなくなってしまうので」

「夫はその物質の一部を飲んだかもしれない、ときかされたわ」

「医師の見解はそうではありません。少しでも摂取していたなら胃の調子がひじょうに悪くなるはずですから」

隣の部屋ではアレクサンドルが『ドン・ジョヴァンニ』の一節を歌いだす。いつもよりもさらに輪をかけて調子っぱずれだ。

「もしかしたらそのほうがマシだったかもしれません」

カプシーヌは冗談に反応しないでくるりとまわって病棟の方を向いた。看護師は腰をおろし、いそいそと本の続きを読み始めた。

カプシーヌは二歩進み、看護師の方をふりむいた。彼は気乗りしない様子で立ち上がり、彼女と視線を合わせた。

「アトロピンがもう使われていないのなら、手に入れるのは不可能ということ？」

看護師はその質問を歓迎したらしく、本をデスクに置いた。読みかけのところから続けられるようにページをひらいたまま。

「いいえ。かんたんに手に入ります。ベラドンナの実の汁を煮詰めるだけでいいんです。ほんとうにそれだけです。台所さえあれば誰にでもできます」

病室には六つのベッドが整然と並んで軍隊の宿舎のようだ。アレクサンドルとモモ以外には誰もいない。ベッドは空っぽだ。ふたりは向き合うようにそれぞれのベッドの端に座っているが視線はあまり合っていない。手には診療室のタンブラーがある。なかに入っているのはビール。それぞれのベッドサイドには一クォート入りのボトルがあり、壁際にはすでに二本の空瓶が転がっている。さらにモモのベッドの下には瓶が二本、行儀良く並んでいる。

「それで三人の尼さんがバーに入ってきて――」アレクサンドルがしゃべりながらモモの膝を叩く。

「アレクサンドル」

カプシーヌが早口で呼びかける。

アレクサンドルは――すっかりほろ酔いかげんだ――声のする方に視線を向けるが、見えてはいないらしい。

「ふたりでささやかなパーティーをしているのね」

「いかにも。われわれはモモの勇敢さに乾杯し、わたしが棺桶に入るまでにやっておきたいことリストの第一番目の項目を線で消したお祝いをしているんだ。妻が担当する殺人事件の被害者になるという願いが叶ったんだからな」アレクサンドルがいせいよく笑いだし、モモの太腿を突く。「棺桶に入るまでにやっておきたいことリスト、殺人事件の被害者、どうだい？」笑いが止まらなくなっている。

モモはしょぼんとした表情だ。

「すみません、警視。もう任務の時間外だと思っていたので。だから、喉から少々埃を洗い流してもいいかと思って。アレク……いえムッシュ・ド・ユゲールはこうしてぴんぴんしています。もう心配はいらない、そうですね？」

モモは床に手を伸ばし、一クォート入りの瓶をつかんでふたりのグラスにビールをばしゃばしゃ注ぐ。驚いたことに床にはほとんどこぼれない。

「モモに乾杯するのもいいけれど、ダヴィッドのためにも一杯や二杯は乾杯すべきよ。あなたを救ったという点では、彼は主役級の活躍をしたんじゃないかしら」

「もちろんだ。まちがいない。絶対にだ」アレクサンドルは手に持ったグラスを宙でふる。モモのグラスとカチンと合わせようとしているらしい。が、うまくいかないのでそのままぐびぐび飲む。

「看護師の話では――彼はすごい若者だ――われわれの視力が戻りしだいパトカーで家まで送り届けられるそうだ。しかし」アレクサンドルはそこで額にしわを寄せ、人さし指を口にあて、これから重大な秘密を明かすというジェスチャーをする。「行き先は家ではない、〈ピエ・ド・コション〉だ。かつてのパリ中央市場のそばの。あそこなら深夜も営業しているし、われわれは飢えている。まちがいなく、飢えている。きみのいうとおりだ。ダヴィッドにも合流してもらおう。それからあの看護師にも。どれほどすごい青年か、もう話したかな？」

アレクサンドルはグラスのビールを飲み干し、モモの膝をトントンと叩いてお代わりを注いでもらう。

「自宅以外どこにも行かせないわよ。そう指示を残していきますからね。なんならモモにうちまで来てもらいましょう。お腹がぺこぺこなら自分でトリュフ入りのスクランブルをつくってちょうだい。それで今夜はがまんして。モモを客間に泊めてね。ゆっくり休んでもらわなくては」

カプシーヌは気持ちを込めてアレクサンドルの額にキスすると、警視庁の取調室へと向かうことにした。アレクサンドルは笑顔で彼女を見送り、またモモの方にくるりと向く。さっそくジョークを思いついて、いいたくてうずうずしているのだ。

カプシーヌが刑事部の上階の部屋で勤務していた頃、地下の取調室は気が重くなる場所だった——巷で噂される司法警察の残虐さを目の当たりにする場所だったからだ。取調室は地下三階でセーヌ川の水面よりもずっと低い。壁を挟んで川が流れている。その水圧を思うとさらに圧迫感が強まるような気がした。どの部屋もじめじめして壁の緑色のペンキは薄片となって剝がれ、何度塗り直しても変わらなかった。部屋にあるのは染みと傷がたくさんついたオークの古いテーブルと脚が曲がった灰色の金属製の椅子だけ。天井からは電球にアルミの傘がついたランプが吊ってあり、真下のテーブルを、そしてこんなところに放り込まれた不運な人物を照らす。

ベアトリスは取調室Cにいる。カプシーヌは鉄製の古いドアを静かにノックする。鉄が氷のように冷たい。ドアの覗き窓が少しあいてすぐに閉まり、ゆっくりとドアが開く。定期的に油を注しているにもかかわらず、蝶番は錆びてキーッと鳴る。

室内の光景は、カプシーヌが刑事部にいた時に何度も目にしたものと変わらない。テーブルは脇に押しやられ、光が当たらない陰に複数の人がいる。誰がいるのか、ほとんど見分けることができない。ベアトリスはランプの強烈な光を浴びて椅子に座っている。両腕は椅子の肘かけにダクトテープで固定されている。容疑者が凶暴で手錠で怪我をするおそれがある場合の措置だ。

円錐形のランプからの光に照らされてふたりの男性が見える。彼らとは仕事で何度も顔を合わせているが、どうしても名前をおぼえられない。ひとりは年配で恰幅がよく、刑事というより投資アドバイザーといった雰囲気だ。顧客の自宅を訪問してダイニングテーブルを囲んで投資信託のアドバイスを与えるのが似合いそうだ。ただし、彼の左の脇の下には汗で黒く変色した革のホルスターに旧型のマニューリン社製三五七マグナムが入っている。もうひとりは若く、見るからに冷酷そうだ。青白くてひょろりとしていて、見ようによってはヘロイン中毒者といっても不思議ではない。彼らはよい警官と悪い警官を演じる。

まるで絵画に描かれたような三人のところにちかづいていくと、ベアトリスが頭をあげてカプシーヌに向かって唾を吐いた。

「汚れたくそばばあめ」彼女が押し殺した声で罵(ののし)る。

若いほうの刑事が彼女に平手打ちをする。彼女は押し殺した声で彼にいい返すが、さきほどまでと同じように頭をがくっと前に倒す。

陰のなかからタロンがあらわれた。

「時間の無駄だ。このふたりではらちがあかない。きみなら成果をあげると期待している。わたしは上階の会議室を使っている。報告すべきことがあれば、連絡してくれ」

刑事部を仕切っていた頃と変わらずそっけない口調だ。ドアがキーッという音とともにあいてタロンが出ていくと、ガチャンと閉まった。

その音でベアトリスが立ち上がる。椅子に両腕が固定されたままカプシーヌに突進し、腹に頭突きしようとする。並の警官よりもはるかにたくましい制服警官がふたり出てきて椅子の背をつかんで元の位置に叩きつけるように置く。

さきほどの若い刑事がちかづいて平手打ちをする。カプシーヌは指を二本あげてそれを止めさせた。

さらにふたりの制服警官に対し母音ひとつと手の動きで指示する。ベアトリスから距離を置いて彼女の後方に立つように、そして自分のための椅子を一脚持ってくるようにと。その椅子をベアトリスと斜めに向い合うように置く。相手とこちらの左足の距離はわずか五、六センチほど。

カプシーヌは仲良し同士がおしゃべりするような口調で話しかける。

「疲れているのね。お茶でもいかが？　以前使っていた上の執務室にマリアージュ・フレールのティーバッグを各種そろえていたのよ。きっとまだあそこの棚にあるはず。ダージリンのファーストフラッシュを用意させましょう」

「あばずれ女」ベアトリスが彼女に唾を吐く。

「そういうことを話したいの？」あくまでも活発な女の子同士の会話を演じる。「話すことなどなにもないわ。すぐに父が迎えにくる。いつだってそうよ」

「なぜアレクサンドルにあんなに腹を立てたの？」

「あいつらのひとりだから。ひょっとしたら、あいつらのリーダーなのかもしれない」

「あいつら？」

「あいつらよ。ジャッジを下そうとする連中。命令する連中よ。人の人生を奪い取るやつらよ」

「ああ、あいつら、ね。そしてあいつらは……排除しなくてはならない。そういうこと？」

「決まってるでしょう」ベアトリスがリラックスする。呼吸がゆっくりになり顔に色が少し戻る。

カプシーヌは椅子をベアトリスにじりじりとちかづけて、ささやきかける。

「そして彼らを殺すことは、彼らを取り除くための唯一の方法だった」

「わたしは誰のことも殺してはいない。いったいなにをいっているの？　あなたはわたしを誘導尋問しようとしている。でも、そうはいかないわよ」ベアトリスが大きな声を出す。

カプシーヌは口をつぐむ。いまは沈黙が必要だ。室内の誰ひとり身動きせず、息すら止めているのではないかと思えるほどだ。彼らは残忍にもなれるが、取り調べの際の微妙なニュアンスを的確にとらえるだけのセンスがある。

沈黙に耐えられそうにないところまで待ってからカプシーヌが口をひらく。

「あなたのアパルトマンに行ったわ。ペンを見つけた」

「ペン」ベアトリスは物憂げだ。

「あれは、大事なもの？」

「すべてよ。あれこそすべてなの。力の結晶パワー。賢者の石よ。ドアをあけるカギ」

「それを手に入れるために彼らを殺さなくてはならなかった、そうなのね？」

「このあばずれ女！　何度でも教えてあげる。わたしは人殺しなんて一度もしていない。父が迎えにくるのをここに座って待っているだけ。迎えにくるに決まっているのよ！」

ふたたび静寂が続く。

「ジャン・モンテイユについて話して」

「あの太った年寄りのおどけ者。彼の料理の知識はわたしの母親以下よ。そのひとことに尽きるわ。母親というのはね、カクテルパーティーのオードブルを凍らせておいて、それを加熱してゲストに出すことは今世紀の料理のすばらしい進化だと考えているような人。あいつはとても危険よ」

「だから彼を殺さなくてはならなかったの？」

「あばずれ女！　黙りなさい。いったでしょ。わたしは誰のことも殺してはいない。ここで座って父親が迎えにくるのを待っているだけ。だからよけいな手出しをしないで！」

さらにひじょうに長い間があく。

「『ＡＰ』というイニシャルがキャップに彫ってある万年筆があったわ」

「アルセーヌ・ペロシェ。とんでもなく愚かな男だった。彼は味がわかったし、まともな話もできた。それは嘘じゃない。でもほかのやつらと同じだった。彼は自分のパワーをコントロールする方法を知らなかった。心を込めて料理する才能あふれるシェフたちを侮辱した。彼らの人生を奪い取り、熱くて汗くさい抜け殻にした」

「だから彼は去らなくてはならなかった」

「そうよ、いてはいけなかったの」

「彼を殺す必要があった」

「この愚かなあばずれ女め！　何度いったらわかるの？　わたしは生まれてこのかた、人を殺したことなど一度もないわ。あなたとはもう話をするつもりはない。ふん。勝手にすればいい」彼女が子どものようにふくれる。

「一度も殺したことはないの？　あなたの小さな愛犬も？」

「誰からきいたの!!!　真っ赤な嘘よ」ベアトリスが叫び、椅子から立ち上がろうとする。

「橋の下で暮らしているある人物からきいたのよ」

「なんですって？　誰のこと？　あなたは話をでっちあげている。そんなのでたらめよ。ラタフィアのことは誰も知らない。誰も、ひとりもね！　だいいち、わたしのせいじゃない。あの子は自分からバーベキューで丸焼きになったのよ。事故だったの。罰が当たったんでしょうよ。一日中吠えてばかりでおとなしくしようとしなかったから」

「大事な子犬をバーベキューで焼いたの？」

「なにいってるの。どうしてそんなふうに解釈するの？　子犬なんか飼ったことないわ。ねえ、あなたは魅力的なおまわりさんといわれているにしては、人間に対する理解力に欠けているのね」

「ゴーティエ・デュ・フェズナイについてききたいわ」

「ゴーティエ？　あいつも悪の帝国からの使者よ。彼は味がわかった、でも、悪意があった。ひどい審判のしかただった」

「審判をしたから死ななくてはならなかったの？」

ベアトリスは、なにもきこえていないかのように床を凝視する。

「あなたは彼を殺さなくてはならなかったの？」

ベアトリスはカプシーヌの目を、まばたきもしないで見つめる、まるで夜中に目が覚めて、自分がいまどこにいるのか理解しようとしているみたいに。

「わたしはこれまで一度も人を殺してはいない、絶対に」凍るような冷ややかな声だった。

一時間後、カプシーヌは音を上げた。すでに同じことを三度繰り返したが、まったく成果は得られなかった。ベアトリスには誰も尋問しないようにと指示を残して、取調室を出た。有名なA階段を重い足取りでのぼり、三階の会議室に向かった。タロンは式典に出席しているようにぴんと背筋を伸ばして座り《ル・モンド》紙を読んでいる。カプシーヌが入っていくと彼は片方の人さし指をあげて、静かにするように合図した。それから延々と待ち、彼はようやくタブロイド版の新聞を閉じて手のひらで平らになでつけ、半分に折り畳み、テーブルの脇に押しやった。

「きみの夫はみごとな言葉の使い手だ。読んでいてひじょうに愉快だ。取り上げた店には一度も行ったことがないが、レビューは楽しみにしている。今夜のできごとでショックを受けているのかな？」

「ショックですか？　さっき会った時には警察の診療所でわたしの部下と酒盛りのまっさいちゅうで、これから〈ピエ・ド・コション〉に行って夜明かしすると息巻いていました。いざとなったら武力を行使してでも自宅に連れていくようにと制服警官たちに命じておきました」

「それはお気の毒に。ぜひいっしょに繰り出したかった。夏の盛りにあそこの名物のオニオングラタンスープを食べようなんていうのは物好きのすることだが、一回くらいはいいかもしれない。ルノー家の令嬢との話は首尾よくいったのかな？」

「彼女は賢いですね。心神喪失状態の申し立てをするための演技をしています。本人はそれをひじょうに楽しんでいます。殺人についてあけっぴろげに語り、被害者たちがなぜ死ななければならなかったのかについて語っています。が、自分は誰も殺してはいないときっぱり否定する。彼女は演技の才能に恵まれています」

「つまり、われわれは難しい選択を迫られる。そういうことだな？」

「はい、そうです」

「座りなさい。話し合おう。最初にきみからだ」

「はい」カプシーヌはそこでしばらく間を置いてから続ける。「この事件に関して初めて予審判事のアドバイスが生きる場面だと思います」彼女は声をあげて笑い、さらに続ける。

「選択肢はふたつあります。わたしたちはベアトリス・ルノーが殺人を企てるところを捕えたので、彼女を軽罪裁判所に送ることはできます。判事はすみやかに彼女に有罪を宣告し、ただちに刑に服することになるでしょう。抗告の可能性はないと見ていい。この選択の問題点は、死者が出ていないので多く見積もっても十年の刑、となると六年あるいはもっと早く仮釈放されてしまう」

タロンが顎を掻いて窓の外を見ようとするが、なにも見えない。「わたしの読みでは禁固八年の刑、四年で仮釈放か。続けて」

「もうひとつの選択肢は、すべての殺人を一括して重罪院に提訴するための準備をする、というものです。証拠はかなりあります。その一部は相手にとってひじょうに不利です」

タロンが顔をしかめる。

「もちろん、これにも問題はあります。ルノーの父親は最大限の力を駆使して弁護団を結成させるでしょう。彼女が有罪判決を受けても、まちがいなく上訴するでしょう」

「それでも、彼女は収監される」

「しかしそれでは一年で出てきますよ」

「警視(コミセール)、なぜ警察官らしく考えようとしない」

「自白をとれというんですか？　よしてください。地下で彼女を激しく叩きのめして降伏させれば、こちらが望む自白内容の書類に署名させることはできます。でも法廷に出たら彼女は絶対に否定するでしょう。そして警察の残虐行為について大声で訴えるでしょう。それできっと無罪放免です。そして彼女の父親はマスコミに金をばらまいてわたしたちのことを取り上げさせるでしょう。どんな報道をされるか、想像できますか？」

タロンは渋い表情で彼女をにらみ、中指でテーブルをコツコツ叩く。

「それで？」

「それで？　わたしにはわかりません」

押収したペン、夜光用双眼鏡、七面鳥用の針、DNAについて、深夜をまわって数時間たってもなおふたりの話し合いは続いた。ベアトリスはセーヌ川の水面下の部屋で椅子にテープで固定されたままだ。最終的にタロンはベアトリスをラ・サンテ刑務所に勾留するという結論をくだした。いちかばちかの勝負に出たのだ。彼女はそこでひたすら裁判の日を待つことになるだろう。ある日、檻(おり)のついた警察のヴァンで輸送され、裾の長い黒い礼服に白い優雅な胸当てを着用した者たちによって念入りに吟味されるのだ。その後ラ・サンテに戻り、正義の神々が望むのであれば、濃い灰色の壁の向こうで死ぬまで過ごすことになる。

カプシーヌは警視庁の建物を出ながら、法廷のガラス張りの被告席に入れられたベアトリスの姿を想像した。半円形に並ぶベンチの前の証言台に立った証人たちが彼女を非難する声をきき、容赦なく審判をくだす裁判官たちの厳しい表情にひるむ彼女の姿がありありと浮かぶ。それは彼女の最大の悪夢が現実となった状態だろう。カプシーヌはベアトリスの苦しみを想像してよろこび、そんなよろこびを感じる自分に嫌気がさした。

41

カプシーヌが帰宅した時にはすでに午前三時をまわっていた。アレクサンドルは寝室のベッドで仰向けになって寝ていた。喉の奥の奥を鳴らして大きないびきをかき、一回ごとに二日酔いのビールの毒気が出てくるのが見えるようだ。それでも、彼が寝ている姿を見るだけでカプシーヌはいつものように愛情がほとばしり出る。と同時に、罪悪感がむくむくと湧いてくる。かけがえのない最愛の人を、たった一件の逮捕と引き換えにしようとしたのだ。この先、逮捕の件数などいくらでも積み重ねていくことができるというのに。自分の夫をそんな目に遭わせるなんて、それでも妻なのか。結婚とはそんなものなの？　そんなふうに生きていきたいの？

長い廊下を歩いて客用の寝室に行ってみた。モモの姿はない。おそらく泊まらないだろうと、わかってはいた。とぼとぼと廊下を戻り居間に入った。まだ興奮が冷めず眠気はまったくない。グラスにウォッカをツーフィンガー注ぎ、キッチンに入って冷凍庫からピンク色のゴム製の製氷トレーを取り出す。トレーをひねってふたつだけ出そうとすると、氷が全部落ちて爆竹みたいな音を立てた。カプシーヌはそのままの格好でしばらく耳を凝らす。アレクサンドルを起こしてしまっただろうか。静かだ。それを確認してから氷を三つグラスに入れ、冷蔵庫の底の方をあさってレモンをひとつ発見し、片手でひねってグラスに果汁を搾る。それをぐいっと一気にあおる。優雅に味わうような気分ではない。

パンツのポケットから携帯電話を取り出し、イザベルの短縮ダイヤルを押す。こんな時間にもかかわらずイザベルは起きていた。彼女の背後でテレビの音が低くきこえる。

会話は二十分間続き、その間カプシーヌはウォッカのお代わりを注いだ。

「逮捕のタイミングはわかるでしょうか？」

「ちゃんと間に合うように着くから大丈夫」

「もし遅刻したら？」

カプシーヌは大きな声で笑う。

「そんな心配は無用よ。少し寝なさい。明日はきっと大変な一日になるわ」

電話を切るとカプシーヌはどっと疲労感に襲われた。鎖帷子（くさりかたびら）でできた信じられないほど重いコートを着せられたようだ。やっとのことで寝室に辿り着くとベッドの脇に山を積むように服を脱ぎ捨て、シーツとシーツのあいだにもぐりこんだ。そしてアレクサンドルが彼女の方に伸ばした腕を毛布のようにひっぱった——いびきもビールの悪臭もお構いなしに。この毛布さえあればすべての罪が許されるかのように。

枕に頭をつけた瞬間、携帯電話が振動を始めたように感じた。ベッドサイドに身を乗り出し、手さぐりで服の山から綾織りの褐色のズボンをさがす。なぜかブラインドの端から黄色い光が見える。とっくに日が昇っている、という明るさだ。ズボンのポケットから電話を取り出してすばやく画面を見ると、すでに正午。なんということだ。「非通知」でかかってきている。緑色の通話ボタンを押すと、マルティニエールのヒステリックな声が一気に噴き出した。

「どこまで怒らせれば気がすむんですか、警視(コミセール)。今度ばかりは絶対に懲罰処分にします」

カプシーヌは相手にきこえるように大きなため息をついて、このまま切ってしまおうかと考えた。長い間があいてから、ふたたび声がした。

「もしもし、警視。寝ていたんですか？　十二時過ぎですよ。反抗的であるばかりか、職務怠慢でもあるのですか？」

「予審判事。今朝はなんの件ですか？」

カプシーヌは身を起こし、裸足の両脚をベッドの横に垂らして両方の親指でラグに模様を描く。上半身を前に折るようにして両脚を仔細に調べる。なにが起きたとしても、土曜日にはペディキュアに行かなくては。

「今朝？　もう朝などではありませんよ。それに、なんの件？　そんな軽々しいものではないとわたしは考えます。たったいま、判事用の朝の回覧を読み終えたところです。あなたが容疑者を逮捕したと出ていました。そして裁判のために勾留したことも。要するにこういうことですか。現行犯で逮捕してその場で有罪にする機会があった――わたしに相談する必要なしに――が、三件の殺人の罪で大法廷での審理にかけることをあなた方は選んだ」

「その通りです」

「訴訟手続きについての判断をするのはわたしの役割であって警察ではないのですよ。たまたま今回は正しい選択でした。現行犯の現場で有罪にするのは誤った判断だったでしょう」

カプシーヌはため息をつき、足の親指でラグにアレクサンドルの名前を書いた。よくもまあ延々と話し続けて息が切れないものだ。

「もっとも許し難いのは、タロン警視監がレストラン殺人のうちの一件について勝手に逮捕令状を請求したことです。彼はある人物を容疑者と信じ込んでいる」

「その通りです」

「そんな逮捕が許されてはならないのです。わたしは許すつもりはない」

カプシーヌは耳を疑った。どう逆立ちしてもこの予審判事を理解することは永遠にできないだろう。

「それはどうしてでしょう？　わたしたちは罪を犯した人間を逮捕します。それが任務なのです」

「よく考えてごらんなさい、警視（コミセール）。その人物が複数の殺人を犯したと自白したら、いったいどうなりますか？」

「なにがいいたいのか。さっぱりわかりません」

「わかりませんか、その場合にはベアトリス・メナジエ、本名ルノーは連続殺人犯ではなくなる、そうでしょう？　連続殺人犯というのは三件の殺人を犯している必要があるのです」

カプシーヌはなにも身につけないままキッチンに行って、パスキーニでコーヒーを淹れ始めた。懸命に笑いをこらえて話を続ける。

「ようやくわかりました。彼女が正式な連続殺人犯でなければ、あなたはここ何十年ものあいだあらわれなかった連続殺人犯を初めて逮捕したと主張できない」

「その通りです。やっと理解しましたか？」

コーヒーがはいった。カプシーヌは金属製の小さなジャグにミルクを注ぐ。

「あなたと警視監は事を急ぎすぎました。あわてて逮捕してしまった。もっと待てばベアトリス・ルノーはあと二、三人殺したでしょう。準備不足のまま発進してしまった以上、さらなる逮捕者を出して事態を混乱させることは是が非でも避けなければならない。いずれにしても、この件はもうケリがついています。わたしは逮捕令状を無効にする措置をとりました。それでも続行するなら、処罰の対象となります。よろしいですね？」

「はい」カプシーヌは小さなジャグを蒸気が出てくるノズルに当ててスイッチをオンにした。ミルクのなかに蒸気が猛烈ないきおいで噴射されて泡立つ。いくら脅しても、はったりははったりだ。

「なんですか、そのうるさい音は」

「表でなにかが起きているんでしょう。どうぞご心配なく。逮捕は早くても来週以降という予定ですから。今日じゅうに警視監から電話するように伝えておきましょうか？　いまうかがったお話に深く関心を寄せるにちがいないと思います」

完成したフォームミルクをコーヒーに注ぎ、ル・ペロケ（高級食料品店のブランド）のふぞろいな大きさのキビ砂糖が入った小さなボウルからちょうどいい大きさのものを見つけ、ひとつコーヒーに落とす。

「それでよろしいですか？」

「当然そうあってしかるべきです」

マルティニエールは苦々しい口調でいうと、電話を切った。

カプシーヌがカフェオレを半分も飲まないうちに、携帯電話がふたたび振動した。イザベルだ。喉が詰まったような声をきいて、切迫した事態なのだとわかった。

「彼らを見つけました。サン＝ルイ島の端のアルザス料理のレストランに落ち着いたところです。シテ島とのあいだにかかる橋を見渡せるところです」

「ランチ？　それとも飲んでいるだけ？」

「ランチです。いまはシャンパンを飲んでいますけど、メニューを眺めています。わたしはジャン・デ・ベレー通りの書店の前です。絵葉書の売店に隠れています」

「わかった。道の反対側にカフェがあるわ。そのまま一区画歩いて、道を横断して戻ってカフェに入って。カウンターのところで立てば窓越しに彼らを見張れる。向こうからは気づかれずにね。ダヴィッドの携帯電話にかけてオルフェーヴル河岸を歩いて端のレストランに入るように伝えて。人と待ち合わせているといって席に案内させればいいわ。見張るには絶好の立地よ。いまから二十分以内に合流する。わたしがそこに着くまでなにも行動を起こさないで」

カプシーヌはモモの携帯電話にかける。

「いまどこ？」

「署の自分のデスクです、警視（コミセール）。今日は勤務です」

「調子はどう？」

「元気です。ムッシュ・ド・ユゲールを上まで運んでからパトカーで自宅に送ってもらいました。カルヴァドスを二杯飲んで寝ました。八時には出勤して、このとおり、ぴんぴんしています」

「アレクサンドルはあなたのような不屈の精神を持ち合わせていないみたい。まだ寝ているわ。活動を開始するわよ。彼らはランチをとっている。パトカー一台と制服警官三人を確保して。分隊支援火器はいらないわ。行き先はサン＝ルイ島。ル・ルグラティエ通りとケ・ド・ブルボンの交差点よ。そこでわたしを待っていて。いますぐ出発してもらいたいの」

「大丈夫です。車を運転していきます」

十五分後、カプシーヌはル・ルグラティエ通りに到着し、二重駐車したパトカーの後ろに車を停めた。これでは車の通行を妨害することになるが、一般市民には迷惑にはならない。ここを通る車といえば駐車スペースを探している車だけだからだ。サン＝ルイ島にそんなものが存在していないのはよく知られている。

カプシーヌは三人の警察官たちに、呼ばれるまでここで待つように指示した。彼らはうなずく。待つことは警察官の任務のかなり大きな部分を占める。だから彼らにはわかりきった指示だ。カプシーヌはモモといっしょにケ・ド・ブルボンを歩きながら状況を説明した。そのままジャン・デュ・ベレー通りを越えて、島の突端の小さな広場に着く。そこで足を止め、カプシーヌは電話でイザベルとダヴィッドに指示を与えた。

　カプシーヌは島の先端をぐるりとまわって反対側の川岸に出る。モモは六メートルの間隔をあけてついてくる。

　小さな広場は旅行のパンフレットを切り抜いたようなパリらしい光景だ。観光客は店をひやかしながらにぎやかに歩きまわり、曲芸師やジャズバンドを見物しながら広い歩行者用の橋をわたる。セーヌ川は悠然と流れ、大型のはしけが通ると日光が波に反射してきらめき、ゆっくりとしたリズムの低いエンジン音が反響する。

　サン＝ルイ島の由緒あるアルザス料理のレストランでは、シビルとギー・ヴォアザンがテラス席で太陽の光を浴びてくつろいでいる。シャンパンを飲みながら風景を眺め、ヴォアザンは誰はばかることなくシビルの太腿に片手を置いている。彼がひとしきり話し、ふたりそろってにぎやかな笑い声をあげる。

　ヴォアザンがカプシーヌに気づいて立ち上がった。

「警視（コミセール）、一杯どうぞ」大きな声は六メートル離れていてもよくきこえる。「ちょうどお祝いしていたところです。シビルがとてもすばらしい新作映画の契約に署名したものでね」

　シビルがカプシーヌにいきおいよく手招きする。

「警視（コミセール）」と「新作映画」という言葉に、テラス席と橋の人々が即座に反応した。たちまち注目が集まり、ゴシップがささやかれ、表向きは無関心を装いながらもシビルを見ようとしてちかづいてくる。

カプシーヌがテーブルにやってくるのを見て、ヴォアザンが顔を輝かせる。しかし、至近距離まで彼女がちかづくと、彼の笑顔が消えた。危険を察知した小動物のようにすばやく目を左右に走らせる。ダヴィッドかイザベルの姿に気づいたのかもしれない。カプシーヌには判断がつかないが、なにか異変を感じたにちがいない。椅子を蹴散らすようにして橋に向かって駆けだした。

カプシーヌはまわれ右をして追いかけようとする。が、ヒールが折れて足首をひねり、転びそうになってしまった。イタリア製の靴など履いてくるのではなかった。ヴォアザンはすでに橋の上だ。モモが彼の四、五メートル後ろから追いかけている。イザベルとダヴィッドがそれぞれ隠れていた場所から全力疾走でやってくるのが視界をかすめた。カプシーヌは靴を脱ぎ捨てて駆けだした。

モモは着実にヴォアザンとの距離を詰めていく。橋の半ばまでくるとヴォアザンが立ち止まって向きを変えた。顔がゆがみ歯が剝き出しになっている。ピストルを取り出し、宙に向かって一回発砲した。

モモはまったく動じないで、なおも迫る。

イザベルがカプシーヌの傍らにあらわれた。「やめさせますか？」

「いいえ。最後までなりゆきをみましょう。橋の上には人が多すぎるわ」

ヴォアザンは目を大きく見開いてモモを見る。そして銃を水平に構えてモモに向け、慎重に狙いを定める。それでもモモは執拗に走り続ける。ヴォアザンはどうやらおじけづいたらしくピストルをポケットにしまい、金属製の欄干を飛び越えた。

モモは紙一重の差でヴォアザンを逃したが、すぐに跡を追って飛び降りた。その直後、カプシーヌ、イザベル、ダヴィッドが欄干のところに着いた。

下をのぞくと、ちょうどはしけの船尾が橋の下に消えていくところだった。アーチ橋の下で太鼓を打ち鳴らすようなモーター音が大きく反響する。三人は反対側の欄干に駆け寄る。二発の銃声が鉄の橋に反響して虚ろな音を立てた。

ほとんど同時に、はしけの船首があらわれた。山積みの砂の端にヴォアザンがうなだれて座っている。公園の砂場で遊び疲れた子どもが母親を待っているみたいだ。右手で左肩を押さえ、スーツのジャケットに赤い染みが広がっていく。二十秒後、船尾ちかくにいるモモの姿が見えた。砂に左足を着いている。カプシーヌたちが見つめるなか、彼は必死で立ち上がろうとするがバランスを崩して両膝をつき、拝むような格好になる。

出血は確認できないが、モモは撃たれたにちがいない。カプシーヌは携帯電話を取り出して、てきぱきと指示を出していく。

そのとちゅうでシビルがやってきた。ゆっくりと上流に進んでいくはしけをじっと見ていたが、カプシーヌが通話を終えると話しかけてきた。

「すばらしい退場シーンだわ。タイミングもぎりぎりセーフ。彼との関係にはもう飽き飽きしていたから」

はしけは次の橋との中間点にさしかかった。そこへ警察の大型のランチが猛スピードで下ってきた。ダークブルーのランチはパンポンパンポンという警察のサイレンを鳴り響かせ、ご丁寧にブルーのライトまで点滅させている。ランチはスピードをゆるめ、はしけの船尾部分の操舵室と並んだ。一段高くなった操舵室に向かって警察の操縦士が拡声器でなにかをいっているが、穏やかな風が吹き飛ばしてしまってカプシーヌたちのところまで届かない。はしけの船尾のあたりの水がゴボゴボと沸いたように見えるのは船長がエンジンを逆回転させたからだろう。それでもはしけはそのまま上流に向けて厳かに進んでいく。ランチが優雅に旋回してヴォアザンが座っているところにちかづく。ボート用のフックでしっかりと船と船をつなぎ、制服警官三人がはしけに乗り移った。

はしけとランチのエンジン音が橋の上まできこえてくる。どちらも排気量の大きな船外機つきで消音機がない。

「乗るわ」カプシーヌが駆けだした。

イザベルが追う。

「どこに行くんですか?」

「あのランチに乗るの。ヴォアザンを逮捕してふたりを警察の診療所に行かせるわ。あなたたちふたりは警視庁に直行して。向こうで合流しましょう」

サン＝ルイ島の河岸から川におりる石造りの船着き場には、黒いゾディアックボートが待機していた。巨大なエンジンが二機ついた大型の高性能ゴムボートだ。船体の中央には書見台のような小さな操舵室がある。この船着き場は前世紀には商業用の目的で使われていたが、いまではもっぱら夏に日焼けしようという人々が利用するだけだ。

裸足でよかったと思いながらカプシーヌはランプを歩いて水に入り、まるまると膨らんだチューブをまたいでボートに乗った。制服警察官が手を貸そうとしたが、よけいなことをしないほうがいいと判断し、彼女が乗り込んで立ち上がったところで敬礼した。

船長が叫んだ。「行きましょう」

船長をのぞいて全員が木製のデッキに腰掛け、ゴムの船縁にもたれた。エンジン音を轟かせボートは激しく揺れながらランプを出発した。船長はエンジンを逆回転させて二本のスロットルを思い切り前に押す。パリ警察は司法警察をあっといわせたいのだろう。ボートは水から飛び出したかと思うと、ふたたび叩きつけられる。船長の巧みな操作でたちまちボートは河岸沿いの高速道路を走る車よりも速く進んでいた。

あっという間にはしけに追いついた。カプシーヌは警官の手を借りて乗り移った。船長に指示を出してからモモとヴォアザンのところに行く。

はしけは向きをくるりと変えて、警察の診療所めざして下流へと戻る。橋のところに来るとカプシーヌはイザベルとダヴィッドに合図し、モモは大怪我を負っていないと知らせた。せいぜい足首をひどくねじった程度だ。

橋の欄干には人が鈴なりだ。観光客はすばらしい午後を堪能したわけだ。映画スター、発砲、フランス警察が右に左に走り、警察のボートに警察官たちが乗ってはしけに乗り移る。大盤振る舞いだ。イザベルとダヴィッドはまだシビルとともに欄干のところにいる。カプシーヌは彼らに向かって、両手の親指を上に向けた合図を送る。はしけが橋に到達すると、カプシーヌがイザベルに叫んだ。「わたしの靴は見つかるかしら」

シビルが叫び返す。「あのすてきなザノッティのこと、警視(コミセール)？　いまさがしているところよ。心配しないで」

はしけの船長が操縦士に鋭く横目を向けた。彼の頭のなかはお見通しだ。陸地を根城とする警察官は油断ならない。まして司法警察となると、まるで理解できん。

42

翌朝八時、カプシーヌは慣れた足取りでオピタル・オテル＝デューの廊下を警察の診療所に向かって歩いていた。前回と同じ看護師が受付のデスクにいる。今回もやはり本を読みふけっている。カプシーヌがちかづくと彼は立ち上がり、敬礼する。左手の指は読みさしのページを押さえたままだ。ジャン＝パトリック・マンシェットの『眠りなき狙撃者』。ロマン・ノワールのミステリ好きならば、かつての自分と同じようにもっと厳しい現場に移りたくて苦しんでいるのかもしれない。

「ボンジュール、警視（コミセール）」よくおぼえているらしく、礼儀正しい笑顔だ。「確保された人物はいちばん端の部屋です。今朝の医師の診察はすでに済んでいます」

「様子はどうなのかしら？」

「安定しています。感染症の徴候はありません。筋肉にはかなりの損傷を負っています。彼の年齢では治癒するまでしばらくかかるでしょうし、その後もその部分の力と柔軟性は衰えるでしょう。彼が十歳若ければ、いますぐにでも帰宅できるはずです。しかし医師は一両日ここに留まるほうがよいと判断しています。安全な場所にいるほうがよいと。いまはモルヒネの点滴を受けています。点滴をしなければかなりの痛みに苦しむでしょう。この手の傷は翌日もかなり痛みがありますから」

「取り調べる必要があるの。彼がベッドに横になっていないほうがいいわ」

「スタッフの食堂を立ち入り禁止にしますから、お好きなだけ使ってください。それで大丈夫ですか、警視(コミセール)？」

「完璧よ。取り調べのあいだはモルヒネを中断してもらいたいわ」

前日の午後、ヴォアザンとモモは病院の救急処置室にかつぎこまれた。モモはX線検査を受け足首の重いねんざと診断され、包帯を巻かれ、松葉杖を二本支給され、回復のため二週間の休暇をとる診断書を出され、鎮痛剤がたくさん入った小さな封筒を渡され、最後にパトカーで自宅アパルトマンに送り届けられた。ヴォアザンの怪我はたいしたものではないと判断された。弾は左の三角筋を貫通し、骨には当たっていない。傷は消毒され、弾が入った側にステープラーで一カ所、出た側を二カ所縫った。右手の甲に静脈内投与のための措置がとられ、血漿(けつしょう)、モルヒネ、抗生物質を二種類投与された。ショック反応を示さなかったので病院内の警察の診療所に送られ、鎮痛剤を投与され警備の者がついて平和な一夜を過ごした。

カプシーヌは角を曲がってヴォアザンの部屋に向かう。木製のベンチにイザベルとダヴィッドが座って小声で口喧嘩している。まずはダヴィッドと握手、そしてイザベルとエアキスをしてから、ふたりを伴ってさらに進んでいく。ヴォアザンの病室のドアの前にはモモが松葉杖をついて立っている。そばの椅子には制服警察官が座り、ふたりで静かに話をしているが、モモの姿はことさら大きく見える。

「モモ、ここでなにをしているの？　回復のために休暇をとるようにいわれているでしょう」

「警視（コミセール）、取り調べのためにここにいるんです。あたりまえでしょう。あいつを捕まえるために橋から飛び降りたんです。それで足首をグギッとひねったから自宅で二週間おとなしくしてテレビで料理番組を見ていろとでも？」

「ほんとうにこんなところにいて大丈夫なの？」カプシーヌはきかずにいられない。

「まったく問題ありません。もらった薬は捨ててしまいました、その代わりにカルヴァドスを二杯飲んで気分爽快ですよ」

ヴォアザンは病室のベッドで上体を起こし、満ち足りた表情で朝食を食べている。標準的な病院食で、プラスチックの容器のプレーンヨーグルト、濃縮還元のオレンジジュース、それに工場で生産されたクロワッサンと透きとおるほど薄いコーヒー。一見ありふれた病院の風景に見えるが、ヴォアザンの両足首には足枷がつけられてスチール製の鎖でベッドの脚元の金属製のバーに固定されている。

ヴォアザンは興奮気味にカプシーヌに挨拶する。

「警視（コミセール）、早起きですなあ。なによりです！　早起きこそ長生きと成功の秘訣ですよ」

「朝食はもうじゅうぶんでしょう。別室に移って少々話があります」

カプシーヌのそっけない口調にヴォアザンは感情を害したようだ。「ムッシュ」と呼びかけることもなく、それまでの二人称複数の〝vous〟という呼び方から二人称単数の〝tu〟に置き換わっている。これは映画のなかの警察では決まって身分の低い者や犯罪者に対して使われる呼び方だ。

「その場合にはわたしの弁護士の立ち会いが必要となる」

ヴォアザンは虚勢を張ろうとむなしい努力をしている。

イザベルとダヴィッドが制服警官ふたりを連れ、受付にいた看護師とともに入ってきた。モモは松葉杖に身を預けたまま戸口で威嚇するようににらみつけている。看護師がヴォアザンの点滴を外す。制服警官のひとりが車椅子をベッドに横付けし、もうひとりがカギでヴォアザンの足枷をいったん外し、ベッドの脚からも外してふたたび足首に嵌める。

手助けされながら車椅子に移ろうとするヴォアザンにカプシーヌが告げた。

「弁護士の立ち会いは許可されません。服従を拒否し銃器で司法警察官の暗殺を企てたことによる現行犯逮捕ですから。判事に引き渡すまで、わたしたちは最大二十四時間あなたを留置できます。判事はただちに有罪判決を出すでしょう。すぐに服役を開始することになります。警察官を殺そうとした人間が刑務所でどんな扱いを受けるのか、おわかりですね。あなただって人並みに映画くらい観に行くでしょうから」

ヴォアザンが青ざめる。刑務所のことを思ってなのか、車椅子に乗るために懸命に立ち上がろうとしているからなのか。おそらく両方だろう。

「でも、そんな些細なことを話そうとしているわけではないので、ご心配なく。まったく別のことです。あなたの視点を理解し、窮地を脱する方法があるかどうかを検討したいのです。捜査の過程で、あなたには共感能力があると感じました。話が通じる人だと。だからチャンスを与えましょう」

　カプシーヌは極上の笑顔を見せるが、一貫して呼び方は〝vous（ヴ）〟ではなく〝tu（チュ）〟だ。思った通り、彼はすっかり混乱している。

　制服警官が車椅子を押して廊下を進み、食堂に入った。カプシーヌの指示で椅子やテーブルの配置が替えられ、現代的な取調室のレイアウトになる。中央のテーブルは片側に押しやり、ダヴィッドとイザベルはその向こう側に座る。これからおこなわれる対話にふたりが直接関与しないということを象徴的に示している。モモはヴォアザンの後方のずっと離れた隅の椅子に着く。ヴォアザンの車椅子は部屋の真んなかに置かれる。彼の正面から四十五度の位置に、カプシーヌは背もたれのついた椅子を置いた。おたがいの膝同士が六十センチほどの距離で対面する。演出が完成した。ダミーのマジックミラーが足りないが、なにもかもそろうなどということはあり得ないのだ。

　カプシーヌがさっそく本題に入る。「ゴーティエ・デュ・フェズナイについてきかせてもらいましょう」

「ゴーティエ・ドゥ・フェズナイ。ゴーティエ・デュ・フェズナイですか。聞き覚えのある名前だ。ちょっと待って。そうか。わかった。あのレストランで殺された人物か。〈シェ・ベアトリス〉で。そうですな？　彼についてなにを？」

「ヴォアザン。ささやかな負傷がなければ、いまごろ警視庁での取り調べに入っていたはずです。あなたにとって決して快適な空間ではない。それはおわかりでしょうね。いまのような発言をすれば電話帳で頭を叩かれ、両耳から血を流してテーブルに突っ伏すことになるでしょう。きかれたことに素直にこたえなければどうなるか、わかりますね。思い上がった態度をさらに続けるのであれば、怪我のことなど無視して広場を横切って向こうに連れていきます」

ヴォアザンの顔が青ざめる。

「ゴーティエ・デュ・フェズナイについてききます……」

「彼はオーバーニュ出身なんです。プロヴァンスの、わたしが生まれた町です。小学校とリセでいっしょでしたが、その後は会うこともなかった。大学で別々の道に進みましたから。彼が執筆した新聞記事は読んではいましたが。インターネットで発表していた動画もちょくちょく見ていました。それくらいは誰でもやっているでしょう?」

カプシーヌはこたえない。氷のように冷たい水をバケツ一杯浴びせられたような心地だ。最初に作成したリストには主な関係者の出身地まで記載されていた。フェズナイはオーバーニュの生まれではないが、同じ県の出身だ。もっと突っ込んで調べようとしなかったのは、あの時点ではヴォアザンのことを人畜無害で、パトロンごっこにうつつを抜かす老人としか見ていなかったからだ。痛恨の極みとはこういうことをさすのだろう。カプシーヌはそんなことを考えながら、まだ黙っている。

沈黙は三十秒足らずのはずだが、果てしなく長く感じられた。ヴォアザンがはあはあと口で呼吸を始め、眉の上に汗が光る。モルヒネの効き目が薄れてきたのだ。目の焦点が合わなくなっている。痛みが戻ってきたのだ。

カプシーヌは椅子をさらにヴォアザンに近づけた。膝と膝はほんの十センチほどの距離だ。手を伸ばして彼の太腿を指先で軽く叩く。彼が目玉をぐるりと動かして彼女の目を見る。

「ベッドに戻して一刻も早く点滴のチューブをつなげてあげたいわ。ほんとうよ。でもあなたはわたしに協力してくれていない。いまさっき、あなたは小さな嘘をついたわね」

子どもを相手にしているような口調だ。

「小さな嘘？」

「ええ。〈サロン・ド・ボルドー〉でばったり出くわした時のこと、おぼえている？　わたしは夫といっしょだった」

「おぼえているような、いないような」

「あなたのお友だちがいたわ。彼の話では、〈タイユヴァン〉でいっしょに食事した時にドゥルーアンとゴーティエ・デュ・フェズナイという評論家が同席した。思い出した？」

「ああ、それか」ヴォアザンは小さな笑い声をあげる。渇いた喉のせいでその笑いはことさら虚ろに響く。「あれはわたしたちが大学でいっしょだった時のことです。〈タイユヴァン〉で散財してとびきりの食事をした。その時のことをいったんでしょう」

「でたらめは通用しないわ。あなたの友だちはそれが六年前だったと明確に述べています。

あなたは嘘をついてわたしをコケにした。これでもうお終いね」カプシーヌが立ち上がる。

「モモ」

カプシーヌの厳しい口調にこたえて、ヴォアザンのずっと後ろの隅にいたモモが松葉杖をついて移動してくる。筋肉質の巨体がのしのしと近づいてきた。

「ここに座って取り調べを交替してちょうだい。わたしは部下を連れてコーヒーを飲みに行くわ。ふざけた田舎者の相手をするのはうんざりよ。立会人もいないことだし、あなたならわたしたちが戻るまでに彼からなにか引き出せるわね」

彼女が立ち上がる。

「ちょっと待ってくれ！　待ってくださいよ、警視！」

ヴォアザンが必死の形相で室内を見まわす。どうしてもここから出たいのだろう。この五分間の痛みですでに不安のレベルがかなりあがっている。言葉のテクニックだけでこの状態に持っていくには一時間以上かかるだろう。強化尋問が満足な成果をあげたということか。

カプシーヌはふたたび腰かける。モモは巨体を揺らしながら隅の方に戻る。ヴォアザンはいつ背後から不意打ちされるかと、おそれおののいているにちがいない。彼の眉の上に玉の汗が浮かぶ。

「そうです、あの男のいう通りです。わたしは〈タイユヴァン〉でフェズナイと昼食をとりました。ほかにも何人も同席していました。ちょうどうちのセカンドラベルを発表した直後で、その広報活動の一環として。取り立ててめずらしいことではない。ご主人にきいてみればいい。神経質になるほどのことではないんです」

「決まりきったPRのイベントなら、なぜ嘘を？」

「嘘？　嘘などついていません。わたしとしては、嘘などついたつもりはないんです。ガールフレンドを連れてレストランに行ったら、たまたまそこで殺人事件が起きた。殺されたのはずっと昔の顔見知りだった。そんな場合、どうしたらいいと思います？　立ち上がって手招きしますか。『こちらです、おまわりさん。わたしは殺された人物を知っていますよ。どうぞわたしを連行して尋問してください』といいますか？　いざ警察できかれたらなにもこたえられやしない」

「そういういきさつは、きくまでもなく話に出てくるものです。でもあなたはなにもいわなかった。どんな理由があるのかしら」

「誤解ですよ。確かに殺人のあった夜あなたの部下にきかれて、わたしはなにもこたえなかった。その後、話をした時にもなにもいっていない。それは、重要だと思わなかったからです。リセに通っていた頃の彼なら知っていますし、殺される六年前にはいっしょに昼食をとっている。でもそれだけなんだ。ほんとうにそれだけなんですよ」

ヴォアザンは自分の主張に説得力を持たせようとしている。が、墓穴を掘っていることに気づいていない。カプシーヌが立ち上がる。

「モモ、このとんでもない嘘つきの相手を続けてちょうだい。わたしたちはコーヒーを飲みに行くわ」

モモが身体を大きく揺らしながらすばやく移動して、カプシーヌが座っていた椅子にどさりと腰かけ、ヴォアザンをにらみつけた。ヴォアザンはにこやかな表情をしてみせるが、モモはさらににらみつける。気に食わない相手に対しては――足首の怪我の原因をつくった相手にはなおさら――容赦なく威嚇して縮み上がらせるのだ。

十五分後、カプシーヌがイザベルとダヴィッドを連れて戻ってきた。おしゃべりが盛り上がっているらしく、楽しそうに笑っている。カプシーヌは分厚い白い磁器のデミタスカップにソーサーをかぶせてコーヒーが冷めないようにして運んできた。それをモモに渡す。

「お砂糖は三つ入れておいたから」

モモに笑顔とともに渡す。警察の団結力を見せつけ、孤立した容疑者を心理的に追いつめるテクニックだ。が、ヴォアザンには無用だった。彼の不安のレベルはすでに新たなピークに達していた。おそらくモモがひとことも口をきかず、ひたすらヴォアザンを凝視していたにちがいない。そしてヴォアザンはいまにもモモに殴られるのではないかとおそれおののいて震えながら座っていたにちがいない。

全員が元の位置に戻って腰かけると、ヴォアザンの不安のレベルは少し下がった。

「警視（コミセール）、話しますからきいてください」

カプシーヌは無表情なまま彼を見つめ、なにもいわない。

「ご存じかと思いますが、わたしたちが当時発表したセカンドラベルは、いまのセカンドラベルよりも品質が劣っていました。記事ではずいぶん叩かれました。だからなんとかマスコミのなかに味方が欲しかった。ゴーティエとは幼なじみだったが大学進学ですっかり縁が切れてしまっていた。友情が復活すれば、きっと味方になってくれるだろうと期待したのです。ゴーティエはすでにたいへんに有名だった。だから彼ならきっと新しいワインを強力に後押ししてくれるはずだと」

「わかってきたわ、ギー。これはすべてシャトーを救うため、そうなのね？」

ヴォアザンがひと呼吸置いてからこたえる。

「そういう見方もできます」

「なぜ彼を殺す必要が？」

「わたしは殺してはいません」

言葉とは裏腹におずおずとした声だ。自分を納得させるためにいいきかせているようにきこえる。

「六年前になにかが起きた。それがシャトーに脅威を与えた。そうなのね？　具体的に話してもらわなくては。シャトーを守るためにあなたがどんな手段に出たのかはわかっている。わたしがききたいのは、そのくわしいいきさつなの」

ヴォアザンは混乱した表情だ。右手で髪を撫でつけ、右側に手を伸ばそうとして痛みに顔をゆがめる。すばやくドアに視線を向け、それからテーブルの向こう側のダヴィッド、そしてイザベルを見る。

「わたしは懸命になりすぎて失敗したのです。正直すぎたのが裏目に出た。わたしはゴーテイエをシャトーに招きました。昼食でもてなし、できたばかりのシェ（樽詰めワインの酒倉。ワインの保管庫）を見てもらうために。新しいワインのために建てたものです。昼食の席はとてもなごやかで昔に戻ったみたいでした。シェの見学を始めると彼はがぜん積極的になって、あらゆることを知りたいからと勝手に作業員たちにいろんなことをきいてまわった。それを止めさせようとすれば不愉快な事態を招いたでしょう。わたしとしてはそういうことは避けたかった。なにがきっかけだったのかはわからないが、彼はわれわれのささやかな秘密を発見した」

「秘密？　どういう秘密ですか？」

ヴォアザンは肩をすくめ、痛みに顔をしかめた。

「わたしはブドウ栽培学の、ある技術を使ってワインをつくっていたんです。あいにく当時のフランスでは、その技術は違法とみなされていました。現在は完全に合法ですがね。多収栽培で白ワインをつくり、近所でつくっている安い赤ワインを買って混ぜてロゼをつくったのです」

ヴォアザンはにやにやして、自分の賢さに酔うように首を横にふる。

「世界中でおこなわれている方法ですよ。伝統的なロゼに比べれば品質は劣るが、味はまあまあで格安の費用でつくることができる。政府も、これは有効なメソッドであると認めざるを得なかった」

「フェズナイはあなたたちがやっていることを記事にすると脅したの？」

「脅しなんてなまやさしいものではなかった。シャトーを破滅させられるほどの秘密を彼は握ったわけですから」

「それで彼を買収したのね」

「脅迫されたのです。それとこれとは大違いです」

「でもあなたたちは赤と白を混ぜてロゼをつくり続けた」

「ほかにどうしろと？　売れ行きはよかったし、どうしても金が必要だった」

「あなたの息子がシャトーの仕事に加わって、やはりその秘密を発見したのね？」

「彼はマーケティングを担当することになっていたが、製造のほうにも興味を持った。どんなふうにロゼをつくっているのか、すぐに彼は気づいた」

「息子さんは激怒した。そのことを家族会議にかけて、あなたを追い出した。その後、本来のロゼのつくり方でセカンドラベルをつくり始めた」

「その通りです」

「では、なぜその後もフェズナイを怖れる必要があったの？」

「あなたはワイン業界をご存じない。わたしたちがかつてそれをやったという事実だけで、シャトーの名声を破壊するのには十分すぎるのです。フェズナイの書きようでいくらでもねじ曲げられて伝わる。わたしは業界で物笑いになり、けちな人物としてさらしものになっただろう」

「でも重要なのは、そこではなかった。そうですよね？　彼を殺したのはあくまでもシャトーを救うためなのでしょう？　わたしたちとしては、そこを明確にしておきたいの」

「それによって」――ヴォアザンが躊躇する――「刑期は減るでしょうか？」

「判事も人の子です」

「ゴーティエは脅迫を止めなかった。息子が跡を継いだ時には要求額を増してきた」

「給与が減ったあなたにとって応じるのは困難だったでしょうね」

「困難？　収入の半分をあいつに支払っていたんだ。半分も！」ヴォアサンがそこでいったん口を閉ざし、ふたたび続ける。「だが、やはりあなたのいう通りだ。わたしはシャトーのためにやった。決して自分のためではない。それをあなたから皆に話してください。シャトーはわたしの人生そのものなのです」

「どうやってフェズナイを殺したんですか？」

「ちょっとした幸運にめぐまれたんですよ。ゴーティエは金を受け取る時にはかならずふたりでランチをとることにしていた。そして親友同士のようにふるまうんです。彼はただ金を得るだけでは満足しなかった。わたしが苦しむのを見なくては気がすまなかったんです。最後のランチの時に彼は〈シェ・ベアトリス〉について延々と話していました。絶賛する内容のレビューを書くのだといっていました。そして最後の取材としてレストランを再訪してディナーをとるという日にちをわたしにしゃべったんですよ。シャトーにはネズミ退治用に空気銃を置いていました。子どもの時からあいつらを撃つのが大好きで、腕もよかった」

ヴォアザンは親指と人さし指で撃つ真似をする。そして二度と叶わない暮らしを懐かしむかのように微笑む。

「それで次にシャトーに戻った時に、車のグローブボックスに銃を入れてパリに持ってきたんです。空気銃で人を殺せるかどうか、確信はなかった。だからブラジル大使館のレセプションで若造たちがばか騒ぎを始めた時は、天から与えられたチャンスだと思いましたよ。クラーレを先端に塗った矢を彼らがディスプレイケースからつまみ出して大統領の肖像画に向けて投げるのを、皆といっしょに見ていました。それにも飽きて彼らがどこかに行ってしまうと、わたしは絵からクラーレつきの矢を抜いて半分に折ってポケットにしまったんです。

空気銃に使うペレットの先端の穴をポケットナイフで削って深くして、矢のクラーレをこすりとってその穴に詰めた。効果てきめんでした」

「どうやって彼を撃ったの？」

「ジェームズ・キャグニーのギャング映画をそっくり真似ました。スーツのジャケットのポケットに小さな穴をあけて、空気銃を差し込み、横を通り過ぎる際に彼の首を撃ったんです。誰もなにも気づかなかった」

「シビルがその穴に気づくとは思わなかったの？」

「シビル？」

彼が驚いたとばかりに首を横にふる。

「彼女は自分が着る服以外に興味は持たない。翌日、行きつけのドライクリーニングの店の修理係にジャケットを持っていきました。店に直してもらって新品同様になりましたよ」

ヴォアザンがそこでいったん言葉を切った。自分の口から話せたことにすっかり満足している様子だ。

「人を殺すには効果的な方法だ。それは認めてくれますね」

「ええ。すっかり騙されてしまった」

43

アレクサンドルははっと目を覚まし、片腕をカプシーヌに伸ばしてぐっと引き寄せた。カプシーヌはびくっとして身を硬くするが、数秒のうちに彼の腕から力が抜けてまた眠りに落ちる。カプシーヌはそっとベッドから抜け出してシルクのローブに袖を通し、きつくひもを締める。

キッチンに行き、パスキーニでコーヒーをつくる。これを飲めば喉の奥にひっかかった罪悪感の苦い粒が消えるのではないかと思いながら。そこへアレクサンドルがあらわれた。後ろから彼女を抱きしめて髪に鼻を押しつける。

「珍しいわね。十時前にあなたが動きだすなんて、初めてじゃない？」

「きみに逃げられたからだ。だから追いかけてきた」

アレクサンドルがカプシーヌのローブの紐をいじる。

「ゆっくりしていられないわ。今日は気分転換にわたしがあなたをランチに連れていくのよ。忘れないで。絶対に、一分でも遅刻は許されないの。なにもかもが台無しになってしまうわ」

アレクサンドルが仏頂面をした。今回ばかりはほんとうにふてくされているらしい。

マリー橋のそばの急勾配の石段をふたりが慎重な足取りでおりていくと、ジャックがシャンパングラスを手にヴァヴァスールと楽しげにおしゃべりをしている。

ヴァヴァスールはアレクサンドルの姿に気づいた瞬間、フェンスで仕切られたスペースのいちばん奥の隅に引っ込んでしまった。

「ここに立ったまま動かないで」カプシーヌがアレクサンドルの耳元でささやく。「あなたの姿に彼が慣れるまで待ってあげて。怯えている子馬の心をひらかせるつもりになって」

「角砂糖を別のジャケットに入れたままだ。少し分けてもらえるかな?」アレクサンドルがささやき返す。

「ドクトゥール」ジャックが機嫌をうかがうように呼びかける。「この人物はアレクサンドル・ド・ユゲール。カプシーヌの夫ですよ。彼はレストラン評論家で、さいきん密猟があいついで絶滅寸前の種なんです。そんなふうにして彼をこわがらせちゃいけませんよ」

「密猟は終わった。絶滅が決定的だとは思わない」ヴァヴァスールの声は自信に満ちているが、自分のスペースから出てこようとはしない。

ジャックは川岸に行って紐をひっぱり、シャンパンのずんぐりした黒っぽいボトルを水面までひきあげた。それをふたりのためにフルートグラスに注ぎ、アレクサンドルの承認を得ようとするようにボトルを高く掲げる。

「クリュッグ・クロ・ダンボネ一九九五年」アレクサンドルはその響きを愛でるように口をすぼめる。「もっとひんぱんにここのランチに参加すべきだったな」

「いつでも歓迎しますよ」ヴァヴァスールが自分のスペースの端まで移動するが、まだ残りの三人には加わらない。「冬は最高の環境になります。もっともそれは慣れ親しんだ末の嗜好ですが」

クリュッグの助けも借りて、いつしかなごやかなムードとなった。贅沢なレストランの庭で食前酒を味わいながらおしゃべりしているみたいだ。食欲が刺激されたところで昼食の席に移るわけだが、ヴァヴァスールは三人とはまだ少し離れている。おなじみの川岸の仲間たちが行き交う。そしてお待ちかねのラブラドールと飼い主。彼が元気よく手をふる。

三杯目のシャンパンを飲み干したジャックは腹ぺこだと宣言した。

「今日はなにが用意されたのか、見てみよう」

濃いオリーブ色の金属製の容器が今日はひとつではなくふたつ用意されている。バスケットにもなにかが入っている。ジャックはすべてをのぞいて、鼻をちかづけてクンクンとにおいをかぐ。いつもの通りクリーム色のカードにメニューが書かれている。彼はそれを取り出して、コメディ・フランセーズの舞台で朗々とセリフをいう役者みたいに料理を紹介していく。

「ほう、どうやらぼくたちは好きなものを選択できるらしい。まずは、根パセリとやわらかいスイートガーリック風味のカエルの足のムニエル。カエルの足を食べるのは観光客だけだと思っていたが、これはおいしそうなにおいだ」彼は手のひらであおいでアロマを鼻へと導く。いつもアレクサンドルやシェフがしているジェスチャーを真似しているのだ。

「それからホタテ貝だ。イエロービーツを敷いてキャビアを散らし、オイスター入りニンジンのジェリーを添える。ぼくは優柔不断だから少しずつ全部食べてみたいな」

ヴァヴァスールはそうっと三人のそばに移動し、ふたつの容器をのぞいてうっとりしている。薬物依存症のように食べ物に陶酔している。

ジャックがさらに続ける。「メインディッシュはブルーロブスターの殻つきロースト、ドライフルーツとグラニースミスのリンゴのソース添え。もうひとつはシビレとカッペレッティ（三角形の詰め物入りパスタ）にパセリパール（分子ガストロノミーの調理法でつくったパセリを材料としたパール状のもの）、そして〝忘れられた野菜〟のラグーを添えたもの。この表現はいいね、リセの時に知り合った女の子みたいな感じだ。いや、きみではないよ、いとこよ。だから仏頂面はやめてくれ」

彼のクワックワッという甲高い笑いが橋のアーチの下で響く。

お祭り気分が盛りあがってきた。ヴァヴァスールのナイトスタンド、椅子、そしてフェンスで仕切られた隣のスペースから拝借した椅子も加えて昼食のテーブルを皆で整える。カプシーヌとヴァヴァスールはベッドに、アレクサンドルとジャックは椅子に腰かけた。

味見をしながら全員で四種類の料理を食べることにした。ジャックはアレクサンドルにワインの選択を委ねた。アレクサンドルはラヴィル・オー＝ブリオン二〇〇五年を三本発見して至福の表情だ。アルミホイルのキルトみたいな細長い保冷袋のなかで適温になっている。

まずはホタテ貝、そしてカエルの足を味わう。なんともデリケートな味だ。スイートガーリックとハーブのかすかな風味をまとったカエルは、外国人によく出されるガーリックの匂いがプンプンの油っぽいものとは似ても似つかない。

ジャックはカエルの足の骨を優雅にしゃぶりながら、にやにやとカプシーヌを見ている。

「いとこよ、今日のランチの目的は、素人のぼくにはきみとドクトゥール・ヴァヴァスールに手品の種明かしをしてもらうことだ。素人のぼくにはどちらが手品師でどちらがアシスタントなのかわからないが、おふたりにはそれなりのお返しをしてもらいたいね」

ヴァヴァスールが不安そうな表情で後ずさりする。

「無条件で一日に二度食事を提供されるのだと理解していました。見返りを求められるとは知らなかった」

「そう、その通り。条件などありません。ありませんとも！　太陽が昇って沈むのと同じようにあなたの食事はきっちり保証されています。いい方がまずかった。あなたたちがどうやって殺人犯たちの正体をつきとめたのか、それが知りたくてたまらない」

ヴァヴァスールは降参するように両手をあげた。

「わたしはただ、いくつかの所見を述べたにすぎない。確実にいえるのは、ル・テリエ警視がわたしから学んだことよりも、わたしが彼女から学んだことのほうがはるかに多いということです」

「いいえ、そんなことありません、ドクトゥール、あなたがいなければ――」

「儀礼的な挨拶はそのくらいにして、いとこよ。なぜ彼女だとわかったんだ。確かベアトリスとかいうレズビアンだったかな」

ジャックの侮辱的な表現にカプシーヌは眉をひそめ、にらみつけた。ベアトリスへの親愛の情はまだかすかに残っているのだ。

「予審判事のアプローチは結果的にひじょうに正しかったということ。事件へのカギはプロファイリングだった。もちろん、警察官の地道な捜査も欠かせないわ。

ドクトゥール・ヴァヴァスールの説明では、患者が鏡像と同一化して満足感を味わうことを阻止する力、すなわち大文字の他者とは権威を持つ者で、いちばん多いのは父親。でもかならずしもそうとは限らない。犯人のプロファイリングとしては、まず権威との闘いが挙げられる。可能性として高いのは、親による支配に対する反抗。

ドクトゥールはまた、こうも指摘したわ。複数の殺人は象徴的な行動であり、犯人にとって重要なのは観客である、と。そして警察は観客としてもってこいである。警察は殺人の目利きだから。それでわたしたちは最初から、両親との関係に困難を抱えていた人物に注目した。そして事件についての警察の進捗状況に異常な関心を示す人物に。

当初は密室状況での犯行とみなして、殺人犯は〈シェ・ベアトリス〉のダイニングルームとブラジル大使館のレセプションの両方にいた人物にちがいないと考えた。その後、殺人事件が続いて、容疑者が絞り切れなくなった。それでも一貫性が感じられたから、やはり最初にリストアップした容疑者のなかに真犯人がいるという確信があった」

「おお、有名なカプシーヌの直感だな。泣く子も黙るきみの切り札だ」

アレクサンドルはそういってからたいへんな集中力でシャトー・オーゾンヌ二〇〇〇年の瓶のコルクをあけた。シビレと合わせるために選んだものだ。

「間抜けなことに、わたしはヴォアザンの名前を早々にリストからほぼ消してしまった。彼は両親とのあいだにまったく問題を抱えていなかったし、事件に露ほども関心がなかった。それで残ったのは四人。シビルは確かに父親から虐待されていたわ。でも彼女は父親の罪悪感を利用してヴォアザンを巧みにコントロールできるようになっていた。彼女はその状態にとても満足していたから、年配男性と性的関係を結んでいるかのように見せる遊びに興じた」

ヴァヴァスールが同意のしるしにうなずく。「じっさい、容疑者のうち彼女はもっともよく適応していました」

「タンギーと父親との関係にはあきらかに欠陥があったわ。社会的な権威構造に対する彼の考えもふつうではない。でも、なぜか彼は人殺しらしく見えなかったのよ」

「彼は仮想現実においてひじょうに効果的な神殿を築いて、そこに隠れることができていた。だから現実の世界からの満足を必要としていなかった」ヴァヴァスールが解説する。

四人はロブスターを食べ終えた。ジャックとアレクサンドルが皿を片付け、ジャックは底の厚い保温性のある容器をあけた。シビレのアロマがたちのぼる。厚さ一・三センチのメダル形にスライスされたシビレは、中心は滑らかで端のほうは心地よい歯ごたえがある。その周囲をへそのような形の極小のトルテッリーニが囲み、さらにそれを落ち着いた色合いの〝忘れられた野菜〟が囲む。四人は黙々と食べることに没頭した。

半分ほど食べたところでカプシーヌがふうっと吐息をつき、情事の後のような満足感に浸ってサン＝テミリオンを飲む。

「どこまで話したかしら？」彼女がたずねる。

「これからいよいよ、もっとも魅力的な容疑者ふたりについての詳細があきらかになる、というところまで」ジャックだ。

「そうね、あの時点ではセシルもベアトリスも犯人の可能性があった」

「幼なじみを疑っていたのか！」ジャックがわざとらしくおののいて叫ぶ。「シャトーの中庭で雨降りの午後をきみやぼくといっしょに過ごした、そして……ああ、すまない。アレクサンドルがここにいるのを忘れていた」

「ジャック、きみはなにかを真剣に受け止めることはあるのかな」アレクサンドルがたずねる。

「このリ・ド・ヴォーをひじょうに真剣に受け止めていますとも」

「セシルは深刻な危機のさなかにあったわ。まちがいなくね。確かに両親のパラダイムから脱出しようとしているように見えた。でもじっさいには彼女はさらに深くそのなかに飛び込んでいこうとしていたのよ」

「その通りです」ヴァヴァスールが加わる。「彼女なりに挑戦のしがいがある刺激的な人生を確立していたはずなのに、それはあまりにも容易だとわかった。手に入れた成功はフラストレーションのもととなったのです。彼女は真の自己つまり鏡像に同一化するために自分の世界から離れる必要性を感じた。もちろんそれは神経症のひとつの形態ですが、とても生産的なものです。きっと輝かしいキャリアを手にするでしょう。何人もの人を傷つけることになりますが、彼女は満足を得るのです」

「となると、もっとも可能性の高いのはベアトリス」カプシーヌが続ける。「ドクトゥール・ヴァヴァスールとのディスカッションが終わりにちかづいた頃、そのわたしの読みが妥当であると支持してもらえたの」

「そうです」ヴァヴァスールが同意する。「彼女は犯人像に完璧に一致していました。ノン・デュ・ペール――父親による否定――の典型的なケースです。彼女の鏡像は徹底的に完全に、シェフなのです。しかし彼女の父親はそういう人生には大反対だった。たいへんに裕福で権力もある父親は『肉体労働』としか見ない。さらに、娘が家族のビジネスに加わるのを拒絶したことを裏切り行為と見なした。彼女は成功したが、自分を無能と感じ、父親との闘いに敗れていると感じた。とにかくなにがなんでも自分自身を守らなくてはならなかった」

「なんだかんだいって、こういう心理学的な問題にはつねに性が絡んでいるにちがいない」ジャックは自分のグラスとアレクサンドルのグラスにオーゾンヌのお代わりを注ぐ。「やれやれ」

カプシーヌとヴァヴァスールが冷ややかな視線を彼に浴びせる。

「彼女は生き延びるためには象徴的な勝利を続けるしかないのだと気づいた」カプシーヌがいう。

「そうです」ふたたびヴァヴァスールだ。「殺人を犯すたびに彼女の幸福感は急上昇し、それからしだいに衰えていくのです。そしてふたたび人殺しをせずにはいられなくなる。しかし被害者からフェティッシュを収集することで満足感を引き延ばせると、彼女は早々に学んだ。だから被害者のペンを集めた。象徴としてはまことに強力です。ペニス的であると同時に、彼女を高く評価してくれる父親的な権力の象徴でもあるのです」

「ほら、やっぱりセックスが登場するんだ」

「ペンはこの事件で決定的に重大な意味を持っていたのよ。殺人犯がふたりいるという手がかりだった」

ヴァヴァスールがシビレを食べ終わり、ナプキンを口にあてて吐息をつく――人生に満足している姿だ。

「そう、ペンです。すべてル・テリエ警視のお手柄ですよ。わたしがしたことといえば、殺人犯がフェティッシュに依存している可能性を強調しただけです」

「最初の殺人とそれ以降の殺人はちがう。早い時期からそう感じていたわ。なぜかというと、毒の使い方。毒が死をもたらしたのは最初の殺人だけ。ほかはすべて象徴として使われていた。それに、二件目以降の毒物はすべて食品だった――ベラドンナもそう。かつて香辛料として使われていたの。クラーレだけは食用ではない。そして一件目は殺し方もちがっていた。ほかの四件のような露骨な暴力が加えられていない。

しかし決定的な要因はペンだった。それに気づくまで少々時間がかかったわ。フェズナイはポケットにペンを入れていた。モンテイユはプラスチックのペンを二本持っていた。そこまでは特にひっかかりは感じなかったわ。ペロシェはペンを持っていなかったけれど、どこかに忘れた可能性もあった。だから特にどうとも思わなかった。あっと思ったのは、彼がディナーをとりながらノートにメモを書いていたとわかった時よ。彼のペンはあきらかに何者かに奪われていた。さらにラロックが発見され、所持品にはペンがなかった。殺人犯が戦利品としてペンを奪ったのはあきらかだった。ベアトリスの戦利品を納めたケースにはモンテイユのプラスチックのペンが入っていたわ。彼はポケットに三本プラスチックのペンを入れてあった。そのうちの一本をベアトリスは手に入れた」

「なるほど、そういうことか、しかしヴォアザンがもうひとりの殺人犯だとわかったのはどうしてなんだ？」アレクサンドルがたずねる。

「動機よ。なによりも強力な動機といえば、お金」

「つまりその複数のペンを発端として、これからいよいよセックスの方面へと話は進むんだな。そのティーンエイジャーの魅惑的な娘にぜひご登場願いたいところだ」

カプシーヌはジャックを無視する。

「ヴォアザンに関しては、腑に落ちないことが最初からいろいろあった。彼は息子に退陣させられ、お金がなくてガールフレンドに車の維持費まで払ってもらっている。そういう一つひとつのことがね。けれどもわたしたちは連続殺人犯をさがしていた。ヴォアザンは絶対にその犯人ではなかった。

サロン・ド・ボルドーで彼がフェズナイと知り合いだとうっかり漏らした時も、ヴォアザンは嘘をついているとわかっていたのに、それでも連続殺人犯とは考えられなかった。ところが犯人はふたりだと気づいたら、すべてが鮮明に見えてきたわ。何週間もかけてフェズナイとヴォアザンを徹底的に調査すれば、脅迫の事実を示す書類の痕跡くらい見つかったと思う。でも、それよりも迅速な逮捕と取り調べに賭けてみたの」

「いとこよ、セクシーなシェフと彼女の男根崇拝のペンの話に戻ろう。どうして彼女が犯人だとわかったんだい?」

「そう、そこなのよね。確信はあった。でも確証がなかった。〈ドン〉で殺人があった数日後にベアトリスといっしょに朝食をとったわ。その時に彼女はうっかりボロを出した。ラロックが『ファスナー全開で前が丸見え』で死んだのだとおそろしがっていた。わたしたちはそういう詳細をマスコミにはまったく発表していなかったのよ」

ジャックのクワックワッという高笑いが出た。

「おお、ようやくセックスが醜い小さな頭をのぞかせたぞ。やっぱり思った通りだ」大きな耳障りな声だ。

「その時にはすっかり当惑してしまった。最初に事情聴取した時から、彼女はゴーティエ・

デュ・フェズナイにとても好意的だった。初めてのミシュランの星を獲得するには彼の力が大きな助けになるんだといっていたわ。それはじゅうぶんに納得できた。しかしそれ以後の二件の殺人に関しては、あきらかに彼女は連続殺人犯だった。プロファイリングの結果もぴたりと一致しているし、うっかり口も滑らせていた。でも証拠がなにひとつなかった」

「それでおとり捜査という手段をとったというのか？」ジャックがたずねる。

「それ以外に方法はなかったのよ。さもなければ彼女はこの先何年も人殺しを続ける可能性があった。こちらには証拠はまったくない。彼女のアパルトマンで見つけたものも、逮捕の決定打には欠けていた。その点、アレクサンドルへの殺人未遂なら確実に逮捕できるわ」

「彼女がまんまとワナにひっかかるという自信があったのかい？　この歳になっても少年らしさを失わないわたしの魅力はさておいても」

「すでに彼女は習慣を断つことができなくなっていた。完全に中毒になっていたのよ。そして彼女にとっては絶好のチャンスだった——有名な評論家、今年の目玉となるオープニングイベント、有名人ぞろいの招待客、おおぜいのマスコミ関係者。最高のセッティングで最高に興奮する人殺しができるとなれば、ひっかからないはずがない。そして思惑通りになった」

「ということはアレクサンドルがいなければ、起訴は実現しなかったということか」ジャックがいう。「素晴らしい！　アレクサンドルこそ、真のヒーローだ！　彼に乾杯しよう」

全員そろってグラスを掲げた。アレクサンドルはにこにこしている。きっとこの人は殺人犯に狙われることよりも、コルクが割れてグラン・クリュのボトルに落ちてしまうことのほうが大問題だと思うのだろう。そんな彼を見て、カプシーヌはくちびるを噛む。自分の野心のためにアレクサンドルを利用してしまったという思いを吹っ切ることができなかった。

その心のうちを読んだかのようにアレクサンドルが彼女に視線を向け、ほんのかすかにうなずいた。ふたりは立ち上がっていっしょに水際まで歩いていく。アレクサンドルは革製の葉巻入れをジャケットから取り出し、レイ・デル・ムンドというブランドの葉巻を一本そっと抜いて端を噛み切り、男くさいしぐさで火をつける。キューバ産の葉巻のめくるめくアロマがあたりに漂う。ジャックは口をひらいてなにかをいっている。ヴァヴァスールが少し口をすぼめ、ジャックが口を閉じる。

カプシーヌはアレクサンドルにもたれて手をつなぐ。そのままゆっくりと石畳の散歩道を歩きだした。一歩踏み出すごとにふたりの頭が少し揺れる。

数十メートル進んだところで足を止め、じっと見つめ合った。カプシーヌはアレクサンドルの手から葉巻を取り、川に放り込もうとするように構える。

放るかわりに彼女は葉巻を口にくわえて思い切り吸い、一秒間息を止めてから吐き出した。

「とてもおいしい。どうしていままで教えてくれなかったの？」

クスクス笑いながら葉巻をアレクサンドルに返す。彼は瞑想するように何回か吸い、カプシーヌに渡した。

ふたりは手をつないでまた散歩道を歩きだす。葉巻をかわるがわる吸いながら島の端に着いた。道はそこから右方向にカーブしている。ふたりはさらに歩き続け、数分後には姿が見えなくなった。

訳者あとがき

世の中にはどれくらい多くのレストラン評論家がいるのだろう。

彼らは味覚が鋭く、おいしいものに目がなく、新しい味に勇敢にトライして適切に評価し、なにより、たくさん食べてもびくともしない丈夫な胃袋の持ち主、と想像するがどうだろう。

本書に登場するレストラン評論家アレクサンドルは、それに加えて料理上手であり、司法警察の警視として活躍する妻カプシーヌを支えて内助の功を発揮する夫でもある。

パリのグルメ捜査官シリーズ第三巻『美食家たちが消えていく』は、冒頭からレストラン評論家が殺害される。そしてもう一人、さらにひとり犠牲者がふえていく。

はたしてこれは連続殺人なのか。とすれば次にもレストラン評論家が狙われるのか。

捜査を担当することになったカプシーヌは被害者と夫アレクサンドルの姿を重ね合わせ、動揺を隠せない。夫が犯人の標的のリストに載っているのだろうかと思うと気が気ではない。

第一巻、第二巻からおなじみ、カプシーヌの腹心である部下イザベル、ダヴィッド、モモ、上司で警視監のタロン、対外治安総局勤務の従兄弟ジャックも登場して、パリの街を舞台にして個性豊かに捜査活動が繰り広げられる。

一進一退する重苦しい捜査状況のなかでなんといっても癒されるのは、アレクサンドルの手料理だ。カプシーヌが帰宅すると、彼は料理の仕上げに取りかかる。一心不乱に材料を刻んだり、眉間にしわを寄せてボウルの中身を撹拌したり、全神経を集中して鍋のなかをかき混ぜたりする姿は真剣そのもの。ほんとうにキュートだ。

ある時は牛ヒレ肉風カモのアイヤードソースがけ、ある時は乾燥ポルチーニとカモの砂肝のコンフィのオムレツと、料理のレパートリーの幅も広い。

カプシーヌの話をききながら手際よく調理して絶妙のタイミングで完成させるアレクサンドルだが、仕事で留守にする時でも、腹ぺこで出張先から帰宅する妻のために冷蔵庫にサラダ、オーブンにキッシュを用意して妻の孤独と疲労を癒す。

レストラン評論家と司法警察の警視というこの異色カップル、今回の事件では絶妙のチームプレーで解決に導く。

また本作では、皆でいっしょに外で食事する場面もたびたび登場する。

たとえばセーヌ川のほとりで味わう豪華な食事。なにしろ天然のワインセラーつきだ。さらに大掛かりなものとしてディネ・アン・ブランがある。これは実際におこなわれているフラッシュモブのようなイベントだそうだ。どこからともなく大人数が集まってきていきなり始まるパリの街の大ピクニック、ドレスコードは白。真っ白に着飾った大勢の男女がテーブルや椅子、料理や飲み物を持ち寄り、パリの名所でゲリラ的におこなわれる大ピクニックはさぞやにぎやかなことだろう。

風がさわやかな初夏は食がすすみ、過酷な暑さにおおわれる夏のパリには冷たいアルコールがよく似合う。

エリート教育を受けたお嬢様から警視として成長を遂げるカプシーヌの活躍を楽しんでいただければと思う。

本書を翻訳するにあたり原書房の相原結城氏には大変お世話になりました。心より御礼申し上げます。

二〇一四年七月

コージーブックス

パリのグルメ捜査官③
美食家たちが消えていく

著者　アレクサンダー・キャンピオン
訳者　小川敏子

2014年　8月20日　初版第1刷発行

発行人　成瀬雅人
発行所　株式会社　原書房
〒160-0022 東京都新宿区新宿1-25-13
電話・代表　03-3354-0685
振替・00150-6-151594
http://www.harashobo.co.jp
ブックデザイン　川村哲司（atmosphere ltd.）
印刷所　中央精版印刷株式会社

落丁・乱丁本はお取り替えいたします。
定価は、カバーに表示してあります。
 ISBN978-4-562-06030-6 Printed in Japan